mainbook main crime

Das Buch

Nicht genug, dass Andreas Rauscher mit seiner neuen Liebe Elke Erb hadert, weil sie sich nicht eindeutig zu ihm und Frankfurt bekennen kann, jetzt bekommt er es auch noch mit einem Mordfall zu tun, der den Frankfurter Kommissar und Apfelweinliebhaber vor viele Rätsel stellt. Er und sein Team der Frankfurter Mordkommission werden zu einem Tatort nach Bornheim gerufen. Eine Frau wurde ermordet, deren Körper eingeölt wurde und Blutergüsse aufweist. Bald stellen sich weitere Fragen: Was hat es mit der geheimnisvollen Frauenclique der Toten auf sich? Welche Rolle spielt der Ginnheimer Detektiv Kowalski, den der Ex-Ehemann der Toten engagiert hatte? Ist der Täter unter den jüngeren Liebhabern der Frau zu finden?
Im Laufe der Ermittlungen erlebt Rauscher, wie die Grenzen zwischen Wahrheit und Lüge, Macht und Ohnmacht, Schuld und Unschuld verschwimmen und sich begabte Hände verselbständigen können.

Der Autor

Gerd Fischer, 1970 in Hanau geboren, lebt und arbeitet in Frankfurt-Bockenheim. Krimi-Veröffentlichungen: „Mord auf Bali" 2006; „Lauf in den Tod" 2010

Dieses Buch ist Euch gewidmet,
die mich im Laufe der Jahre
immer wieder zum Schreiben animiert haben

Der Mann mit den zarten Händen

Null

An meinen Händen klebt Blut. Sie schmerzen. Am liebsten würde ich sie abschneiden, um weiteres Unheil zu verhindern. Doch ich brauche sie noch. Sie müssen die Vorkommnisse aufschreiben, damit die Wahrheit ans Licht kommt. Ungeschehen mache ich dadurch nichts, aber vielleicht vermögen diese Zeilen meine Hände und mein Gewissen reinzuwaschen.

Ich sitze hier in diesem kleinen Raum, in dem nur ein Bett, ein Stuhl, ein Tisch und ein schmaler Schrank stehen. Wenn ich durch das winzige Fenster schaue, kommt mir die Erinnerung vor wie ein ferner Streifen am Horizont, unerreichbar weit weg. Aber die dicken weißen Wände schreien mich an: Schuldig!

Nur ich bin in der Lage, die Wahrheit niederzuschreiben. Denn ich bin der Einzige, der alles von Anfang an miterlebt hat. Mit jeder Zeile berge und befreie ich sie, erwecke mein Gedächtnis neu zum Leben. Das erfordert Disziplin. Ich darf mich nicht ablenken lassen. Deshalb fange ich an. Dort, wo alles begann, vor etwa dreizehn Jahren, im Haus meines Onkels. Verdammt sei es!

Ich besitze eine Fotografie, die das Haus neben den anderen in der Straße zeigt. Ich hütete sie jahrelang wie einen Schatz und habe sie oft angeschaut, seit dem Tag, an dem ich dieses Haus zum letzten Mal betreten durfte.

Auf dem Foto – ich bin sechs oder sieben Jahre alt – stehe ich neben Onkel Manfred und Tante Klara. Direkt vor dem Haus. Eine Art Landhaus mitten in der Stadt, das sich deutlich von den anderen Häusern in der Straße abhebt.

Schlichtheit und Größe, sagte Onkel Manfred immer, sei eine kluge Kombination. Ich hatte nie richtig verstanden, wie er das meinte, aber wenn ich das Foto betrachtete, dachte ich, dass er damit den geräumigen Hof meinte, an den fünf Garagen grenzten, die langgezogene, leicht ansteigende Einfahrt, umringt von Platanen, den kurzgeschnittenen Rasen, den penibel angelegte Beete säumten, und den dunklen Teich hinterm Haus. Eine Oase inmitten des Getöses der Großstadt.

Haus und Grundstück waren einfach gehalten, schmucklos. Nicht protzig, aber großzügig, denn Onkel Manfred benötigte Platz, um seine Oldtimer zu reparieren. Jede freie Minute widmete er ihnen. Wertvoll sahen sie aus, blitzblank poliert.

Ich mochte das Haus meines Onkels schon deshalb, weil ich mit meinen Eltern immer in einer engen, miefigen Mietwohnung gelebt habe. Der Tag, an dem ich es zum letzten Mal betreten habe, ist in meinem Gedächtnis eingebrannt. Es war der 11.Oktober 1996 kurz vor meinem 14. Geburtstag.

Ich sollte auf Sabin, meine siebenjährige Cousine, aufpassen. Nur vier oder fünf Stunden, bis Onkel und Tante aus der Oper zurückkämen.

Als ich klingelte, war Tante Klara bereits ausgehfertig. Ihr rosa Kleid schien mir einen Tick zu exklusiv und die vielen Klunker glitzerten. Tante Klara empfing mich mit einem freundlichen Händedruck und ihrem Gesicht sah ich an, dass sie sich wahnsinnig auf die Oper freute. Onkel Manfred war ebenfalls bester Laune. Er warf sich ein Jackett über den Arm, lächelte mir zu und trat ins Freie. Seine herzliche Art erinnerte mich so gar nicht an meinen Vater.

Nachdem auch meine Tante endlich das Haus verlassen hatte, nicht ohne mich vorher ausdrücklich auf meine Pflichten als Babysitter hinzuweisen – Bettruhe für Sabin ab 21 Uhr, vorher sollte sie noch aufs Klo gehen und Zähneputzen nicht vergessen – setzte ich mich vor die Glotze und zappte drauf los. Zwanzig Programme zogen mich magisch an.

Zwischendurch stand ich mal auf, um nach Sabin zu schauen. Als ich von oben ihren leisen, fröhlichen Gesang hörte, ging ich davon aus, dass sie glücklich beschäftigt mit ihren Lieblingspuppen spielte, und machte es mir wieder im Sessel gemütlich.

Es war noch nicht annähernd neun, aber auf der Mattscheibe herrschte Langeweile. Also schlenderte ich durchs Haus.

Unglaublich, was Onkel Manfred und Tante Klara alles sammelten. An allen Wänden hingen Bilder, großflächige Landschaften und dunkle Stillleben. In jedem Zimmer antike Schränke, alte Kommoden und in den Regalen und feingearbeiteten Vitrinen standen selbst gebastelte Miniaturen. Autos. Flugzeuge. Motorräder. Clowns. Porzellanväschen. Stoffpuppen mit rosa und lila Kleidchen. Ich nahm manche Sachen heraus, bestaunte sie und stellte sie wieder an Ort und Stelle zurück. Plötzlich wunderte ich mich, dass ich gar nichts mehr von oben hörte und rief „Sabin".

Stille.

Ich rief lauter.

Nichts.

Ich ging die Treppe hoch. Es war dunkel. Als ich oben ankam, ging ein Deckenstrahler an und erhellte den breiten Flur. Die Tür zu Sabins Zimmer war nur angelehnt und knarrte leise, als ich sie aufdrückte. Es brannte kein Licht. Ich erkannte zarte Umrisse: das Bett, einen Schrank, einen Tisch, Regale. Sabin sah ich nicht. Nirgends war ein Zeichen von ihr, nichts deutete darauf hin, dass sie sich im Zimmer befand.

„Sabin!", rief ich.

Dann noch einmal, mit Nachdruck:

„Sabin!?" Keine Reaktion.

Ich tastete nach dem Lichtschalter und drückte ihn.

Im Hellen sah alles viel vertrauter aus. Sabins Zimmer war ein langgezogener Raum mit bunter Dschungelbuchtapete. Auf dem grün-rot-blau-weißen Teppich lag allerlei Krimskrams herum, alles, was Mädchen sich wünschen: Barbiepuppen im Zehnerpack, ein selbstgebautes Puppenhaus,

Stifte und Malhefte, ein Kassettenrekorder, stapelweise Kassetten, Spiele und Bilderbücher, um nur das zu nennen, was mir auf den ersten Blick aufgefallen war.

Ich stemmte die Hände in die Seite und schrie: „Ich weiß, dass du hier bist. Komm raus! Oder ich versohl' dir den Hintern." Nichts rührte sich. Ich wurde unsicher. War Sabin gar nicht hier? War sie hinunter gegangen, ohne dass ich es bemerkt hatte? Oder war sie im Schlafzimmer ihrer Eltern, zwei Türen weiter? Es gab noch das Badezimmer und ein Ankleide- und Bügelzimmer. Vielleicht war sie dort? Aber das hätte ich doch mitbekommen. Wahrscheinlich war die Göre viel flinker und geschickter, als ich dachte und spielte nur ein Spiel mit mir, beruhigte ich meine Sorgen, die sich langsam in meinem Magen breit machten. Oder gab es eine andere Erklärung für ihr plötzliches Verschwinden?

Gerade, als ich die anderen Zimmer inspizieren wollte, hörte ich ein kaum wahrnehmbares Geraschel. Jetzt war ich sicher: Sabin versteckte sich vor mir, irgendwo hier in ihrem Kinderzimmer.

Ich beschloss, ihr Spiel mitzuspielen, ging aus dem Zimmer, um in den anderen zu suchen, schlich aber zurück, versteckte mich hinter der halboffenen Tür und linste durchs Schlüsselloch.

Keine Minute später hob sich der Deckel des großen Wäschekorbs und zwei runde Äuglein lugten hervor, spähten durchs Zimmer und vergewisserten sich, dass es leer war. Behände kroch Sabin aus dem Korb und schlich auf Zehenspitzen Richtung Tür.

Ich grinste innerlich, jetzt würde ich ihr einen schönen Schrecken einjagen.

Sie hielt inne und horchte. Da alles ruhig war, setzte sie ihren Weg fort. Als sie die Tür erreichte, sprang ich aus meinem Versteck. Sabin fuhr zusammen und ihr Schrei zerschnitt die Stille. Die Augen weit aufgerissen, blieb sie starr stehen. Der Schreck saß tief in ihrem Gesicht. Die Überraschung war mir geglückt. Aber als ich sie packen und ins Bett stecken wollte, entzog sie sich mit einer geschickten Drehung blitzflink meinen Händen, rief: „Fang mich doch, du Eierloch!“ und rannte davon.

Ich ärgerte mich, dass ich nicht schneller und fester zugepackt hatte, und sah aus den Augenwinkeln, wie Sabin die Treppe hinunterrannte.

Jetzt geht das Spiel also von vorne los, dachte ich, und begab mich ebenfalls hinab. Es war mittlerweile allerhöchste Zeit, Sabin musste ins Bett. Ich hatte keine Lust, mir Vorwürfe meiner Tante anhören zu müssen.

Im Wohnzimmer empfing mich der Nachrichtensprecher. Einen Moment später vernahm ich eine Explosion und im darauf folgenden Kommentar fiel das Wort „Irak“. Ich ignorierte den Fernseher und konzentrierte mich auf die Situation hier im Haus.

Sabin war nirgends zu sehen.

Ich durchkämmte das Wohnzimmer, den Flur und die Küche. Nichts. Ich riss die Tür des Gästeklos auf. Fehlanzeige. Im Keller vielleicht? Die Tür war verschlossen. Aber irgendwo hier unten musste Sabin sein. Kaum hatte ich den Gedanken zu Ende gedacht, rannte sie an mir vorbei, die Treppe hinauf und zeigte mir eine lange Nase.

Meine Unlust auf dieses Versteckspiel stieg. Unmissverständlich forderte ich Sabin auf, sich bettfertig zu machen und wies nachdrücklich darauf hin, dass ich mich ansonsten gezwungen sähe, zu ganz anderen Methoden zu greifen, wenn sie nicht augenblicklich freiwillig ins Bett ginge.

Ein langgezogenes “Hihihihi“ war die Antwort und ich spürte, wie meine Wut langsam vom Bauch ins Hirn kroch.

Wieder ging ich die Treppe hinauf. Ich war mir sicher, dass ich Sabin innerhalb der nächsten Minute schnappen, ins Bett stecken und das Licht löschen würde.

Im Kinderzimmer knarrte und knackte es. Es hörte sich nach einem Sprungrahmen an, aus dem sämtliche Sprungfedern sprangen.

Ich hatte Angst, dass dieser Abend ausarten und ich meiner Tante gegenüber in Erklärungsnot geraten könnte.

Sabin sprang auf ihrem Bett herum und lachte. Sie hatte sichtlich Spaß an dem Spiel, das jetzt langsam zu Ende gehen sollte. Denn eines war klar: Dieses Mal würde sie mir nicht entwischen. Auch ihr schien das bewusst zu sein. Ich war hellwach, spürte das Adrenalin durch meine Adern fließen und sagte ganz ruhig, „Zieh jetzt bitte deinen Schlafanzug an."

„Nein, du musst mir helfen", jauchzte sie. Offensichtlich hatte sie ebenso genug von dem Rumgehetze wie ich und würde friedlich und freiwillig ins Bett gehen. Einerseits war ich beruhigt, andererseits fand ich es ein bisschen schade, dass sie so schnell aufgegeben hatte. Ein solch abruptes Ende der Jagd war mehr als unbefriedigend.

Sabin verschränkte die Hände vor der Brust und spielte Kindchen:

„Ich kann das noch nicht."

„Du bist doch schon groß. Hier!" Ich warf ihr das Nachthemd zu, das ich im Bett gefunden hatte. Sie nahm es und feuerte es in die gegenüberliegende Ecke des Zimmers:

„Nö. Bin noch zu klein."

So etwas hatte ich bisher noch nicht erlebt. Ich war im Babysitten unerfahren und hatte auch keine kleinen Geschwister. Ich wusste nicht genau, was ich tun sollte, atmete erst einmal theatralisch durch, holte dann das Nachthemd und drückte es ihr in die Hände:

„Wenn du jetzt ganz schnell dein Nachthemd anziehst und ins Bett gehst ohne rumzuzicken, brauchst du dir nicht die Zähne zu putzen. Okay?" lockte ich sie.

„Das verrat ich meiner Mama."

Sabin nervte also weiter. Schlimmer: Sie reizte mich. Denn genau das, womit sie mir drohte, wollte ich ja unbedingt vermeiden.

„Also gut. Ich helfe dir", willigte ich widerwillig ein und schnappte mir das Nachthemd. Leichter gesagt als getan. Sabin hopste auf der Matratze herum, dass es nur so krachte. Ihr Rumgehopse machte mich wütend, aber ich versuchte, mich zu beherrschen.

Zuerst zog ich ihr den rosa Pulli über den Kopf. Dabei verhedderten sich ihre langen blonden Haare im Kragen. Vorsichtig zog ich daran, um sie zu befreien. Das Unterhemdchen glitt ihr leicht über den Kopf. Die Hose, eine Jeans mit Blümchen bestickt, zog sie selbst herunter und ließ sich aufs Bett plumpsen. Ich schälte sie aus den Beinen und legte die Hose zusammen. Dann zog sie die Unterhose aus, die sie mir stolz präsentierte:

„Meine Lieblingsunterhose. Guck mal, der König der Löwen." Ich nickte, obwohl ich dieses Vieh noch nie gesehen hatte, und spornte sie an:

„Jetzt das Nachthemd und dann haben wir's." Doch Sabin weigerte sich und meckerte, dass ihr kalt sei.

„Dann zieh dir was an", forderte ich sie auf.

„Nö", sagte sie, stellte sich nackt und mit verschränkten Armen vor der Brust vor mich hin und ließ sich aufs Bett fallen. Immer wieder stand sie auf, ließ sich hinfallen und lachte dabei wild auf. Es schien ihr Spaß zu machen.

Ich stand vor dem Bett und befahl mir, ruhig zu bleiben.

Ziemlich ratlos stemmte ich die Arme in die Seite, drohend, wovon sie sich natürlich nicht beeindrucken ließ. Aber ich muss auch zugeben, dass ich nicht besonders bedrohlich wirkte. Meine schmächtige, fast zarte Gestalt, die feinen blonden halblangen Haare, die abstehenden Ohren und mein blasser Teint strahlten alles andere als Autorität oder Männlichkeit aus. Sabin wusste, dass sie mich an der Nase herumführen konnte und spielte mit mir.

Das Hin und Her ging weiter. Ich versuchte Sabin zu fassen. Sie entzog sich mir, versteckte sich unter der Decke, bis ich sie wieder hervorholte. Es ging endlos so weiter und das Ziel, sie früh ins Bett zu stecken, schien weiter weg denn je. Dann schmiss sie ein Kissen nach mir und lachte dabei. Dieses Lachen. Ich kann es einfach nicht vergessen. Es war kein normales Kinderlachen. Irgendwie hörte es sich stärker und größer an. Ich begriff, dass ihr Lachen mir galt. Sie lachte nicht, weil sie sich freute und Spaß hatte, sondern sie lachte mich aus. Lachte, weil ich hilflos vor ihrem Bett stand und sie einfach nicht in den Griff bekam.

Ich packte sie energisch bei den Schultern und drückte sie nieder, damit ich ihr das Nachthemd über den Kopf ziehen konnte. Dabei strich ich ihr mit den Händen über Rücken und Bauch, als ob ich sie von Fusseln befreien wollte. Sie schaute mich erstaunt an.

„Du hast ja so Hände wie Mama! Papa hat dicke Hände und rau sind sie auch. Aber deine sind ganz zart." Zart? Das war mir bisher noch nicht aufgefallen. Ich betrachtete meine Hände. Ganz normal fand ich sie, wie die Millionen anderer auch.

Ich legte meine Hände wieder auf ihre Haut und streichelte ihren Rücken. Sie blickte mich versonnen an. Eben noch wild und ungehorsam war sie mit einem Mal friedlich, sanft und zahm. Nicht wiederzuerkennen.

Sabin entspannte sich, genoss sichtlich die Berührungen, summte sogar eine kleine Melodie und schnurrte. Ich fühlte ein sanftes Wesen unter meinen Fingerkuppen, ertastete eine starke Persönlichkeit, gleichzeitig auch eine grenzenlose Wut. Steckte das alles in ihr? Verbarg sich das unter ihrer Oberfläche? Warum spürte ich das alles so klar?

Ich erinnerte Sabin an meine eigentliche Mission, indem ich auf das Nachthemd deutete, das ihr halb über dem Kopf hing.

Sie sprang auf und zog das Nachthemd herunter, so dass ihr Körper endlich bedeckt war. Aber meine Hoffnung, sie hätte genug von der Spielerei und würde sich nun schlafen legen, wurde enttäuscht. Sabin versuchte, aus dem Bett zu springen, um die Jagd fortzusetzen. Doch das ließ ich nicht zu.

Ich packte schnell ihre Arme, damit sie nicht entkommen konnte, und stieß sie zurück ins Bett. Sie befreite einen Arm und schlug nach mir, ich fing ihre Hand ab, drückte sie herunter und streifte dabei ihren Bauch. Sie fing an zu lachen.

Diesmal war es ein anderes Lachen. Sie war kitzlig, krümmte sich und versuchte, meine Hand abzuwehren. Aber meine Finger spielten auf ihrer

Haut, der rechten Seite ihres Bauches. Offensichtlich hatte ich die richtige Stelle erwischt, denn sie quiekte immer heftiger und lachte immer jaulender. Längst schon hatte es nichts mehr mit einem fröhlichen Lachen zu tun.

Sabin wälzte sich von rechts nach links, griff nach meinen Fingern, die nicht locker lassen wollten und immer pikantere Stellen fanden. Den Übergang, wenn Kitzeln zur Qual wird, erwischte ich perfekt. Ich packte heftiger und fester zu. Schon lange war Sabin der Spaß vergangen und es kamen nur noch erbärmliche Schluchzer über ihre Lippen.

Das Merkwürdige war, dass ich nicht aufhören konnte, sie zu quälen. Mehr noch: Ich genoss ihre Hilflosigkeit. Ich spürte Macht. Durch meine Hände und Finger strömten Stromstöße in Sabins kleinen Körper, die ihn beben ließen, auf und ab, immer intensiver und kräftiger. Sie wandte sich, wollte sich nicht damit abfinden, unter meinen Kitzeleien zu leiden. Später jedoch erstarb ihre Gegenwehr, als sie erkannte, dass sie gegen meine Hände keine Chance hatte. Sie bettelte und jammerte. Aber ich ließ nicht locker, war erst am Anfang. Jetzt begann der Abend auch für mich, spaßig zu werden. Ich roch ihren hastigen Atem, doch ihre Bewegungen ebbten ab. War sie etwa schon erledigt?

In der Tat. Die Kraft war aus ihrem kleinen, schutzlosen Körper gewichen. Tränen rannen aus ihren Augen. Es waren keine Freudentränen, sondern Tränen der Bitterkeit und des Kampfes.

Als ihr Weinen nur noch ein Wimmern war, die Töne immer jämmerlicher klangen vor lauter Erschöpfung, ließ ich von ihr ab.

Der ins Bett gesunkene und unter der Decke verkrochene Körper lag reglos da. Sabin öffnete kurz die Augen. Der Bannstrahl ihres Blickes traf mich, aber sie war zu erschöpft, als dass er hätte Hass ausstrahlen können. Stattdessen war es ein ungläubiger und Mitleid erregender Blick, der Wehrlosigkeit ausdrückte.

Sie zog einen schiefen Mund. Das hatte etwas von beleidigt sein, was mich amüsierte. Sie atmete ruhig und gleichmäßig, bald schon würde sie eingeschlafen sein.

Ich saß noch eine Weile gebannt auf der Bettkante und starrte meine kleine Cousine an.

Sabin und ich.

Hier allein.

Meine mächtigen Hände hatten sie gezähmt. Wir beide hatten ein Geheimnis. Das Gefühl in mir schwankte zwischen Triumph und Trauer. Wie schön war es gewesen, sie zu beherrschen. Aber wie leicht war es auch. Keine wirkliche Herausforderung.

Nach fünf Minuten schlief sie ein. Von Zeit zu Zeit kam ein Seufzer über ihre Lippen, ein Stöhnen aus der Tiefe ihrer Brust. Zweifellos träumte sie das Erlebte noch einmal.

Einen Moment lang dachte ich an meinen Vater, der mich häufig schlug, obwohl es keinen plausiblen Grund dafür gab. An meine Mutter, die mich nie verteidigte. In ihren Augen war ich ein allzu durchschnittliches Kind, ohne jede erkennbare Begabung. Ich hörte die verärgerte, grausame Stimme meines Vaters, das Gegröle eines Besoffenen, der nach mir rief, weil er mich nicht fand in meinen Verstecken, die ich mir ausgedacht hatte.

Ein Nebel legte sich vor meine Augen. Ein kleiner Junge rannte hilflos davon, nirgends ein Ziel, kein Halt, kein Weg.

Meine Augen wanderten zurück zu Sabin. Manchmal zuckte sie im Schlaf, als sei ein böser Feind in ihrem ansonsten schlaffen Körper, der sie piesackte und ihr Schmerzen verursachte. Ich war ihr ganz nah. Ich konnte ihren Atem riechen. Mich umfing ein Gefühl. War es das Gefühl der Fürsorge? Ein sachter Schauer lief über meinen Rücken. Mir war einen Moment danach, in diesen Körper zu kriechen und Sabin von ihren Peinigern zu befreien. Schutz und Geborgenheit hätte ich ihr gegeben, gerne sogar, aber ich ließ sie schlafen. Sie brauchte Ruhe.

Gerade als ich aufgestanden war und sie ein letztes Mal angeblickt hatte, um mich von ihr zu verabschieden, hörte ich ein Auto auf den Hof fahren. Onkel Manfred und Tante Klara.

Hastig lief ich die Treppe hinunter. Ich zupfte meine Klamotten zurecht, legte mich in den Sessel vor den Fernseher, die Beine über der Lehne verschränkt, und tat, als schliefe ich.

Meine Tante kam herein, beugte sich über mich und stieß mich an die Schulter.

„Wir sind wieder da“, sagte sie und ging in die Küche. „Ich kann dir sagen: traumhaft, göttlich. Einfach phänomenal. Ich könnte jeden Abend in die Oper gehen.“

Als sie wieder ins Wohnzimmer kam, hatte sie ein Glas Mineralwasser in der Hand und trank. Dann streifte sie meinen Blick.

„War was?“ Ich schüttelte den Kopf, stand auf, reckte mich und schaute auf die Uhr:

„Ich hab's ein bisschen eilig“, sagte ich und deutete auf die Haustür. Im Hinausgehen stolperte ich fast über meinen Onkel, er fing mich mit beiden Händen auf und schenkte mir ein Lächeln. „Hoppla, pass auf, wo du hinläufst.“ Er schaute mich an, und ich machte, dass ich schleunigst aus dem Haus kam.

Als ich ins Freie trat, traf mich die kühle Luft der Nacht. Das tat gut, allerdings war mir in diesem Moment die Tragweite des Geschehenen noch nicht annähernd bewusst. Ich konnte nicht ahnen, dass diese Begegnung mit Sabin mich erniedrigen und anspornen, mich hetzen und verurteilen würde. Mein ganzes Leben lang.

Montag, 18. September, 9.45 Uhr

An einem Montagmorgen im schönsten September seit Menschengedenken trat der Frankfurter Kommissar Andreas Rauscher ganz leise in das Büro seines Kollegen, Kommissar Jan Krause, um ihn zu überraschen. Rauscher, 1,80 m groß, Mitte dreißig, mittelschlank, schwarze kurze Haare und frisch rasiert, machte eine prima Figur in seinem dunklen Anzug, den er heute ausnahmsweise trug. Die beiden oberen Knöpfe des weißen Hemdes waren offen.

Frau Winter, die Sekretärin, hatte Rauscher mitgeteilt, dass Krause schon vor gut einer Stunde ins Präsidium gekommen und in seinem Büro verschwunden war.

Aber Krauses Büro war leer.

Rauscher schaute auf die Uhr: 9.45 Uhr. Die Teamsitzung war für 10 Uhr angesetzt. Hektik am Montagmorgen war nicht Krauses Ding, aber wo war er?

Rauscher wollte wieder gehen, als er ein Geräusch hörte. Er hielt inne. Es klang wie Sägen. Kein Sägen auf Holz, eher ein Schnauben oder Schniefen, unrhythmisch und sanft, es kam ihm bekannt vor.

Ja. Eindeutig. Es klang wie ein wohliges, zufriedenes Schnarchen. Hier, irgendwo in Krauses Büro schnarchte jemand!

Rauscher schaute sich um. Das etwa 30 Quadratmeter große Büro war nur mit dem Nötigsten eingerichtet. Ein Schreibtisch, schwarz lackiert, ein runder Tisch und drei Stühle, Computer und Drucker, ein Plakat an der Wand mit den meistgesuchten Terroristen Deutschlands, daneben ein Kalender, der das heutige Datum, „Montag, 18. September" anzeigte, und ein Aktenschrank, der nicht hoch und nicht breit war, dafür aber tief im Raum stand und zwar direkt rechts neben der Tür.

Rauscher versuchte hinter den Schrank zu schauen. Er sah nichts. Dann senkte er den Blick, weil das Geräusch von unten kam. Lag dort eine Luftmatratze? Da er nicht im Entferntesten an die Existenz einer solchen im Büro des Kollegen Krause glaubte, hielt er das Gesehene für eine optische Täuschung und rieb sich die Augen. Vielleicht sollte er mal zum Augenarzt gehen, dachte er. Mit 35 war er nicht mehr der Jüngste, vielleicht brauchte er eine Brille. Er notierte vor seinem geistigen Auge einen Termin. Sicher ist sicher. Nachdem er die Hände von den Augen genommen hatte, sah er das Unfassbare, ja, tatsächlich: Kollege Krause lag in der Ecke am Boden auf einer Luftmatratze und ließ leise Töne über seine Lippen strömen. Eine Uhr lag in Höhe seines Kopfes.

Rauscher überlegte, ob er Krause selig weiterschlafen lassen sollte, entschied sich jedoch dagegen. Schließlich hatte er ihm etwas Wichtiges mitzuteilen. Außerdem zeigte der Blick auf die Uhr, dass in zehn Minuten das Teammeeting begann. Kommissar Ingo Thaler und die Hospitantin Elke Erb warteten sicher schon.

Rauscher dachte an Elke, seine neue Liebe. Ein Lächeln flog ihm übers Gesicht. Er hatte sich immer eine richtige Beziehung gewünscht und mit Elke schien es nun endlich soweit. Seit drei Monaten waren sie offiziell ein Paar. Schöne Monate. Voller Liebe, Abwechslung und Lust, aber auch Frust, denn der Job hatte ihnen des Öfteren dazwischen gefunkt. Aber nach seiner vierjährigen Affäre mit der verheirateten Lena war er sich diesmal sicher, eine vernünftige Grundlage für eine langjährige Beziehung geschaffen zu haben. Und das allein zählte.

Rauscher schlich an Krause heran. Gerade, als er ihn wecken wollte, klopfte es heftig an der Tür.

Krause schreckte aus dem Schlaf hoch, blickte Rauscher erschrocken an und begriff die Situation nicht. Erneut klopfte es. Dieses Mal lauter.

„Herr Krause, die Post!“ Es war unverkennbar Frau Winters Stimme, ein wenig hektisch, als habe sie keine Sekunde Zeit, um auf Krauses „Herein“ zu warten.

Rauscher beobachtete Krause, der immer noch vor sich hin dämmerte und keinerlei Anstalten machte, sich zu erheben. Also öffnete Rauscher die Tür, entriss der verdutzt dreinschauenden Frau Winter den Stapel Briefe und drückte die Tür vor ihrer Nase wieder zu. Schwungvoll warf er die Post auf den Schreibtisch, wo der Packen auseinander flog. Dann stellte er sich, beide Hände in die Seite gestemmt, vor Krause hin und schaute ihn an.

„Kannst du mir mal erklären, was hier vor sich geht?“

Krause schälte sich behäbig aus dem Schlafsack und fuhr sich durch die verwuschelten Haare:

„Wenn du frisch verliebt wärst, würdest du auch keine Nacht zum Schlafen kommen."

Daher wehte der Wind, dachte Rauscher, und konnte sich ein hämisches Grinsen nicht verkneifen. Debbie also. Krauses Neue. Im selben Moment dachte er an Elke und daran, dass sie ebenfalls noch nicht allzu lange zusammen, aber trotzdem früh ins Bett und zum Schlafen kamen. Heißt denn frisch verliebt sein automatisch Nächte lang Rumvögeln? Sollte da etwas nicht stimmen in seiner Beziehung mit Elke? Oder wie war Krauses Bemerkung zu deuten?

Während Rauscher diesen Gedanken weiter spann und den Moment der Unsicherheit zu überspielen versuchte, indem er an sein eigentliches Vorhaben dachte, nämlich Krause eine wichtige Mitteilung zu machen, stand dieser auf, drückte sein Kreuz durch, rollte den Schlafsack zusammen und verstaute ihn im Schrank, in dem er ein eigens dafür angelegtes Eckchen reserviert hatte.

„Moin übrigens", sagte Krause, der jetzt vor dem kleinen Spiegel stand, sich die kurzen braunen Haare zurecht legte, die Brille aufsetzte und seine Klamotten ordnete. Krause – ein großer, hagerer, kantiger Typ – sah mit seinen 36 Jahren ziemlich faltig und mitgenommen aus, doch ein vielsagendes Lächeln glitt über sein Gesicht und seine Gesichtshaut straffte sich.

„Bei euch scheint es ja bestens zu laufen", sagte Rauscher. Krause war vollends wieder hergestellt und die junge Liebe spiegelte sich strahlend in seinem Gesicht.

„Sieht man, ne?", lachte er eindeutig unverschämt. „Und wie läuft's bei euch?" Rauscher zuckte mit den Schultern: „Ich denke, es ist alles okay."

Mit einem „Aha" setzte Krause sich in seinen Sessel hinter dem Schreibtisch.

Rauscher stützte sich mit beiden Händen auf die Tischkante. „Das denke ich tatsächlich, was dagegen?"

„Mein' ja nur. Ihr seid ja auch erst drei Monate zusammen, oder?"

„Was willst du damit sagen?"

„Gar nix."

„Falls du denkst, bei uns läuft es nicht, kann ich dich beruhigen. Nur weil ich morgens frisch ins Büro komme, ganz im Gegensatz zu dir, heißt das noch lange nicht, dass wir nachts nicht, ich meine, dass wir ..."

„Reg' dich nicht auf. Das bezweifle ich doch gar nicht." Krause gähnte, ohne sich die Hand vor den Mund zu halten.

Wenn es um den Job ging, war Krause normalerweise die Zuverlässigkeit in Person, deshalb machte sich Rauscher etwas Sorgen seit sein Teamkollege mit Debbie, der ehemaligen Praktikantin der Abteilung, zusammen war. Krauses Telefon klingelte.

Thaler war am Apparat und wollte wissen, wo sie blieben. Rauscher entschied, Krause erst nach der Sitzung in die neueste Entwicklung im Fall des Friedhofmörders einzuweihen und gemeinsam machten sie sich auf den Weg zum Konferenzraum.

Als die beiden den von der Sonne aufgeheizten Raum betraten, erwartete sie Ingo Thaler bereits. Thaler, ein schlanker Mann mit schwarzen halblangen Haaren, Anfang dreißig, gehörte seit knapp drei Jahren zum Stamm des Teams und wurde von manchem im Präsidium „Mister Recherche" genannt.

Sie nahmen Platz an dem langen, massiven Holztisch. Krause gähnte, schenkte sich einen Kaffee ein, zählte fünf Stück Zucker ab, ließ sie einzeln hineinplumpsen und rührte langsam und genüsslich um.

„Wo ist Elke?", wollte Thaler wissen.

„Keine Ahnung", antwortete Rauscher und zu Krause, „du willst doch diese Plörre nicht etwa trinken?"

„Sicher", erwiderte Krause, „ich brauche Energie."

„Wir bräuchten noch Unterstützung für das Prof-Projekt", sagte Thaler. Fragend schauten sie ihn an.

„Diese Datenbank. Ihr wisst schon, das habe ich euch vor einem halben Jahr schon mal erklärt, mit der man Fälle schneller und effizienter vergleichen kann. Aber nicht nur das: Wir arbeiten daran, dass die Software automatisch Verbrechens-Charakteristika mit Tätern oder besser gesagt mit deren psychopathologischen Profilen vergleicht. Bei Übereinstimmungen dürfte es ein Leichtes sein, potenzielle Täter ausfindig zu machen. Im Idealfall erstellt die Software handhabbare Diagramme und Täteranalysen, bereitet Tathergänge auf, vergleicht Gutachten und Prozessabläufe, um somit einen schnelleren Zugriff zu erzielen."

„Und für was steht ‚Prof'-Projekt nochmal?" wollte Krause wissen.

„Prof ist die Abkürzung für Profil. Weil es sich wichtig anhört, hat unser Oberchef", er deutete mit dem Daumen nach oben, „den Namen abgesegnet. Heute Nachmittag findet die nächste Sitzung statt. Neue Teilnehmer sind herzlich willkommen. Also wie sieht's aus?"

In diesem Moment ging die Tür einen Spalt auf und Elke Erb, Hospitantin in Rauschers Team, steckte den Kopf herein:

„Hey, ihr müden Krieger", sagte sie mit einem verschmitzten Lächeln, „Einsatz. Tötungsdelikt!"

Eins

In den Wochen nach dem Babysitten war mein Leben die Hölle.

Meine kleine Cousine, die lustige Seele, hatte die Vorkommnisse brühwarm und haarklein ihren Eltern erzählt. Die wiederum warteten bei meinen Eltern auf und waren derart empört, dass sich meine Mutter in Grund und Boden schämte, als sei was weiß ich was geschehen.

Die Szene, die mir mein Vater anschließend gemacht hat, ist mir bis heute lebhaft im Gedächtnis. Überall hatte ich blaue, lila und grüne Flecken und ein Veilchen, so hatte er mich verdroschen.

Seine Worte klingen mir frisch wie eh und je im Ohr. „Paaaaah. Das ist nicht mein Sohn!", hatte er mehrmals durch die ganze Wohnung geschrien.

„Das kann nicht mein Sohn sein!“ Er kriegte sich gar nicht mehr ein und fortan stand ich unter besonderer Observation meiner Eltern. Obwohl ich nicht wusste, was Onkel Manfred und Tante Klara genau erzählt hatten, ja nicht einmal, was Sabin ihren Eltern erzählt hatte und wie viel Wahrheit darin lag oder wie viel Wahrheit von Ohr zu Ohr verloren gegangen war, erhoben meine Eltern den Zeigefinger bei jedem Schritt, den ich künftig unternahm. Sie vermittelten mir das Gefühl, ein gefährlicher Nichtsnutz zu sein. Mehr noch: Sie unterbanden jeden Kontakt zwischen mir und meiner Cousine oder anderen jüngeren Kindern aus der Nachbarschaft. Selbst mit Gleichaltrigen aus meiner Klasse durfte ich weder spielen noch mich zum Hausaufgaben machen treffen. Meine Mutter holte mich sogar von der Schule ab, damit ich mich nicht verabreden oder ausbüchsen konnte. Auf dem Nachhauseweg erklärte sie mir, dass ich etwas Böses in mir hätte, das sie mir gerne austreiben würde.

Und wie ging es mir? Ich bereute nichts. Jede Sekunde mit Sabin ließ das Blut in meinen Adern vibrieren. Ich lechzte danach, herauszufinden, was tatsächlich an jenem Abend vorgefallen war. Warum hatte eine bloße Berührung meiner Hände Sabin ohne Weiteres besänftigen können?

Der Babysittingabend hatte definitiv mein Leben verändert. Jede kleine Begebenheit spielte sich tausendmal vor meinen Augen ab, wie ein Film. Er heftete sich in mein Gedächtnis und sollte mich mein Leben lang begleiten. Jahre, in denen vor allem mein Vater mir das Leben zur Hölle machte. Für ihn war ich ein Versager, ein Abartiger. Bei allem, was ich tat, lachte er, lachte mich aus vollem Herzen aus. Das Lachen meines Vaters habe ich bis heute im Ohr.

Ich litt darunter, wurde immer unsicherer, scheuer, wusste nicht, wie ihm begegnen, von Aufbegehren gegen dieses Unrecht ganz zu schweigen.

Aufgrund der Schuld, die ich später empfand, lebte ich in dieser Zeit in einem elenden Zwiespalt, den ich nicht aufzulösen vermochte. Der Abend mit Sabin schien meine große Jugendsünde – beinahe glaubte ich selber daran – aber gleichzeitig auch meine Erweckung gewesen zu sein, denn ich hatte etwas erfahren, wovon ich bis dahin nichts wusste: Die Macht meiner Hände war erwacht, nein, sie war durch Sabin zum Leben erweckt worden. Im Nachhinein erst fiel mir auf, dass der Abend mit Sabin meine erste ernstzunehmende sexuelle Erfahrung war.

Natürlich hinterließen auch die Beschuldigungen meiner Eltern Spuren. Hatte ich mir etwas zu Schulden kommen lassen? Die Sünde der Berührung beschäftigte mich, sie quälte und verfolgte mich bis in meine intimsten Träume. Aber es blieb natürlich viel mehr. Die Entdeckung der Gabe meiner Hände gehörte mir, wurde meine Partnerin, meine Beziehung, meine Liebe, ohne dass ich sie in praktischer Erfahrung weiterhin hätte ausprobieren, testen oder pflegen können, einfach weil mir die Möglichkeiten dazu fehlten. Für mich war die Begegnung mit Sabin die Geburt einer Forschungsreise: Ich begab mich auf die Suche nach dem Geheimnis meiner Hände.

Einmal im Winter, es waren bereits zwei Jahre seit dem Vorfall mit Sabin vergangen, saß ich alleine im Warteraum des Bahnhofs. Der ungeheizte, eiskalte Raum bereitete mir Unbehagen. Die Wände waren kahl und grau und außer ein paar bunten Tupfern auf dem Fahrplan gab es keine Farbe. Die Bank, die darin stand, war hart, der Holztisch davor massiv, der Boden glatt und fest, Wasserlachen standen überall, aufgetauter Schnee, dazwischen Steinchen. Draußen tobte ein Schneesturm, unwirtliches Wetter.

Ich war froh, dass es diesen Warteraum gab, denn ich hatte noch eine halbe Stunde Zeit bis zur Abfahrt meines Zuges und las in einem Buch. Welches, weiß ich nicht mehr.

Als die Tür aufging, zog ein frostiger Wind herein und wehte Schneeflocken durch die Luft. Ich sah meinen Atemhauch und dahinter, wie durch einen sonderbaren Nebel, kam ein Mädchen zur Tür herein. Ungefähr in meinem Alter, mit rotgelockten Haaren, die an beiden Seiten unter einer bunten Strickmütze hervorlugten, und süßen Augen. Ihre weiße

Haut war weitgehend geschützt mit einer Felljacke. Sie trug dicke Boots und eine gesteppte Winterhose. Sie nahm ihre Mütze ab, schaute sich um und setzte sich neben mich auf die Bank. Ich rückte ein Stück zur Seite, um ihr Platz zu machen, obwohl die Bank lang genug war.

Mit einem Mal konnte ich mich nicht mehr auf mein Buch konzentrieren, so sehr war ich gebannt von der Anwesenheit des Mädchens. Ihre Nähe, sie saß keinen halben Meter von mir entfernt, machte mich froh und in meinem ganzen Körper kribbelte es. Ich bekomme heute noch Gänsehaut, wenn ich daran denke.

Das Mädchen holte ein Heft und ein Mäppchen mit Stiften aus ihrer Tasche und begann zu schreiben. Hin und wieder setzte sie den Stift ab, schaute hoch, als gäbe es einen Himmel über uns, und führte dann den Stift wieder aufs Blatt. Zu gern hätte ich gewusst, was sie zu Papier brachte. Immer wieder lugte ich vorsichtig zu ihr hinüber, darauf bedacht, sie nicht zu stören. Aber ich konnte meine Augen nicht von ihr lassen.

Wahrscheinlich waren meine Blicke zu aufdringlich, denn das Mädchen vermied es, mich anzuschauen. Noch schlimmer: Ihr Blick zeigte Verachtung. Sie verzog die Mundwinkel und rückte von mir weg, als sei sie durch meine Gegenwart peinlich berührt, als sei ich ein verachtenswertes Stück Mensch. So kam es mir jedenfalls vor.

Irgendwie fühlte ich mich durch ihren Ausdruck angespornt. Ihre Verachtung gefiel mir. Lediglich meine Schüchternheit stand mir im Weg, sonst hätte ich sie längst angesprochen.

Nach einigen Minuten festigte sich der Gedanke in meinem Kopf: Das Mädchen wäre eine ideale Testperson für meine Hände. Ich wollte sie berühren, wollte herausfinden, ob meine Hände bei ihr eine ähnliche Wirkung wie bei Sabin auslösen konnten.

Ihre Haut, die nur an den Händen und im Gesicht sichtbar war, zog mich magisch an. Sie war so zart, fast transparent. Nur einige Sommersprossen, die in ihrem Gesicht und auf der Nase tanzten, raubten mir die

Illusion, einfach und ohne Widerstand durch sie hindurchsehen und in sie eintauchen zu können.

Ich wollte diese weiße Haut von ihr loslösen, abtrennen, um sie immer bei mir zu haben und berühren zu können. Gedanklich zog ich das Mädchen bereits aus, schälte sie aus ihrer dicken Jacke, ihrer Hose und ihrem Pulli, um Zugang zu dem Ersehnten zu finden.

Plötzlich schaute ich auf die Uhr, die gegenüber an der Wand hing, und stellte entsetzt fest, dass in zehn Minuten mein Zug fahren würde. Acht Minuten, um genau zu sein, denn ich musste noch durch einen langen, dunklen Tunnel, um den Bahnsteig zu erreichen. Panik erfasste mich. Wann würde sich wieder eine solche Gelegenheit bieten?

Das Mädchen saß da und schrieb weiter. Als sie kurz zu mir herüberschaute, bekam sie einen Schreck und stieß ihr Mäppchen mit dem Ellenbogen vom Tisch. Die Stifte verstreuten sich zwischen uns auf der Bank. Ich griff danach, doch sie war schneller und ich begrub ihre Hand unter meiner.

Ein winziger Moment genügte und meine Hand berührte ihre, ganz zart. Sofort erhellte sich ihr Blick und ein kleines Lächeln sprang von Wange zu Wange. Sie sah auf meine Hand, dann in meine Augen. Sie musste etwas seltsam Schönes gespürt haben, denn freundlich sagte sie:

„Das tut mir aber leid." Es war Magie.

„Macht doch nichts", erwiderte ich, krächzend und holpernd. Erst jetzt zog sie ihre Hand leicht zurück, doch dabei streifte ich sie an der Oberfläche, ja fast müsste man sagen, ich streichelte und liebkoste sie, kostete ihre grazile, schmale Handoberfläche, durch die man die Knochen spürte, und folgte ihren unentrinnbaren Augen, die auf mir lagen und ein Rätsel enthielten. Was war geschehen, schienen sie unentwegt zu fragen. Was würde weiter geschehen? Diese nonverbale, sympathiegetragene Kommunikation trat an die Stelle ihrer Abweisung, dennoch traute sie dem Frieden der Situation nicht. Zu plötzlich war der Umschwung gekommen, zu plötzlich lag eine völlig andere Stimmung im Raum.

Leider wurde unsere Zweisamkeit durch die mechanische Stimme des Bahnhof-Lautsprechers gestört: „Achtung bei Einfahrt des Zuges auf Gleis 9." Ein heftiger Schrecken jagte mir durch die Glieder. Den durfte ich keinesfalls verpassen, sonst drohten Ärger und Strafe zu Hause. Ruckartig zog ich meine Hand zurück, schnappte meine Tasche und sprang auf. Ein Blick, ein letzter, das Mädchen schaute mich erstaunt an, ob meiner plötzlichen Hast.

Auf dem Weg durch den Tunnel sah ich sie immer noch auf der Bank sitzen, einsam und verlassen. Meine Gefühle für sie waren grenzenlos. Ich wollte zurück zu ihr, doch ich durfte meinen Zug nicht verpassen. Wie sehr ich meine Eltern in diesem Moment hasste.

Das Mädchen ging mir nicht mehr aus dem Sinn. Ich fühlte ihre Hand – noch lange danach – die ich so kurz nur berührt hatte.

Es war wieder ein Fingerzeig, dass meine Hände irgendeine Kraft in sich trugen. Nur welche? Das wollte und musste ich unbedingt erforschen.

Die Berührung des Mädchens in der Wartehalle sollte die letzte für lange Zeit gewesen sein.

Montag, 18. September, 10.53 Uhr

Es war ein großer Bornheimer Stilaltbau, vierstöckig, gusseiserne Balkone, in einer Seitenstraße der Berger Straße. Die Fassade war neu, hell und rein leuchtete das frische Gelb und der Ockerton an den Rändern. Rauscher fragte sich, warum der Altbau in Bockenheim, in dem er zur Miete wohnte, seit Jahrzehnten keine Farbe mehr gesehen hatte.

Die Wohngegend war sehr belebt. Vor einem Getränkeladen herrschte reger Betrieb. Einige Leute schauten aus dem Fenster einer Kneipe.

Die Straße, die leicht bergan stieg, war abgesperrt. Passanten standen interessiert herum und beäugten die Polizeiarbeit. An den rotweißen Trennbändern standen je zwei Polizisten, die niemanden passieren ließen, auch den Briefträger nicht.

Direkt vor dem Haus parkten drei blau-graue Polizeiwagen. Ein Polizist schob Wache vor dem metallenen Eingangstor, das in einen kleinen, gepflegten Vorgarten führte, in dem es grünte und blühte.

Rauscher ging rechts neben Elke, auf der anderen Seite liefen Krause und Thaler. Mit der eigenen Freundin zu einem Einsatz zu fahren empfand Rauscher als heikel. Besonders in der Anfangszeit der Beziehung hatte ihm dieser Umstand ein mulmiges Gefühl bereitet. Vielleicht lag es daran, überlegte er, dass man mit seiner Liebsten nur ungern den Ort eines Verbrechens aufsucht. Inzwischen hatte er sich einigermaßen daran gewöhnt.

Ein Kollege der Spurensicherung, der die Fingerabdrücke von den Klingelknöpfen abnahm, empfing sie an der Haustür: „Zweiter Stock links", sagte er und deutete die Treppe hoch.

Rauscher notierte sich im Kopf die Anzahl der Mietparteien. Es waren acht, sechs deutsche Namen, einer klang italienisch, ein anderer nicht auf Anhieb identifizierbar, indisch oder pakistanisch.

„Danke", sagte Rauscher und sie marschierten nacheinander ins Treppenhaus, dessen geschwungene Treppe sofort ins Auge fiel. Gleißendes Sonnenlicht fiel durch die hohen Verglasungen. Die Helligkeit blendete sie und erschwerte den Weg nach oben. Das Knarren der Stufen der weißen Holztreppe klang für Rauscher vertraut.

Das Schild an der Wohnungstür war nicht zu übersehen: Marie-Luisa Bonner. Aus der Nachbarwohnung drang Musik.

„Das ist Robbie", sagte Elke.

„Robbie wer?", fragte Rauscher.

„Williams natürlich", schaltete sich Thaler ein.

„Logisch, wie konnte ich nur?" Rauscher grinste. Der Song hörte sich live an, Stimmen im Hintergrund, Zuschauergegröle, Applaus.

Elkes Näschen schnupperte Kaffeeduft. Rauscher roch ihn auch. In diesem Haus, dachte er, schienen viele Menschen zu leben, die montags um halb elf nicht arbeiten mussten.

Die Wohnungstür war angelehnt. Kollege Andres, ebenfalls von der Spurensicherung, wartete schon auf sie. Er führte sie durchs Wohnzimmer direkt ins Schlafzimmer. Rauscher schaute sich um. Hohe Stuckdecken, edle Lampen. Alles wirkte gepflegt und liebevoll eingerichtet.

Karsten Quast, der Pathologe und Gerichtsmediziner, war bereits da. Er hantierte an seinem Handschuh und machte einen mürrischen Eindruck. Rauscher grüßte ihn mit einem kleinen Handzeichen, aber Quast hielt es nicht für nötig, die Begrüßung zu erwidern.

Die Frau, die mit dem Kopf aus dem Bett hing, hatte lange blonde Haare. Wild durcheinander gewirbelt hingen sie herunter auf den Boden, einige Strähnen bedeckten ihr Gesicht. Die Augen starrten an die Decke.

Während das Team noch im Hintergrund blieb, ging Rauscher rechts und links am Bett entlang. Die Frau war nackt, bis auf einen knappen roten Slip, und glänzte am ganzen Körper. Die Beine waren leicht geöffnet und angewinkelt. Sie war nicht dick, aber proper. Üppige Brüste, flacher Bauch, kräftige Arme und Oberschenkel. Rauscher schätze sie auf Mitte Ende vierzig. Sie hatte einen Sonnenbank-Teint. Die Augenbrauen waren fein gezupft, der Lidstrich penibel gezogen, Schminke und roter Lippenstift verlaufen. Könnte geweint haben, dachte Rauscher. Ohrringe und Halskette aus Gold. Zwei Ringe an der rechten, drei an der linken Hand, mit Steinen, die aussahen, als hätten sie einen hohen Wert.

Rauscher fiel auf, dass es rund um die Leiche kein Blut gab. Ein Tatort ohne Blutspuren war selten, dachte er und fragte:

„Haben wir ihre Personalien?“

„Marie-Luisa Bonner, 46 Jahre“, sagte Krause, „die Mieterin der Wohnung. Hat die Nachbarin, die sie gefunden hat, bestätigt.“

Rauscher machte Platz, damit jetzt auch die Kollegen den Tatort inspizieren konnten, und ging in sich. Konzentration war gefragt. Er durfte kein Detail übersehen.

Ein französisches Bett, wie eine Spielwiese. Edle Bettwäsche, dezente rosa Vorhänge. Auf der antiken Kommode ein Blumenarrangement in Rot, daneben eine Flasche Champagner im Sektkühler, geöffnet. Ein leeres Glas mit Lippenstiftspuren und ein fast volles ohne. Ein pompöser Marmoraschenbecher und ein schneeweißes Handtuch. Porentief rein, dachte Rauscher, und überlegte, aus welcher Werbung er den Spruch kannte.

Ein großer Spiegel mit goldenem Rahmen hing über der Kommode. Wohin Rauscher auch schaute standen Kerzen. Einige waren bis zur Hälfte abgebrannt, andere noch gar nicht entzündet. Rauscher suchte nach einem Begriff für dieses Ambiente und fand ihn: Liebesnest. Das gedämpfte Licht verstärkte die intime Atmosphäre. Der Raum war mit viel Gefühl fürs Detail möbliert. Rauscher wandte sich den Kollegen zu.

„Sieht aus, als hätte sie jemanden erwartet. Was meint ihr?"

„Also wenn derjenige nicht ihr Lover war", bemerkte Krause, „dann hat sie sich jedenfalls alle erdenkliche Mühe gegeben, dass er es baldmöglichst wird. Bleibt die Frage: Warum bringt er sie in solch einer hocherotischen Situation um? Hätte doch ein netter Abend werden können."

„Liebe, Rache oder Eifersucht. Such dir was aus", pflichtete Thaler bei, „kommt ja nicht gerade selten vor."

„Schon merkwürdig", sprach Elke Erb dazwischen, „kein Einschuss, keine Stichwunde. Ich kann immer noch nicht erkennen, wie sie eigentlich zu Tode kam." Thaler gab zu bedenken:

„Wenn man sich hier so umschaut, könnte auch Geld eine Rolle spielen. Eine Scheidung, ein Erbe, eben alles, was damit zusammen hängt." Rauscher lachte:

„Na prima, dann hätten wir ja alle möglichen Motive zusammengetragen oder fehlt noch was?"

Jetzt mischte sich Quast ein, der sich bisher im Hintergrund gehalten hatte und akribisch seiner Arbeit nachgegangen war:

„Vielleicht könnte mir mal einer von euch zuhören. Wie wär's?" Alle schauten zu Quast, über dessen rechtem Zeigefinger ein hauchdünner Seidenmantel hing, den er kurz zuvor vom Boden gefischt hatte.

„Den hat sie getragen", sagte Quast, legte den Seidenmantel beiseite und deutete auf den rechten und linken Bauchbereich der Frau: „Übersät mit Blutergüssen. Da muss jemand ziemlichen Druck ausgeübt haben. Nur frage ich mich, wieso am Bauch?"

Rauscher beugte sich vor, um besser sehen zu können. Richtig. Mit bloßem Auge sah er jetzt auch die blauen Flecken auf der Haut. „Könnte das die Todesursache sein?"

„Kann ich noch nicht sagen. Hier am Hals sind ebenfalls Druckstellen. Der Mörder könnte ein Kissen genommen und es ihr auf den Mund gedrückt haben. Der Lippenstift ist verwischt." Quast deutete zum oberen Bettrand, wo ein rotes Kissen lag. Er nahm es und hielt es Rauscher vor die Nase. „Schlaf gut, mein Hase" war in Rosa draufgestickt.

„Das untersuchen wir nach Lippenstiftspuren und Fingerabdrücken."

Rauscher fiel auf, dass die Haut der Leiche glänzte. Wieso? „Vielleicht Öl. Zum Einmassieren oder irgendwas zum Einreiben", meinte Quast und bevor Rauscher ihn fragen konnte, erklärte er: „Der Tod müsste gestern Abend zwischen 19 und 22 Uhr eingetreten sein." Rauscher bedankte sich.

Während Ingo Thaler und Elke Erb noch damit beschäftigt waren, sich ihr eigenes Bild vom Tatort zu machen, kam Krause wieder herein, der sich eigentlich im Haus umhören wollte.

„Gerade habe ich die Nachbarin beim Lauschen an der Wohnungstür ertappt", sagte er und lachte: „Eleonore Moosbach, alleinstehend, 42 Jahre alt, behauptet, eine Freundin von Frau Bonner zu sein. Die beiden waren heute Morgen um acht zum Einkaufen verabredet. Weil sich Frau Bonner normalerweise nie verspätet, wurde sie unruhig und ist um kurz vor neun in die Wohnung gegangen. Sie hat einen Schlüssel, zum Blumengießen, wenn die Bonner mal verreist war. Sagt sie. Weiterhin behauptet sie, dass es im Haus schräg gegenüber einen Typen gibt, Bodo Schmitz, der sie seit Monaten mit einem Fernglas beobachtet. Ein Spanner. Frau Moosbach und Frau Bonner haben Anzeige gegen ihn erstattet, was ich gerade überprüfen lasse. Sie war ziemlich verstört. Ein Arzt ist gerade bei ihr.“ Rauscher nickte:

„Den Schmitz knöpfe ich mir vor und mit Frau Moosbach muss ich auch reden. Vielleicht kennt sie jemanden, der die Bonner „Hase“ genannt hat. Ihr könnt euch ein paar Beamte schnappen und alle Nachbarn abklappern. Und wenn ich „alle“ sage, meine ich auch alle. Die gesamte Luisenstraße und am besten auch die Querstraßen. Hört euch um. Vielleicht kennt jemand die Bonner oder hat etwas beobachtet.“

„Geht klar.“ Krause winkte Thaler und Elke herbei. Am liebsten hätte Rauscher sie jetzt geküsst, doch sie verließ mit den anderen den Raum. Rauscher verzichtete darauf, Quast zu fragen, wann er mit dem Bericht rechnen könne. Stattdessen wollte er ihn in Ruhe weiterarbeiten lassen und selbst auf Entdeckungsreise gehen nach Marie-Luisa Bonners Leben. Warum musste sie sterben war eine Frage. Eine andere: Wie hatte sie gelebt? Vielleicht ließ sich daraus ein Mordmotiv ableiten oder ein Hinweis finden, der ihnen den Weg zum Mörder ebnen konnte.

Rauscher versuchte, seine Wahrnehmung und seine Sinne auf höchste Konzentration zu bringen. Die Einrichtung der Wohnung sprach von Marie-Luisa Bonners Gewohnheiten. Im Regal im Wohnzimmer standen viele Bücher: Offensichtlich hatte sie gerne gelesen. Ihre Lieblingslektüre, schien es, waren Krimis, hauptsächlich amerikanische und englische, ein paar deutsche und österreichische waren auch dabei. Außerdem einige Klassiker. Thomas Mann, Robert Musil, Freuds Traumdeutung, Dostojewski und Tolstoi. Musik schien nicht gerade ihre Leidenschaft gewesen zu sein. Einige Klassik-CDs und ein paar Pop-CDs fristeten ein angestaubtes Dasein im CD-Ständer. Die Ölgemälde an den Wänden zeugten von Frau Bonners Kunstinteresse. Sie mochte einen modernen, dicken Strich, gegenständlich, nicht abstrakt. Einige Kunstzeitschriften lagen offen herum. Ein Kunstlexikon, 24-bändig, war stark abgegriffen. Die Wohnung berichtete in vielfacher Hinsicht von Frau Bonners Vorlieben. Große Pflanzen in Keramiktöpfen, ein Computer mit Flatscreen, hochwertige Möbel, Perserteppiche, persönliche Fotos auf dem Schreibtisch. Frau Bonner im Whirlpool, ein Glas Sekt trinkend. Frau Bonner Arm in Arm mit einem Mann mit graumelierten Schläfen. Vielleicht ihr Ex, überlegte Rauscher. Frau Bonner aufgetakelt, bereit zum Ausgehen. Frau Bonner auf einem Segelboot und beim Golfen, sportlich elegant.

Da er gerade dabei war, in Frau Bonners Leben einzutauchen, hielt er nach Fotoalben Ausschau. In einer Schublade der Kommode wurde er fündig. Jede Menge Foto-CDs. Fotografieren schien Frau Bonners Hobby gewesen zu sein. Die CDs waren beschriftet: „Urlaub Sylt 2004", „Segeltörn Ägäis 2005" und so weiter.

Rauscher nahm eines der Fotoalben heraus und blätterte darin. Frau Bonner als sie noch jung war. Als Kind und Teenager. Das Gesicht unverkennbar, allerdings schlanker. Als Rauscher das nächste Album nahm, fielen einige Briefumschläge heraus. Er hob sie auf. Allesamt adressiert an Frau Bonner. Die Adresse in Computerschrift auf einem aufgeklebten Etikett. Jeder Umschlag enthielt genau ein Schwarzweißfoto. Frau Bonner, nachts, wie sie aus einem Taxi aussteigt und ein junger Mann ihr die Tür aufhält. Frau Bonner eng umschlungen mit einem Mann, allerdings ein anderer als auf dem ersten Foto. Die anderen Bilder zeigten Frau Bonner mit vier weiteren Männern. Küssend oder Händchen haltend. Im Park, im Restaurant, an einer Bar. Auf jedem Foto klebte hinten ein Etikett mit Datum, Uhrzeit und Ort in Computerschrift.

Sie führte ein ausschweifendes Leben, dachte Rauscher. Aber wer schickte ihr diese Fotos? Sah sehr professionell aus. Wurde sie beobachtet? Beschattet? Von wem? Hatte es jemand veranlasst? Rauscher steckte die Briefumschläge mit den Fotos ein, genauso wie ein Passfoto von Marie-Luisa Bonner, das er in der Schublade gefunden hatte.

Er setzte seinen Erkundungsgang durch Frau Bonners Leben fort. Das Badezimmer erzählte die Geschichte einer Frau, die sich jeden Luxus gönnte.

Mehr Parfums, Cremes, Schminke, Shampoos und Lotionen hatte Rauscher noch nie auf einer Ablage gesehen. Auf dem Boden stand eine Waage mit Digitalanzeige. Im Spiegelschrank, neben diversen Medikamenten, eine Packung Kondome "gefühlsecht" mit zwei Gleitgelsachets gratis.

Die Küche, Chrom und glänzendes Metall, zeugte eher von einer spartanischen Lebensweise. Im Kühlschrank lediglich eine angebrochene Flasche Rotwein, eine fast leere Schale Frühstücksquark der Marke "Balance", ein Gläschen Thunfischcreme und eine Diät-Margarine. Ein vertrockneter Apfel lag in der Obstschale. Das Schneidebrett war unbenutzt. Die Espressomaschine ausgeschaltet.

Was die Wohnung über Frau Bonner erzählte, war zwar noch etwas krude, aber fürs Erste war Rauscher zufrieden.

Er ging zurück ins Schlafzimmer und entdeckte eine Tür im hinteren Bereich, die er bisher übersehen hatte. Er öffnete sie und betrat ein Ankleidezimmer, in dem nur ein großer Schrank stand. Blusen und Röcke, Pullis und Hosen, Schuhe und Unterwäsche. Klassischer Geschmack. Hauptsächlich Schwarz-, Weiß- und Brauntöne. Nichts Ausgefallenes. Unter der Seidenwäsche stieß er auf ein schmuckloses Holzkästchen, er nahm es heraus und öffnete es. Es enthielt ein kleines Büchlein in einem Ledereinband. Frau Bonners Tagebuch. Er nahm es mit ins Wohnzimmer, setzte sich auf die Couch und schlug es auf. Das aktuellste Datum war der 5. September, also vor genau 13 Tagen. Davor Eintragungen am 27., 16., und 1. August und am 24. Juli. Dann eine Pause von etwa einem Monat. Sie schrieb also unregelmäßig.

Rauscher machte es sich gemütlich, soweit es hier möglich war, und begann rückwärts zu lesen, die letzte Eintragung zuerst:

Dienstag, 5.September, abends.

Grausiger Vormittag. Erst hat Irene die Golfrunde abgesagt. Ihr Rücken. Dann rief Gerlinde an und entschuldigte sich für morgen früh. Ihre beiden Enkel kämen zu Besuch. Kurz danach meldete sich Paula und kündigte an, dass unser Wellness-Wochenende auf dem Spiel steht, weil sie sich nun doch einer Unterleibsoperation unterziehen müsse. Zu guter Letzt erhielt ich mit der Post ein Schreiben des Anwalts meines Göttergatten, der mir mitteilte, dass meine Unterhaltsforderung utopisch sei und wir erneut in Verhandlung treten müssten. Na Bravo!

Wenn das so weitergegangen wäre... ging es aber nicht. Keck wie ich nun mal bin, nahm ich meine Sachen und ging ein wenig Shoppen bei meinem Sonnenschein Clara. Ihre neue Boutique „Tausendschön" ist wirklich einzigartig. Immer wenn ich schlecht drauf bin, sollte ich zu ihr gehen. Da sieht die Welt gleich anders aus!

Danach überlegte ich kurz, ob ich erst einen Kaffee trinken oder gleich in die Sauna gehe solle. Zum Glück schlenderte ich am „Ginkgo" vorbei, denn dort saß ein leckeres Kerlchen vor seinem Laptop. Ich setzte mich an den Nebentisch, und wir kamen ins Gespräch. Volltreffer. Unser Date ist kommenden Donnerstag. Im Zuschnappen war ich schon immer gut.

P.S. Dieser lausige Nichtsnutz hat sich wieder gemeldet. Dieser lächerliche Möchtegern schickt mir fast jede Woche ein Foto. Der glaubt doch ernsthaft, dass er mit mir spielen und mich verunsichern kann. Jetzt stellt er sogar Forderungen. Der wird sich noch umschauen!

Hier endete die Seite. Rauscher blätterte um. Nichts. Keine Aufzeichnungen über das Treffen. Sein Handy klingelte. Er erkannte die Nummer:

„Hallo Elke."

„Hi. Wir sind schon losgedüst. Ich wollte dich nicht stören bei deinen Recherchen. Von unserer Seite gibt's nichts bahnbrechend Neues. Wir treffen uns später im Präsidium."

„Alles klar." Er steckte das Handy ein und klappte das Tagebuch zu. Wollte später weiterlesen. Beim Verlassen der Wohnung verabschiedete er sich von den Kollegen der Spurensicherung und wäre beinahe mit dem Fotografen zusammengestoßen.

„Tut mir leid, dass ich so spät komme", entschuldigte er sich, „aber ich hatte noch einen anderen Termin." Rauscher hatte es noch nie anders erlebt.

„Immer geradeaus, da liegt das Objekt der Begierde", sagte er und der Fotograf lief weiter.

Rauscher ging zur gegenüberliegenden Wohnung. Gerade, als er bei Frau Moosbach klingeln wollte, kam der Arzt heraus.

„Frau Moosbach schläft", sagte er. „Ich musste ihr eine Beruhigungsspritze geben."

Also machte sich Rauscher auf den Weg zur Luisenstraße 43 und klingelte bei Schmitz. Eine Stimme sagte „ja". Rauscher stellte sich vor und Schmitz brauste auf:

„Schon wieder Polizei? Haben die Damen immer noch nicht genug?"

„Herr Schmitz, ich möchte kurz mit Ihnen reden. Kann ich rein kommen?" Der Türöffner erklang.

Bodo Schmitz, ein ungemein selbstzufriedener Zeitgenosse, stand in Shorts und Muskelshirt in der Tür. Rauscher hielt ihm seinen Polizeiausweis vor die Nase.

„Sie kenne ich ja noch gar nicht. Na, jetzt bin ich aber mal gespannt."

„Frau Moosbach, die Nachbarin von Frau Bonner ..."

„Schon wieder diese hysterischen Tussis. Geben die nie Ruhe?"

„Klären Sie mich auf. Was ist denn passiert?"

„Das können Sie doch alles in dem Gerichtsschrieb nachlesen. Die Anhaltspunkte haben doch nicht mal für einen Prozess gereicht." Er machte mit den Händen eine besänftigende Geste: „Okay, okay. Ich habe ein Teleskop und beobachte nachts manchmal die Sterne. Die neurotischen Ladies da drüben interpretieren da weiß Gott was rein. Vielleicht ist ihnen auch nur langweilig. Keine Ahnung."

Rauscher überlegte einen Moment. Hier war die direkte Variante angebracht:

„Frau Bonner ist ermordet worden. Wo waren Sie gestern zwischen 19 und 22 Uhr?“ Wie vor den Kopf gestoßen, zuckte Schmitz zusammen und stotterte los:

„Ermordet? Neeeeee. Was, ich meine ... Das ist doch jetzt nicht Ihr Ernst?“

„Mein voller. Also?“

„Das gibt's doch gar nicht. Ich meine, also, ich war hier. Hab mich den ganzen Abend nicht von der Glotze weggerührt.“

„Kann das jemand bezeugen?“

„Ja, neeeeeee, also. Ich war allein. Doch, doch. Der Pizzabote. Moment.“ Schmitz kramte im Flur in einer Kiste mit Altpapier, zog einen leeren Pizzakarton heraus und einen Schnipsel Papier.

„Hier! Da sieht man mal wieder, wofür Pizza alles gut ist.“ Ein schelmisches Grinsen flog über Schmitz‘ Gesicht. Rauscher betrachtete den Schnipsel, ein Rechnungsbon von “Pizza Avanti“, Bestellung vom 17.9. Uhrzeit 19.11 Uhr.

„Und wann war der Pizzaservice hier?“

„So 10 oder 15 Minuten nach der Bestellung. Die sind hier gleich um die Ecke. Da bestell ich oft.“

Rauscher wusste nur allzu gut, dass dies nicht mal ansatzweise ein brauchbares Alibi war. Er wollte ein bisschen mehr über Bodo Schmitz erfahren.

„Haben Sie einen Job?“ Schmitz, scheinbar verwundert aufgrund des Themenwechsels, räusperte sich:

„Privatier.“

„Und wovon bezahlen Sie die Wohnung?“

„Das lassen Sie mal meine Sorge sein, ja?“

„Haben Sie eine Freundin?“

„Und das genauso.“ Rauscher merkte, dass er auf eine Sackgasse zusteuerte.

„Kannten Sie die Bonner persönlich?"

„Nein. Außerdem sage ich nichts mehr ohne meinen Anwalt."

Rauscher sah ein, dass er hier nicht weiterkam. Er brauchte mehr Informationen über Schmitz und den Vorfall mit den beiden Damen von gegenüber. Nach kurzem Herumgeplänkel verabschiedete er sich und versprach Schmitz, sich wieder bei ihm zu melden.

„Tun Sie, was Sie nicht lassen können!" Die Tür flog zu.

Neben Frau Bonners Haus war ein Bolzplatz, auf dem ein paar Jungs Fußball spielten. Rauscher lehnte sich an die Hauswand und schaute ihnen zu. Vier gegen fünf. Die 4er-Mannschaft war im Schnitt größer und kräftiger, die 5er allesamt schmächtige Kerle, aber flink. Die Jungs trugen Shorts bis zu den Knien und Trikots der Eintracht oder ausländischer Clubs. Rauscher erkannte das „Barca"-Logo. Die spielen sicher immer hier, dachte er, vielleicht kannte einer der Jungs Frau Bonner oder hatte ihren Besuch gesehen.

Die Kleineren nutzten geschickt die engen Räume des Spielfeldes, passten sich klug zu, ohne sich in Zweikämpfen zu verlieren und den Ball zu verdribbeln. Gekonnt ließen sie den Ball in den eigenen Reihen laufen, der Gegner hatte keine Chance. Das Spiel endete 5:1. Frust in den Gesichtern der Großen. Sie verlangten Revanche und krempelten die Ärmel hoch. Kaum hatte die zweite Partie begonnen, grätschte einer der Größeren einen besonders Schmächtigen ab. Staub wirbelte auf. Durch das Foul flog der Kleine einen knappen halben Meter hoch, drehte sich in der Luft und landete unsanft auf dem Rücken. Sofort bildete sich eine Traube um ihn. Diskussionen. Geschubse. Tumult.

Rauscher hätte gerne weiter zugeschaut, aber die Zeit drängte. Er holte Frau Bonners Passfoto aus der Tasche, zeigte es einem Jungen, dem die Schweißperlen auf der Stirn standen, und fragte ihn, ob er die Frau gestern gesehen habe. Schnell bildeten die anderen Jungs einen Kreis um ihn. Rauscher zeigte das Foto herum. Die Jungen erkannten Frau Bonner, aber keiner hatte sie am gestrigen Tag gesehen. Rauscher bedankte sich, nahm den Ball und schoss ihn hoch in die Luft. Die Jungen verteilten sich wieder auf dem Platz, nahmen Aufstellung, während sich Rauscher in den Wagen setzte und ins Präsidium fuhr.

Zwei

Ich bin nicht der, den alle in mir sehen. Nicht der, den man mich verdächtigt zu sein. Ich wurde zu dem gemacht, der ich zu sein scheine.

Aber wer bin ich? Nicht einmal ich finde eine Antwort. Ich kann nur sagen, wer oder was ich nicht bin. Ich bin nicht das Monster, das sie gerne hätten. Ich bin kein Wahnsinniger, sonst hätte ich mich längst erschossen.

Es ist spät, tiefe Nacht. Die anderen schlafen. Am liebsten würde ich endlos schreien. Alles rausbrüllen. Hass und Wut. Die Vergangenheit töten, die Dämonen in meinem Hirn schlachten und verbluten lassen.

Ich bekomme kein Auge zu. Deshalb schreibe ich. Jede Zeile brennt sich in meine Brust. Ich blicke mit Entsetzen auf jeden Satz. Jedes kleine Detail wird, sobald ich es zu Papier gebracht habe, zu einem Pfeil, der sich tief in mein Herz bohrt.

Warum, frage ich mich. Wie konnte es zu all dem kommen? Wie konnte alles geschehen?

In meiner Rechten bewegt sich der Kugelschreiber schnell übers Blatt. Es ist ein großes Martyrium, mein Leben aufzuschreiben. Ich bekomme keine Luft. Meine Lunge ist wie gelähmt. Es tut so weh.

Doch Zeile für Zeile ist auch eine Wohltat. Es muss raus. Alles muss raus, muss einmal gesagt, einmal aufgeschrieben werden, sonst lässt es mich nie mehr los.

Meine Linke ist zur Faust geballt. Hin und wieder schlägt sie auf die Tischplatte aus Holz. Wucht steckt keine hinter den Schlägen. Meine Muskeln platzen gleich, so gespannt sind sie, denn ich fürchte jeden fatalen

Gedanken, den ich zitternd niederschreibe. Ich habe Angst, furchtbare Angst, dass alles noch entsetzlicher wird, noch schäbiger. Doch mein Gefühl ist stärker als jede Angst. Ich muss mich stellen, um weiterleben zu können.

Als ich fünfeinhalb Jahre alt war, fielen meine Hände zum ersten Mal auf. Mutter erzählte diese Anekdote, wohin sie auch kam.

Es war die Zeit, als ich schreiben lernte. Einfache Wörter. Kurze Sätze, wie zum Beispiel: „Mama winkt mir."

Ich saß gedankenverloren und konzentriert in der Küche und schrieb, war stolz auf jedes Wort, das ich hinbrachte, während Mutter Essen kochte. Plötzlich stand sie neben mir, sie war ganz aufgeregt und sagte:

„Mach das nochmal!"

„Was?" fragte ich, denn ich wusste nicht, was sie meinte. Barsch antwortete sie: „Na das, was du eben geschrieben hast. Schreib es nochmal." Ihre Aufgeregtheit war mir unerklärlich, aber um ihr den Gefallen zu tun, schrieb ich den letzten Satz noch einmal: „Pepsi (unser Hund hieß so!) hat Hunger."

„Das gibt's doch nicht ..." schrie Mutter durch den Raum. Die ganze Wohnung hallte, doch es war niemand da außer uns. Erst dachte ich, sie sei so aufgebracht, weil ich solche banalen Sätze schrieb. Aber nein. Das war es nicht, wie sich sogleich herausstellen sollte, denn sie vollendete ihren Satz mit den Worten: „...ich dachte immer, du bist Rechtshänder." Tatsächlich. Jetzt fiel es auch mir auf. Ich hatte den letzten Satz mit der linken Hand geschrieben, unbewusst und ohne mir etwas dabei zu denken, denn bis zu diesem Augenblick wusste ich nicht, dass es Links- und Rechtshänder gab.

Noch während ich darüber nachdachte, hörte ich Mutter, die sich nicht mehr einkriegen und kaum erwarten konnte, bis ich den gleichen Satz mit rechts geschrieben hatte. „Los, los", brüllte sie immer wieder und ich gehorchte. Als der Satz neuerlich auf dem Blatt zu lesen war, genauso leserlich und schön geschrieben wie jener zuvor, machte Mutter ein vollends verblüfftes Gesicht und trällerte vor sich hin:

„Ein Wunder, ein Wunder."

Als Vater nach Hause kam, rannte Mutter sofort zur Tür und berichtete das Unglaubliche. Vater, der mir schon damals nie etwas zugetraut hatte, etwas Bedeutendes schon gar nicht, hob seine Augenbraue, schaute mich skeptisch an und vermutete Betrug. Der Betrugsvorwurf ließ sich nicht lange aufrecht halten, denn ich führte auch ihm meine Kunst vor. Unter Vaters strengen Augen schrieb ich mehrere Sätze. Jeweils mit beiden Händen. Als ich sie vollendet hatte, lachte er kurz auf, dann verstummte er. Noch war es kein Auslachen gewesen, kein Hohn und Spott, keine Verachtung oder Demütigung. Das kam erst später. Trotzdem war das Lachen Vaters Waffe. Lachen kann wie Schlagen sein. Jeder Lacher ein Hieb, der schmerzt.

Mutter setzte alles in Bewegung, um herauszufinden, ob es in der Nachbarschaft oder im Bekanntenkreis Kinder mit vergleichbarer Veranlagung gab. Sie telefonierte herum, jedoch ohne Erfolg. Niemand kannte ein Kind, das beidhändig schreiben konnte. Meine Beidhändigkeit schien tatsächlich etwas Anormales. Nach erfolgloser Recherche schleppte sie mich zum Arzt.

Doktor Sammer, unser Hausarzt, ließ es an Gründlichkeit nicht mangeln. Von einer Blutuntersuchung bis zur Untersuchung der Hirnfunktionen ließ er nichts aus. Danach stellte er sich breitbeinig in seinem weißen Kittel vor uns und erklärte erhaben, dass Beidhändigkeit, Ambidextrie laute der medizinische Fachbegriff, nichts anderes bedeute, als dass eine Person mit beiden Händen gleich geschickt sei. Dieses Phänomen, in manchen Fachpublikationen auch Zweihändigkeit genannt, entstünde durch physiologische oder pathologische Entwicklungsprozesse, wie sie zum Beispiel beim Down-Syndrom vorlägen. Zudem könne auch eine Sauerstoffunterversorgung des Gehirns bei der Geburt verantwortlich gewesen sein. Da klar sei, dass ich zuvor weder umgeschult noch angehalten worden war, beidhändig zu schreiben, musste es sich um eine angeborene Veranlagung handeln. Diese, fuhr Doktor Sammer fort, bevorzuge nicht eine Gehirnhälfte, wie es bei normalen Menschen üblich sei, sondern beanspruche beide gleichzeitig.

Vermutlich hätten solche Menschen ein dickeres Corpus Callosum, ein Bündel von Nerven, das die linke und rechte Seite des Gehirns stärker verbinde. Wir sollten uns jedoch keine großen Sorgen machen, da sich diese zerebrale Störung in der Regel bis zur Pubertät abbaue.

Mutter atmete auf. Doch gleichzeitig war ich für sie seit diesem Moment gestört und krank. Auch Vater kam die Diagnose recht. War sie doch wieder ein Beweis, dass er einen verkorksten und missratenen Sohn hatte.

In der Folge wurde alles schlimmer.

Ich war sechs, schrieb beidhändig Gedichte, spielte mit Puppen und machte hin und wieder ins Bett. Vater nannte mich Mädchen, trank häufiger als je zuvor und begann mich mehr und mehr zu verachten. Mutter drohte, meinen Penis zuzunähen, sollte das Bettnässen weitergehen, hielt Nadel und Zwirn hoch und erhob den Zeigefinger.

Ich war sieben, stolz auf meine Begabung der Beidhändigkeit und testete, ob ich auch mit beiden Händen malen und zeichnen konnte, was mir spielend gelang. Außerdem ergriff ich jede sich mir bietende Gelegenheit, eine Gitarre zu zupfen – wenn mir jemand ein paar Griffe zeigte – oder ein anderes Instrument zu spielen. Selbstverständlich auch dies mit beiden Händen. Gleichzeitig fand ich nachts keinen Schlaf. Mein Penis war noch nicht zugenäht, aber ich war zu verängstigt, um schlafen zu können, und döste tagsüber vor mich hin.

Ich war acht und hatte keinerlei Freunde. Ich interessierte mich weder für Fußball noch für Tennis, stattdessen für Blumen, klassische Musik und Fluchtmöglichkeiten. Vater verachtete nun auch Mutter, weil er sie für meine Andersartigkeit verantwortlich machte.

Ich war zehn und hatte eine Brieffreundin in Süddeutschland, der ich nie die Wahrheit schrieb, denn ich schämte mich für mein Leben. Dafür verfasste ich beidhändig Briefe und schilderte ein Leben in den schillerndsten Farben, das dem Geist meiner Fantasie entsprang und nichts mit dem meinen zu tun hatte.

Obwohl mein Vater ein elender Säufer war, zumindest war das die Meinung der Nachbarn und Verwandten, und sich das Leben in der Wohnung für mich zum Albtraum entwickelt hatte, fand ich eine Nische, die nur mir zugänglich war – meinen Kopf. Dorthin flüchtete ich, wann immer es nötig und möglich war. Inzwischen verachtete mich auch Mutter.

Ich war zwölf, lebte zurückgezogen in den Tag hinein, verließ außer um in die Schule zu gehen kaum mehr mein Zimmer, schaute Fernsehen, langweilte mich und bemerkte, dass meine Mutter mich zunehmend und intensiv zu beobachten begann. Sie wollte mitbekommen, ob sich meine Beidhändigkeit irgendwann auswachsen würde.

Doch sollte sich diese Hoffnung nie erfüllen.

Montag, 18. September, 14.06 Uhr

Die Kantine des Frankfurter Polizeipräsidiums war nur mäßig besucht. Die meisten hatten bereits zu Mittag gegessen.

Rauscher wartete vor dem Tresen mit einem Tablett und eine Servicekraft reichte ihm seinen Teller. Er hatte ein ausgesprochenes Faible für Frankfurter Hausmannskost. Heute gab es Rindswurst mit Sauerkraut und er freute sich darauf. Zudem liebäugelte er damit, sich zum Nachtisch einen herzhaften Handkäse mit Musik zu gönnen, der in der Kantine nicht allzu oft auf dem Speiseplan stand.

Rauscher nahm noch ein Malzbier, setzte sich an einen Tisch in der Nähe eines Fensters mit Blick über den Hof und auf die Allee, die vor dem Gebäude entlangführte, und legte Marie-Luisa Bonners Tagebuch neben seinen Teller.

Er schaute hinaus. Welch famoses Wetter in Frankfurt in den letzten Wochen herrschte. Und der Wetterbericht hatte erst gestern einen goldenen Herbst angekündigt. Er überlegte, ob er Elke fragen sollte, Anfang Oktober ein verlängertes Wochenende zu nehmen. Sie könnten nach Barcelona fliegen, wo es noch wärmer war, oder in die Berge, ein bisschen wandern. Es wäre ihre erste gemeinsame Reise. Mehrere Tage am Stück waren sie noch nie zusammen gewesen. Er sehnte sich danach und stellte sich vor, wie es wäre, morgens lange mit ihr im Bett zu liegen, noch vorm Frühstück Liebe zu machen und dann den Tag kommen zu lassen. Die Vorstellung war zu schön, deshalb glaubte er nicht an ihre Erfüllung.

Zum ersten Mal hatte Rauscher das Gefühl, die Frau seines Lebens gefunden zu haben. Das Zusammensein und der Umgang mit Elke waren entspannt. Sie stritten selten, und wenn, dann liebten sie sich danach umso doller.

Vor etwa vier Monaten waren sie zum ersten Mal aus gewesen. Beim Apfelwein in Sachsenhausen. Elke hatte dessen Wirkung unterschätzt und war ziemlich betrunken. Damals hatte Rauscher sie nach Hause gebracht und gleich bei ihr übernachtet. Den folgenden Morgen würde er nie mehr vergessen. Ihre verschlafenen Augen waren so süß gewesen.

Mit dem ersten Biss in die Rindswurst schlug Rauscher Marie-Luisa Bonners Tagebuch auf und las folgenden Eintrag:

Sonntag, 27. August, abends
Wow! Ein goldiges Kerlchen hab ich mir da geangelt. So wurde ich schon lange nicht mehr hofiert. M war nicht nur nett und charmant, sondern weiß eine Frau auch zu nehmen. Da könnte ich glatt abhängig von werden. Aber ich will nicht übertreiben. Mich quält der Gedanke, ihn nicht wiederzutreffen, andererseits weiß ich ja auch, dass solche Datings nur für einmal gelten. Marie-Luisa! Gib dir einen Ruck! Der Galan kann nicht mehr wie nein sagen. Wer nicht wagt, …

P.S. Jetzt sind es bereits drei Fotos. Ich werde beschattet und muss vorsichtiger sein. Ich fürchte, da kommt noch mehr auf mich zu. Wenn mein Mann dahintersteckt, steht ihm eine Menge Ärger ins Haus. Darauf kann er Gift nehmen!

Rauscher klappte das Tagebuch zu. Er sah Jan Krause über den Hof kommen und winkte ihm zu.

Keine drei Minuten später saß Krause Rauscher gegenüber. Vor ihm ein Teller Erbsensuppe mit Wurst.

„Warst du bei diesem Bodo Schmitz?", wollte Krause wissen.

„Ja. Er hat sich aufgeregt, dass die Polizei ihn schon wieder belästigt, obwohl ihm damals nichts nachzuweisen war. Dubioser Typ. Hängt scheinbar den ganzen Tag zu Hause rum und guckt nachts Sterne an. Kann man das glauben?"

Krause löffelte seine Suppe, während Rauscher schweren Herzens beschloss, sich keinen Handkäse mehr zu holen, nachdem er sich kurz in die Bauchseite gezwickt und ein nicht unerhebliches Stück Fleisch zwischen den Fingern hatte. Sein Body-Mass-Index war nicht ideal. Er würde das Laufprogramm mit seinem Freund Torben intensivieren. Dreimal die Woche. Ab sofort!

„Ich frage mich", sagte Rauscher, „ob sich der Schmitz so aufspielt, weil er was damit zu tun hat oder weil er nix damit zu tun hat."

„Das ist einfach eine arme Socke, der arbeitslos ist und keine Frau abkriegt. Spannt rum und holt sich dabei einen runter."

„Wir müssen die Akten lesen. Vielleicht bekommen wir mehr über ihn raus."

„Exakt. Warst du eigentlich auch bei der Moosbach?"

Rauscher schüttelte den Kopf: „Ihr ging's nicht gut." Er legte Gabel und Messer beiseite, wischte sich den Mund ab und trank einen Schluck Malzbier. „Ich versuche die ganze Zeit, den Tathergang zu rekonstruieren. Die Bonner hat ihrem Mörder die Tür geöffnet. Sie hat ihn sogar erwartet. Voller Sehnsucht, nehme ich an. Ist sie ihm direkt um den Hals gefallen? Und hat er sie dann direkt ins Schlafzimmer getragen oder ist alles viel langsamer abgelaufen?"

„Halten wir uns an die Fakten. Sie muss ihn erwartet und gekannt haben, sonst hätte sie nicht in einem solchen Outfit die Tür geöffnet. Es sei denn ... sie hatte ein Blind Date und irgendein Typ, den sie zum Beispiel beim Internet-Dating kennengelernt hat, stand vor der Tür. Soll es immer öfter geben, Internetbekanntschaften, die sich nur zum Vögeln treffen."

„Die Bonner? Ist doch gar nicht der Typ dafür."

„Würde ich nicht sagen. Macht doch inzwischen fast jeder. Das Einzige, was du dazu brauchst, ist ein Computer."

„Was haben wir noch? Sie haben zusammen Champagner getrunken. Oder hat sie sich vorher Mut angetrunken?"

„Das wissen wir erst, wenn der Bericht der Spurensicherung vorliegt."

„Alles hat sich im Schlafzimmer abgespielt. Der Rest der Wohnung ist völlig unberührt."

„Woher wissen wir eigentlich, dass es ein Besuch war?"

„Sie hat alleine in der Wohnung gelebt. Also muss es ein Besuch gewesen sein. Vielleicht hat sie einen festen Partner, aber selbst der wäre nur Besuch gewesen."

„Versetz dich bitte mal in den Besucher: Frau Bonner öffnet die Tür und steht in dem transparenten Seidenpyjama mit tiefem Dekolleté vor dir. Was denkst du?"

„Dass sie vögeln will."

„Gut. Dann gibt es zwei Möglichkeiten. A: Du hast damit gerechnet und schleppst sie sofort ins Schlafzimmer. B: Du bist total überrascht und weißt nicht, wie du mit dieser Intimität umgehen sollst."

„Ja. Aber Tatsache ist, dass die beiden irgendwann im Bett gelandet sind."

Krause hatte zwischenzeitlich die Suppe ausgelöffelt und war schon im Begriff aufzustehen, als ihn Rauscher zurückhielt:

„Ich habe Fotos gefunden. Alle schwarz-weiß. Die kannst du dir gleich zusammen mit Elke und Thaler vornehmen. Und das hier", Rauscher zeigte Krause das Tagebuch, „hab' ich im Wäscheschrank der Bonner gefunden. Kann sein, dass jemand die Bonner unter Druck setzen wollte mit den Fotos. Nur warum?" Krause nickte. „Das sollten wir schnellstens klären." Die beiden Kommissare erhoben sich gleichzeitig und stellten die Tabletts auf das Rückgabeband.

Montag, 18. September, 15.11 Uhr

Seit vier Wochen hatte Elke Erb ihr eigenes Büro, was für Hospitantinnen keineswegs selbstverständlich war. Sie saß an ihrem Schreibtisch und tippte den Bericht über die morgendliche Befragung von Marie-Luisa Bonners Hausbewohnern und Nachbarn in der Luisenstraße.

Manchmal griff sie sich in die rotgefärbten Haare, auf die sie eigentlich keine Lust mehr hatte. Aber Rauscher mochte sie. Und sie mochte ihn. Und so hatte sie beschlossen, die Farbe noch eine Weile zu behalten, bevor eine neue dran kam. Sie schwankte zwischen blond und schwarz.

Als es sachte an der Tür klopfte, unterbrach sie ihre Arbeit und rief ein lautes „Ja" Richtung Tür. Markowsky, der Leiter der Mordkommission, trat ein. Mit diesem Besuch hatte Elke nicht gerechnet.

„Darf ich mich einen Moment setzen?", fragte er.

„Aber immer, Herr Markowsky." Er setzte sich auf den Stuhl vor Elkes Schreibtisch und schaute sich um.

Elke Erbs Leistungen waren ihm nicht verborgen geblieben. Rauscher hatte in höchsten Tönen von der neuen Kollegin aus Hamburg geschwärmt und Markowsky hatte dafür gesorgt, dass sie ihr eigenes Büro bekam. An der Wand hing ein Bild ihres Lieblingsmalers Paul Klee. Ein goldener Fisch in schwarzem Wasser, um den kleinere rote Fische schwammen. "Blauer Reiter", irgendwann in den Zwanzigern des letzten Jahrhunderts, dachte Markowsky und nahm sich vor, wie schon so oft, sich ein bisschen mehr der Kunst zu widmen.

Auf Elkes Schreibtisch stand ein kleiner Stoffelch und ein Foto von Hamburg. Daneben eine Teekanne. Auf dem Sideboard eine Duftkerze und ein Teller mit Obst. Über dem Sideboard hing ein Spiegel und davor lagen ein Lippenstift und ein Labello.

„Ich brauche was Persönliches um mich herum, um arbeiten zu können", sagte Elke, die Markowskys Blicken gefolgt war.

„Schön", sagte Markowsky und legte ein Bein über das andere, „das freut mich." Er sprach nicht weiter.

Elke hatte immer noch keine Idee, warum ihr Chef sie in ihrem neuen Büro besuchte, empfand diesen Zustand aber als unangenehm und wollte ihn beenden:

„Darf ich fragen, warum Sie hier sind?“

„Sie dürfen, meine Liebe, Sie dürfen. Ihr Vertrag läuft in zwei Monaten aus und wie Ihnen bereits zu Ohren gekommen sein dürfte, ist die Leitung der Mordkommission mit Ihrer bisherigen Arbeit hier in Frankfurt sehr zufrieden. Deshalb möchte ich Ihnen heute ein Angebot unterbreiten.“

Elke staunte nicht schlecht. Das hatte sie nicht erwartet. Ihr war sehr wohl bewusst, dass Markowsky ihr Techtelmechtel mit Andreas Rauscher mitbekommen hatte, und sie war sich nicht sicher, ob er damit glücklich war. Schließlich eilte Markowsky der Ruf voraus, dass ihm Disziplin über alles ging. Disziplin war sein heiliges Gut und er würde sie an allen Fronten verteidigen. Markowsky hatte Rauscher explizit auf ihre Beziehung angesprochen. Solange die beruflichen Leistungen nicht darunter litten, hatte Markowsky gesagt, hätte er keine Einwände. Nachlässigkeiten allerdings, hatte er mehrfach betont, würde er niemals dulden.

„Ich habe mit Polizeipräsident Zimmermann gesprochen“, fuhr Markowsky fort. „Es wird Zeit, dass die vierte Planstelle in Rauschers Team endlich besetzt wird. Und da habe ich sofort an Sie gedacht. Der Vertrag wäre unbefristet. Bezahlung angelehnt an die üblichen Tarife. Ein Büro haben Sie ja bereits. Was meinen Sie?“

Elke zögerte. Sie war nach Frankfurt gekommen, um ihren eigenen Weg zu finden, unabhängig von ihrem Vater, der in Hamburg Polizeipräsident gewesen war. Nach sechs Monaten, solange dauerte ihre Hospitanz, wollte sie entscheiden, wie ihre weitere Karriere aussehen sollte. Dass sie sich verlieben würde, dass sie mittlerweile auch ein Herz für Frankfurt hatte, war nicht absehbar und planbar gewesen. Aber eigentlich wollte sie noch viel mehr von der Welt sehen, den Polizeidienst genauer kennenlernen und viel mehr erleben. Sie war zwiegespalten. Für oder gegen Rauscher. Hamburg oder Frankfurt.

Oder eine andere Stadt und ganz neue Herausforderungen. Elke konnte sich nicht entscheiden. Nicht sofort. Nicht jetzt und nicht hier.

Als Elke Markowsky anschaute, begegnete sie seinem verständnisvollen Blick.

„Ich bin mir durchaus bewusst, dass es eine Entscheidung von immenser Tragweite für Sie ist", sagte er. „Es besteht keine Notwendigkeit zur Eile. Lassen Sie sich die Dinge durch den Kopf gehen. Sprechen Sie mit Rauscher." Elke nickte stumm.

Normalerweise redete Elke frech und frei von der Leber weg. Doch irgendetwas an dieser Situation, hier im Büro, brachte sie ins Schwimmen. War es die Frage nach der Zukunft, die sie für sich selbst noch nicht hinreichend beantwortet hatte?

Sie schenkte sich eine Tasse Tee ein, und vergaß dabei, ihrem Chef ebenfalls eine anzubieten. Zu viele Gedanken auf einmal. Zu viele unbeantwortete Fragen. Zu viele Abwägungen. Sie musste mit Andreas reden. Unbedingt.

„Tut mir leid", sagte sie schließlich, „aber es ist so, wie Sie sagen: Über meine Zukunft bei der Polizei und ... und auch über meine persönliche Zukunft muss ich mir erst noch klar werden. Ich wollte eigentlich zurück nach Hamburg gehen, aber ich danke Ihnen natürlich sehr für Ihr Vertrauen in mich und meine Fähigkeiten. Ich denke, ich brauche noch ein paar Tage für meine Entscheidung."

„Gut", sagte Klaus Markowsky, klopfte mit den Fingerspitzen auf die Tischplatte und stand auf. „Die Arbeit ruft. Wir hören voneinander." Elke Erb deutete ein Nicken an, schaute wieder auf den Bildschirm, las den letzten Satz und tippte weiter.

Markowsky und Rauscher gaben sich die Klinke in die Hand.

„Gibt es was Neues?"

„Sobald wir was Handfestes haben, melde ich mich bei Ihnen, Herr Markowsky."

„Mit Mut und eisernem Willen schaffen Sie es. Arbeiten Sie hart, Rauscher. Das wird ihr Meisterstück. Ich spüre es“, sagte Markowsky und ging. Rauscher schaute ihm nach. Da war so ein melancholischer Ton in Markowskys Stimme. Was hatte das zu bedeuten?

Elke speicherte das Dokument ab und in diesem Moment kam Krause herein.

„In einer halben Stunde hast du den vollständigen Bericht auf dem Tisch“, begrüßte sie ihn und schaute Rauscher an. Der setzte sich vor ihren Schreibtisch und Krause nahm neben ihm Platz.

„Thaler“, erklärte Elke, „kümmert sich um die Familienverhältnisse und die Verwandtschaft von Frau Bonner. Wenn er damit fertig ist, nimmt er sich ihr Handy, den Computer und den Terminkalender vor. Er braucht also noch ein Weilchen.“

„Was wollte Markowsky denn von dir?“, fragte Rauscher.

„Lass uns heute Abend drüber reden“, wiegelte Elke ab, „wir müssen jetzt in dem Fall weiterkommen. In einer halben Stunde im Konfi? Ich sag Thaler Bescheid.“ Rauscher und Krause waren einverstanden.

Kaum hatten sie Elkes Büro verlassen, vibrierte Rauschers Handy. Er schaute aufs Display, eine SMS von Lena Stoltze, seiner Ex-Geliebten. Die Affäre mit Lena hatte vier Jahre lang Rauschers Privatleben bestimmt, bis Elke in sein Leben getreten war. Einen Augenblick überlegte Rauscher, ob er die SMS löschen sollte, entschied sich aber dagegen: *Wir müssen reden! Lena.*

Was ein paar Worte auslösen können. Rauscher war schlagartig wütend. Warum konnte Lena ihn nicht endlich in Ruhe lassen, fragte er sich, und steckte das Handy ein.

Drei

Je länger ich darüber nachdenke, desto deutlicher spüre ich, dass ich meine Vergangenheit sortiert und aufbewahrt habe. Ich teile sie ein nach den Mädchen und Frauen, die ich berührt habe. Jede eine neue Erfahrung, eine neue Erkenntnis auf dem Weg herauszufinden, was meine Hände vermögen.

Sie sind meine Schätze. Wie Perlen an einer Schnur aufgereiht zu einer Kette intimer Erlebnisse. Sie sind die Nachtigallen meiner schönsten Nächte. Ich liebe sie. Im Schlaf erscheinen mir ihre leuchtenden Gesichter.

Gerne hätte ich sie lebendig vor mir. Es ist so schade, dass die Erinnerung verblasst zu einem düsteren Nichts; dass man sie nicht vollständig aufheben kann, wie ein Foto.

Ich sehe nur noch das Schöne meiner Vergangenheit, den Rest habe ich entsorgt, gelöscht, meinem Zugriff entzogen, verfälscht. Andererseits ist es ein Trost, dass man so viel vergisst oder verdrängt und die Schatten des Gewesenen ausradiert.

In meiner Klasse gab es einen Jungen, Sohn des ortsansässigen Pfarrers, der meine Interessen teilte. Er kam öfter zu Besuch, wir spielten Karten, hörten Musik. Er war, wie ich, ein ruhiges Kind und man merkte ihm seine Herkunft an. Ich hatte immer Angst, dass mein Vater ihm gegenüber ausfällig werden würde.

Eines Tages im warmen Mai saßen wir am Küchentisch und lechzten nach Mutters Käsekuchen, den sie gerade aus dem Ofen geholt hatte. Der süße Duft erfüllte den Raum. Die Vorfreude zeichnete sich auf unseren roten Kinderwangen ab und wir konnten kaum noch stillsitzen, als Vater die Tür hereinstolperte. Er schmiss seine Kündigung auf den Tisch, den Kuchen an die Wand und schrie herum, seine Chefs seien Halsabschneider. Mit lautem Geschepper krachte die Kuchenplatte zu Boden und der Kuchen hinterher. Der Quark hing in Fetzen an der Tapete.

Im Nu stank die Küche nach Bier und Wodka. Mutter rüttelte Vater an den Schultern und wollte ihn zur Räson bringen, aber er spuckte ihr ins Gesicht und floh ins Schlafzimmer.

Mein Freund hatte eine solche Szene noch nie erlebt, verlegen glitt er langsam vom Stuhl, schlich mit dem Rücken zur Wand aus der Küche und verließ wortlos die Wohnung.

Ich war Vaters Auftritte gewohnt. Er war schon immer das schwarze Schaf der Familie. Seine Brüder hatten es alle zu etwas gebracht, seine Schwester reich geheiratet. Nur er blieb hinter seinen selbst gesteckten Zielen zurück und verkroch sich immer mehr in seinem Scheitern. Insgeheim glaubte ich, dass er sich zutiefst schämte für sein Versagertum und deshalb seine Aggressionen an mir und Mutter ausließ.

Am nächsten Morgen würde Vater, wie üblich, alles auf den Alkohol schieben, um Mutter herumschwänzeln und sie mit Komplimenten überhäufen. Bis sie ihm verzieh.

Dieser Tag jedoch blieb mir besonders im Gedächtnis, weil ich künftig darauf verzichtete, Freunde oder Schulkameraden mit nach Hause zu bringen. Insgeheim hoffte ich natürlich, dass irgendwann wieder Zeiten kämen, in denen ich problemlos und voller Freude Freunde mitbringen konnte, wie andere Kinder. Doch darauf sollte ich lange warten.

Fortan lebte ich zurückgezogen in meiner Gedankenwelt, in der Begegnung mit dem schönen Mädchen in der Bahnhofswartehalle. Obwohl diese Begegnung nur so kurz war, schmerzlich kurz, schöpfte ich aus ihr honigsüße Energie für lange Zeit.

In der Hoffnung dem Mädchen wieder zu begegnen, ging ich, wann immer es möglich war, in den Wartesaal, um Ausschau zu halten nach ihr, der Erlöserin. Ich hoffte darauf, sie nochmals verzaubern zu können. Denn dass ich eine gewisse Gabe hatte, spürte ich schon damals. Nur worin diese Gabe genau lag, wusste ich nicht. Und genau das wollte ich erforschen.

Ich wartete monatelang auf sie, doch das Mädchen tauchte nicht mehr auf. Stundenlang saß ich am Tisch, legte meine Hand auf die Holzbank, genau dort, wo sie gesessen hatte, und versuchte sie zu spüren.

Vergebens. Außer kaltem, glattem Holz fühlte ich nichts. Es war keine Berührung, sondern nur die Erinnerung an eine Berührung. Ich hätte heulen können.

Je länger die Zeit fortschritt, desto weniger Illusionen machte ich mir, sie je wieder zu sehen.

Dann blieb ich nur noch zu Hause, weil ich nicht wusste, wohin. Ich hatte keine Freunde, mit denen ich hätte spielen oder für die Schule lernen können. An endlosen Tagen, an denen ich aus dem Fenster starrte, spielte sich die eigentliche Welt in meinem Kopf ab. Oft saß ich einfach nur da und betrachtete meine Hände. Sie erwachten zum Leben und machten sich auf die Suche nach neuen Entdeckungen. Ich entwickelte Strategien, Mädchen zu berühren. Da sich in der realen Welt kaum Gelegenheiten boten, malte ich mir aus, wie es wäre, wenn. Ich formte mir Mädchen, ich streichelte sie, entfesselte sie, sie glitten unter meinen Händen in eine andere Welt.

Leider nur in meiner Fantasie. Unerreichbar schienen die Ziele meiner Begierde, die ich so gerne mit Liebkosungen verwöhnt hätte.

Und so spannen sich in meinem Kopf die wildesten Abenteuer von Erkundungstouren auf fremdem Fleisch. Mädchenhaut, Zentimeter für Zentimeter, die sie feinfühlig und detailverliebt inspizierten. Obwohl ich sie nicht berührte, spürte ich jedes kleinste blonde Härchen, jede kleinste Furche in der Haut. Jede Narbe liebkoste ich, jede Warze streichelte ich. Selbst für Pickel, Rötungen oder Hautausschlag entwickelten meine Hände eine absonderliche Zuneigung. Sie fuhren gerne über Wölbungen und Einkerbungen, wie auf einer mit Vertiefungen gespickten Oberfläche eines fernen Planeten.

Ihre Vorliebe jedoch gehörte der glatten, geschmeidigen Haut ohne Fettpolster. Da konnten sie sich richtig austoben. Glücksgefühle des sanften Dahingleitens. Wenn Haut auf Haut trifft entstehen besondere Momente, deren Erotik die Königin der Erotik genannt werden müsste. Haut auf Haut heißt Innigkeit. Zwei Menschen können sich nicht näher sein.

Meine Hände sahen aus wie normale Hände. Nicht groß, aber auch nicht klein. Dass diese Hände bisher keine harte Arbeit vollbracht hatten, sah man auf den ersten Blick. Zu feingliedrig die Knochen, zu zart die Haut, nirgends Hornhaut. Die Haut war hell, sehr hell sogar, als hätten diese Hände nie Sonne gesehen.

Mit der rechten betastete ich die linke Hand. Mit der linken die rechte. Abwechselnd. Immer wieder. Ich spürte die Sanftheit, spreizte die Finger und inspizierte die Zwischenräume.

Wenn ich gar nicht mehr weiter wusste, berührte ich mich selber, strich über meine nackten Arme, den Brustkorb entlang, über den Bauch, die Beine hinunter. Ich hatte weiche Haut, aber ich spürte nichts Besonderes, jedenfalls nichts weiter als ein normales Streicheln. Meine Hände berührten mich wie Samt, aber es floss nichts in mich hinein. Keine Seele, keine Wärme, keine Energie. Wo war die Wirkung meiner Hände geblieben? Zweifel kamen auf. Detailbeflissen untersuchte ich jeden Millimeter, wusch Hände und Finger gründlich, denn ich vermutete Schichten von Fett und Dreck, die ihnen die Wirkung nahmen. Doch auch nach dem Waschen das gleiche Gefühl. Eher ein Nichtgefühl. Was war bloß los? Ich musste dringend jemanden finden, an dem ich meine Hände ausprobieren konnte. Ich benötigte eine Testperson, um die Funktion überprüfen zu können. Doch ich fand niemanden. Vater und Mutter kamen nicht in Frage. Niemals hätte ich sie mit meinen Händen berührt. Niemals.

Lange Zeit lebte ich in schmerzvoller Ungewissheit, ob sich meine Gabe verflüchtigt hatte.

Montag, 18. September, 15.55 Uhr

„Was wissen wir bis jetzt?“, fragte Rauscher in die Runde, „Selbstmord ist auszuschließen. Ein Unfall auch. Es gibt kein Blut und keine Waffe in dem Sinn. Der Tatort sieht wie geleckt aus. Das Ganze wirkt untypisch und fällt aus den gängigen Tatmustern heraus.“

„Außerdem“, schaltete sich Elke ein, „öffnet die Bonner doch keinem Fremden die Tür, schon gar nicht in dieser Aufmachung.“

„Vorsicht“, wandte Krause ein, „immerhin könnte es ein Blind Date gewesen sein. Man weiß ja, wie viele Psychopathen sich in diesen Kreisen herumtreiben.“ Rauscher sah die Spekulationen förmlich im Raum herumschwirren, deshalb ergriff er wieder das Wort:

„Okay“, sagte er in die Runde, „Ingo. Bitte überprüfe sämtliche Tötungsdelikte im Raum Frankfurt, sagen wir den letzten sechs Monaten, auf Ähnlichkeiten zum Fall Bonner. Ohne den Bericht der Spurensicherung und der Obduktion kommen wir nicht weiter. Sind wir uns einig?“

„Einig“, sagte Elke.

„Ebenso“, schloss sich Krause an.

„Also“, fuhr Rauscher fort, „widmen wir uns diesen Herren hier. Er legte die sechs Fotos nebeneinander auf den Tisch und erläuterte, wo er sie gefunden hatte.

„Sieht nach professioneller Beschattung aus, aber zu welchem Zweck? Die Bonner erwähnt die Fotos in ihrem Tagebuch. Vielleicht finde ich da noch mehr Hinweise. Wir müssen wissen, wer die Männer auf den Fotos sind. Elke, du schnappst dir so viele Kollegen wie du brauchst und klapperst die Orte ab, die hinten auf den Fotos stehen. Wir brauchen die Namen oder sonstige Anhaltspunkte.“ Elke nickte.

„Okay. Mal sehen, wen ich heute noch motivieren kann. Ein paar Stunden haben wir noch.“

„Ingo, hast du Bonners Umfeld gecheckt?“

Thaler sah mit seinen halblangen Haaren ein bisschen aus, als sei er in den frühen Achtzigern hängen geblieben. Zudem hatte er in der letzten Zeit deutlich an Körper- und Bauchumfang zugelegt. Das gesamte Team witzelte schon über die Kochkünste seiner Freundin Tanja, mit der er seit einem halben Jahr zusammen war. Es war Thalers erste Beziehung, die drei Wochen überdauert hatte.

„Bonners Mutter lebt im Altersheim in Seckbach, ist 76 Jahre alt und dement. Sie ist die einzige leibliche Verwandte, die ich ausfindig machen konnte. Die Bonner hat sie einmal im Monat besucht.“ Thaler schnaufte: „Jetzt kommt der interessantere Teil. Die Bonner war noch verheiratet mit Carlo Bonner. Sie lebten aber seit gut einem Jahr getrennt. Die Scheidung lief. Es ging um viel Geld. Ihr Mann ist so ein Finanzhai. Investmentbanker, er hat ein Private Equity- und Finanzberatungsunternehmen, ihr wisst schon, eine dieser Beteiligungsgesellschaften, die Unternehmen aufkaufen, die Leute rausschmeißen und solange rationalisieren, bis sie den Laden gewinnbringend verkaufen können. Er hat eine Finca auf Ibiza, eine Yacht im Hafen, hier eine Villa im Westend, Aktien und Fonds. Kann ich vielleicht ein Wasser haben?“ Elke Erb fühlte sich angesprochen, holte ein Glas aus dem Regal, schenkte Wasser ein und reichte es Thaler, der es dankbar annahm und in einem Zug leer trank.

„Bonner hat die Scheidung wohl bisher hinausgezögert, eventuell um sein Vermögen auf die Seite zu schaffen. Aber das ist rein hypothetisch. Es könnte auch formaljuristische Gründe haben. Anwälte, die sich monatelang nicht über bestimmte Sachverhalte oder Gutachten einigen können et cetera. Ach ja, den Bonner habe ich auf seinem Handy erreicht. Er kommt heute Nacht nach Deutschland zurück und steht uns morgen zur Verfügung. Am späten Vormittag wäre ihm am liebsten.“ Thaler schenkte sich Wasser nach und trank auch dieses Glas auf ex. Rauscher blickte in die Runde:

„Den Bonner nehme ich mir morgen früh persönlich vor, bevor ich die Moosbach besuche. Wer fährt nach Seckbach und befragt die Mutter?“

„Das übernehme ich“, meldete sich Krause. „Morgen früh, dann könnte ich jetzt pünktlich Feierabend machen.“ Rauscher lachte:

„Ja, schlaf dich mal aus. In nächster Zeit kommst du wohl nicht mehr dazu, deine Luftmatratze auszupacken.“ Krause grinste. Ein Witz den nur er und Rauscher verstanden.

Thaler stand auf:

„Ich nehme mir jetzt Frau Bonners Computer vor. Hast ist mein Geschäft, Kollegen und Kolleginnen, ich eile.“

„Ehe ich’s vergesse“, Rauscher nahm das Passfoto der Bonner aus seiner Jackentasche, „wir könnten die Bevölkerung um Unterstützung bitten. Ist doch gut möglich, dass irgendjemand etwas Verdächtiges gesehen hat. Immerhin wurde die Tat mitten in der Stadt begangen, in einem Haus, das in einer belebten Straße steht. Was meint ihr?"

Das Team nickte.

„Elke, bist du so lieb, schreibst einen kleinen Artikel, scannst das Bild ein und sendest es an die Rundschau, die Neue Presse und den Express. Ich rufe in den Redaktionen an und bitte darum, dass der Artikel noch in den morgigen Ausgaben erscheint."

Als Rauscher das Präsidium verließ, war es kurz nach sechs. Die Temperatur war noch nicht unter 28° C gefallen. Seine Gedanken kreisten um den Mord und die wenigen Hinweise, die sie momentan hatten. Auf dem Heimweg versuchte er, die Vorfälle des Tages auszublenden. Aber immer wieder sah er die blonden Haare der Bonner, ihren roten Kussmund, das Kissen, mit dem sie aller Wahrscheinlichkeit nach erstickt worden war, und er fragte sich, was hinter diesem seltsam anmutenden Fall steckte.

Montag, 18. September, 16.07 Uhr

Irene Hadrian parkte ihren Porsche in der Doppelgarage auf der rechten Seite. Die linke blieb frei, seit ihr Mann sie vor fünf Jahren verlassen hatte. Knapp zwanzig Ehejahre hatte er weggeworfen, wegen einer 24-jährigen – einfach so, als hätte ihm die Ehe nie etwas bedeutet.

Aber sie hatte es ihm heimgezahlt.

Ihr Anwalt, Dr. Kunze, einer der Spitzenkräfte bei Taylor Wessing, hatte das große Haus, eine gut vermietete Immobilie, den Wagen, eine erhebliche Summe Bares und eine nicht unerhebliche monatliche Unterhaltszahlung herausgeholt, so dass sie für ihr weiteres Leben zumindest finanziell versorgt war. Vor Gericht war ihrem Mann die Zornesröte ins Gesicht gestiegen, damit hatte er nie und nimmer gerechnet. Und Irene Hadrian hatte so etwas wie einen nachträglichen Triumph verspürt.

Sie stieg aus, ließ das elektrische Garagentor per Knopfdruck herunterfahren und ging durch den Keller ins Haus. Wenn sie heimkam und niemand sie empfing, glitt meist ein leiser Seufzer über ihre Lippen.

Sie schaltete den Wasserkocher an, tat etwas Roibush-Tee und ein Stück Kandiszucker in eine Tasse und goss das kochende Wasser darüber. Herrlich, dachte sie, doch dann bemerkte sie wieder, wie leer es in dem großen Haus war, obwohl alles voller Möbel stand. Mit einem Mal war ihr Herz wieder voller Sehnsucht. Zum Beispiel nach Kindern, die sie zu ihrem größten Bedauern nie geboren hatte. Auch war sie nicht liiert. In ihrem Alter, sie war Ende Vierzig, war es nicht mehr so leicht, jemand Passenden zu finden. Etliche Versuche waren bereits im Ansatz gescheitert. Zu hoch die Ansprüche, zu unterschiedlich das Niveau, zu festgefahren und unflexibel das eigene Leben, zu tief die Gräben zwischen Meinungen, Ansichten und Vorstellungen von einer gemeinsamen Zukunft und Angst, sich auf etwas Neues einzulassen.

Oft hatte sie festgestellt, dass Männer in ihrem Alter mit ganz anderen Problemen zu kämpfen hatten als sie. Bei den meisten stand die Karriere auf dem Spiel, sie saßen auf einem absteigenden Ast, mussten sich gegen Emporkömmlinge, meist jüngere Männer, behaupten, was an ihren Kräften zehrte. Die Ehe litt darunter, Scheidungen waren die Folge, Alkohol, Tabletten, Drogen, Impotenz. Die ganze Latte an Problemen, über die niemand gerne spricht. Warum um alles in der Welt, fragte sie sich, sollte sie sich das ans Bein binden?

Vor längerer Zeit jedoch hatte sie sich eingestehen müssen, dass sie sich einsam fühlte. Verlassen in diesem großen Haus. Zärtlichkeit und Nähe fehlten. Auch Sex.

Wieder nippte sie an ihrem Tee, der ein warmes, angenehmes Gefühl im Bauch hinterließ.

Sie hatte sich geschworen, aktiver zu werden. Zur Ablenkung und weil es einfach Spaß machte, sich draußen zu bewegen und mit Menschen zusammen zu sein. Irene Hadrian war für ihr Alter sehr fit, was ihr der Arzt ihres Vertrauens erst kürzlich bestätigt hatte. Bis auf ihren Rücken, hatte er gesagt, wie eine Dreißigjährige. Ein bisschen stolz war sie schon, wenn sie ehrlich war, aber eingebildet war sie deshalb noch lange nicht. Kein Fältchen zierte ihre Wangen. Außerdem legte sie Wert auf einen gesunden Teint, eine Sonnenbank im eigenen Keller half ihr dabei. Und da sie sich fast alles leisten konnte, gönnte sie sich mehrmals im Jahr einen Wander-Urlaub, ging Skifahren, Segeln, Golfspielen und regelmäßig einmal pro Woche Joggen mit ihrer Laufgruppe. Bewegung hält frisch. Darauf schwor sie und das passte auch zu ihrem Lebensmotto: Alles was das Herz begehrt!

Daran hielt sie sich. Noch stolzer war sie allerdings darauf, dass sie vor gut einem halben Jahr ihren Ehering verkauft hatte. Nicht wegen des Geldes, das hatte sie nicht nötig, aber für sie war es das letzte Zeichen der endgültigen Abnabelung von ihrem Ex-Mann. Danach hatte sie in einer Tanzbar drei Mojito getrunken und mit ihren Freundinnen gefeiert. Das war eine Nacht gewesen. Ganz unter dem Motto: flirten und angeflirtet werden. Sie hatten wirklich Spaß gehabt.

Überhaupt verbrachte sie die meiste Zeit mit ihrer Clique. Vier alleinstehende Frauen in ihrem Alter. Kennengelernt hatten sie sich vor etwa drei Jahren in einer Selbsthilfegruppe für verlassene Ehefrauen: "Nutze die Chance deines Lebens". Alle hatten mit dem gleichen Schicksal zu kämpfen, trugen es einhellig mit Fassung und wollten etwas dagegen unternehmen, älter zu werden und in Einsamkeit zu versauern.

Sie verreisten zusammen, gingen Essen, Shoppen oder in die Sauna. Sie teilten so ziemlich alles. Die ausgelesenen Krimis, die Leidenschaft für Wellness, frisch gepressten Orangensaft, Diät-Cola. Und manchmal auch die Männer. Irene Hadrian musste grinsen.

Auf dem Weg in die Küche kam sie am Telefon vorbei, der Anrufbeantworter blinkte und sie ließ ihn abspielen. Katjas Stimme, hektisch, kaum wiederzuerkennen, schrie förmlich ins Telefon, schrie sich die Seele aus dem Leib. Irene solle sofort zurückrufen, es sei etwas Furchtbares passiert!

Irene Hadrian bekam eine Gänsehaut. Katjas Hysterie kroch ihr ins Herz und tat weh. Unruhe erfasste und bemächtigte sich ihrer. Was konnte

Schlimmes passiert sein? Sie nahm sich ihre Tasse Tee, das Telefon und setzte sich auf die cremefarbene Ledercouch. Die sonnenbeschienene Terrasse lag vor ihr und Irene Hadrian war froh, dass es im Haus so kühl war. Aber es war auch unangenehm still. Nur das Tuten des Telefons war zu hören, nachdem sie Katjas Nummer gewählt hatte. Es klingelte einmal, zweimal, dreimal, bis jemand abnahm:

„Katja Klinger." Ihre Stimme klang zittrig. Irene Hadrian konnte sich Katjas bleiches Gesicht dazu vorstellen.

„Hallo Katja, was ist denn los? Warum bist du so aufgelöst?" Die folgende Pause war untypisch für Katja, die ansonsten ihr Mitteilungsbedürfnis kaum zügeln konnte. Klatsch und Tratsch sprudelten einfach so aus ihr heraus.

„Ich traue es mich kaum auszusprechen, aber..." Irene Hadrian fand diese Geheimniskrämerei unerträglich, langsam reichte es ihr, und sie wurde lauter:

„Aber was? Kannst du mir bitte endlich sagen, was eigentlich los ist?" Wieder folgte eine kleine Pause, in der nur ein leises Schluchzen zu hören war.

„Marie-Luisa ist ermordet worden", sagte Katja mit einigermaßen klarer Stimme, „in ihrer Wohnung. Eleonore hat vorhin angerufen. Ihr geht es hundsmiserabel. Sie hat erzählt, dass die Polizei vor gut einer Stunde die Spurensicherung beendet und die Wohnung versiegelt hat."

Irene Hadrian betrachtete die blassgrünen Gräser um den Teich, die unter der heißen Sommersonne merklich gelitten hatten, und nahm sich vor, sie spätestens Anfang Oktober auszugraben und auf den Kompost zu werfen. Sie fand keine Erklärung dafür, warum sie ausgerechnet jetzt daran denken musste. Wahrscheinlich sperrte sie sich innerlich so sehr gegen das eben Gehörte, dass ihr Kopf eine Ablenkung suchte: der zum Scheitern verurteilte Versuch, einen Ausweg zu finden. Marie-Luisa soll tot sein? Dieser Gedanke war so milchstraßenweit entfernt und hatte mit ihrer Erfahrung nichts, aber auch rein gar nichts zu tun.

„Sag endlich was!“, schrie Katja in den Hörer, „egal was, Hauptsache du redest mit mir!“ Irene Hadrian erwachte wieder aus ihrer Trance und stellte fest, dass sie weinte. Sie bildete sich ein, einen langgedehnten Schrei durchs Telefon zu hören, aber vielleicht war es auch nur eine Störung in der Leitung.

„Irrsinn“, hörte sie sich sagen, „bist du verrückt geworden?“ Irene Hadrian hatte einen Druck auf ihrer Brust, der sie fesselte, wie eine eiserne Kette.

„Irene, hörst du, bleib ruhig, ich kann es ja auch nicht fassen. Wir sollten es sacken lassen und uns treffen. Heute nicht mehr. Eleonore hat sich wieder hingelegt und zwei Schlaftabletten genommen. Am besten, ich hole dich morgen früh ab und wir fahren zu Leo. Was meinst du?“

„Ja“ winselte Irene Hadrian, aber der Gedanke, erst morgen jemanden um sich zu haben, schauderte sie.

„Dann bis morgen.“ Katja Klinger hatte aufgelegt. Irene Hadrian blieb sitzen und stierte in die Luft. Der Hörer glitt ihr aus den Händen und fiel zu Boden, aber das registrierte sie nicht.

Vier

Ich kehre an einen Ort zurück, an dem meine Hände die nächste Erkundungstour auf weiblicher Haut unternehmen sollten. Es war im September 2000 auf unserer Klassenabschlussfahrt.

Da mir meine Eltern nicht ohne triftigen Grund das Mitfahren verbieten konnten, ging ich auf meine erste längere Reise. Acht Tage Toskana. In Marina di Massa, einem kleinen Städtchen an der Küste, lag unser Domizil, unweit der Marmorsteinbrüche von Carrara.

Mein Tutor, Herr Kämpfer, war bekannt dafür, dass er gerne junge Referendarinnen mitnahm.

Kämpfer, ein untersetzter, fünfzigjähriger Schwerenöter, dessen Haar bereits seit längerem den Rückzug angetreten hatte und dem stets der Geifer lief, hatte sich dieses Mal ein Prachtexemplar der Gattung Referendarin ausgesucht: Carmen Feilbach. Blond, kurze Haare, blaugraue Augen, schlanke Taille, mittelgroße Brüste. Sportlich, unterhaltsam, nett und immer ein Lächeln auf den Lippen. Aber was sie besonders auszeichnete, war die Tatsache, dass sie nahezu perfekt Italienisch sprach. Im Rahmen eines studentischen Austauschprogramms hatte sie drei Semester italienische Sprache und Literatur in der altehrwürdigen Universität von Bologna, unter anderem bei Umberto Eco, studiert.

Die ersten drei Tage hakten wir die Sehenswürdigkeiten der Toskana ab. Florenz, Pisa, Sienna und Lucca. Bei tropischen Temperaturen.

Das Programm war so vollgepackt, dass weder Zeit zu verschnaufen noch irgendetwas hängen blieb von den Vorträgen und Referaten, die an den Denkmälern und berühmten Bauwerken gehalten wurden. Wir waren ständig zu spät und mussten diese Zeit wieder aufholen.

Hinzu kam der dichte Verkehr und ein Busfahrer, der sich gerne mal in den engen Gassen der Innenstädte verfuhr.

Am vierten Tag jedoch, als alle nur noch motzten und ihre schlechte Laune aneinander ausließen, bekamen wir von morgens bis abends Freizeit. Meine Mitschüler nutzten die Stunden, um sich ans blaue Meer zu legen, machten einen Bootsausflug nach Cinque Terre oder schauten sich die Marmorsteinbrüche an.

Ich war der Einzige, der nicht loszog. Meine Lust, sich einem unserer Klassengrüppchen aufzudrängen und müde belächelt zu werden, hielt sich in Grenzen. Ich wollte in unserer Unterkunft bleiben und im Garten lesen.

Ich war es nicht gewohnt, mit so vielen Menschen zusammen zu sein. Schon gar nicht mehrere Tage. Ich galt als Außenseiter und fühlte mich auch so.

Ich lag auf einer Liege unter Zypressen, die wohltuenden Schatten spendeten, und betrachtete den Pinienhain am gegenüberliegenden Hang. Die Schwüle drückte den Schweiß aus allen Poren, selbst wenn man sich nicht bewegte. Aus der Küche hatte ich mir einen Eistee geholt. Ich nahm das Buch zur Hand. Endlich Ruhe.

Gerade hatte ich es mir gemütlich gemacht, noch einen Schluck des kalten Tees genommen, als eine Stimme meinen Namen rief. Ich erschrak und drehte mich um.

Frau Feilbach kam barfuß, in kurzen Shorts und Sommertop über den Rasen geschlendert.

„Keine Lust ans Meer zu gehen zu den anderen?"

Ich schüttelte stumm den Kopf.

Scheinbar irritierte sie meine Erscheinung und mein Verhalten, denn sie erkundigte sich nach meinem Befinden.

Ich zuckte die Schultern.

Pflichtbewusst, wie Referendarinnen nun mal sind, trat sie neben mich.

„Bist du krank? Hast du Fieber oder so? Du sagst ja gar nichts."

Ich schüttelte den Kopf wie wild und gerade, als ich mich durchgerungen hatte, etwas zu sagen, um sie schnellstmöglich loszuwerden, ging sie einfach weg.

Keine fünf Minuten waren vergangen, stand sie wieder vor mir.

„Ich habe Herrn Kämpfer auf dem Handy angerufen", sagte sie, „und ihn über dich ausgefragt. Er meinte, dein Benehmen sei ihm bekannt und nicht außergewöhnlich." Frau Feilbachs Beine waren braungebrannt, ihre Waden schmal, die Zehennägel rosa lackiert. Ich blickte sie an und schwieg weiter. In ihrem Gesicht spiegelte sich die Verwunderung darüber, dass ich immer noch keinen Ton von mir gegeben hatte.

„Du bist ein komischer Kauz. Hat dir das schon mal jemand gesagt?"

Ich nickte.

Sie hob die Schultern, ihre Stirn lag in Falten und ich hatte das Gefühl, ihr lag etwas an mir. Eine Haltung, die neu für mich war.

Alles deutete darauf hin, dass sie mich zum Sprechen bringen wollte. Ein kleiner Wettbewerb war angebrochen. Sie wollte mir ein paar Worte entlocken, ich hingegen standhaft bleiben und schweigen.

Zum ersten Mal nahm ich bewusst ihre Haut wahr. Sommersprossen schmückten ihre Wangen. Am Hals trug sie eine silberne Kette mit einem blauen Stein. Ich verfolgte ihre nackten Arme, die sie beim Reden hob und wieder sinken ließ. Am meisten aber zogen mich ihre Beine an. Lang und dünn waren sie, ein ideales Testterrain für meine Hände.

Eine innere Hitze ergriff mich, die ich durch einige Schlucke Eistee zu unterdrücken versuchte. Das Glas war schnell leer. Frau Feilbach bot an, Nachschub zu holen, als ich plötzlich meine vermaledeite Stimme hörte:

„Oh ja, gerne.“ Ein triumphales Lachen schmückte ihr Gesicht. Ich gab mich geschlagen und redete mir ein, mich auf das kühle Getränk zu freuen. Doch freute ich mich in Wirklichkeit auf etwas ganz anderes. Endlich konnte ich nahezu ungestört Haut aus der Nähe betrachten. Wer weiß, wann sich eine solche Gelegenheit wieder bieten würde. Vielleicht konnte es mir sogar gelingen, diese jungfräulich scheinende, straffe Haut zu berühren und dabei die Wirkung meiner Hände an der Referendarin auszuprobieren. Leider wusste ich nicht, wie ich das anstellen sollte.

Ich gierte bereits nach Frau Feilbach, als sie endlich mit zwei Gläsern zurückkam. Sie ging unmittelbar vor meiner Liege in die Hocke, schaute mir in die Augen und bot mir das volle Glas an.

Nervös nahm ich es, stellte mich jedoch so ungeschickt an, dass mir das Glas entglitt und der Eistee sich über ihren Oberschenkel ergoss. Ich setzte mich auf, strich mit beiden Händen über ihren triefenden Oberschenkel und entschuldigte mich tausend Mal bei ihr. Meine Hände berührten jedoch nicht nur die von Eistee bekleckerte Stelle, sondern kreisten weiter mit sanften Bewegungen übers Knie, das gesamte Bein hinab bis zu den Knöcheln, denn bis dorthin war der Eistee geflossen. Das Glas lag inzwischen auf dem Rasen.

Anstatt aufzuspringen und sich über meine Tollpatschigkeit zu beschweren, setzte sich Frau Feilbach nun neben mich auf die Liege und griff nach meinen Händen. Ihr Gesichtsausdruck schwankte zwischen Befremden und Erfüllung.

Jetzt ging alles sehr schnell.

Sie rieb meine Hände an ihrer Wange, stöhnte verzweifelt und leidenschaftlich, dann führte sie meine Hände über ihren Körper, ihre Brüste, drückte sie an sich, als wolle sie nie mehr loslassen. Es gelang mir, ihren Bauch zu berühren und über ihren Po zu streicheln. Für mich war es wie eine Erlösung aus einem immerwährenden Winterschlaf. Ich fasste sie an, packte zu, mal härter, mal sanfter, spielte ihr Spiel mit, erkannte das Feuer in ihr, spürte ihr Verlangen, ihren Pulsschlag.

Meiner Hände Begierde stieg. Sie wollten Quadratzentimeter für Quadratzentimeter ihrer Haut erkunden. Millionen himmlische Berührungen und Impulse aussenden. Sich die gesamte Hautfläche einverleiben und für immer behalten.

Zu schön war es, Frau Feilbach in ihrer Zerrissenheit zu sehen. Einerseits schienen ihr meine Hände eine Art Erregung und Wohlgefühl zu verschaffen, andererseits war sie schockiert von ihrem Verhalten und wollte sich bremsen.

Womit ich überhaupt nicht gerechnet hatte, geschah. Frau Feilbach warf sich auf mich, gab mir einen langen, ekstatischen Kuss und zog sich ihr Oberteil aus. Ich war so perplex, dass ich sie zurückstieß, mich von ihr befreite und in unsere Unterkunft rannte.

Das Paradies war dahin. Die Illusion zerstört. Ich vergrub mich unter der Bettdecke und schaute erst wieder hervor, als es draußen dämmerte und einige Mitschüler über die Treppe polterten. In der Nacht tat ich kein Auge zu.

Am nächsten Morgen hätte ich sie gerne auf unser Erlebnis angesprochen. Zu gerne hätte ich gefragt, ob es ihr gefallen hat. Zu gerne gewusst, welche Gefühle meine Hände in ihr ausgelöst hatten. Doch ihre Körpersprache war eindeutig. Sie sagte: Geh weg! Du bist mir unheimlich. Ich will nichts mit dir zu tun haben.

In unserer Herberge konnte ich mich ihr unmöglich nähern, das wäre sofort aufgefallen. Deshalb verschob ich es auf die Zeit nach der Klassenfahrt.

In der Schule würde ich ihr zwangsläufig über den Weg laufen. Dann würde ich mit ihr sprechen und alles erfahren, was mich brennend interessierte.

Montags nach der Klassenfahrt erfuhr ich von einer Mitschülerin, dass Frau Feilbach sich krank gemeldet und ihren Dienst quittiert hatte.

Gerüchte machten die Runde. Alle dachten, Kämpfer hätte mit dem plötzlichen Verschwinden der Referendarin zu tun. Kämpfer musste zum Direktor und wurde zur Rede gestellt. Die einzige Information, die nach außen drang, war, dass Frau Feilbach aufgrund anhaltender gesundheitlicher Probleme ihren Schuldienst nicht mehr antreten könne.

Beladen mit dem Geheimnis der Schuld machte ich mich mittags auf den Heimweg. So lang war er mir nie erschienen.

Montag, 18. September, 20.11 Uhr

Wie fast jeden Abend, wenn Rauscher aus dem Büro nach Hause kam, ging er zuerst in die Küche, holte ein Geripptes aus dem Schrank und mixte sich einen Sauergespritzten. Elke war noch unterwegs, um die Namen der Männer, mit denen die Bonner fotografiert worden war, ausfindig zu machen.

Rauscher setzte sich auf die Couch im Wohnzimmer, widerstand der Versuchung den Fernseher anzuschalten und rekapitulierte stattdessen den Inhalt von Marie-Luisa Bonners Tagebuch, das er im Büro durchgearbeitet hatte.

Die Bonner wusste, dass sie beschattet wurde und vermutete, ihr Mann stecke dahinter. Anfangs nahm sie es locker, doch dann musste etwas passiert sein. Anfang und Mitte August gab es zwei Eintragungen. Die zweite war für Rauscher ein Rätsel. Er griff sich wieder das Tagebuch und las:

Dienstag 1. August, abends
Hahahah! Mein Anwalt hat mir bestätigt, dass Carlos Taktik, sich arm zu rechnen und Vermögenswerte auf die Seite zu schaffen, nicht aufgehen wird.

Es ist einfach unmöglich, sämtliche Immobilien, Aktien etc. aus den Büchern in Luft aufzulösen. Auch die Hinhaltetaktik, um Zeit zu gewinnen, wird ihnen nichts bringen. Sobald die Gutachten vorliegen, heißt es: Zahlemann & Söhne! Da hilft es ihm auch nicht, mein Leben immer noch ausspionieren zu lassen.

Mittwoch, 16. August, abends.
Autsch! Ich Idiotin habe den Typen unterschätzt. Ich Holzkopf! Wie konnte ich nur so gleichgültig sein? Aber hab ich es anders verdient? Wer nur seinen Spaß im Kopf hat und nicht ans Wesentliche denkt, wird bestraft.
Wir machen jetzt Druck. Ich will die Scheidung, lieber gestern als heute!

Einmal nannte sie ihren Mann ‚Carlo', dann ‚den Typen'. Oder meinte sie jemand anderen damit? Und vor allem: was war zwischen dem 1. und 16. August passiert?

In diesem Moment kam Elke zur Tür herein. Sie setzte sich neben Rauscher auf die Couch und drückte ihren Kommissar ganz fest. Der Kuss, der folgte, ließ Rauscher augenblicklich alles vergessen.

„Liebesbedürftig?"

„Geschafft!"

„Magst du einen Sauergespritzten?" Elke schüttelte den Kopf, streckte und dehnte sich.

„Wir haben nix rausgefunden. Niemand kennt einen der Typen auf den Fotos. Wir haben alle Läden, Kneipen, Wohnhäuser abgeklappert. Ein verdammt mühsames Geschäft." Rauscher strich ihr übers Haar, streichelte ihre Wange und gab ihr einen Kuss.

„Tapfer, tapfer. Aber ich hab was. Nur weiß ich nicht, was ich damit anfangen soll." Er zeigte Elke die beiden Einträge in Marie-Luisa Bonners Tagebuch, nahm sein leeres Glas und ging in die Küche. Elke las. Als Rauscher mit seinem Sauergespritzten zurückkam, sagte Elke:

„Sie hat Angst, dass ihr Mann sie übers Ohr haut."

„Ja, schon. Aber soweit ich weiß, ist die Rechtslage eindeutig. Sie hat Anspruch auf Unterhalt. Also was soll das Ganze?“ Elke zuckte die Achseln und gähnte.

„Lass uns morgen weiter machen.“

„Du hast recht.“ Er setzte sich neben Elke und nahm ihre Hand. „Du“, sagte er, „gefällt es dir immer noch mit mir?“ Rauscher nippte an seinem Sauergespritzten.

„Was meinst du mit ‚es‘?“

„Na den Sex meine ich.“

„Natürlich. Zweifelst du daran?“

„Nein.“

„Komm schon, sonst hättest du nicht gefragt?“

„Nein, ich hatte mit Krause heute nur so eine bescheuerte Diskussion.“

„Ihr Männer“, Elke streckte sich wieder „ihr seid doch alle gleich. Ich bin total verspannt.“

„Komm“, sagte Rauscher, stellte einen Stuhl in die Mitte des Zimmers, nahm Elke an der Hand und gab ihr einen Kuss auf den Mund. Elke setzte sich verkehrt herum auf den Stuhl und Rauscher massierte ihren Nacken.

„Heute bin ich seit 119 Tagen in dich verliebt“, sagte sie.

„Woher weißt du das so genau?“

Rauscher liebte Elkes geraden, langen Nacken. Feine Härchen, die nur mit der Zungenspitze zu spüren waren, wuchsen auf der ansonsten babyzarten Haut. Er liebte es, mit ihnen zu spielen.

Elke verschränkte die Arme über der Lehne, senkte den Kopf und sagte:

„Ich habe mir den Tag gemerkt, ja das tut gut, damals, als wir zum ersten Mal Apfelwein trinken waren in Sachsenhausen. Tiefer bitte, ja, tiefer. Ich habe richtige Schmerzen da unten. Kannst du dich noch erinnern? Du hast an dem Abend bei mir übernachtet.“

„Klar. Hier oben, das ist total hart. Kein Wunder, du sitzt ja seit Monaten nur am Schreibtisch.“ Elke schaute ihren Kommissar verliebt an:

„Also manchmal liege ich auch bei dir im Bett, wenn ich mich nicht irre.“ Rauscher trank gerade einen Schluck Apfelwein und musste lachen.

„Was würdest du nur ohne deinen Äbbelwoi machen?“ Rauscher liebte es, wie Elke mit ihrem klaren Hamburger Hochdeutsch den Namen seines Lieblingsgetränks aussprach. Dafür hätte er sie vom Fleck weg geheiratet.

„Nicht auszudenken“, erwiderte er und fasste sich an die Stirn, „da bliebe nur der Strick.“

Rauscher knetete jetzt ihren Rücken mit mehr Druck, bis ein spitzer Schrei ihn unterbrach:

„Aua. Pass doch auf.“

Er hob die Hände.

„Das war ich nicht.“

„Aber es hat höllisch weh getan.“

Rauscher tastete vorsichtig die obere Wirbelsäule entlang, bis er wieder die Stelle fand.

„Ja, genau da, autsch, da habe ich ganz fiese Schmerzen.“

„Knochenhart. Ein richtiger Klumpen. Du solltest dich mal in professionelle Hände begeben. Kennst du eine Massagepraxis in deiner Nähe?“ Elke überlegte einen Moment und zuckte dann mit den Schultern.

„Frag doch mal Frau Winter, die kennt sich in Sachsenhausen aus.“

„Danke. Da wäre ich von selbst nicht drauf gekommen.“ Elke stand auf, gab ihm einen Kuss, setzte sich wieder hin und mit einer schwungvollen Handbewegung deutete sie an, dass er weitermachen solle.

Drei Monate waren sie jetzt schon ein Paar, erst drei Monate, und selbst in dieser Zeit hatten sie nicht allzu viele Stunden gemeinsam verbracht. Der Job ging vor. Bis vor einigen Wochen schienen Frankfurts Schwerverbrecher Sonderschichten eingelegt zu haben. Die Mordkommission war von Mord zu Mord gehetzt. Rauscher mittendrin, kaum Zeit zum Durchschnaufen.

Doch jetzt, hatte er sich fest vorgenommen, sollte alles besser werden. Seit ein paar Tagen verbrachten sie die Abende und Nächte zusammen, ohne sofort ins Bett zu fallen und einzuschlafen. Der heutige Mord in der Luisenstraße war natürlich nicht eingeplant. Aber Rauscher wollte sich dadurch keinen Strich durch die Rechnung machen lassen. Er dachte positiv.

„Was denkst du über den Mord an der Bonner?", wollte Rauscher von Elke wissen und hörte auf zu massieren.

„Weitermassieren, bitte. Ich habe mich gerade daran gewöhnt." Elkes sanfte Stimme überredete ihn und er begann von Neuem am Schulterblatt und arbeitete sich zur Wirbelsäule vor.

„Die Bonner hatte es faustdick hinter den Ohren", beantwortete Elke nach kurzer Bedenkzeit Rauschers Frage.

In diesem Moment vibrierte Rauschers Handy. Elke schaute ihn an: „Na, Lena wieder mal?"

„Keine Ahnung." Rauscher zuckte die Achseln.

„Du kriegst doch über 90 Prozent deiner Simse von ihr, oder?" Tatsächlich stand Lenas Name auf dem Display.

„Bloß keine Dreiecksgeschichte", sagte Elke, „meine Nerven reibe ich mir im Job genug auf." Rauscher verstand nicht, wie Elke annehmen konnte, dass er und Lena, nein.

„Mach dir keine Sorgen. Ich glaube, wir brauchen einfach noch ein abschließendes Gespräch."

Es waren wechselvolle vier Jahre mit Lena gewesen, die konnte Rauscher nicht einfach unter den Teppich kehren. Dass er keine Affäre mehr wollte, stand für ihn fest. Elke war gerade zum richtigen Zeitpunkt in sein Leben getreten. Jetzt stand Elke auf, legte ihre Arme um seinen Hals und gab ihm einen langen, zärtlichen Kuss. Wow, dachte Rauscher, die Frau schafft es immer wieder, mich heiß zu machen.

„Du wolltest doch vorhin im Präsidium wissen, weshalb Markowsky in meinem Büro war?"

„Stimmt. Ja, was wollte er?"

Elke drückte ihn jetzt ganz fest, küsste ihn wieder lange und leidenschaftlich und hauchte ihm ins Ohr:

„Er hat mir eine feste Stelle angeboten, unbefristet, in deinem Team." Rauscher spürte ein unsagbar schönes Kribbeln im Bauch. „Prima. Und hast du dich auch nett bedankt?"

„Ich habe ihm gesagt, dass ich mit dem Gedanken spiele, nach Hamburg zurückzugehen."

Fünf

Abscheu vor meinen Eltern war mein Führer. Flucht mein Ziel. Immer wieder stellte ich mir vor, einfach abzuhauen.

Doch mein Leben änderte sich, als ich in einer Frankfurter Werbeagentur eine Ausbildung zum Kommunikationskaufmann begann.

Meine Eltern waren skeptisch. Doch ich jubilierte.

Meine Fantasie und mein Herz schlugen Kapriolen. Annähernd vier Jahre waren seit dem Abitur vergangen. Öde vier Jahre, in denen ich in meinem Zimmer vor mich hin vegetiert hatte.

Doch jetzt war meine Zeit gekommen, das fühlte ich, und wenn alles gut laufen würde, auch die Zeit meiner Hände. Ich wollte ihre Möglichkeiten erkunden und sie auf Entdeckungstour schicken. Unbedingt.

Ich verabschiedete mich nicht von meinen Eltern, obwohl ich sie nie wieder sehen sollte.

Als ich zum ersten Mal die Frankfurter Stadtgrenze überquerte, meinte ich, mich noch nie so leicht und unbeschwert gefühlt zu haben. Hier brodelte es. Hier fühlte ich mich sofort wohl. Der ganze Mief war wie weggeblasen und ich nahm mir vor, nie wieder zurückzugehen. Komme was wolle.

In einem 1-Zimmer-Appartement unter dem Dachboden sollte ich heimisch werden. Außer einem Bett, einem Eichenholzschrank, Tisch und Stuhl gab es nichts. Obwohl es für heutige Maßstäbe abscheulich war, empfand ich mein neues Reich als behaglich. Es gefiel mir, dass mich keiner sah, dass mich keiner hörte und störte. 500 Kilometer trennten mich von zu Hause. Emotional waren es über tausend.

Am 1. Juni 2004, betrat ich mit klammem Herzen und schweißnassen Händen die Agentur.

Die monströse Empfangshalle flößte mir auf Anhieb Respekt ein. Der Boden und einzelne Säulen waren aus Marmor. An den Wänden hingen Trophäen früherer Agenturerfolge. Kreativpreise. Goldene Auszeichnungen, gerahmt hinter Glas. Schrille Kampagnenplakate aus einer mir fremden Welt. Alles sah mächtig und wichtig aus. Die Menschen, denen ich in der Halle begegnete sprachen eine andere Sprache. Jedenfalls verstand ich nichts.

Die Empfangsdame verschwand fast hinter dem hohen Empfangstresen aus edlem Holz, rückte ihre Brille zurecht, als sie mich eintreten sah, und seufzte. Sie war es gewohnt, bedeutende Persönlichkeiten zu empfangen. Jetzt kam ich zur Tür herein. Würdelos, ohne Mumm in den Knochen und mit fahlem Gesichtsausdruck. Hinzu kam ein Outfit, das mir meine Mutter kurz vor der Abreise verpasst hatte: billige Stoffhose, weißes Hemd und Pullunder.

Auf beiden Seiten des Tresens geschwungene Steintreppen, die den Weg ins Allerheiligste der Agentur wiesen, die Kreation. Dort saßen die Kreativ-Direktoren, Art-Direktoren und Texter. Die Empfangsdame führte mich hinauf.

Oben angelangt begrüßte mich Frau Bethmann, meine Vorgesetzte. Ich schätzte sie auf Anfang Vierzig. Ihre glatten, hellbraunen Haare und die Brille verliehen ihr etwas ausgesprochen Seriöses. Besonders imposant fand ich ihr schickes Businesskostüm.

Zunächst schien sie enttäuscht von mir. Sie hatte mehr erwartet, was mich angesichts meines Auftretens nicht verwunderte. Aber dann kam für mich der spannende Moment: Sie schüttelte meine Hand und es war, als spränge ein kleiner Funke über. Etwas wie ein Elysium strömte augenblicklich durch ihren schmalen Körper und nahm sie für mich ein. Ein Lächeln der Verwirrtheit, der Entrücktheit, das sie selbst nicht einzuschätzen wusste, bezeugte ihre Wandlung. Sie war verwirrt und ließ meine Hand los, als hätte sie großen Respekt vor ihr.

Dann zeigte sie mir meinen künftigen Arbeitsplatz, wies mich an, mich mit dem Telefon vertraut zu machen und legte mir eine Bedienungsanleitung auf den Schreibtisch. Das häufige Zurechtrücken der Brille verriet mir ihre Unsicherheit und urplötzlich verschwand sie in der Toilette.

Neben meinem Schreibtisch war ein riesiges Fenster, durch das ich den Main sehen konnte. Ich spähte hinüber zu den anderen Schreibtischen, entdeckte aber niemanden, also kümmerte ich mich so gut es ging um das Telefon. Frau Bethmann sah ich den ganzen Tag nicht mehr und auch sonst beachtete mich niemand. Alle waren viel zu beschäftigt, um zu registrieren, dass ein Neuer angefangen hatte. Zumindest erklärte ich mir so die Situation. Und daran änderte sich auch die nächsten Tage nichts.

Wie sich später herausstellen sollte, hatte ich es mit Frau Bethmann ganz gut getroffen. Sie war eine strenge, aber durchaus wohlwollende Vorgesetzte, die sich zwar nach unserer ersten Begegnung deutlich distanziert verhielt, sich aber in den Kopf gesetzt hatte, aus dem kleinen, schüchternen Knaben, einen professionellen, kompetenten und am Telefon eloquenten jungen Mitarbeiter zu machen.

Zuweilen kam sie mir vor wie meine Mutter und verwies mich ständig auf Fehler. Und ich muss gestehen, dass ich auch vieles falsch machte. Dann schimpfte sie, wurde laut und betonte, dass sie es nur gut mit mir meine und alles zu meinem Besten betreibe.

Ihr Verhalten leistete meiner Unsicherheit Vorschub. In der Anfangszeit fühlte ich mich wie im Fegefeuer. Demut lernte ich schnell. Ich hatte dankbar zu sein, jeden Morgen die heiligen Hallen einer der bedeutendsten Frankfurter Werbeagenturen betreten zu dürfen. Ich hatte dankbar zu sein, dort arbeiten zu dürfen, wo kreative Kampagnen erdacht, Etats gewonnen und Preise ausgestellt wurden. Untertänigkeit war gefragt, Gehorsam und Disziplin. Die Bedeutung der Person war wichtig. Ihr Posten. Ihre Stellung innerhalb der Agentur. Je höher das Gegenüber, desto niedriger fühlte ich mich. Je mehr Geld über den Schreibtisch floss, desto ärmer kam ich mir vor. Das prägte sich mir ein.

Nach vier Wochen kannte ich außer Frau Bethmann immer noch niemanden. Ich konnte mir nicht erklären, woran das lag, bis ich merkte, dass keiner Interesse an einem kleinen Auszubildenden hatte.

Eines Morgens stand Katrin Schmidt vor mir. Wie ich später erfuhr, war sie Senior-Kundenberaterin und wohl das, was man in der Businesssprache ‚tough' nennt. Sie sagte nichts einfach so, plapperte nicht drauflos, sondern wählte jedes Wort mit Bedacht. Jeder Satz strotzte vor Effizienz. Jeder Atemzug unterstrich seine Wichtigkeit. Jeder Blick hob die Bedeutung einzelner Details hervor.

Sie machte mir klar, dass auch die geringste Arbeit von enormer Tragweite sein, dass jede Tat die Firma erblühen lassen oder zugrunde richten, jede gute Idee über Wohl und Wehe aller Mitarbeiter entscheiden konnte. So sprach, so dachte sie.

Und sie erfreute sich daran, mich zu quälen. Ich war ihr Auserwählter für langwierige, langweilige Arbeiten. Kannst du den Konfi decken, wir haben um drei Uhr Kunden im Haus? Kannst du die Präsentation tippen? Kannst du die Booklets für mich binden? Kannst du für mich zur Post gehen? Kannst du das für mich recherchieren? Kannst du dies, kannst du jenes? Ja, wir duzten uns alle.

Hinzu kamen echte Schweißarbeiten. Kisten aus dem Keller holen. Alte Computer und Bildschirme in den Keller schleppen. Regale auf- und wieder abbauen. Tausende Kopien am Tag waren auch keine Seltenheit. Sie hatte in mir ihren Lakaien gefunden und ich wehrte mich nicht, wagte es nicht, ihr zu widersprechen. Ich fügte mich, wie es meinem Wesen entsprach. Lieber als Sklave enden, sagte ich mir, als zurück zu meinen Eltern zu müssen.

Frau Schmidt war eine gedrungen wirkende, kleine, sehr weibliche Frau mit viel Power. Ihre kleinen, flinken Augen sahen alles. Ihre Frisur war ein Gestrüpp in Rotbraun und eine winzige Narbe zierte ihre Wange. Sie mischte sich überall ein, hatte stets das letzte Wort und war nicht unumstritten bei den Kollegen und Kolleginnen. In der Küche beim Kaffeekochen erzählte man sich, dass sie noch nie einen Freund gehabt hatte und das mit 27 Jahren! Sie würde Gras fressen für die Karriere, hörte ich, würde täglich fünfzehn, sechzehn Stunden im Büro verbringen und ließe dann und wann schon mal einen Furz, der nach Ehrgeiz stank.

Langsam begann ich zu begreifen, dass mich Frau Schmidt gar nicht als Mensch wahrnahm, sondern als Objekt, das ihr Dienste leistete und mühevolle und zeitraubende Arbeiten abnahm. In der sechsten Woche lag jeden Morgen eine ‚To-do-Liste' auf meinem Schreibtisch, die ich nur für Frau Schmidt abzuarbeiten hatte.

Gelegentlich hatte ich in Erwägung gezogen, mit Frau Bethmann über mein Sklavendasein zu sprechen, ließ es aber bleiben. Ich wollte nicht den Anschein erwecken, unzufrieden zu sein. Unzufriedenheit war das Allerletzte, mit dem Vorgesetzte behelligt werden wollten.

Das Agenturleben beobachtete ich auch weiterhin von außen. Ich sah Trafficer, die es eilig hatten; Kreativdirektoren, die rumpöbelten; Produktioner, die kistenweise verdruckte Broschüren in den Müll warfen; Geschäftsführer, die über die Flure hetzten und Kundenberater, die ins Handy schrien. Ich wusste zwar nicht, worum es bei all dem ging, aber ich fand es spannend.

Es kam die Zeit der Sätze, die mit ‚Hast du' begannen und die ich am liebsten ignoriert hätte. Hast du den Brief an Kostner weggeschickt? Hast du die Post heraufgeholt? Hast du die Schnippke angerufen? Hast du dies? Hast du jenes? Hassu. Hassu. Hassu. Ich kam mir vor wie ein Hund.

Irgendwann hatte Frau Schmidt begriffen, wie zuverlässig und schnell ich war. Selbst wenn es brannte und wir Termine einhalten mussten, lief alles glatt.

Außerdem nahm sie einmal, in all der Hektik des normalen Alltages, eines meiner Talente wahr. Ich hatte den Telefonhörer unter mein Kinn geklemmt und sprach mit einer Druckerei, um die genauen Maße unserer neuen Imagebroschüre zu notieren. In der rechten Hand hielt ich einen Stift und schrieb mit. Frau Schmidt stand daneben, äugte mir über die Schulter und, da sie, wie üblich, wenig Zeit hatte, flüsterte sie mir einige Anweisungen ins Ohr, die ich später mit der Produktionsfirma klären sollte. Weil ich mir das unmöglich alles behalten konnte, nahm ich mit der linken Hand einen Kuli und notierte es mir.

Nachdem ich aufgelegt hatte, stand Frau Schmidt immer noch da, obwohl sie längst im Meeting sitzen sollte. Ihr staunender Blick durchdrang mich. Sie nahm den Zettel und las meine Notizen. Gerade als sie den Mund aufmachen wollte, sagte ich: „Ambidextrie. Zweihändigkeit. Angeboren." Sie nickte und schenkte mir ein vieldeutiges Lächeln. Ab diesem Tag war ich nicht mehr ganz so unsichtbar für sie.

Immerhin schenkte mir Frau Schmidt so viel Vertrauen, dass wir manchmal ein bisschen länger miteinander redeten. Ich versuchte zu erfahren, was in so einer Werbeagentur eigentlich passiert und warum ein solches Tohuwabohu veranstaltet wurde. Sie weihte mich in die Abläufe, Abteilungen und Geheimnisse ein, die sich in den Büros rundherum abspielten.

Mit der Zeit vermittelte ich ihr, dass ich gerne Kundenberater geworden wäre, zeigte Interesse an dem ganzen Zinnober, an ihrem Job, ihren Kunden, drückte ihr beide Daumen für die Präsentationen, die sie zu halten hatte, freute mich mit ihr, wenn ein Kunde angebissen hatte und ein neuer Vertrag zustande gekommen war.

Es dauerte nicht lange, bis der Wunsch in mir erwachte, sie als Zielobjekt meiner Hände ins Auge zu fassen. Wenn sie an meinem Schreibtisch vorbeilief, zog sich immer der gleiche, einnehmende Parfumschweif hinter ihr her. Ein Hauch von zartem Flieder. Ich fand es reizvoll, ihr hinterher zu sehen. Zu gern hätte ich sie aus ihrem Business-Kostüm geschält, ihre Haut gefühlt, sie von oben bis unten zärtlich ertastet und den Duft ihrer Schuppenschicht eingeatmet. Zu gern hätte ich ihr Inneres erspürt, um zu erfahren, was hinter dieser Fassade steckte. Und vor allem ihre Reaktion auf meine Hände getestet.

Aber ich durfte in dieser Hinsicht keinen Fehler begehen, schwuppdiwupp hätte ich vor der Tür gesessen. Ich musste meine Hände zügeln. Sie wollten anders, als mein Kopf es vorgab.

Blieb die Frage, wie ich es anstellen konnte, unbemerkt an sie heranzukommen und meine Bedürfnisse zu befriedigen. In den nächsten Monaten entwickelte ich eine Strategie, meine Wünsche in die Tat umzusetzen.

Dienstag, 19. September, 7.55 Uhr

Mark Kowalski saß am Esstisch im Wohnzimmer seines kleinen Reihenhäuschens in Ginnheim und schlug die Rundschau auf. Er nahm einen großen Schluck des kräftigen Kaffees, den er schwarz am liebsten trank, und gab sich entspannt der Lektüre hin, wie nahezu jeden Tag. Wenn irgend möglich, vermied er es, Termine oder Observationen vormittags zu vereinbaren. Der Vormittag war ihm heilig. Doch heute sollte alles anders kommen.

Kowalski trug einen dunkelblauen Trainingsanzug mit drei weißen Streifen, der ziemlich knapp saß, darunter ein rotes T-Shirt, keine Socken, aber Hausschlappen. Sein Haupthaar hatte in den letzten Jahren den Rückzug angetreten, aber, hatte er sich gesagt, mit 55 Lenzen sei das keineswegs tragisch. Manche Frauen standen auf Glatzen und den Haarkranz ließ er stets kurz schneiden oder rasierte ihn vollständig ab.

Gewöhnlich las er zunächst den Sportteil, aber weil die Eintracht am Wochenende verloren und die Sportreporter an Mannschaft und Trainer kein gutes Haar gelassen hatten, überschlug er die Seiten und starrte auf die Titelseite der Stadtrundschau.

In diesem Moment durchfuhr ihn ein Blitz.

Er griff sich ans Herz. Stiche, pfeilschnell. Was war das? Er trank viel zu viel Kaffee, rauchte Kette und das Feierabendbierchen hatte er sich auch noch nicht abgewöhnen können. Rasch fielen ihm weitere Sünden ein. Die Ernährung. Hier eine Haxe, da ein Rippchen. Hier zwei Stück Torte, da ein süßes Dessert. Verzicht zählte nicht zu seinen Stärken. Sport und Bewegung auch nicht.

Außerdem hielt er eisern an seinen Prinzipien fest. Sein oberstes hieß: Eine Frau kommt mir nicht ins Haus. Er war fürs Junggesellendasein geboren. Obwohl einige Frauen großes Interesse gezeigt hatten, war er standhaft geblieben.

Das nächste Prinzip stand dem ersten in nichts nach und lautete: Obst und Gemüse nur in Maßen. Er war ja schließlich kein Hase, das Grünzeug zudem schwermetallbelastet. Auch das dritte Prinzip war ihm sehr wichtig: Ein kleiner Schnaps nach dem Essen hat noch niemandem geschadet.

Die restlichen Prinzipien verdrängte er für den Moment, denn die Schmerzen wollten einfach nicht nachlassen. Hatte er sich verlesen? Auf seine Augen hatte er sich bisher immer verlassen können. Genauso wie auf seinen Spürsinn und seinen Instinkt, die er im Job so dringend benötigte.

Er hielt sich die Zeitung dicht vors Gesicht.

Tatsächlich: Marie-Luisa Bonners Foto und darunter stand: „Das Mordopfer Marie-Luisa Bonner.“ Der danebenstehende Artikel trug die Überschrift: “Mordkommission bittet um Ihre Mithilfe“.

Der Text lautete: “Die Frankfurter Polizei bittet die Bevölkerung um sachdienliche Hinweise, die im Zusammenhang mit dem Mord an Marie-Luisa Bonner stehen könnten. Wer eine verdächtige Person oder andere Auffälligkeiten am Sonntagabend zwischen 18 und 22 Uhr in der Luisenstraße beobachtet hat, möchte sich bitte an die Frankfurter Mordkommission wenden.“

Kein Zweifel. Sie war es. Die Frau seines Auftraggebers. Er raufte sich die Haare und sprang auf. Aus Leibeskräften brüllte er „Scheiße".

Warum ausgerechnet die Bonner?

Mark Kowalskis Frühmorgenmüdigkeit war einem Adrenalinüberschuss gewichen. Er rannte zum Telefon, tippte hektisch eine Nummer. Vertippte sich. Schrie: „Mist." Tippte noch einmal. Doch bevor es klingelte, legte er auf.

Er spürte wieder sein Herz. Es schlug nicht, es zuckte wie wild. Schweiß stand auf seiner Stirn. Er setzte sich augenblicklich auf den Stuhl, atmete kontrolliert ein und aus. Aus dem Fenster sah er über den kleinen Vorgarten hinweg auf die Straße, den Briefträger die Post verteilen. Hatte er den Briefträger so früh schon mal gesehen? War das ein Neuer? Oder ein Spitzel? Hatten sie jemanden auf ihn angesetzt? Er stand auf und zog die Vorhänge zu. Sofort war es dunkel. Ein verdunkelter Raum im Spätsommer bei wundervollem Sonnenschein war kein gutes Zeichen. Es machte ihm Angst.

„Ruhig Blut", sagte er leise zu sich selbst, „nachdenken, nachdenken und nochmal nachdenken."

Sollte er Bonner anrufen? Oder die Polizei? Wäre es überhaupt angebracht, sich mit jemandem in Verbindung zu setzen? Mittlerweile lief ihm der Schweiß in Strömen aus jeder Pore. Angst war ein Wort, das er nicht kannte. Bei seinen langjährigen Einsätzen hatte er höchstens mal eine kleine Beunruhigung verspürt. Aber jetzt machte sich ein Gefühl breit, von dem er annahm, dass es etwas Ähnliches wie Angst sei. Und es steigerte sich. Ob er wollte oder nicht, er musste sich eingestehen, dass ihm Marie-Luisa Bonners Tod einen Schock versetzt hatte.

Mark Kowalski schaute auf die Uhr, stand wieder auf, lief zum Fenster und schaute durch den Vorhang. Alles wie immer. Die Birke ließ ihre Äste hängen, die Blumen die Köpfe. Der Rasen auf dem kleinen Stück vorm Haus war verdorrt. Ein Auto fuhr vorbei. Eine trostlose Straße mit trostlosen Autos in einer trostlosen Reihenhaussiedlung, dachte er und schrie

„Scheiße verdammte". Hätte er Bonners Auftrag ablehnen sollen? Aber warum. Es war ein stinknormaler Auftrag gewesen. Nichts Besonderes. „Beschatte meine Frau. Ich will wissen, mit wem sie fickt", hatte er gesagt. Er konnte sich an jedes einzelne Wort erinnern.

In den letzten Jahren hatte er mehrere Aufträge für Bonner erledigt. Sie kannten sich noch vom Studium. Bonner war ein Überflieger in BWL, er – Kowalski – hatte abgebrochen nach dem Vordiplom und eine kleine Wirtschaftsdetektei gegründet. Immer wenn es im Verborgenen und an der Steuer vorbeilaufen sollte, hatte sich Bonner an ihn gewandt. Meistens ging es um kleinkriminelle Machenschaften von Bonners Kunden, die es aufzudecken galt. Umsatzsteuerbetrug, Insidergeschäfte und ähnlicher Wirtschaftskram. Einmal hatte ihn Bonner an einen größeren Fisch rangelassen. Es ging um den Börsengang eines Geschäftspartners. Bonner hatte vermutet, dass die Zahlen im Geschäftsbericht gefälscht waren, um sich den Börsengang zu erschleichen und die Anleger zu täuschen. Und er hatte Recht gehabt. Kowalski hatte ihm brauchbare Beweise geliefert und Bonner sich eine fette Nase verdient, weil er die Aktien zu Höchstpreisen abgestoßen hatte, kurz bevor sie ins Bodenlose gefallen waren. Seitdem war Bonner ihm sehr, sehr dankbar.

Und jetzt das.

Puuuuuh!

Kowalski rieb sich die Augen. Er zitterte bei dem Gedanken, Bonner hintergangen zu haben. Und Marie-Luisa Bonner war ihm auf die Schliche gekommen. Die Frage war nur: Wusste sie, wer die Fotos gemacht hatte? Kannte sie seinen Namen? Das wäre sein Aus. Sein Ende. Die Kapitulation. Er würde seine Lizenz verlieren. Seinen guten Ruf. Keinen Auftrag mehr bekommen. Vielleicht bald Hartz IV. Dabei wollte er sich nach diesem letzten großen Deal zur Ruhe setzen und gemütlich seinen Lebensabend verbringen, vielleicht in einem Häuschen in einem sonnigen Land. Zu schön, um wahr zu sein. Er hatte sich alles so prachtvoll ausgemalt.

Mark Kowalski nahm ein Glas Wasser, warf zwei ASS ein gegen potenzielle Kopfschmerzen, sicher ist sicher, und entschloss sich, nichts zu unternehmen. Abwarten war er gewohnt. Er beherrschte es. Abwarten und beobachten. Und aus dem Beobachteten Schlüsse ziehen. Nur, fragte er sich, wie sollte das von hier aus geschehen und wie lange würde er diese Situation aushalten.

Dienstag, 19. September, 8.13 Uhr

Nur eine Ahnung von Wolken zierte den Horizont, als Rauscher auf die Straße trat. Das Blau des Himmels traf sein Herz, die annähernd 26° Celsius erwärmten es. War das ein Wonnemonat! 19 Sonnentage mit jeweils mehr als 10 Sonnenstunden.

Er sog die Septemberwärme in seine Lungen, füllte sie gleichsam mit Energie und merkte erst jetzt, dass es nahezu still war. Es waren nur wenige Leute unterwegs. Ein paar Sonnenstrahlen glitzerten auf dem Lack seines Autos, als er einstieg. Er gähnte, denn er hatte in der Nacht kaum ein Auge zu getan.

Auf dem Weg durch den morgendlichen Stau rekapitulierte er den nächtlichen Gedankenaustausch und stellte ernüchtert fest, dass er und Elke auf keinen gemeinsamen Nenner gekommen waren. Sie hatte ihn mit ihrer Ankündigung, eventuell zurück nach Hamburg zu gehen, ziemlich unsanft von Wolke sieben herunter geschubst und die Landung war dementsprechend hart.

Der erste Morgentermin führte ihn direkt zu Quast ins Kriminaltechnische Institut.

„Hab' dich schon erwartet", begrüßte ihn Quast in weißem Kittel und Handschuhen, „wir sind gut vorangekommen. Alles ist vorbereitet. Lass uns rübergehen." Quast war ruhiger geworden in letzter Zeit, das war Rauscher schon aufgefallen. Früher hätte er morgens um diese Uhrzeit einen herben

Spruch rausgehauen, auch wenn das Risiko sehr hoch gewesen wäre, mit einem Kollegen aneinanderzurasseln. Inzwischen hatte er sich und sein Mundwerk im Griff und seine Erfahrung im Job war bei allen anerkannt.

Rauscher folgte Quast einen Raum weiter in den Sektionssaal, in dem mehrere Liegen standen. Bei einer blieb der Pathologe stehen und streifte sich Latexhandschuhe über, schaute Rauscher in die Augen und nahm das Tuch ab. Marie-Luisa Bonner.

Rauscher erinnerte sich sofort, wie sie im Bett auf dem Rücken lag. Jetzt glänzte ihre Haut nicht mehr, wirkte eher stumpf und blass.

Marie-Luisa Bonner war nach Rauschers Schätzung etwa 1,70 m groß, hatte kurze Beine im Vergleich zum Oberkörper und etwas breitere Hüften. Ihre Brüste waren mittelgroß und standen, obwohl sie lag, nach oben. Sie hatte sehr gepflegte Hände, Finger und Fingernägel, was darauf hindeutete, dass sie regelmäßig manikürt worden waren. Der Kopf war rund. Die Wangen ausgeprägt. Der Mund war geschlossen, ihre Zähne nicht sichtbar. Ihre Lippen waren einladend und voll. Die Achselhaare ganz, die Schamhaare zu einem Irokesen rasiert.

Rauscher nahm beide Bauchseiten sehr intensiv in Augenschein. Rot und blau, wohin er schaute.

„Wie ich schon vermutet hatte", sagte Quast, „subkutane Hämatome, rechts und links oberhalb der Hüfte. Und hier hat sie eine alte Narbe." Quast strich mit den Latexhänden über ihren Bauch. „Und hier," er fuhr etwas tiefer über den Oberschenkel und das Knie, „zwei weitere Narben, von früheren Operationen." Rauscher nickte und Quast wartete, bis Rauscher aus seiner gebückten Position wieder emporgekommen war.

„Todesursache: Herzstillstand durch Ersticken. Eindeutig. Tatwaffe ist das Kissen. Der Täter hat es ihr solange auf den Mund gedrückt, bis sie sich nicht mehr gerührt hat. Wir haben Lippenstiftspuren der Bonner darauf entdeckt, die noch frisch waren."

„Und wie erklärst du dir die Blutergüsse an den Seiten?"

„Da hat sie einer geschlagen, gedrückt, gezwickt, gepresst, gequetscht, gekniffen, was weiß ich. Mehr kann ich dazu auch nicht sagen.“

„Merkwürdig, und was gibt’s sonst noch?“

„Auf dem Körper der Toten war überall Öl der Marke “Fluidum“, ein handelsübliches Massageöl. Es gibt keine brauchbaren Fingerabdrücke, alles verwischt. Ich habe den gesamten Körper abgeschabt. Außer ihren eigenen, haben wir nur ein einziges winziges Härchen gefunden, keine zehn Millimeter lang. Sollte das vom Täter stammen, ist er blond.“

Schade, dachte Rauscher, Bodo Schmitz hat schwarze Haare, wäre auch zu einfach gewesen.

„Ansonsten sind weder Kratz-, noch Würge- oder Bisspuren zu finden, nur abgestorbene Hautschuppen. Anhand der Druckspuren auf beiden Seiten oberhalb der Hüfte, des Bauches und dem Hals lässt sich nicht genau bestimmen, ob er Rechts- oder Linkshänder ist. Auch wissen wir nicht, mit welcher Hand er das Kissen gehalten hat.“

„Alles nicht sehr konkret“, sagte Rauscher. Quasts Gesicht war bar jeder Regung, emotionslos. Rauscher wusste nur zu gut, dass Quast schon zu viel gesehen hatte, als dass ihn dieser Mord hätte aus der Ruhe bringen können.

„Auch das Kissen“, fuhr Quast fort, „weist außer dem Lippenstift keine Spuren auf. Keine Härchen, kein Dreck, kein Fingerabdruck. Außerdem hatte Frau Bonner weder Geschlechtsverkehr noch gibt es Spermaspuren, aber Speichelspuren haben wir auf dem Laken gefunden, die nicht von der Toten stammen. Wenn sie vom Täter sind, wovon wir ausgehen, kennen wir seine Blutgruppe: A negativ. Also wenn du ihn hast, könnten wir ihn mit einem einfachen DNA-Test überführen.“ Rauscher frohlockte:

„Spitze! Hast du weitere Anhaltspunkte?“

„Ja, was Merkwürdiges: Die Frau hatte noch einen erhöhten Spiegel an Adrenalin im Blut, obwohl sich das Zeug recht schnell abbaut. Ergo muss er ziemlich hoch gewesen sein. Da ich davon ausgehe, dass sie in diesem Outfit relativ entspannt war, könnte dies auf einen Adrenalinausstoß hindeuten wie er zum Beispiel bei einem längeren Todeskampf erfolgt. Irgendwo muss dieses Stress- oder Angsthormon ja hergekommen sein. Und jetzt zum erfreulicheren Teil. Sie hatte auch Endorphine im Blut, also die sogenannten Glückshormone."

„Also Stress- und gleichzeitig Glückshormone. Wie passt das zusammen? Geht das überhaupt?"

„Das habe ich mich auch gefragt. Antwort: eindeutig ja. Ich habe mich extra nochmal bei einem befreundeten Endokrinologen erkundigt. Bei Angst oder Glück werden unterschiedliche Hormone ausgeschüttet. Die Endorphine könnten zum Beispiel durch ein Lustempfinden ausgeschüttet worden sein, dadurch kann eine Art Glückszustand hervorgerufen werden. Endorphine stehen in Verbindung mit der Produktion von Sexualhormonen und werden mitverantwortlich gemacht für die Entstehung von Euphorie. Ist inzwischen medizinisch unumstritten, wenn auch individuell höchst unterschiedlich. Und jetzt kommt's: Wir haben sowohl an ihrem Slip, als auch im gesamten Genitalbereich eingetrocknetes Vaginalsekret gefunden. Und zwar in nicht unerheblicher Menge." Rauscher fragte sich gerade, wie Quast wohl die Menge gemessen hatte, da sprach er schon weiter.

„Das Sekret stammt definitiv von Frau Bonner, was bedeutet, dass sie vor ihrem Tod sehr erregt gewesen sein muss." Rauscher grinste.

„Es gibt schlimmere Zustände kurz vorm Tod", sagte er, „also Stresshormone und Lusthormone gleichzeitig. Und was sagt uns das?"

„Naja. Die Hormonausschüttungen könnten nacheinander stattgefunden haben. Wir wissen ja, dass sie erregt war und vielleicht ist dieser Zustand und die Aussicht auf Sex für die Endorphinausschüttung verantwortlich. Dann ist was schiefgelaufen und die Situation hat sich gedreht. Sie bekam Angst, Todesangst, das würde das Adrenalin erklären."

„Klingt plausibel. Nur was ist dazwischen passiert?"

„Das musst du rausfinden."

„Ach nee", flachste Rauscher, „habt ihr sonst noch was in der Wohnung gefunden?"

„In der gesamten Wohnung gibt es Fingerabdrücke von exakt 19 verschiedenen Personen. Auf dem fast leeren Sektglas die Fingerabdrücke von Frau Bonner. Auf dem anderen leider keine. Die Bettwäsche haben wir im Labor untersucht und einige weiße Körnchen gefunden. Die lassen wir gerade analysieren. Es könnten auch Waschmittelrückstände sein."

„Habt ihr die Fingerabdrücke mit der Datenbank abgeglichen?", fragte Rauscher.

Quast nickte, „Fehlanzeige. So, das war das Wichtigste. Der Rest steht im Obduktionsbericht und im Bericht der Spurensicherung. Kriegt ihr heute Mittag auf den Tisch."

„Lecker", sagte Rauscher, bedankte sich bei Quast und verabschiedete sich mit den Worten:

„Habe nur ich das Gefühl oder wird der Fall immer rätselhafter?"

Sechs

Bei Frau Schmidt hatte ich keine Chance, das sah ich ein, aber das Verlangen, endlich mehr über die Fähigkeiten meiner Hände zu erfahren, wollte nicht aufhören.

Die Begierde siegte. Also machte ich mich auf ins berüchtigte Bahnhofsviertel, weil ich vermutete, meinen Forschungsdrang dort am schnellsten stillen zu können. Da ich nicht wusste, wie viel die Dienste der Damen kosten würden, steckte ich 300 Euro ein. Exakt die Hälfte dessen, was ich gespart hatte.

In Frankfurt war Hochsommer, über 35° C. Auch nachts kühlte es nicht ab. Der Mond schien heller als die Tage zuvor. Ich fuhr mit der S-Bahn zum Hauptbahnhof, lief die Kaiserstraße entlang, bog in die Moselstraße ein, dann rechts in die Taunusstraße. Das Bahnhofsviertel glitzerte und strahlte in rötlichem Licht und ich vergrub meine Hände tief in den Hosentaschen.

Betrunkene kamen mir entgegen, schubsten mich. Afrikaner boten Waren feil. Einige Hütchenspieler zeigten ihr Können am Straßenrand. Eine Gruppe Junkies rauchte Crack. Ein Hot-Dog-Verkäufer schrie immer wieder „Heißer Hund, leckerer heißer Hund". Wahrscheinlich fand er das witzig.

Ich kam an Stripteasebars vorbei, sah auf den Monitoren in den Schaufenstern, wie sich halbnackte Mädchen an den Stangen räkelten. Doch das interessierte mich nicht. Männer und Frauen standen vor diesen Bars und versuchten, mich hinein zu ziehen. Aber ich wollte nicht, befreite mich aus ihren Griffen und lief weiter.

Ich bog ab in die Elbestraße, wieder in die Kaiserstraße, dann in die Weserstraße, in die Moselstraße und lief immer weiter, bis die Lichter weißer und die Straßen dunkler wurden.

War das das Frankfurter Bahnhofsviertel, wo die Mädchen ihre Dienste anboten? Aber wo waren sie? Ich hatte keine Mädchen gesehen, außer ein paar Junkiefrauen. Aber die waren so versifft, die mochte ich keinesfalls anfassen und schon gar nicht als Experimentierfeld nutzen. Ich betrachtete meine Hände. Mir tat es fast leid für sie. Was sollte ich tun?

Ich drehte mich um. Von weitem sah ich wieder die Glitzerwelt der Taunusstraße. Rote Pfeile blinkten und überall stand ‚Girls'. Ich beobachtete, wie Männer in schmalen Hauseingängen verschwanden, ohne sich umzuschauen. Als wieder ein paar durch eine Schwenktür gingen, schlich ich hinterher und kam in ein Treppenhaus.

Es roch nach Schweiß, Parfum, Alkohol und asiatischem Essen, fast hätte ich mich übergeben. Unwillkürlich hielt ich mir den Ellenbogen vor die Nase. Hier drin war es noch heißer als draußen und die Luft stand. Als ein breiter, untersetzter Typ die Treppe herunterkam, sprang ich zur Seite. Er hatte Schweiß auf der Stirn und mich übersehen.

Nachdem er draußen war, schaute ich vorsichtig die Treppe hoch. Schwach drang bläuliches und rötliches Licht aus den einzelnen Stockwerken ins Treppenhaus. Ein Mann schoss hinter mir durch die Schwenktür.

„Na Kleiner. Ma nich so schüchtern. Die kommen nich extra runter, ne!“ Sein Hamburger Dialekt kam mir bekannt vor. Ich nickte. Er lachte. Kopfschüttelnd stieg er in großen Schritten die Steintreppe hinauf.

Einen Moment überlegte ich, ob ich wieder gehen sollte, aber nun, da ich bis hier gekommen war, wollte ich nicht wieder zurück und nahm die erste Stufe.

Sie war dreckig und pappig. Kippenstummel lagen überall herum. Eine kleine Flasche Jägermeister lag leer in der Ecke. Ein Kaugummi klebte an der Wand. Daneben hing ein Zettel, auf dem zwei Sätze standen. Der obere in Spanisch, vermutete ich jedenfalls. Der untere in Deutsch. Er lautete: “Die Frauen in diesem Haus arbeiten nicht unter 25 Euro.“

Ich ging weiter hoch, hörte Musik, lateinamerikanische Rhythmen. Auf dem ersten Treppenabsatz blieb ich stehen. Der Hamburger kam wieder heruntergelaufen.

„Nix los da oben.“ Mit einer Geste verabschiedete er sich und ging an mir vorbei. Ich schaute ihm hinterher.

Dann setzte ich meinen Weg fort. Die Neugier hatte mich gepackt. Meine Hände waren kalt und ich schwitzte. Ich nahm, für meine Verhältnisse sehr forsch, eine Stufe nach der anderen und erreichte binnen Sekunden den ersten Stock. Ging den Flur entlang, alle Türen verschlossen, sah aber unter zwei Türen einen Lichtschein und meinte auch, Stimmen zu hören. Plötzlich kam es mir merkwürdig vor, hier zu sein. Ich wusste nicht mehr genau, was ich hier wollte. Ich wusste nur, dass mich ein Gefühl hierher getrieben hatte.

Der Gedanke, wieder hinunterzugehen, das Haus zu verlassen und auf die Straße zu treten, kam mir in den Sinn. Doch meine Hände zogen mich ein Stockwerk höher und ich folgte.

Wieder waren es fünf oder sechs Türen und niemand außer mir war zu sehen. Ich lief vier Schritte in den Gang, plötzlich merkte ich, dass die letzte Tür rechts, die sich hinter einem Pfeiler befand, offen stand.

Das Zimmer war rot beleuchtet, aber ich konnte niemanden entdecken. Dafür sah ich Poster mit nackten Frauen an den Wänden und im Fernseher lief eine Musikshow. In der Mitte des Zimmers stand ein Bett. Daneben ein Nachttisch mit Kondomen, Gleitcreme und Dildos. Plötzlich ging rechts an der Wand eine Tür auf, die ich bis dahin übersehen hatte, und ein Lichtschein fiel quer über den Boden. Ich war so überrascht, dass ich zusammenzuckte.

Eine kleine Frau, etwa 30 Jahre alt, deren Speck an der Seite zwischen orangem Bikinihöschen und -oberteil hervorquoll, kam herein. Sie hatte bräunliche Haut und schwarze Haare. Als sie mich sah, lächelte sie übers ganze Gesicht. Ihre Lippen wölbten sich und ihre Brüste wippten.

„Hello", sagte sie, "what do you want?" Ihre weiche Stimme erschreckte mich mehr, als ihre bloße Erscheinung, reflexartig trat ich einen Schritt zurück. Ein Herr mit Schnauzer und leicht angegrautem Haar stand plötzlich hinter mir und linste über meine Schulter. Für eine Sekunde stand ich auf seinem rechten Fuß. „Autsch. Pass doch auf!", fluchte er und ich lief panisch zurück in den Flur. Aber statt nach unten, zum Ausgang, lief ich die Stufen hoch, in den dritten Stock, stellte mich im Treppenhaus mit dem Rücken an die Wand und wartete. Der Mann folgte mir nicht, dafür hörte ich eine Tür zufliegen. Ich entfernte mich ganz langsam von der Wand und trat in den Flur. Hier gab es sechs Türen, von denen die mittlere auf der linken Seite offen stand. Ich vernahm einen leisen Singsang, ging zur offenen Tür und warf einen Blick ins Zimmer.

Ein Mädchen telefonierte mit einem Handy. Als sie mich sah, lächelte sie, hob die Hand, bedeutete mir, dass ich mich ein wenig gedulden solle und sprach langsam weiter, asiatisch. Ihre Stimme beruhigte mich. Sie klang wie die Sprecherin eines Märchens.

Das Mädchen war höchstens 23. Ihre schwarzen Haare flogen durchs Zimmer, als sie sich vergnügt im Kreis drehte. Sie lachte lauter, bat nochmals um ein wenig Geduld und winkte mich dann herein. Ich trat ein und sie schloss die Tür hinter mir.

Der Raum war ähnlich möbliert wie der im ersten Stock. Auf dem Nachttisch glühte ein Räucherstäbchen, daneben war ein kleiner Altar aufgebaut. An den Wänden hingen Fächer, bemalt mit Drachen. Daneben Fotos. Eine grüne Landschaft. Ein Dorf. Eine Familie vor einem Haus. Ein Tempel.

Das Mädchen war zierlich, vielleicht 1,55 m groß, hatte große schwarze Augen und roch exotisch. Ihre bronzene Haut glitzerte. Sie trug ein schwarzes Oberteil und einen schwarzen Slip. Um ihre Hüften hatte sie ein fast durchsichtiges Tuch gebunden.

Sie trug Flip-Flops, tänzelte auf mich zu und schaltete das Handy aus.

„Ich bin Sin." Ihre Augen glitzerten wie eine Schneelandschaft in sengender Sonne. Sie beugte ihren Oberkörper vor.

„Ich komm aus Thailand. Ich schon lange in Deutschland. Wo kommen du her?" Ich öffnete meinen Mund, brachte aber keinen Ton heraus. Sin legte die Hand auf meine Schulter, ihr Kopf reichte mir gerade bis zum Kinn.

„Dir nicht gut? Kommen." Sie umschlang meine Hüfte, führte mich zum Nachttisch und schenkte mir ein Glas Wasser ein. Sie lächelte und gab mir ein Zeichen, dass ich trinken solle. Sie lächelte weiter und ließ ihre Hand auf meiner Schulter liegen. Ich trank. Dann stellte ich das leere Glas auf dem Nachttisch ab. Der intensive Duft des Räucherstäbchens kitzelte in meiner Nase. Ich wusste nicht, nach was es roch, aber der Geruch gefiel mir.

„Schon gut", brachte ich über die Lippen, „schon gut."

„Was du wollen", fragte sie und lächelte immer noch. Ich schaute mich um. Erst jetzt entdeckte ich den großen Kleiderschrank, der halb offen in einer Nische stand. Klamotten stapelten sich darin. Es sah aus, als ob sie hier wohnte. Bevor ich begriff, was passierte, hatte sie sich schon hinter mich aufs Bett geschwungen und massierte meine Schultern.

„Massage?" Ihre Frage überraschte mich, aber ich schüttelte den Kopf.

„Ich möchte dich..." setzte ich an, „ich möchte dich...". Ich hob meine Hände, als wollte ich ihr demonstrieren, welch schöne Hände ich hatte. „Ich möchte dich... berühren."

Ihr Gesichtsausdruck verriet, dass sie einen solchen Wunsch nie zuvor vernommen hatte. Sie kicherte. Ihre Augen öffneten sich weit und glänzten.

Da ich Angst hatte, sie würde ablehnen, zückte ich all mein Geld und drückte es ihr in die Hände. Sie schaute es an, sah mich an und wirkte noch fröhlicher.

„Dafür du kanns lange mich berühren. Wo du wollen." Sie öffnete eine Schublade, legte das Geld hinein und schnippte die Flip-Flops in die Ecke. Keine fünf Sekunden später hatte sie sich auch das Oberteil, den Umhang und den Slip ausgezogen und band sich die Haare zu einem Pferdeschwanz. Sie hatte zierliche Brüste, kurze Beine und ein schmales Becken. Ihr Bauch war flach und ein weißer Brillant zierte ihren Bauchnabel.

Sin band mir die Schnürsenkel auf und zog mir die Schuhe aus. Danach bestand sie darauf, dass ich meine Jeans, mein T-Shirt, meine Socken und meine Shorts auszog, schob mich durch eine schmale Tür ins Bad und drückte mir Flüssigseife in die Hände.

„Waschen", befahl sie. Ich wusch meine Hände gründlich und beobachtete, wie sie ebenfalls Seife in ihre Hände drückte, meinen Penis mit Wasser bespritzte und mit der Seife reinigte. Ich zuckte zurück. Dort hatte mich noch nie jemand angefasst, aber sie bestand darauf.

„Dreckig. Ich muss waschen." Ich ließ die Prozedur über mich ergehen und trocknete mich gründlich ab.

Sin schaltete den CD-Player an. Asiatische Klänge. Sie klopfte aufs Bett und winkte mich heran. Auf dem Weg zu ihr kam ich mir vor, als ob ich schwebte. Bereitwillig legte sie sich aufs Bett.

Ich betrachtete dieses Geschöpf, das sich mir ganz selbstverständlich darbot und ein eigenartiges Gefühl bemächtigte sich meiner. Mein Herz schlug wild. Ich war am Ziel. Kurz davor, meine Hände auf große Fahrt zu schicken. Ich war so gespannt auf meine Entdeckungen, auf meinen Spürsinn, mein Empfinden.

Sin drehte ihre Hände nach oben. Ihre Handinnenflächen lagen da, um mich zu empfangen. Sie schloss ihre Augen und schien die Situation zu genießen, lag flach auf dem Rücken und lächelte.

Ich legte meine Hand sanft in ihre. Sie zuckte, öffnete die Augen, die groß und immer größer wurden.

Sin drehte ihren Kopf, wollte etwas sagen, blieb aber still.

Ich begann, Sins Bauch mit beiden Händen zu berühren. Gerade war ich einige Zentimeter auf ihrer Samthaut entlanggefahren, spürte ich eine neue Dimension der Berührung. Meine Synapsen jubilierten. Der Tastsinn schnappte fast über. Ein fremdes, nie dagewesenes Gefühl überlagerte alles. Es war intensiv und ekstatisch, verursachte Gänsehaut und ein Schauer schüttelte meinen Körper. Es war rein und klar, gewaltig und groß, eine Offenbarung. Ein Höhepunkt, nur tausendmal schöner und eruptiver. Mein Herz bebte. Hier und jetzt musste das Paradies sein. Die Vollendung der Wahrnehmung war erreicht.

Doch ich konnte das Gefühl kaum genießen, denn Sin schnappte meine Hände, hob sie hoch und schaute sie an.

„Was ist mit deine Hände?“ Ihre Frage beantwortete sie selbst.

„Deine Hände kribbeln. Sind Hände von einer Frau.“ Vorsichtig legte Sin meine Hände zurück auf ihren Bauch und riss die Augen auf. Sie zappelte und es kam mir vor, als müsse sie sich beherrschen, um nicht laut loszuschreien. Sie strampelte mit den Beinen, während ich über ihre Brüste strich. Dann ertastete ich ihre Oberschenkel und fühlte ein Erdbeben. Sins Körper räkelte sich unter meinen Händen. Sie schwitzte und bekam eine Gänsehaut. Eine Träne kullerte über ihre Wange. Gefolgt von vielen mehr. Sie schrie: „Nein, nein, nein.“

Ich wusste nicht, was das zu bedeuten hatte, aber ich spürte, dass sie die Spannung, die meine Hände in ihrem Körper ausgelöst hatten, nicht länger aushalten, nicht länger würde ertragen können. Die kleine Sin erbebte jetzt, als sei ein böser Geist in sie gefahren und was bis dahin normale Arbeit für sie war, wurde nun Anstrengung, Kampf, Angst.

Während Sin meine Hände ergriff, um sich von ihrer Magie zu befreien, brüllte sie mich an:

„Du aufhören. Ich dir geben Geld zurück." Sie schüttelte meine Hände ab, wollte aufstehen, aus dem Bett fliehen, doch plötzlich warf sie sich auf mich und knutschte mich ab. Sie biss mir in die Lippen, umarmte mich wie eine einsame Jungfer, die nie in ihrem Leben umarmt worden war. Ihr Kopf lehnte an meiner Brust.

Sie schluchzte und jammerte, umklammerte mich, als wolle sie mich nie wieder loslassen, und floss in Tränen dahin. Als ich ihr meine Hand auf die Stirn legte, um sie zu beruhigen, bekam sie Panik, wimmerte und krächzte und trommelte mit beiden Fäusten auf meine Schulter. Ich war verwirrt und wusste nicht, wie ich mich verhalten sollte.

Urplötzlich sprang sie auf, warf mir meine Klamotten zu, öffnete die Tür und drängte mich hinaus. Nackt wie ich war, stand ich im Flur. Zum Glück war niemand zu sehen. Rasch zog ich Shorts und Hose an. Sins Tür öffnete sich einen Spalt und die drei Hunderteuroscheine segelten in den Flur, dann flog die Tür zu und wurde von innen verschlossen. Während ich in meine Schuhe schlüpfte, sammelte ich das Geld auf. Dann zog ich mein T-Shirt an und strich mein Haar glatt.

Mindestens drei oder vier Minuten stand ich einfach da und betrachtete die Tür, auf der das Wort ‚Massage' stand. Es war still. Der kleine Lichtschein unter Sins Tür war erloschen. Ich betrachtete meine Hände und verfluchte sie.

Dienstag, 19. September, 10.08 Uhr

Im Frankfurter Westend, Ecke Fürstenbergerstraße Grüneburgweg, gegenüber vom ehemaligen IG Farben Haus, das jetzt die neue Universität beherbergt, gab es eine Trinkhalle, an der, wie jeden Vormittag, die härtesten Trinker standen und schon reichlich intus hatten.

Rauscher parkte seinen Wagen keine zwanzig Meter davon entfernt, stieg aus und holte sich eine kleine Flasche Coke Zero und ein Päckchen Pfefferminzbonbons.

Vier oder fünf Häuser weiter war Carlo Bonners Villa. Von hier aus leitete er an zwei Tagen der Woche die Geschicke seiner Private Equity Firma "Trust Invest". Die übrigen Wochentage und an den Wochenenden war er in den Finanzmetropolen der Welt unterwegs, London, New York und immer häufiger auch in Dubai oder China.

Die Jungs, die an der Trinkhalle rumhingen, sprachen nicht viel, aber wenn, ging es um ihren Gott, ihre bescheidene Welt und ihren Seelenfrieden, der sich im Laufe ihres Lebens im Tremenz verflüchtigt hatte.

Einer von ihnen, mit faulen Zähnen, Löwenmähne und Ohrring, trank seine 0,7er-Flasche Korn leer, rülpste kurz und laut und flüsterte seinem Kollegen zu, der nur deshalb noch stand, weil er sich mit beiden Händen an einem Mast festhielt:

„Die Alte lässt sich geil pimpern." Der Kollege, tief im Trinkerjenseits, schaute ihn aus glasigen Augen an und antwortete: „Fick dich selber."

Rauscher legte keinen gesteigerten Wert darauf den glorreichen Wortwechsel weiter zu verfolgen, nahm einen Schluck Cola und ging. Zwischen stilvollen Altbauvillen, hinter einem Sicherheitszaun, mit Kameras überwacht, lag Bonners Anwesen.

Seitdem die Universität ins IG Farbenhaus umgezogen war, war das Viertel lebendiger geworden. Studenten liefen herum, Cafés hatten sich angesiedelt, einige Copy-Shops eröffnet und immer neue Geschäfte kamen dazu. Offensichtlich war das Westend auf dem besten Weg, Bockenheim als Studentenviertel abzulösen.

Rauscher drückte die Klingel, schaute in eine der Überwachungskameras, grüßte und hielt seinen Polizeiausweis deutlich sichtbar davor.

Keine drei Sekunden später öffnete sich das große Stahltor. Die Auffahrt schlängelte sich bis zum Haupteingang, der von zwei Säulen gestützt wurde. Balkone schmückten die oberen Stockwerke. Ein Bediensteter empfing Rauscher und führte ihn durch die Prachtvilla in Bonners Büro.

Carlo Bonner war ein stämmiger Mann mit Spitzbärtchen, Halbglatze und schmalen Augen. Er trug einen tadellos sitzenden schwarzen Anzug, ein weißes Hemd und eine klassische hellblaue Krawatte. Rauscher schätzte ihn auf Mitte fünfzig. Gestern Abend war er aus Dubai zurückgekehrt und wirkte trotzdem frisch.

„Herr Rauscher, vermute ich?" Bonner kam Rauscher entgegen und drückte ihm die Hand. Die Morgensonne fiel schräg ins Büro und ein Lichtstrahl traf Rauschers Gesicht. „Was kann ich für Sie tun? Möchten Sie einen Kaffee?"

„Da sage ich nicht nein." Bonner zeigte auf einen Sessel in der Sitzecke und schenkte zwei Tassen voll.

„Nur Milch bitte", sagte Rauscher, nahm die Tasse Kaffee und setzte sich.

„Wie laufen die Geschäfte?" Bonner stutzte.

„Die Performance könnte kaum besser sein. Aber Sie sind doch bestimmt nicht hier, um mich zu fragen, wie es meiner Firma geht?"

„Stimmt. Wie haben Sie vom Tod Ihrer Frau erfahren?"

„Ein Kollege von Ihnen hat mich auf dem Handy erwischt. Im Burj al Arab."

„Ich habe den Eindruck, der Tod Ihrer Frau berührt Sie nicht sehr?"

„Ja und nein. Aber bevor ich weiter in Rätseln spreche, lassen Sie mich ein wenig ausholen." Carlo Bonner setzte die Tasse an seine kräftigen Lippen, nahm genüsslich einen Schluck Kaffee und sah aus, als suche er nach einer passenden Formulierung.

„Die ersten acht Jahre unserer Ehe waren wir ein Traumpaar. Sie können sich gar nicht vorstellen, wie viel Spaß wir miteinander hatten. Wir haben uns echt geliebt. Die nächsten acht Jahre waren wir immer noch ein gutes Team, aber die Dinge hatten sich verschoben. Ich hatte meine Leidenschaft fürs Geschäft entdeckt, das immer besser lief und mich immer mehr beanspruchte. Meine Frau unterstützte mich zwar dabei, aber sie kritisierte mich auch, weil ich keine Zeit mehr hatte. Die letzten acht Jahre war nur noch Krieg. Kein Tag ohne Diskussionen, Anfeindungen, Wut und Hass. Wir hatten uns auseinander gelebt." Bonner schüttelte den Kopf. „Irgendwann habe ich den Schlussstrich gezogen und Marie-Luisa vor die Tür gesetzt. Es ging einfach nicht mehr."

„Wann haben Sie Ihre Frau zuletzt gesehen?"

„Warten Sie, ich muss nachdenken. Ja, ich glaube, das ist jetzt schon über ein halbes Jahr her. Wissen Sie, ich verkehre nur noch schriftlich mit ihr, beziehungsweise bevorzugt über meinen Anwalt. Das genaue Datum müsste ich Ihnen heraussuchen. Ist bestimmt in meinem Terminkalender vermerkt. Da steht alles drin. Man weiß ja nie, wozu es gut sein kann. Sieht man ja jetzt wieder."

Rauscher trank einen Schluck Kaffee, der so heiß war, dass er sich fast die Oberlippe verbrannte.

„Haben Sie mit ihr telefoniert?"

„Nein. Ich habe sie weder gesehen noch mit ihr telefoniert. Das einzige, was ich von ihr gehört habe, kam über meinen Anwalt, wenn sie mal wieder ein zickiges Schreiben aufgesetzt hatte."

„Kennen Sie den Freundes- und Bekanntenkreis Ihrer Frau?" Carlo Bonner fuchtelte ein wenig mit den Händen in der Luft herum und seine Stimme klang empört.

„Nein, ich weiß nicht, welchen Umgang meine Frau zuletzt hatte. Sie war immer mit diesen Frauen aus dem Frauenkreis zusammen, warum fragen sie die nicht?"

„Wissen Sie, Herr Bonner, ich versuche, mir gerade ein Bild vom Leben Ihrer Frau zu machen. Es ist wie ein Mosaik. Hier ein Steinchen, dort ein Steinchen, aber zusammen ergibt es ein Ganzes."

„Verstehen Sie mich nicht falsch, Herr Kommissar, aber Marie-Luisa ist schon lange nicht mehr meine Frau. Nur noch auf dem Papier." Bonner nippte am Kaffee und stellte die Tasse gleich wieder ab.

„Ich habe mich schon vor Jahren von ihr getrennt, emotional meine ich. Sie war so unglaublich durchtrieben. Ich möchte gar nicht wissen, wie oft sie mich hintergangen hat, das hinterfotzige Luder. Und seit der Trennung hatte sie es sowieso nur noch auf mein Geld abgesehen. Verzeihen Sie, wenn ich nicht den Ansatz von Trauer zeige, aber das wäre pure Heuchelei."

Harter Hund, dachte Rauscher, Geschäftsmann durch und durch, selbst wenn er über seine kürzlich verstorbene Frau sprach. Bonner war ein Profi, er ließ sich nichts anmerken. Rauscher fragte sich, wie er Bonners Schale knacken konnte. Schließlich ging es um Geld. Viel Geld. Und das war allemal ein Mordmotiv. Irgendwie musste er versuchen, Bonner aus der Reserve zu locken. Er spürte, dass er nah an etwas dran war und wählte die offensive Variante:

„Wir haben Beschattungsfotos bei Ihrer Frau gefunden. Wissen Sie etwas darüber?" Die Frage hatte Bonner kalt erwischt, seine Augen weiteten sich kurz und er zögerte einen Tick zu lange, bevor er antwortete:

„Wie kommen Sie darauf?" Rauscher hatte ihn.

„Ja oder nein? Sie müssen sich schon entscheiden, Herr Bonner", setzte Rauscher nach.

Bonner suchte nach einer Strategie, überlegte, wie er sich dem Kommissar gegenüber verhalten sollte.

„Nein", sagte er schließlich, „aber wieso interessieren Sie sich überhaupt dafür?" Rauscher grinste.

„Das lassen Sie mal meine Sorge sein." Und gerade, als er nachhaken wollte, klingelte sein Handy. Auf dem Display stand Elkes Büronummer. Er entschuldigte sich bei Bonner, stand auf und ging ran.

„Was gibt's denn?"

„Thaler hat was auf Marie-Luisa Bonners Computer gefunden, das du dir schleunigst anschauen solltest", sage Elke, „bis gleich", und legte auf.

Rauscher überlegte kurz. Bei Bonner kam er nicht mehr weiter, er hatte nichts in der Hand. Und vielleicht waren es genau Thalers Erkenntnisse, die ihm jetzt fehlten. Also bedankte er sich bei Bonner für die Zeit, die er aufgebracht hatte und das Gespräch.

„Nichts zu danken", sagte Carlo Bonner und stand jetzt auch auf. „Ich stehe Ihnen jederzeit gerne zur Verfügung, vorausgesetzt ich bin gerade in Frankfurt."

„Wollen Sie verreisen?"

„Nur geschäftlich, ich bin viel unterwegs." Rauscher gab ihm seine Visitenkarte.

„Falls Ihnen noch etwas einfällt, das uns weiterhelfen könnte, rufen Sie mich an." Bonner nickte und gab ihm die Hand. Bonners Hand kam Rauscher riesig vor, eine richtige Pranke hatte Marie-Luisa Bonners Ehemann, dachte er. Irritiert verabschiedete sich Rauscher.

Als er in seinem Auto saß und gerade den Motor starten wollte, signalisierte sein Handy eine SMS. Siedend heiß fiel ihm ein, dass er sich immer noch nicht bei Lena gemeldet hatte und bekam sofort ein schlechtes Gewissen. Er las: *Wie armselig! Dass du nicht mal in der Lage bist, auf meine SMS zu antworten! Ich habe jeden Respekt vor dir verloren.*

Er schmiss das Handy auf den Beifahrersitz, fuhr sich durch die schwarzen Haare und schlug aufs Lenkrad. Dann drehte er den Zündschlüssel herum und fuhr ins Präsidium.

Dienstag, 19. September, 10.13 Uhr

Die Nacht schien endlos und wollte gar nicht mehr aufhören. Irene Hadrian wachte in ihrem Bett auf, nachdem der Wecker um halb acht geklingelt hatte und sie noch einmal eingeschlafen war.

Bei dem kleinsten Geräusch war sie zusammengefahren, hatte Angstattacken bekommen, und sich eingebildet Schritte zu hören, knarzendes Holz, leises Pfeifen, Rascheln von Blättern. War da jemand ums Haus geschlichen? War es nur der Wind? Oder ein Tier? Dann wieder Stille. Nichts. Stundenlang hatte sie sich hin und her gewälzt.

Jetzt verließ Irene Hadrian ihr Bett, behielt ihr Pyjamaoberteil und ihren Slip an und kochte sich einen Tee. Grünen Tee, weil er sich positiv aufs Herz auswirken und eine lebensverlängernde Wirkung haben soll. Während der Tee zog, ließ sie die Rollläden hoch und schaute in ein angenehm warmes Licht. Die Sonne erleuchtete den beginnenden Tag und Irene Hadrians Laune besserte sich.

Sie nahm ihren Tee, setzte sich auf die Couch und schaute aus dem Terrassenfenster. Der Rücken tat ihr weh und schuld daran war die unruhige Nacht. Immer wieder waren ihr Szenen mit Marie-Luisa Bonner ins Gedächtnis geschwappt.

Was hatten sie nicht alles gemeinsam erlebt. Schöne und schreckliche Tage, Freud und Leid. Sie hatten sich Trost gespendet, wenn ihre Ehemänner mal wieder einen Aussetzer hatten. Aber genauso die kleinen Triumphe gefeiert, wenn sie ihnen eins ausgewischt hatten.

Bei aller Zuneigung war Irene jedoch eines klar: Marie-Luisa war anders als sie. Forscher und fordernder. Mit einem Hang zum Leichtsinn. Sie hatte keine Hemmungen, war angriffslustig, besonders was Männer anging. War ihr das zum Verhängnis geworden?

Aber Irene war ihr auch dankbar. Drei oder vier ihrer Männerbekanntschaften hatte Marie-Luisa eingefädelt. Es war zwar keine Liebe im Spiel gewesen, aber hin und wieder mal eine aufregende Liebesnacht tat gut. Das würde ihr fehlen. Das ahnte sie. Das Leben ohne Marie-Luisa würde eintöniger werden. Irene würde als alte Jungfer sterben. Verlassen und verloren. Und sie würde sich noch mehr selbst belügen.

Einmal, sie erinnerte sich genau, hatte Marie-Luisa sie "Lady Lonely" genannt. Erst hatte Irene darüber gelacht, doch der Name traf ins Schwarze. Ja, sie war eine Einsame, die sich nach ein bisschen Liebe sehnte. Sogar verzehrte. Manchmal war dieses Gefühl sogar so stark, dass es nicht mehr zum Aushalten war.

Gedankenverloren saß Irene auf der Couch, trank ihren Tee und eine kleine Träne lief ihr über die Wange. Sie wischte sie ab und schämte sich dafür. Warum musste sie immer gleich losheulen, wenn es um das Thema Liebe ging? Irene traute sich schon gar nicht mehr ins Kino. Kaum ein Film, den sie unter einem Päckchen Tempos schaffte.

Jetzt lächelte sie und schüttelte den Kopf. Du bist schon ein bisschen verrückt, sagte sie sich. Wenn du heulen willst, heul doch. Wen sollte das scheren?

Bei dem Gedanken, Marie-Luisa nie mehr wiederzusehen, perlten weitere Tränen über ihre Wangen.

Um Punkt elf klingelte es. Es versetzte ihr einen Stich ins Herz. War es Marie-Luisa genauso ergangen? Auch sie hatte gewartet. Ein Klingeln gehört und die Tür geöffnet. Und den Tod hereingelassen? Zumindest hatte Leo das gestern Abend am Telefon erzählt.

Irene schüttelte den Kopf. Schluss jetzt! Sie wusste doch, dass Katja sie abholen wollte. Oh je, sie hatte die Zeit vertrödelt, war noch nicht im Bad gewesen. Katja würde sich gedulden müssen.

Als sie die Tür öffnete, fiel Katja Klinger ihr um den Hals und weinte. Sie sah aus, als hätte sie ebenfalls keine tolle Nacht gehabt. Wortlos kam sie herein.

Nachdem Irene ihr einen Tee gebracht hatte, verschwand sie im Bad, duschte und zog sich an. Schwarz von Kopf bis Fuß. Das war angemessen.

Katja wartete ungeduldig. Irene spürte Katjas Mitteilungsbedürfnis. Sie nahm sich noch einen Tee und setzte sich zu ihr. Sie legten ihre Hände übereinander und schauten sich lange an. Trauer kann auch schön sein, dachte Irene. Ein Gefühl wie Schlaftabletten gemischt mit Trägheit und Melancholie.

Katja Klinger lehnte sich zurück und starrte an die Decke aus weißen Holzpanelen.

„Wie geht's jetzt weiter?" fragte sie. Irene hob die Schultern:

„Woher soll ich das wissen?"

„Hast du eine Ahnung, wer...?“

„Darüber habe ich die ganze Nacht gegrübelt.“

„Komm, wir fahren“, sagte Katja.

Irene brachte die beiden Tassen in die Küche und nahm den Schlüssel von der Ablage. Bevor sie die Wohnung verließ, kontrollierte sie, dass alle Fenster zu waren und die Terrassentür abgeschlossen. Dann schloss sie die Haustür auch zweimal ab.

Katja saß bereits in ihrem Kombi. Der Weg in die Luisenstraße dauerte zehn Minuten.

Die Stadt hatte sich verändert, dachte Irene, während sie durch die getönten Scheiben der Frontscheibe blickte. Es waren mehr Menschen unterwegs, mehr Autos fuhren, es gab Geschäfte, die es letzte Woche noch nicht gab, Grünanlagen, wo vorher Häuser standen. Die Männer der Müllabfuhr trugen gelbe Leibchen, waren die früher nicht orange? Außerdem standen Ampeln an Kreuzungen und fuhren Straßenbahnen auf Schienen, die sie noch nie gesehen hatte. Große Fragezeichen standen überall herum. Irene war verwirrt. Mehr als sie sich eingestehen wollte.

Die Fahrt über den Alleenring verlief ruhig, doch kaum waren sie in die Luisenstraße abgebogen, wurde es Irene schlecht.

„Was ist denn mit dir los? Du bist ja schneeweiß im Gesicht“, sagte Katja. Irene hielt sich den Magen und den Mund zu. Sie hatte das Gefühl, brechen zu müssen. Noch schlimmer wurde es, als sie das Haus betraten, und dann, als sie gegenüber von Marie-Luisas Wohnung klingelten und Leo ihnen öffnete. Leos Anblick gab ihr den Rest. Sie stand vor ihnen in einem knallroten Kleid mit strähnigen Haaren. Irene rannte ins Badezimmer und übergab sich ins Waschbecken. Mehr als ein bisschen Flüssigkeit kam nicht.

Katja umarmte sie und führte sie ins Wohnzimmer. Irene trank den Pfefferminztee, den Leo gekocht hatte, um den Geschmack im Mund loszuwerden. Doch sie ahnte schon, dass sie ihn vielleicht nie mehr ganz los würde.

„Wir müssen den Kranz bestellen“, sagte Katja.

Leo Moosbach nickte. „Und was schreiben wir drauf? “Vom Club der einsamen Herzen“ oder “Von deinen Sex & the City Girls“. Sie lachte, aber es verging ihr schnell, weil sie erkannte, dass den anderen nicht zum Scherzen zumute war.

„Verdammte Hacke aber auch“, schrie sie, stand auf und goss sich ein Glas Rotwein ein, „es muss doch weitergehen! Irgendwie muss es doch weitergehen!“

„Mit Saufen jedenfalls nicht“, sagte Katja.

„Aber es macht den Kopf frei“, verteidigte sich Leo, „und es dämpft den Schmerz. Das ist das Wichtigste. Ich halt das sonst nicht aus.“

Irene ging es wieder etwas besser.

„Hast du eine Ahnung“, fragte sie Leo, „wer es gewesen sein könnte?“

Nach einem weiteren Schluck Rotwein, der das Glas leerte, sagte Leo:

„Wusstet ihr, dass Marie-Luisa erpresst wurde?“

Irene Hadrian und Katja Klinger starrten sie an, und sagten gleichzeitig, völlig erstaunt: „Nein!?“

Sieben

Nach zehn Monaten in der Agentur verstand ich allmählich, wie das Geschäft lief. Frau Schmidt gewährte mir – teils freiwillig, teils ungewollt – Einblicke, auf die ich mir einen Reim machen konnte.

Und die sahen folgendermaßen aus: Die Agentur versprühte den Glamour der großen weiten Werbewelt. Einen Teil davon beanspruchten die Kunden für sich. Sie wollten auf Werbefeste eingeladen werden, Champagner aus Magnumflaschen trinken, all das haben, was in ihren seriösen Unternehmen nie möglich gewesen wäre. Dafür bezahlten sie Millionen und blähten die Etats auf. Schossen Werbegelder nach, wenn es nicht lief, schalteten noch mehr Spots und Anzeigen, ermöglichten eine breitere Mediastreuung, launchten neue Produkte oder verpassten dem ganzen

Unternehmen kurzerhand ein neues Image und ein vielversprechenderes Corporate Design.

Das alles kostete Unsummen, aber die Kunden wurden fürstlich dafür entschädigt. Die Agentur trug sie auf Händen. Kein Fest fand ohne sie statt. Die 1A-Kunden wurden gepampert und gepuschelt und ihnen wurde solange eingeredet, dass sie die Größten seien, bis sie es selber glaubten. Es war ein Deal auf Gegenseitigkeit.

Ich hatte, bevor ich in der Agentur anfing, keine Ahnung, was in der Geschäftswelt ablief, doch was ich sah, übertraf bei weitem mein Vorstellungsvermögen.

In dieser Zeit trat allerdings noch weit mehr zutage. Ich stellte fest, dass die Agentur schlecht lief. Neue Kunden gewinnen und alte Kunden halten war kein Selbstläufer mehr, wie noch in den goldenen 80er und 90er Werbejahrzehnten. Im neuen Jahrtausend musste noch mehr geheuchelt und dem Kunden noch mehr imponiert werden. Die Agentur stellte Dinge auf die Beine, die es vorher nie gegeben hatte. Wenn ein Unternehmen zur Präsentation in der Agentur erwartet wurde, strich man auf die Schnelle den Konferenzraum in den Farben des Unternehmens. Es kam vor, dass er dreimal in einer Woche die Farbe wechselte. Erst war er orange, dann grün und zu guter Letzt magenta. Das ganze Brimborium kostete Geld. Zu viel Geld.

Die brenzlige Lage merkte man den Herren Geschäftsführern an. Sie waren noch charmanter, buckelten noch tiefer, wenn ein Kunde im Hause war. Sie hätten alles getan, um einen Etat abzufischen. Unser CEO hätte selbst den pinkfarbenen Elefanten erfunden, wenn er dafür einen Etat in achtstelliger Höhe erhalten hätte. Und sie brüllten noch lauter durch die Gänge, wenn etwas schief gelaufen war.

Auch Frau Schmidt bekam die prekäre Lage zu spüren. Die Geschäftsführer halsten ihr von Woche zu Woche mehr auf. Morgens, wenn sie die Agentur betrat, sah sie unausgeschlafen aus. Abends, wenn ich heimging und sie noch länger bleiben musste, wirkte sie fahrig und unkonzentriert. Für mich war es nur eine Frage der Zeit, wann sie unter der Last zusammenbrechen würde.

Aber sie biss sich durch und erledigte immer vielfältigere Aufgaben. Ihre Zähigkeit verschonte auch mich nicht, denn sie spannte mich noch mehr ein. Aber ich war zufrieden, denn, so dachte ich mir, bald schon würden ich und meine Hände vielleicht davon profitieren können. Ich steigerte meine Zuvorkommenheit, war besonders liebenswürdig zu ihr, aufmerksam wie nie zuvor und bot ihr übertrieben oft Hilfe an. Ich liebte es, sie in meiner Nähe zu wissen und sie schätzte meine Untertänigkeit.

Obwohl ich von der Werbematerie noch nicht viel verstand, schrieb ich Präsentationen für sie. Die Inhalte gab sie vor, den Stil auch. In etwa sagte sie: „Hochgestochen, platt und geradeaus muss es klingen. Wichtig: Das Ziel nie aus den Augen verlieren. Und das Ziel heißt: Wir wollen den Kunden zum glücklichsten Menschen der Welt machen und sein Produkt zum erfolgreichsten. Ganz einfach!“

Ich lernte schnell und verbesserte mich Tag für Tag. Wenn sie an meinem Schreibtisch stand, während ich eine Präsentation tippte, zeigte sie mir am Bildschirm, worauf ich zu achten hatte: Logo im korrekten Stand, Schrift mal größer, mal kleiner, Zeilenabstand einheitlich, Wichtiges mittels Störer hervorheben.

Ich schnupperte dabei ihren Achselgeruch. Jeden Tag verwendete sie ein anderes Deo. Jeden Tag ein anderes Parfum. Durch ihre Bluse konnte ich ihren BH sehen und hin und wieder sogar Haut. Manchmal warf sie ihre Haare zurück und rückte ihre Brille zurecht. Dann erwischte ich einen intensiven Blick in ihr Gesicht.

Obwohl wir jeden Tag eng zusammenarbeiteten, konnte ich sie nicht erreichen. Mein eigentliches Sinnen und Trachten, sie als Spielwiese für meine Hände zu missbrauchen, schien ins Leere zu laufen. Ich war Luft für sie und würde immer Luft bleiben, wenn es mir nicht auf anderem Wege gelänge, ihre Aufmerksamkeit zu erregen. Was mir blieb, waren meine Hände. Auf sie zählte ich. Auf ihre Wirkung vertraute ich. Ich war gespannt, ob meine Hände ihre Wirkung auch bei Frau Schmidt entfalten würden.

Die Stunden, die sie eingeschlossen in ihrem Büro verbrachte, hasste ich. Ich malte mir aus, wie es wäre, wenn ich sie berühren könnte, wenn ich sie zu fassen bekäme.

Eines Tages, kurz vor der Mittagspause, stand ich von meinem Bürostuhl auf, um mir ein Brötchen beim Bäcker gegenüber zu holen. Die anderen waren bereits vorgegangen.

Ich nahm meine Jacke und wollte gerade hinausgehen, als das Telefon klingelte. Das Display signalisierte mir, dass der Anruf für Frau Schmidt war. Sie schien nicht an ihrem Platz zu sein, denn alle nicht angenommenen Anrufe wurden an mich umgeleitet. Ich schaute kurz durch den Raum und sah, dass Frau Schmidt auf dem Weg zu mir war. Ich winkte ihr und gab ihr ein Zeichen, mit zwei Fingern am Ohr, dass das Telefon für sie klingelte.

Sie legte einen Schritt zu. Das Telefon hatte gerade das siebte oder achte Mal geläutet, als ich dran gehen wollte, um den Anruf nicht zu verpassen.

„Nicht!“, rief Frau Schmidt, die inzwischen neben mir stand. „Ich gehe selbst ran.“ Doch in diesem Moment fuhr meine Hand schon nach vorne, um den Hörer abzuheben. Ihre jedoch war schneller. Als meine zupackte, umschloss sie ihren Handrücken, was Frau Schmidt wie ein Schlag traf. Gerade wollte sie mich beschimpfen und aufbrausen, doch blitzartig umspielte ein freundlicher Zug ihre Mundpartie und kleine Lachfältchen zeigten sich.

Eine fremde Macht hatte Besitz von ihr ergriffen, ließ sie weich werden und mit butterweicher Stimme entschuldigte sie sich. Das Telefon klingelte und klingelte, doch das nahm sie nicht mehr wahr. Abwechselnd eilte ihr Blick von meiner Hand zu meinen Augen und ein lustvolles Entzücken war ihr ins Gesicht geschrieben. Ich wollte meine Hand wegziehen und fortgehen, aber sie hielt mich fest.

Das Telefon war plötzlich still, das Großraumbüro wie ausgestorben. Ohne überhaupt etwas um uns herum wahrzunehmen, zog sie mich an sich. Sie blickte mich scharf an, legte meine linke Hand auf ihren Hintern, die rechte schob sie unter ihren BH. Dann stöhnte und fauchte sie, schloss die Augen und warf ihren Kopf in die Höhe, als würde sie dieses Gefühl zum ersten Mal im Leben spüren, und ein sanftes Beben durchzuckte ihren Körper.

Ich sah ihren Hals, der eine gerade Linie beschrieb, und nachdem sie die Augen wieder geöffnet hatte, erkannte ich Gier, die sich wie eine außerirdische Kraft über ihre weichen Gesichtszüge gelegt hatte. Ihre Augen befahlen mir, sie kräftiger zu packen, ihren Hintern zu umschlingen und ihre Brüste und Schultern zu liebkosen.

Sie zog mich näher an sich, damit ich ihre Haut besser berühren konnte, und ein lustvoller Strom durchfuhr sie aufs Neue. So nah waren unsere Lippen nie gewesen.

Kaum hatte ich diesen Gedanken gedacht, spürte ich ihre Zunge in meinem Mund. Sie küsste mich, als hätte sie nie zuvor jemand anderen geküsst. Ich war so perplex, dass ich abrutschte und auf den Boden fiel. Sie fiel mit und wir drehten uns, bis ich oben lag und Frau Schmidt unter mir.

Mir ging alles viel zu schnell. Ich konnte es nicht genießen. Nicht jetzt. Nicht hier. Nicht so plötzlich. Ich versuchte, mich aus ihrer Umklammerung zu befreien, bis ich erste Stimmen hörte.

Während sie mich mit einem Ruck umstieß, kamen immer mehr Mitarbeiter, angelockt durch das Stöhnen, ins Großraumbüro. Erstaunte Gesichter, wohin ich blickte. Manche waren entrüstet, andere hielten sich die Hände vor den Mund, konnten sich ein Lachen nicht verkneifen.

Jetzt merkte auch Frau Schmidt, dass wir Zuschauer bekommen hatten und realisierte unsere Lage. Plötzlich schrie sie aus Leibeskräften und immer nur ein Wort: „Vergewaltigung!“

Währenddessen stieß sie mich weg, dass ich auf dem Rücken zu liegen kam wie ein Käfer.

Ein Mitarbeiter, dessen Name ich nicht kannte, half Frau Schmidt hoch und begleitete sie nach draußen. Mir half keiner. Und die Blicke, die auf mir lagen, waren zentnerschwer.

Schließlich kam Frau Bethmann und erklärte mir, dass ich fristlos gekündigt sei. Ich solle meine Sachen nehmen und nie wieder hier erscheinen. Ihr Zeigefinger deutete zur Tür. Ihr Gesicht war angespannt, kein Fältchen zu sehen, aber ihr rechtes Augenlid zuckte, während sie sprach.

Ich hob Schultern und Hände, entschuldigte mich, war aber aufgrund der Geschehnisse so baff, dass ich mich nicht zu wehren wusste.

Ich stand da, wie ich immer dastand. Vor Vater, vor Mutter, vor der ganzen Welt. Ein kleiner Junge, der nichts zu melden hat, der sich weder verteidigen, noch seine Meinung äußern kann. Ein Junge, dem Unrecht geschieht, dem Leid zugefügt wird und der sich nicht traut, aufzubegehren gegen die Großen. Dass mir nichts geschenkt wird, hatte ich längst begriffen, aber dass ich mir Stellung und Ansehen hart zu erkämpfen hatte, härter als jeder andere, musste ich noch lernen.

Als ich die Marmortreppen hinunterlief, mit gesenktem Blick, ärgerte ich mich, dass ich meine Hände zu wenig kannte. Ich musste mir eingestehen, so gut wie nichts über deren Talente zu wissen. Zu was waren sie fähig? Was konnten sie bei anderen Menschen auslösen? Und das Wichtigste: Hatte ich sie selbst im Griff? Konnte ich ihre Macht beeinflussen? Mit ihr umgehen?

Ich schwor mir, dass ich lernen würde. Dass ich sie kennenlernen würde. Nur wusste ich noch nicht, wie ich das anstellen sollte.

Dienstag, 19. September, 11.45 Uhr

Ingo Thaler, Elke Erb und Jan Krause waren im Konferenzraum, als Rauscher kam.

An der Wand standen vier Kisten mit den persönlichen Sachen von Marie-Luisa Bonner. Thaler hatte alles gesichtet und den Computer, Terminkalender und das Handy intensiv unter die Lupe genommen.

Er gab Rauscher einen Zettel.

„Die Bonner hat auf ihrem Desktop einen Ordner, in dem mehrere pdf-Dokumente sind. Jedes davon enthält genau ein Zitat. Hört sich nach Jurastudium 3. bis 5. Semester an. Ich hab' sie dir mal ausgedruckt. Hier." Rauscher las der Reihe nach laut vor und konzentrierte sich auf den Text:

1. „Ein Unterhaltsanspruch ist zu versagen, herabzusetzen oder zeitlich zu begrenzen, weil dem Berechtigten ein offensichtlich schwerwiegendes, eindeutig bei ihm liegendes Fehlverhalten gegen den Verpflichteten zur Last fällt."
2. „Über die Frage, wann ein schwerwiegendes Fehlverhalten vorliegt, besteht keine Einigkeit. Ausgangspunkt hierfür ist der Ehebruch. Allerdings ist dieser nicht in jedem Fall als Fehlverhalten zu werten. Maßgebend ist, ob sich außereheliche Affären wiederholen bzw. außereheliche Beziehungen dauerhafter Natur sind."
3. „Ein grobes Fehlverhalten wird beispielsweise dann angenommen, wenn der Unterhaltsberechtigte aus einer intakten Ehe ausbricht und ein intimes Verhältnis mit einem neuen Partner eingeht."
4. „Die Verwirkung wird auch durch einen Ausbruch aus einer intakten Ehe herbeigeführt. Ein Ehebruch reicht nur dann für eine Verwirkung nicht aus, wenn die Ehe zum Zeitpunkt des Ehebruchs bereits zerrüttet war."
5. „Eine Affäre der Ehefrau während einer intakten Ehe kann sie bei der Trennung den Unterhalt kosten. Eheliche Solidarität wirke auch nach der Trennung fort. Das geht aus einem am Mittwoch bekanntgewordenen Urteil des Oberlandesgerichts (OLG) Zweibrücken hervor. Da die Ehefrau in diesem Fall die eheliche Solidarität verletze, sei es widersprüchlich, wenn sie gestützt auf die Ehe Unterhaltszahlungen einfordere, so die Richter. Wesentlich sei, dass sie sich zu ihrem Verhalten in Widerspruch setzt, wenn sie sich einerseits aus den ehelichen

Bindungen löst, andererseits aber die eheliche Solidarität durch ein Unterhaltsbegehren einfordere. Insofern werde das Prinzip der Gegenseitigkeit verletzt."
6. „Ehebruch kann zum Verlust des Unterhaltsanspruchs führen. Das Koblenzer Oberlandesgerichts (OLG) hat entschieden, die Klägerin habe ihren Mann, der ihr vertraut habe, so massiv hintergangen, dass es diesem nicht zugemutet werden könne, an sie Unterhalt zu zahlen."
7. „Spannungen und Schwierigkeiten geben einem Ehepartner nicht das Recht auf der einen Seite die eheliche Treuepflicht aufzukündigen und auf der anderen Seite von dem anderen Gatten uneingeschränkt die Erfüllung seiner aus der Ehe herrührenden Unterhaltspflicht zu verlangen."
8. „Laut Bürgerlichem Gesetzbuch kann ein ‚schwerwiegendes Fehlverhalten' in der Ehe zum Verwirken des Unterhaltsanspruchs führen. Zu diesem Fehlverhalten zähle der ‚Ausbruch aus intakter Ehe'", sagte der Sprecher des OLG Zweibrücken. Ein Urteil wie in Zweibrücken sei inzwischen ‚häufige Praxis der Oberlandesgerichte'.

Rauscher legte die Blätter beiseite.

„Konntest du rausfinden, woher sie das hat?"

„Leider nein. Könnte als Anhang mit einer Mail gekommen sein oder sie hat es aus dem Internet runtergeladen. Jedenfalls ist der Ordner am 16.8. auf ihrem Bildschirmschreibtisch abgelegt worden."

„Am 16.8.?"

„Ja, wieso?"

„Da gibt es in ihrem Tagebuch einen Eintrag. Sie macht sich Vorwürfe, dass sie so leichtsinnig war und beschließt, die Scheidung zu forcieren."
Elke schaltete sich ein:

„Also so wie ich das interpretiere, will ihr jemand unmissverständlich klarmachen, dass sie durch ihre Affären Gefahr läuft, ihren Unterhaltsanspruch zu verlieren. Und wenn derjenige weiß, um wie viel Geld es tatsächlich geht, könnte es sein, dass er sie mit den Fotos erpresst hat."

Thaler nickte.

„Ich hab gerade mit unserem Rechtsverdreher Holtzgruber gesprochen, er ist zwar kein Spezialist für Ehe- und Scheidungsrecht, aber er verfolgt regelmäßig die Rechtsprechung und meint, bei Promischeidungen werden Abfindungen in Millionenhöhe bezahlt, weil da in der Regel ein Ehevertrag vorliegt, in dem das geregelt ist. Carlo Bonner ist zwar kein Promi, aber er hat mindestens genauso viel Cash. Holtzgruber hat sich nur die Liste mit Immobilien angesehen und gesagt, dass wir von einer Abfindungssumme von mindestens 1 bis 2 Millionen ausgehen sollen."

„Donnerschlach", rief Krause dazwischen, „das ist nicht wenig, ne!" Thaler machte weiter: „Die Gerichte setzen meistens die Hälfte des während der Ehe erwirtschafteten Vermögens an. Außerdem meinte er, dass es gängige Praxis sei, sich vor Gericht arm zu rechnen, damit der Ehepartner so wenig wie möglich bekommt. Wenn das nicht gelingt wie im Fall Bonner, der ja schlecht seine Immobilien untern Teppich kehren kann, dann versuchen heutzutage immer mehr, dem anderen den Ausbruch aus einer intakten Ehe und/oder schwerwiegendes Fehlverhalten nachzuweisen. Das liegt dann im Ermessen des Gerichts."

„Dann fasse ich mal zusammen", sagte Rauscher: „Marie-Luisa Bonner will Unterhalt oder eine hohe Abfindung von ihrem Ehemann, was aber durch ihren Lebenswandel infrage gestellt wird. Das wird ihr aber erst bewusst, als sie die Fotos und die Rechtszitate erhält. Wer hat ein Interesse daran, möglichst wenig oder gar keinen Unterhalt zu zahlen? Richtig: Carlo Bonner. Er könnte hinter den Fotos und Texten stecken. Vielleicht hat er einen Detektiv eingeschaltet. Aber warum sollte er vor dem Gerichtstermin seine besten Trümpfe ausspielen?"

„Weil die Fotos eventuell nicht gerichtsverwertbar sind", wand Elke ein, „vielleicht wollte er sie damit nur verunsichern?"

„Das müssen wir überprüfen", sagte Rauscher, „wer kümmert sich drum?"

„Schon passiert", Thaler grinste und las von einem Zettel ab: „Beweismittel von Detektiven müssen gerichtsfest sein. Dies bedeutet einerseits, dass die von den Detektiven gelieferten Sachverhalte konkret nach Ort und Uhrzeit belegt sein müssen, andererseits müssen die von den Detektiven erstellten Beweismittel, Urkunden, Fotos, Videoaufnahmen und letztlich auch die eigene Aussage des Observierenden im Prozess verwertbar sein." Thaler wartete einen Moment und las dann den Rest vor: „Das allgemeine Persönlichkeitsrecht der zu observierenden Person darf dabei nicht verletzt werden und es darf kein erheblicher Eingriff in die Persönlichkeits- und Privatsphäre vorliegen. Beweismittel, die durch eine Observation der Zielperson im öffentlichen Verkehrsraum und in für die Allgemeinheit zugänglichen oder öffentlich einsehbaren Gebäuden wie Restaurants, Hotels, Kaufhäuser, Theater oder Kinos erlangt wurden, sei es durch eigenen Augenschein des observierenden Detektivs oder auch durch Film- und Fotoaufnahmen, sind im Prozess voll verwertbar."

„Forsch, forsch, Herr Thaler. Spekulierst du auf eine Beförderung?", sagte Krause und fügte an: „Aber welches Motiv hätte er dann, sie umzubringen? Hätte er überhaupt eins?"

Dienstag, 19. September, 13.01 Uhr

Rauscher parkte in der Luisenstraße direkt vor dem Haus, das vor zwei Tagen zum Tatort geworden war. Er wollte endlich seinem immer noch wackligen Bild von Frau Bonner schärfere Konturen verleihen.

Als ihm Leo Moosbach die Tür öffnete, wunderte er sich. Er hatte ein Pendant von Frau Bonner erwartet. Stattdessen stand eine Frau in einem braunen Jogginganzug vor ihm, Mitte vierzig, schlank, mit schwarzen halblangen Haaren, die zottelig herunterhingen. Der Reißverschluss der Jacke war bis oben hin zugezogen, als wolle sie niemanden an sich heranlassen. Ihre Augen hatten einen Tränenmarathon hinter sich, ihre Nase war rot vom vielen Putzen und sie roch nach einem Mix aus Alkohol und Parfum.

„Guten Tag, Frau Moosbach“, sagte Rauscher und zeigte ihr seinen Ausweis.

„Was soll an dem schon gut sein?“, parierte sie. „Entschuldigen Sie mein Auftreten, aber mir war so danach“, und winkte ihn in die Wohnung.

Auf dem Weg ins Wohnzimmer schlüpfte sie in graue Hausschuhe, die ihrem Mann hätten gehören können. Sie setzte sich an den Esstisch und stützte ihren Kopf auf beide Hände.

Marie-Luisa Bonners Tod musste sie schwer getroffen haben. Oder sie war eine begnadete Schauspielerin, dachte Rauscher und setzte sich ihr gegenüber.

„Was ist das für eine Welt“, stieß Frau Moosbach hervor, den Kopf immer noch auf ihre Hände gestützt, „das kotzt mich alles an.“ Rauscher hatte nicht vor, diese Jammerorgie zu forcieren, deshalb unterbrach er sie.

„Frau Moosbach, wir stehen am Anfang unserer Ermittlungen und benötigen dringend Hinweise. Wie gut kannten Sie Frau Bonner?“

„Eins muss ich wissen, Herr Rauscher, ist ... sie ... vergewaltigt ... worden?“ Leo Moosbach brachte die Worte kaum über die Lippen.

„Dafür gibt es keinerlei Anzeichen.“ Die Nachbarin lehnte sich zurück und atmete tief durch.

„Gut, ja, also, ich kannte Marie-Luisa gut. Sie war meine Freundin, seit sie hier eingezogen ist. Wir haben über alles geredet.“ Gutes Stichwort: Jetzt konnte Rauscher gleich die Frage stellen, die ihm am meisten unter den Nägeln brannte:

„Hat Frau Bonner jemals erwähnt, dass sie erpresst wurde?“

„Nicht so direkt. Aber dass sie beschattet wurde und diese Fotos bekam. Und dass womöglich so etwas wie eine Erpressung folgen könnte.“

„Hatte sie jemanden in Verdacht?“

„Sie meinte, dass sie es dem Schwein heimzahlen will.“

„Das würde ja bedeuten, dass sie denjenigen gekannt haben muss.“

„Möglich, dass sie ihm auf die Schliche gekommen ist. In solchen Sachen war sie richtig gut.“

„Und Sie? Wen vermuten Sie dahinter?“

„Ihren Mann natürlich."

„Wieso natürlich?"

Leo Moosbach hob leicht den Kopf und schaute Rauscher aus tränennassen Augen an. Sie zog ein Taschentuch aus der Jackentasche und wischte sich über die Augen.

„Alles hätte so schön sein können, aber ihr verflixter Ehemann kam ihr ständig in die Quere. Dabei wollte sie nur, was ihr zustand. Sie konnte sich nie ganz lösen von ihm und ihrer Ehe. Da lauerte ständig dieses ‚Versagt-zu-haben'. Und die Scheidung natürlich. Das hing ihr zum Hals raus. Ich glaube, sie war kurz davor, auf alles zu verzichten. Ich weiß nicht, ob sie wissen, was das bedeutet hätte. Es ging um Millionen." Frau Moosbach schien einen Moment abwesend, starrte in die Luft und registrierte ihn kaum.

„Bitte erzählen Sie mir mehr von ihrer Freundin: Interessen, Bekanntschaften, Hobbys, Ticks, Süchte. Alles kann wichtig sein."

„Wir haben uns fast jeden Tag gesehen. Mal hat sie bei mir gefrühstückt. Mal ich bei ihr. Mal sind wir Shoppen gegangen, mal ins Fitnessstudio oder in die Sauna. Wir sind vier Frauen. Der Club der verlassenen Frauen, ha." Sie lachte, aber es war ein trauriges Lachen. „Neben mir und Marie-Luisa noch Irene Hadrian und Katja Klinger. Wir haben uns in einem Seminar kennengelernt." Rauscher zückte seinen Notizblock und notierte sich die Namen der beiden anderen.

„Einer dieser Selbstfindungskurse für sitzen gelassene Frauen, die inzwischen überall angeboten werden. Da haben wir uns angefreundet, beziehungsweise Marie-Luisa kannte ich schon vorher, wir sind zusammen hingegangen."

„War Frau Bonner eher schüchtern oder offen, laut oder leise, humorvoll oder ernst. Wissen Sie, alles, was sie näher charakterisiert, kann mir ungemein helfen."

„Helfen, helfen, helfen! Sie ist tot! Da hilft nichts mehr! Nichts und niemand kann das rückgängig machen!" Die letzten Worte hatte Frau Moosbach fast geschrien, Rauscher hob beschwichtigend die Hand.

„Schon gut, dennoch brauchen wir alle Informationen, um den Mörder schnell finden zu können. Das möchten Sie doch auch."

„Entschuldigung, ja, ich weiß, also." Frau Moosbach musste sich neu konzentrieren. „Marie-Luisa war von allem etwas. Manchmal schrill und manchmal bieder. Manchmal offen, manchmal zugeknöpft. Manchmal fuchtig und manchmal brav. Wie das Leben eben spielt. Sie konnte sich prima anpassen."

Stille. Frau Moosbach rührte sich nicht mehr und Rauscher dachte kurz darüber nach, ob er sie in diesem Zustand weiter befragen sollte.

„Obwohl die Bilder, die ich von Frau Bonner gesehen habe, sie immer als flippige, moderne Frau zeigen, die Spaß und Abwechslung hat, vermute ich, dass ihr Leben alles andere als leicht gewesen ist."

„Hätte ich nicht gedacht, dass sie diese Fassade so leicht durchschauen."

„In unserem Job sieht man..."

„Verzeihung, Herr Kommissar, ich vergaß", unterbrach ihn Leo Moosbach, „Sie besitzen natürlich eine Menge Menschenkenntnis und können Situationen richtig einschätzen. Pardon, dass ich einen kurzen Moment daran zweifelte." Rauscher sah die Wut in ihrem Gesicht, bevor sie sich ganz in Rage redete.

„Marie-Luisa führte jahrzehntelang ein Leben neben ihrem dominanten Ehemann, der nur sein Geschäft im Kopf hatte und sie immer klein gehalten hat. Sie war sein Anhängsel, ein Mitbringsel zu Geschäftsessen, Dekoration bei Empfängen. Wie eine Schaufensterpuppe. Hübsch geschminkt, gut gekleidet, präsentabel eben. Aber gefickt hat er im Puff. Junge Edelnutten. Erst im letzten Jahr, nach der schmerzvollen Trennung und im Bewusstsein der bevorstehenden Scheidung, ist sie erwacht aus ihrem Dämmerdasein. Sie suchte Abwechslung, brauchte Zerstreuung, wollte leben, lieben und geliebt werden. So ähnlich ist es uns allen ergangen, uns vieren." Rauscher erstaunte dieses überraschende Bekenntnis, aber er freute sich auch. Mit Nachfragen hätte er solche Aussagen niemals erhalten. Menschen müssen ins Reden kommen. Dann fließt es aus ihnen hinaus. Alles, was sie schon immer loswerden wollten. Vor allem, wenn sie emotional drinstecken. Und Frau Moosbach steckte ganz tief drin. Frau Bonner war mehr als eine Freundin für sie. Das wusste Rauscher jetzt, umso erstaunlicher war ihre nächste Aussage.

„Herr Kommissar, war Ihnen schon mal richtig langweilig?“ Rauschers Blick muss Frau Moosbach sehr verwirrt vorgekommen sein, denn sogleich versuchte sie, ihre Worte zu konkretisieren:

„Ich meine nicht dieses Gefühl, nachmittags nichts zu tun zu haben. Nein, ich meine eine innere Leere, die tief im Herzen steckt. Verstehen Sie, was ich sage?“ Rauscher fragte sich tatsächlich, was ihm Frau Moosbach mitteilen wollte. Das trug zwar nicht unmittelbar zur Aufklärung des Falles bei, aber es konnte dabei helfen, dass sie Vertrauen gewann. Also ließ er sie erzählen.

„Es ist eine Langeweile, die bleibt, selbst wenn du noch so viel zu tun hast. Selbst wenn du immer unterwegs bist und tausend Dinge tust. Sie ist grundlegend und immer da, egal, wo du bist. Sie ist eine Begleiterin, und du wirst sie nicht los, weil sie sich festgefressen hat, Herr Kommissar, festgefressen im Kopf. Sie sitzt dort wie eine Schlange, die sich immer in den Vordergrund schlängelt und zuschnappt, wenn ein Appetithappen vorbeikommt. Können Sie mir folgen?“

„Wollen Sie mir sagen, dass Alleinsein verletzlich macht“, lenkte Rauscher ein.

„...und hysterisch“, ergänzte Frau Moosbach, „das kann ich Ihnen sagen.“

„Kommen wir noch mal auf Frau Bonner zurück“, knüpfte Rauscher am ursprünglichen Gesprächsfaden wieder an, „wann haben Sie sie zum letzten Mal gesehen?“

„Das war ... Sonntag, so um die Mittagszeit. Wir haben uns für den nächsten Morgen verabredet“. Mit einer Geste deutete sie an, wie sie

Frau Bonner entdeckt hat und brach wieder in Tränen aus. „Sie ... hat ... noch ... erzählt, dass sie abends was vorhat. Vielleicht eines ihrer Dates."

„Wissen Sie mit wem?" Frau Moosbach schüttelte den Kopf, schnäuzte sich, ging zum Sideboard und trank ein Limoglas leer. Sieht aus wie Traubensaft, dachte Rauscher, ist aber keiner.

„Irgendein Typ", sagte Frau Moosbach, jetzt zu Rauscher gewandt.

„Kam das öfter vor?" Frau Moosbach setzte sich neben ihn.

„Seit sie sich von ihrem Mann getrennt hat, diesem Schwein, hat sie sich die Freiheit genommen, ihre Lust auszuleben. In ihrer Ehe hat sie fünfzehn Jahre darauf gewartet. Aber ihr Mann, der Schlappschwanz, hat nur an sich gedacht. Da hast du als Ehefrau schlechte Karten."

„Haben Sie Frau Bonners Besuch gesehen?" Sie schüttelte den Kopf und ihre Augen zeigten dabei ein Vakuum, das Rauscher eine Gänsehaut verursachte. Sie liefen im Leerlauf und strahlten Monotonie aus.

„Kennen Sie Namen der Männer?" Wieder nichts. Rauscher fluchte innerlich. Die Frau war gedanklich ganz woanders.

„Kennen Sie das Herz einer verlassenen Frau?" Nicht schon wieder, dachte Rauscher und schüttelte den Kopf.

„Kennen Sie den Schmerz der Zurückweisung, wenn ein Verlangen in einem ist, das nicht befriedigt wird?"

Sie nahm Rauschers Hand und legte sie auf ihr Herz.

„Fühlen Sie die Bitterkeit und das Versagen? Fühlen Sie die Hoffnungslosigkeit?" Rauscher zog seine Hand zurück und sagte. „Ich fühle gar nichts. Aber ich sehe eine Frau, der es offensichtlich nicht gut geht."

„Ha, ha, ha." Frau Moosbach jauchzte und brachte ein unheimliches Lachen hervor: „Was wissen Sie, Herr Kommissar? Soll ich Ihnen die ganze Arie runterbeten? Was wir Frauen empfinden, wenn wir verschmäht werden. Angst vor der Einsamkeit. Angst vorm Älterwerden. Angst vor der Welt da draußen." Sie zeigte aus dem Fenster und fing an zu schluchzen. Tränen liefen ihr über beide Wangen. „Ich will Ihnen mal was erzählen, ja, wir vier wurden alle vom gleichen Schicksal getroffen. Wir wurden alle verlassen, aber wenn wir den Mumm gehabt hätten, hätten wir die jahrelange Pein selbst beendet. Hatten wir nicht. Wissen Sie, wie das ist, wenn man jahrelang zu allem Ja und Amen sagt? Wenn man jahrelang lächelt, in der Hoffnung, dass alles wieder gut wird. Wenn man nur lieb und freundlich ist und versucht, nicht anzuecken, obwohl einem dabei zum Kotzen ist. Wie man sich erniedrigt für ein bisschen Nähe und Zärtlichkeit. Um Zuneigung betteln muss, oh Gott, ich darf gar nicht dran denken. Und mit der Zeit wird man mürbe. Bis man einen Punkt erreicht, an dem nichts mehr geht. So erging es uns allen. Dann heißt es entweder oder. Und an diesem Punkt haben wir uns gefunden. Das gab uns Kraft. Jetzt ist alles zusammengebrochen." Rauscher fühlte sich fast mitschuldig, schon alleine weil er selbst der Gattung Mann angehörte.

„Haben Sie im Zusammenhang mit Frau Bonner mal den Namen ‚Hase' gehört?" Frau Moosbach schaute schlafwandlerisch aus dem Fenster. Ein leichtes Zucken glitt über ihr Gesicht. Rauscher war sich sicher, dass es der Ansatz zu einem Schmunzeln war.

„Klar. Das Kissen zum Geburtstag. Ich habe sie ‚Hase' genannt."

Acht

Die Dunkelheit schreit mich an. Erst gegen Morgen, wenn die Sonne die erste Röte an den Horizont wirft, habe ich das Gefühl, es sei alles wie früher. Lautlos, leer und langweilig.

Vielleicht ist es dieses Licht, das mich so verwirrt. Es hält nur Sekunden an. Danach breitet sich ein gelbes Licht im Zimmer aus und ich pfeife auf die Vergangenheit. Die Gegenwart frisst mich auf. Mich und meine Erinnerung an früher.

Ich höre ein Rauschen wie ein fließendes Gewässer. Es plätschert dahin und verströmt einen merkwürdigen Duft. Es riecht nach Angst. Aber Angst ist ein Zustand, den niemand lange erträgt, ohne den Verstand zu verlieren.

Die Morgensonne blendet mich. Ihre gottverdammten Strahlen erhitzen mein Gemüt und machen mich nervös. Ich sehe kleine schwarze Gestalten an der Wand. Sie blicken mich an, reden mit mir. Sie verurteilen mich und lachen mich aus.

Ein kalter Schmerz dringt in meinen Kopf, breitet sich aus und gleitet weiter. Er nutzt die Nervenbahnen, um in den Körper zu gelangen, befällt Schultern und Rücken. Er zieht sich die Wirbelsäule hinab, über den Po und die Beine bis in die Waden. Dort sitzt er und beißt zu, wenn er will.

Der gleiche undefinierbare Schmerz ereilte mich in den Tagen nach dem Rauswurf aus der Agentur. Trotz der ungerechten Behandlung, die ich erfahren hatte, verspürte ich weder Ärger noch Rachegedanken. Es war nur einer von vielen Schlägen gewesen. Wenn man sich selbst nichts wert ist, nimmt man alles hin. Lediglich eine große Stumpfheit, gepaart mit Hoffnungslosigkeit, legte sich auf meine Seele.

Es folgten Wochen und Monate voller Lethargie und Müdigkeit. Ich fand Zuflucht in meiner Wohnung, abgeschieden von der restlichen Welt. In mir wuchs ein Kontinent aus Eis. Ich fror. Ich hatte nichts zu tun, keine Wünsche, keine Bedürfnisse, keine Ziele. Ich hatte nichts. Selbst die Kraft meiner Hände vermochte nicht, meine Lebensgeister zu wecken. Es war eine seltsam friedvolle Zeit.

Ich vernachlässigte mich, wusch mich nicht mehr, aß unregelmäßig, trank zu wenig. Ich vegetierte vor mich hin, als sei ich narkotisiert und verbrachte die Zeit mit Nichtstun. Ich delirierte in den Tag hinein, war wie besoffen, obwohl ich keinen Schluck Alkohol getrunken hatte. Ich bewegte mich kaum, nur notgedrungen, um auf Toilette zu gehen oder Leitungswasser zu trinken.

Warum sollte ich den Müll runterbringen, fragte ich mich. Warum das Geschirr abwaschen? Warum die Vorhänge aufziehen? Warum? Für wen? Wieso das alles?

Die meiste Zeit saß ich gegen die Stirnseite des Bettes gelehnt, die Hände über dem Kopf gefaltet. Im Dämmerlicht machte ich jeden Flecken auf der hässlichen, bräunlichen Tapete aus, betrachtete jeden Kratzer im Holztürrahmen. Tausendmal. Die Decke fiel schräg nach hinten ab. Küche und Bad nebenan waren winzig. Hier gab es nichts, was mich an zu Hause hätte erinnern können. Zu Hause? Was war das? Ich hatte nie eins gehabt.

Wenn ich müde war, schlief ich. Wenn nicht, blieb ich wach. Ich achtete nicht auf die Uhr- oder Tageszeit. Ich merkte nicht, ob es Tag oder Nacht war. Und immer, wenn ich aufwachte, hoffte ich, dass sich etwas verändert hatte. Aber es tat sich nichts.

Nicht, dass ich litt oder dem Job hinterhertrauerte. Ich kann noch nicht einmal sagen, dass ich frustriert war. Nein. Es war eine Art Abwesenheit jeden Gefühls. Ein Nichtgefühl, fern jeder Wahrnehmung. Wer denkt, ein Mensch fühlt, egal was er tut, irrt. Ich fühlte nicht. Ich dachte nicht. Ich ruhte einfach.

Nicht im Sinne von Ausruhen. Nein, ich war in eine Art Starre gefallen. Tieren gleich, die im Winterschlaf waren. Meine Gedanken waren stillgelegt. Meine Sinne abgeschaltet. Meine Bewegungen auf ein Minimum reduziert. Ich war gerade noch in der Lage zu atmen. Dieser Zustand erfüllte mich. Ich würde ihn als eine Form von Glück bezeichnen.

Hier und da wurde jenes kleine Glück unterbrochen durch Gedankenblitze, die wie Schnipsel durch mein Hirn sausten. Belanglose Überbleibsel meiner Zeit in der Agentur, meiner Jugend und Kindheit. Kleine Szenen, die mich verfolgten. Manchmal glaubte ich, ein Raunen zu hören. Stimmen kamen aus der Ecke des Raumes, schwollen an, sangen im Chor, sprachen auf mich ein, aber ich verstand nicht, was sie mir sagen wollten. Ich hielt mir die Ohren zu. Ich ertrug sie nicht. Auch keine Stimmen aus dem Radio, keine Fernsehbilder, keine Musik. Ich verzehrte mich nach Stille. Das einzige, was ich hören konnte, ohne verrückt zu werden, war das Schlagen meines Herzens.

Wie ich dasaß, stunden- und tagelang, kristallisierte sich eine Szene heraus, die immer wiederkam. Ich sah jemanden, der vor meinem Gesicht spazieren ging. Er glich einer Mumie und hatte keine Hände. Die Arme liefen zu Stummeln aus, waren mit Tüchern abgebunden am Handgelenk. Immer wenn diese Vision aufploppte, standen mir Schweißperlen auf der Stirn und mein Herz überschlug sich.

Mit der Zeit wurde mein Magen leer und leerer. Hunger meldete sich. Leitungswasser vermochte schon lange nicht mehr, dieses Gefühl zu stillen. Mein Bauch rebellierte. Ich war schwach und schlapp, kurz vorm Kollabieren und sah mich genötigt, mir etwas zu essen zu besorgen.

Der Weg das dunkle Treppenhaus hinunter war eine große Herausforderung. Ich klammerte mich ans Geländer, hielt mich fest, so gut es ging, und schaffte die ersten Stufen. Ich schwebte. Fühlte mich erhaben, wie auf dem Gipfel eines Dreitausenders in den Alpen, den man zuvor bezwungen hat. Ich schaute von oben herab, setzte Fuß vor Fuß auf die griffige Steintreppe und kam einigermaßen vorwärts. Vier Stockwerke hatte ich zu bewältigen.

Auf der Straße traf mich das Helle der Sonne mit voller Wucht. Ich riss meine Arme hoch, um mich vor ihr zu schützen. Schatten und Licht vermochte ich nicht zu unterscheiden. Alles war grell und tat weh. Meine Augen gewöhnten sich nur mühsam an die neue Lichtsituation.

Die Bäckerei lag zum Glück nur zwei Häuser weiter. Mein Zustand muss erbärmlich gewesen sein, denn die Verkäuferin bediente mich mit offenem Mund und entgeisterten Augen. Erst jetzt bemerkte ich meine strähnigen fettigen Haare und meinen ungepflegten Bartwuchs, aber es war mir egal. Vielleicht tat ich der Verkäuferin leid, denn sie tat zwei Croissants mehr in die Tüte. Ich hatte den Eindruck, dass sie etwas sagen wollte, sich jedoch nicht traute.

Auf dem Rückweg, einige Bissen Croissants hatte ich bereits in mir, kam ich an einem Kiosk vorbei und traf Bruder Zufall. Am Holzverschlag neben dem Zeitungsständer hingen kleine Plakate. Konzertankündigungen, Theaterspielpläne, Kunstausstellungen, Lesungen. Meine Augen suchten Ordnung in die Bilderflut zu bringen und eine Überschrift sprang mir sofort ins Auge: „Hände in der Kunst. Städel". Ich glühte. Augenblicklich war ich wieder da, wie gerade auferstanden und fühlte eine bis dahin ungekannte Kraft. Mein Phlegma war abgefallen.

Ich las weiter. Nur ein paar Zeilen schmückten das Plakat. Süße Worte voller Harmonie: *Die Magie der Hände – nirgends ist sie offensichtlicher als auf der Leinwand. Hände dienen als Ausdrucksform, sind Zeichen, spiegeln den Charakter. Sie weisen über den Menschen hinaus, weil sie Instrumente unseres Geistes sind. Diese Ausstellung erkundet die vielfältige Welt der Hände.*

Ich las es noch einmal. Doch auch dann glaubte ich noch nicht, was ich gerade gelesen hatte. Gab es wirklich Menschen, die Händen einen Wert zubilligten? Sie schätzten, zu "Instrumenten des Geistes" erhoben? Ungläubig stand ich da, bis sich mein Magen mit einem lauten Knurren meldete. Ich prägte mir den Eröffnungstermin der Ausstellung ein. Es war der 26. September. Drei ganze Tage noch. Ein Ziel erschien am Horizont. Es war greifbar. Ich hatte Tränen in den Augen.

Die folgenden Tage brachte mich jede Minute der Welt da draußen ein Stück näher. Immer wieder rief ich mir die Zeilen des Plakats in Erinnerung. Ich hatte wieder eine Hoffnung, eine Sehnsucht. Ich wollte erfahren, was hinter dieser Ankündigung steckte und was es mit den Händen in der Kunst auf sich hatte. Und dann war sie endlich gekommen: die Ausstellungseröffnung.

Ich lief über den Hohlbeinsteg, der über den Main führte, über den Schaumainkai und stand vor dem mächtigen Eingangsportal des Städelschen Kunstinstitutes. Es ragte in den Himmel, erschien mir übergroß, historisch bedeutend, seine Mauern wurden 1878 errichtet. Mein Respekt stieg. Das große Kribbeln begann.

Schließlich betrat ich dieses heilige Gründerzeitgebäude. Schon auf den ersten Blick erwiesen sich diese Hallen würdig, eine solche Ausstellung, meine Ausstellung, zu präsentieren.

Ich ging, nachdem ich eine Eintrittskarte erstanden hatte, die Treppe hinauf in den ersten Saal. Die grelle rote Tapete erinnerte an Mohnblumen. Nur wenige Besucher waren in der Ausstellung und verloren sich in dem Raumlabyrinth.

Ein Schock traf mich, als ich das erste Bild sah. Es war ein Gemälde von Bartolomeo Veneto und zeigte eine anmutige Frau, die in ihrer grazilen rechten Hand eine Blume hielt. Die zwei Fingerspitzen, die den Stil umfassten, waren so fein und elegant. Die wirklichkeitsgetreue Abbildung der Hand so außerordentlich gelungen, dass sich ein Glücksgefühl in mir ausbreitete. Über eine Stunde stand ich vor dem Gemälde und konnte meinen Blick nicht abwenden. Ich hatte Angst etwas zu verlieren. Angst, nie wieder eine solche Schönheit zu Gesicht zu bekommen. Einzig die Ahnung, es gäbe noch mehr, gar noch schönere Hände zu bewundern, trieb mich irgendwann weiter.

Und tatsächlich traf mich auch das nächste Gemälde wie ein Schlag. „Die verkrampften Hände" von Käthe Kollwitz, in denen sich das ganze Leid der Menschheit offenbarte. Daneben ein Bild von Grünewald, etwa 400 Jahre älter. Hier war es das Leiden Christi, das sich in den gekreuzigten Händen offenbarte. Ich fühlte den Schmerz tausendfach.

Mehr Bilder schaffte ich an diesem Tag nicht. Ich wurde von den Eindrücken überschwemmt. Die Intensität der Handdarstellungen in so geballter Form war neu für mich. Ich war high vom Rausch der Wahrnehmung. Pures Ecstasy hing da an den Wänden. Meine Gefühle explodierten, rissen mich mit. Ich übergab mich vor lauter Freude in eine Ecke des Museums, was für einigen Wirbel unter den Aufsehern sorgte, die unbedingt einen Krankenwagen rufen wollten. Ich lehnte dankend ab, stand unter Gefühlsschock. Jahre des Leidens schienen vorbei.

Der Gong ertönte und das Aufsichtspersonal musste mich wiederholt zum Gehen auffordern. Ich verließ als Letzter das Museum.

Ich hatte seit Stunden weder gegessen noch getrunken, aber ich fühlte weder Hunger noch Durst.

In dieser Nacht glaubte ich zum ersten Mal in meinem Leben an die Existenz Gottes. Anders waren diese Gemälde nicht zu erklären.

In den nächsten Wochen kannte ich nur einen Weg: den ins Städel. Über fünfzig Meisterwerke nur mit Händen. Berauschende Bilder, wohin ich auch schaute. Ich prägte mir jedes ein. Aufgewühlt und erregt fühlte ich eine sexuelle Energie wie nie zuvor. Stundenlang stand ich vor einem Bild, und mein Blick war einzig und allein auf die Hände und deren Haltung gerichtet.

Wem gehörten diese Hände? fragte ich mich. Oder: Was vermochten sie? Was war diesen Händen zuzutrauen? Wie mochte der dazugehörige Arm aussehen? Wie der Kopf, das Gesicht?

Meine Augen scannten die Oberfläche der Hände und nahmen die Farbpigmente auf. Mit der Zeit entwickelte ich ein Gespür für deren Anatomie. Dick aufgetragene Farbe markierte Erhebungen. Fein gezeichnete Striche machten sie verletzlich oder grazil.

Anfangs wunderte sich die Museumsaufsicht noch über mich, aber mit der Zeit ignorierte sie mich oder schüttelte den Kopf. Wahrscheinlich hatte sie noch nie einen so penetranten Museumsbesucher gesehen.

Ich verließ die Ausstellung immer erst mit dem Gong und bedankte mich jedes Mal bei dem Gott der Hände, dass ich hier sein durfte und mir die Bilder einverleiben konnte. Denn nichts anderes tat ich.

In der zweiten Woche entdeckte ich den Ausstellungskatalog. Mein Geldvorrat ging langsam zu Ende, denn ich hatte bereits eine Dauerkarte gekauft, doch ich wollte den Katalog unter allen Umständen haben. Mit Essen und Trinken war ich schon immer genügsam. Jetzt schränkte ich mich noch mehr ein und rechnete aus, dass ich noch eine Zeit lang auskommen würde.

Den Katalog in Händen fühlte ich noch intensiver. Schon das Motto, ein

Zitat Rilkes, berührte mich: ‚Hände sind ein Delta, um sich in den großen Strom der Tat zu ergießen.'

Der Katalog enthielt – neben den Abbildungen aller Gemälde – ausführliche Erläuterungen zur Entstehung und Herkunft eines jeden Bildes sowie kleine Abhandlungen zum Künstler. Abends saß ich in meiner Wohnung und strich über die Abbildungen und vertiefte mich in die Texte. Gleichzeitig betrachtete ich meine Hände, fühlte, dass sie ein Delta waren, und fragte mich, welche Taten sie in der Lage waren zu vollbringen?

Ich beschäftigte mich mit der Struktur der Hände, las etwas über deren Anatomie und war überzeugt, besonders viele Rezeptoren an den Handinnenflächen zu besitzen, die eine außergewöhnliche haptische Sensibilität besaßen. Diese pseudowissenschaftliche und etwas naive Annahme fand ich jedoch nirgends bestätigt.

Je länger ich mich mit dem Katalog und meinen Händen beschäftigte, desto klarer wurden meine Sinne. Das euphorische Gefühl der Anfangsphase ebbte ab. Ich erkannte, dass nur ich in der Lage war, solche Gefühle zu entwickeln. Nur ich konnte einschätzen, wie es ist, mit Händen Dinge zu fühlen, die andere nicht fühlten. Nur ich hatte die Macht der Hände gespürt. Nur ich wusste, was sie durch blanke Berührung auslösen, was sie vollbringen können. Und diese Erkenntnis begleitete mich auf dem Weg, die Einzigartigkeit meiner Hände zu nutzen.

Ich nahm mir vor, noch mehr Zeit und Ehrgeiz in die Erforschung meiner Hände zu investieren und freute mich auf das mannigfaltige Reich der Berührungen.

Dienstag, 19. September, 14.14 Uhr

„Carlo! Hallo ...?"

„Die Polizei hat Beschattungsfotos bei Marie-Luisa gefunden. Weißt du was darüber?" Den letzten Satz hatte Bonner ins Telefon gebrüllt, so dass Kowalski den Hörer vom Ohr weghielt.

„Sollte ich?“

„Hör auf, mich zu verarschen! Ich habe dich beauftragt, Marie-Luisa zu beobachten und mir glasklare Beweisfotos zu liefern. Du erklärst mir, dass du nix rausgefunden hast und heute steht dieser Rauscher vor mir und erzählt, dass sie genau das gefunden haben, womit ich dich beauftragt habe.“

„Das ... das muss Zufall sein.“

„Ich will wissen, was es damit auf sich hat! Sonst bist du raus, Kowalski! Ein für allemal! Verstanden?“

„Klar. Du kannst dich auf mich verlassen.“

Kowalski legte den Hörer auf und hätte sich in den Arsch beißen können.

Dienstag, 19. September, 15.01 Uhr

Zurück im Präsidium trommelte Rauscher sein Team zusammen, um sich und die anderen auf den neusten Stand zu bringen.

Er berichtete von seinem Gespräch mit Frau Moosbach und dann legte Thaler los. „Ich habe die Tötungsdelikte der letzten drei Jahre im gesamten Rhein Main-Gebiet anhand von Schlüsselbegriffen mit dem Fall Bonner abgeglichen. Keine Übereinstimmungen. Die Wahrscheinlichkeit, dass es sich hier um einen Serientäter handelt, ist also gering. Auf Bonners Handy sind 68 Nummern gespeichert. Die Mailbox war leer. Sie hat kaum Anrufe gekriegt, umso mehr selbst angerufen. Mit Leo, Frau Moosbach, hat sie im Durchschnitt zehn Mal am Tag telefoniert, die beiden wohnen Tür an Tür. Dann sind noch eine Irene und eine Katja gespeichert.“ Rauscher zückte seinen Notizblock:

„‚Der Club der verlassenen Frauen‘, Zitat Moosbach. Zur Clique gehörten die Bonner, Leo Moosbach, Irene Hadrian und Katja Klinger.“

„Danke“, sagte Thaler. „Eine Recherche gespart. Im letzten halben Jahr hat Frau Bonner einmal ihren Mann angerufen. Dauer circa sechs Minuten. Dreimal dürft ihr raten wann.“ Rauscher spontan:

„Am 16.8. abends."

„Richtig. Woher weißt du das?"

„Instinkt. Aber vor allem: Er hat mich belogen. Er hat behauptet, sie seit einem halben Jahr weder gesehen noch mit ihr gesprochen zu haben. Dem werde ich nachher mal auf den Zahn fühlen."

Thaler machte weiter:

„Ich habe mir den Computer nochmal vorgenommen. Sie hat viele Reisen übers Internet gebucht und sich über Wellness-Hotels oder fremde Länger informiert. Aber: kein Chat, keine Foren, nichts, was auf Internet-Dating oder Ähnliches hindeuten würde." Krause schaute Thaler skeptisch an:

„Bist du sicher? Wo und wie hat sie dann die Kerle kennengelernt?"

„Jedenfalls nicht übers Internet." Rauscher schaute in die Runde:

„Wir müssen uns dahinterklemmen. Irgendwie müssen wir an die Namen ihrer Begleiter rankommen." Elke stimmte ihm zu. Dann setzte Thaler seinen Bericht fort.

„Kommen wir zum Terminkalender. Auffällig die vielen Reisen. Meistens verlängerte Wochenenden. Prag, Wien, Kopenhagen, Rom, Lissabon, Porto, Paris, London, Athen. Aber auch Sylt, Rügen, Schwarzwald, Steiermark, Rätikon und Südtirol."

„Sehr abwechslungsreich", kommentierte Krause. Und Elke sagte: „Vor allem reich."

Die nächsten Minuten zählte Thaler Rechtsanwalts-, Arzt- und Sporttermine, Geburtstagsfeiern und Shoppingtouren auf. Dann, als ob jetzt das Highlight käme, hielt Thaler den Terminkalender hoch und sagte:

„Das Ding ist voll von MIKEs. Jede Woche. Abends, morgens, mittags. Es gibt keine bestimmte Uhrzeit und keinen bestimmten Wochentag. Auch am Wochenende. Mit diesem MIKE hat sie sich ständig getroffen. Ich glaube, wenn wir rausfinden, wer dieser MIKE ist, kommen wir dem Täter näher." Rauscher ließ sich den Terminkalender geben. Aber Thaler war noch nicht fertig: „An manchen Tagen steht nur ein großes M im

Kalender, zwar wesentlich seltener als MIKE, aber doch auffällig oft. Man könnte von einer gewissen Regelmäßigkeit sprechen, denn M kommt im letzten Jahr etwa alle vier Wochen vor und in letzter Zeit sogar öfter. Und der Clou: Am Tag ihres Todes steht ebenfalls ein M im Kalender, leider steht direkt daneben 11 Uhr."

„Müssen verschiedene Personen sein, sonst hätte sie nicht einmal MIKE und einmal M notiert", meinte Elke. Rauscher beendete die Runde:

„Ab sofort gilt MIKE und M unsere ganze Konzentration."

Dienstag, 19. September, 16.22 Uhr

Rauscher erwischte Carlo Bonner in seinem Garten hinter der Villa, der eher einem kleinen Park glich. Es schien, als denke Bonner über etwas Wichtiges nach, wobei Rauscher ihn störte.

„Schon wieder was passiert?" Bonner gab dem Kommissar die Hand, der sie sogleich wieder losließ.

„Könnte man so sagen. Sie haben gelogen und das habe ich gar nicht gerne. Am 16.8. haben Sie mit Ihrer Frau telefoniert. Um was ging es?"

Bonner nahm sich Zeit, über Rauschers Anschuldigung nachzudenken:

„Ja, richtig. Jetzt erinnere ich mich wieder. Sie hat mich angerufen, das müsste etwa um diese Zeit herum gewesen sein."

„Und warum haben Sie das nicht gleich gesagt?"

„Vergessen. Oder besser: Ich hatte dem Telefonat keinerlei Bedeutung zugemessen. Aber ich weiß noch, dass ich sehr erstaunt war, als ich sie am Telefon hatte. Denn das war wirklich eine Seltenheit. Sie hat mich beschimpft. Wie üblich. Ich würde die Scheidung hinauszögern. Dabei ist es gar nicht so einfach, ein Vermögen genau schätzen zu lassen. Sie brauchen Immobiliengutachten et cetera. Das zieht sich."

„Und deshalb ruft sie Sie extra an, nachdem sie sich Monate nicht gemeldet hat?"

„Nein, nein. Sie haben recht. Sie wollte plötzlich wissen, nun ja, ob ich sie beschatten lasse."

„Und?" Bonner zögerte. „Naja, es ist ja nicht verboten, seine Frau beschatten zu lassen. Immerhin sind wir noch verheiratet und ich hatte Hinweise, dass sie ein sehr, wie soll ich sagen, umtriebiges Leben führt. Und genau das habe ich ihr auch gesagt."

„Und wie hat sie reagiert?"

„Sie war fuchsteufelswild. Hat mich als armes Schwein tituliert und ins Telefon gebrüllt, dass es ganz alleine ihre Sache sei, was sie treibe. Ich hatte den Eindruck, dass irgendwas passiert war und habe versucht, sie zu beruhigen. Hat aber nicht geklappt."

„Wer hat Ihre Frau beschattet?"

„Meinen Sie, er hat was mit dem Mord zu tun?"

„Das werden wir herausfinden. Also?"

„Mark Kowalski, ein alter Studienfreund von mir. Er hat eine kleine Detektei. Ist spezialisiert auf Wirtschaftsdelikte und hat öfter Aufträge von mir bekommen. Die ersten vor zwanzig Jahren. Hat immer gute Arbeit geleistet. Zuverlässig und gewissenhaft."

Als Rauscher die Westend-Villa verließ, hatte er sein Handy am Ohr. Am anderen Ende war Krause.

„Wir brauchen einen Haftbefehl für Mark Kowalski. Dringender Tatverdacht der versuchten Erpressung von Marie-Luisa Bonner. Für Mord dürfte es nicht reichen. Und dann kommst du mit zwei Beamten in die Ginnheimer August-Scheidel-Straße 118. Wir treffen uns dort."

Dienstag, 19. September, 17.23 Uhr

Rauscher parkte seinen Wagen auf einem kleinen Parkplatz vor einer Reihenhaussiedlung, wie es viele gab in Frankfurt. Liebloser 60er-Jahre Stil, muffig und angestaubt. Die Menschen, die hier wohnten, konnten sich entweder keine bessere Gegend leisten oder lebten schon ewig hier.

Immerhin war es angenehm ruhig, kaum Verkehrslärm, obwohl die Siedlung mitten in der Stadt lag, nur zwei Querstraßen von der Ginnheimer entfernt.

Auf einem Schild, rechts neben der Eingangstür, stand: "M. Kowalski Detektiv". Sieh an, dachte Rauscher, ein großes M, und klingelte.

Rauschers erster Gedanke, als Mark Kowalski die Tür öffnete, war hemdsärmelig. Der zweite abgehalftert. Die Geschäfte schienen nicht sonderlich gut zu laufen.

„Mark Kowalski?"

„Ja ...?"

„Rauscher, Kripo Frankfurt." Er zeigte ihm seinen Dienstausweis.

„Die Polizei?" Kowalski tat überrascht, aber war er es auch?

„Kommen Sie herein." Kowalskis Blick huschte über die Straße bis hinüber zur nächsten Häuserreihe, dann bedeutete er Rauscher mit einer Handbewegung, ihm zu folgen und ging vor ins Wohnzimmer.

Kowalski bot Rauscher einen Stuhl am Esstisch an. Er selbst ließ sich zwei Meter weiter in den Sessel einer Sitzgruppe fallen. Kowalskis Lächeln kam Rauscher gezwungen vor.

„Wo waren Sie am Sonntagabend zwischen 18 und 22 Uhr?"

„Ich verstehe nicht, Herr Kommissar."

„Das ist doch eine ganz einfache Frage, Herr Kowalski, warum verstehen Sie die nicht?"

„Die Frage schon, aber warum Sie das wissen wollen verstehe ich nicht."

„Weil am Sonntag um diese Uhrzeit Marie-Luisa Bonner in ihrer Wohnung in der Luisenstraße ermordet wurde und Sie sie beschattet haben."

„Woher ... ?"

„Carlo Bonner hat es mir erzählt."

„Aber ... der Auftrag endete vor gut drei Monaten und ..."

„... Sie haben nichts geliefert, richtig. Aber was sagen Sie dazu, wenn ich Ihnen sage, dass Sie das Material benutzt haben, um Marie-Luisa Bonner zu erpressen?"

„Das ist doch lächerlich. Ihre Fantasie in allen Ehren, aber ... das geht zu weit.“ Kowalskis Gesichtsfarbe war mit einem Mal noch blasser geworden. Rauscher hatte den Detektiv in die Enge gedrängt und wollte jetzt aufs Ganze gehen:

„Kann es sein, dass Sie von Frau Bonner nicht nur Geld erpresst haben, sondern auch Sex?“ Mark Kowalski schwieg, aber nicht lange, dann platzte es aus ihm heraus:

„Sex? Ich bitte Sie! Niemals!“ Im gleichen Maße, wie Mark Kowalski unruhiger wurde, begann das Gespräch, Rauscher Spaß zu machen.

„Marie-Luisa Bonner hatte mehrere Termine in ihrem Kalender mit einem großen M eingetragen. M wie Mark. Da liegt die Vermutung doch nahe, dass Sie sich mit ihr getroffen haben?“

Kowalski schien seine Situation kurz zu überschlagen und verzweifelt nach einem Ausweg zu suchen.

„M kann für alles Mögliche stehen. Für Milchholen zum Beispiel oder Malkurs, was weiß denn ich.“ Kowalskis Erregung freute Rauscher, und er wollte ihn noch weiter aus der Reserve locken.

„Am Todestag war ebenfalls ein M eingetragen und zwar für elf Uhr. Vielleicht haben Sie den Termin verschoben, sind abends gekommen und haben sie umgebracht.“ Kowalski rang mit der Fassung. Schweiß stand auf seiner Stirn. Seine Augen glühten.

“Sind Sie verrückt? Sie wollen mir einen Mord anhängen? Die Bonner war wie eine läufige Hündin. Sie wollte was erleben. Keine Ahnung, an wen Sie geraten ist. Aber bestimmt nicht an mich. Ich hab‘ damit nichts, aber auch gar nichts zu tun.“ Rauscher wollte ihn unter Druck setzen, denn er war überzeugt, dass der Detektiv mehr wusste.

„Herr Kowalski“, Rauscher legte die fünf Fotos nebeneinander auf den Tisch, „haben Sie die gemacht?“ Kowalski wischte sich mit einem Taschentuch den Schweiß von der Stirn, streifte die Bilder mit einem kurzen Blick und zögerte eine Antwort hinaus.

„Wir stellen die gesamte Wohnung auf den Kopf", ergänzte Rauscher, „ich bin mir sicher, dass wir die Originale hier finden, auf Ihrem Computer oder wo auch immer."

„Okay, okay, Herr Kommissar, die Bilder sind von mir."

„Aha", sagte Rauscher, „da hätten wir schon mal die erste vernünftige Aussage. Dann sage ich Ihnen jetzt mal, wie die Sache gelaufen ist: Sie haben mitgekriegt, dass es Bonners Frau faustdick hinter den Ohren hat. Da Sie sich mit dem mickrigen Honorar von Carlo Bonner nicht abspeisen lassen wollten, haben Sie sich eine finanziell reizvollere Variante überlegt. Sie beschatteten die Bonner weiter und schickten ihr die Bilder. Nach dem neuen Scheidungsrecht hätte sie ihren Unterhaltsanspruch verwirken können. Gefundenes Fressen für Carlo Bonner. Damit haben Sie sie erpresst."

„Hab' ich nicht." Rauscher wartete einen Moment, schaute Kowalski an und es kam ihm so vor, als habe dieser Mann, der bestimmt schon einiges gesehen hatte in seinem Leben, eine kleine Träne im Auge.

„Es gibt übrigens noch eine andere Variante", lenkte Rauscher ein, „Sie haben auch am Mordtag auf der Lauer gelegen und den Mörder beobachtet. Vielleicht haben Sie ihn sogar fotografiert. Allerdings ist Ihnen erst später, als Sie von dem Mord gehört haben, klar geworden, was Sie beobachtet haben. Und jetzt haben Sie den Mörder in der Hand." Kowalski zwinkerte mit den Augen.

„Sie bohren tief, Herr Kommissar, aber Sie liegen wieder falsch. Die Fotos sind von mir. Das gebe ich zu. Aber Sie haben keinerlei Beweise für eine Erpressung gegen mich in der Hand." Rauscher hätte beinahe herzhaft losgelacht.

„Wollen Sie mir vielleicht weismachen, dass Sie Frau Bonner die Fotos zur Erinnerung überlassen haben? Die Beschattung ab Ende Juli ihr Privatvergnügen war? Den Richter möchte ich sehen, der Ihnen das abnimmt."

„Solange mir keiner das Gegenteil beweisen kann."

Es klingelte. Krause stand mit zwei Polizeibeamten vor der Haustür. „Herr Mark Kowalski, Sie sind festgenommen wegen des dringenden Tatverdachts der versuchten Erpressung und Tötung von Marie-Luisa Bonner. Sie haben das Recht zu schweigen. Selbstverständlich können Sie einen Anwalt Ihrer Wahl anrufen."

Dienstag, 19. September, 19.55 Uhr

Das letzte Abendlicht fiel ins Vernehmungszimmer. Rauscher schaute hinaus auf die Allee vorm Präsidium. Er war ziemlich verspannt, drückte den Rücken durch und dachte an Marie-Luisa Bonners Todeskampf. An Carlo Bonners Lüge. Kowalskis mutmaßliche Erpressung. Den Club der einsamen Herzen. Irgendetwas passte hier nicht zusammen.

Kowalski hatte auf einen Anwalt verzichtet, sich kooperativ gezeigt und gestanden, eine Erpressung in Erwägung gezogen, aber nicht durchgeführt zu haben. Seine Strategie sei gewesen, Frau Bonner mit jedem weiteren Bild und jedem weiteren Rechtszitat so sehr zu verunsichern, bis sie jeden Preis gezahlt hätte. Jedoch bestritt er nach wie vor vehement, Sex von ihr gefordert oder bekommen zu haben und vor allem irgendetwas mit dem Mord zu tun zu haben. Was er jedoch bereitwillig herausgab, waren zwei Namen von Männern auf den Fotos. Die anderen kannte er nicht, behauptete er.

Kowalski war in seine Zelle geführt worden und würde morgen Vormittag dem Haftrichter vorgeführt.

Krause, Thaler und Elke saßen am Tisch und warteten auf Rauschers Anweisungen.

„Ich weiß, ihr seid nicht begeistert von Überstunden, aber ich denke, es lohnt sich heute noch etwas weiterzukommen. Also, was habt ihr noch?"

„Zunächst Katja Klinger", sagte Elke. „42 Jahre, trägt einen Pferdeschwanz und steht mit beiden Beinen in der Welt. Während der Befragung wirkte sie ein bisschen befangen, fast schüchtern, als hätte sie noch nie zuvor mit der Polizei zu tun gehabt."

„Hat sie auch nicht“, warf Krause ein, der sich gerade das vierte Stück Zucker in den Kaffee rührte, „das habe ich überprüft, ne! Wie auch keine andere aus dem Club der einsamen Herzen. Oh sorry, dass ich mich eingemischt habe.“ Er hielt die Hand vor den Mund. Dann probierte er den Kaffee und ließ ein weiteres Zuckerstück hineingleiten.

„Jetzt kommt aber was Merkwürdiges“, sagte Elke, „die Klinger hat jede Aussage zu Marie-Luisa Bonner strikt verweigert. Während wir sie mit Fragen bombardiert haben zum Leben und den Liebhabern der Bonner hat sie nur aus dem Fenster geschaut und geschwiegen.“

„Weiß sie nicht, dass sie sich damit verdächtig macht, eventuell sogar strafbar?“, warf Rauscher ein.

„Wir haben sie mehrmals darauf hingewiesen. Trotzdem, da kam nix. Auch als wir ihr die Fotos mit den Männern gezeigt haben, hat sie nur gesagt ... Moment ...“ Elke blätterte in ihrem Notizblock. „Zitat: Toten soll man ihren Frieden lassen. Ich äußere mich nicht und zu Marie-Luisa schon gar nicht. Ende. Außerdem sprach sie von einem Gelübde.“

„Frau Hadrian hat sich ziemlich abschätzig über dieses angebliche Gelübde geäußert“, ergänzte Krause. „Eine Art religiöser Spleen. So wie ich das verstanden habe, hat die Klinger seit der Trennung von ihrem Mann versucht, alles Sexuelle aus ihrem Leben zu verbannen. So was wie Selbstkasteiung. Und dazu zählt auch, nicht über die Affären ihrer Freundinnen zu sprechen. Ich denke, da erreichen wir nur was mit einer offiziellen Vorladung.“

„Da wird uns wohl nichts anderes übrig bleiben“, meinte Rauscher.

„Eine Möglichkeit gäbe es noch“, sagte Elke, „wenn du versuchst, sie zu erweichen. Solche Frauen sind doch deine Spezialität.“ Sie hatte Rauscher angeschaut und sich ein schelmisches Grinsen nicht verkneifen können.

„Ich kann's versuchen“, sagte er.

In der folgenden halben Stunde erläuterten Elke und Krause ihre Eindrücke von Irene Hadrian. Sie sei gelegentlich gemeinsam mit der

Bonner auf Männerfang gewesen. In gewisser Weise sei sie in der Clique das Pendant zu Marie-Luisa Bonner, bis auf die Tatsache, dass sie nicht so selbstbewusst auftrat und ihre Amouren öffentlich machte. Auf den Fotos hatte sie niemanden erkannt. Krause gähnte und steckte Thaler damit an.

„War das alles?", fragte Rauscher. Krause und Elke nickten.

„Na gut, dann kümmern wir uns jetzt um die zwei Liebhaber." Er suchte einen Zettel und fand ihn: „Hagen Brecht und Magnus Becker. Elke und ich übernehmen Brecht. Mal sehen, was wir aus dem rausholen. Nehmt ihr euch Becker vor?" Krause und Thaler nickten, aber ihren Mienen war anzusehen, dass sie sich um diese Uhrzeit schönere Dinge vorstellen konnten.

Neun

Das Ende der Ausstellung wurde zum Wendepunkt. Mein spärliches Leben kam wieder in Gang. Ich wurde aktiver. Zu Hause vergnügte ich mich immer noch mit dem Ausstellungskatalog, aber auf meinen Streifzügen durch die Stadt entdeckte ich Neues.

Ich eroberte den Fluss und die Parks. Besuchte den Palmengarten und ging in den Zoo. Es war schön bei eisiger Kälte und Sonnenschein umherzustreifen, wenn alles glitzert, und das Stadtleben zu beobachten. Ich sprach mit niemandem und hatte kein Ziel. Ich war anonym. Unsichtbar. Hinterließ keine Spuren und fiel niemandem auf. Ich war im Grunde genommen gar nicht vorhanden. Zwar hatte ich auf dem Meldeamt meinen Wohnsitz eintragen lassen, aber wen interessierte das? Mich kannte niemand. Und die wenigen Menschen, mit denen ich bis dahin zu tun hatte, hatten mich längst aus ihrem Gedächtnis gestrichen.

Voller Wehmut dachte ich hin und wieder an das Städel, erinnerte mich an jedes Bild. Manchmal sah ich den Strudel an Menschen vor den Gemälden, aber ihre Gesichter hatte ich vergessen.

Trotz dieser Rückblicke war ich mir bewusst, dass mein Weg weiterführen musste, um meiner Berufung näherzukommen.

Eines Tages kam ich an einem Schaufenster vorbei, in dem ein großes Plakat hing. Es zeigte zwei Hände, die einen Rücken massierten. Erst auf den zweiten Blick erkannte ich, dass es sich um eine Praxis für Physiotherapie handelte.

Eine eigenartige Faszination ging von der Abbildung aus, und in den folgenden Tagen schlenderte ich des Öfteren an dem Schaufenster vorbei.

Allmählich wurde mir klar, dass es Menschen gab, die ihre Hände beruflich nutzten. Welch schöner Gedanke. Gleichzeitig fragte ich mich, warum er mir nie in den Sinn gekommen war? Es war eine ungeheuerliche Vorstellung, dass es Berufe gab, bei denen die Hände als Werkzeuge dienten.

Ich hielt meine Hände an das Plakat, wollte ausprobieren, wie es aussah, wenn ich einen Rücken massierte. Vielleicht, dachte ich, war ich dazu geboren, diesen Beruf zu erlernen. Vielleicht war genau das meine Bestimmung.

Ich schmiedete einen Plan.

Am 25.2.2006 ging ich zum ersten Mal durch die Tür der Physiotherapie-Praxis ‚Waldschmidt'. Es war vormittags, halb zehn. Ich war frisch geduscht, trug meine beste Kleidung und hatte mein Schulzeugnis dabei.

Schon beim Eintreten spürte ich die Wärme und Freundlichkeit der Umgebung. Die Wände des großzügigen Raumes waren in braunen und rötlichen Tönen gestrichen. Monumentale Handabbildungen waren zu sehen. Poster erklärten Massagegriffe auf nackter Haut. In den Ecken standen Pflanzen, die an Palmen erinnerten. In der Nähe der Tür war eine Holztheke. Vor dem Empfangsdesk war reichlich Platz. Im Hintergrund spielte eine beruhigende Musik und zarte Töne schwebten durch den Raum.

Das Reich der Hände. Wie wunderbar es hier war.

Trotzdem war ich nervös, schwitzte und nachdem die Tür hinter mir zugefallen war, kam ich mir plötzlich sehr verloren vor. Mein Herz schlug heftig, meine Kopfhaut juckte und ich musste mich hinter dem Ohr kratzen. Beruhige dich, sagte ich mir, sei jetzt ganz ruhig.

„Junger Mann, kann ich Ihnen behilflich sein?“ So hatte mich noch nie jemand genannt. Eine Frau kam aus dem hinteren Bereich der Praxis durch eine Nebentür. Ich zuckte zusammen. Sie stellte sich direkt vor mich und schaute mich freundlich an. Wir waren alleine im Raum.

Zunächst war ich wie versteinert. Vielleicht war es ihr netter Blick, der mich auftauen ließ, jedenfalls rührte ich mich und öffnete langsam meinen Mund.

„Ich ... möchte ... hier ... arbeiten.“

Die Frau trug eine weiße Hose, T-Shirt und Jacke. Ihr dunkles Haar war hochgesteckt. Sie hatte einen dunklen Teint, reine Haut, war schlank und durchtrainiert. Was mir sofort auffiel, war ihre kleine sympathische Nase. Auf dem Schild an ihrer Brust stand “Frau Waldschmidt“. Und sie hatte Grübchen über ihren Mundwinkeln.

„Sind Sie Physiotherapeut?“

„Nein“, antwortete ich.

„Also wollen Sie eine Ausbildung machen?“

„Ja.“ Frau Waldschmidt überlegte kurz.

„Na dann setzen wir uns doch einen Moment. Haben Sie Zeugnisse dabei?“ Ich nickte und sie führte mich an einen Schreibtisch, der im linken Bereich des Raumes stand. Sie bat mich, Platz zu nehmen und setzte sich mir gegenüber. Ich gab ihr einen großen Briefumschlag. Sie holte mein Abschlusszeugnis heraus und studierte es.

„Sie sind 24?“

„Ja.“

„Ihre Noten sind nicht besonders gut, aber auch nicht schlecht.“ Sie schaute mich an und lächelte. „Warum möchten Sie eine Ausbildung zum Physiotherapeuten machen? Wissen Sie, es ist kein einfacher Beruf. Ich meine, warum fühlen Sie sich dazu berufen? Was qualifiziert Sie dafür?“

Mit solchen Fragen hatte ich nicht gerechnet. Ich hatte mit überhaupt keinen Fragen gerechnet. In meiner Naivität hatte ich mir vorgestellt, man würde mich sehen, meine Talente auf Anhieb erkennen und mich sofort einstellen. Ich zappelte auf dem Stuhl herum. Sie merkte es, aber irgendetwas musste ich nun sagen, sonst, das war mir bewusst, würde ich den Job nicht bekommen.

Ich hob in Zeitlupe meine Hände und drehte sie.

„Meine Hände können das." Frau Waldschmidt stutzte, lächelte aber.

„Ja, Sie haben schöne Hände. Aber wissen Sie, Hände werden in unserem Beruf sehr beansprucht." Ich nickte und sagte:

„Ja, sehr."

Was mir sofort auffiel war, dass Frau Waldschmidt gerne und viel gestikulierte. Sie sprach mit Händen und Füßen, redete mit Kraft und Klarheit in der Stimme. Ich gewann den Eindruck, dass sie weiß, wo's lang geht.

„Es kommt darauf an", fuhr sie fort, „die Hände einsetzen zu können. Die Fähigkeit zu entwickeln, Dinge zu ertasten, die andere nicht ertasten. Feinfühlig zu sein, mal zart, mal hart. Nicht das Aussehen zählt, sondern der Gebrauch." Ich nickte.

„Ich glaube, Sie haben keinerlei Vorstellung davon, was Sie erwartet, stimmt's, junger Mann?" Ihre Stimme klang jetzt grober: „Ich glaube, ich kann momentan nichts für Sie tun. Wir sind besetzt. Bis zum Sommer haben wir noch zwei Auszubildende." Ich sackte zusammen, suchte verzweifelt einen rettenden Einfall.

„Aber", erwiderte ich mit zittriger Stimme, „ich würde gerne ... ich glaube meine Hände ... ich denke, meine..."

„Junger Mann, es tut mir wirklich leid. Wir sind nur eine kleine Praxis mit überschaubarem Personalbestand. Ich fürchte, ich kann nichts für Sie tun." Sie erhob sich von ihrem Stuhl. Zögerlich tat ich es ihr gleich. Ich merkte, dass ihr das Gespräch unangenehm wurde. Sie streckte mir ihre Hand schroff entgegen.

Und das war sie: meine Chance.

Ich ergriff sie. Erst zart, dann drückte ich ein wenig fester zu. In diesem Moment erkannte ich eine kleine Regung in Frau Waldschmidts Gesicht. Ein Blinzeln, ein Beben. Es sah aus, als ob ihre Gedanken flögen. Sie wollte etwas sagen, tat es aber nicht. Immer noch lag ihre Hand in meiner. Wir berührten uns annähernd eine Minute. Ihre Beine wurden weich, sie kippte etwas zur Seite, hielt sich aber aufrecht.

„Da fällt mir gerade ein", ihre Stimme war jetzt wieder freundlich und gleichmäßig, „wie wäre es, ich meine, könnten Sie sich eventuell vorstellen, als Praktikant bei uns anzufangen? Ich meine, nur bis zum Sommer, dann gäbe es die Möglichkeit für Sie, bei uns Ihre Ausbildung zu machen und außerdem bin ich sicher, dass wir nach Ihrer Ausbildung eine Stelle für sie bereithalten werden." Ich ließ ihre Hand los. Sie zog ihre zurück und fasste sich an die Wange, wobei ein Schauer über ihren Körper lief. Sie war mit einem Male blass um den Mund und ihre Augen waren feucht.

„Gerne", sagte ich, „wann kann ich anfangen?"

Dienstag, 19. September, 20.34 Uhr

Im Auto auf dem Weg zu Hagen Brecht, der in der Bornheimer Landstraße wohnte, legte Rauscher seine Hand auf Elkes Knie und sah zu ihr hinüber.

„Du schuldest mir übrigens noch eine Erklärung. Und Markowsky auch. Hast du dich entschieden?" Elke streichelte seinen Handrücken.

„Lass mir noch ein bisschen Zeit, okay?" Rauscher nickte. Er musste es akzeptieren, obwohl er sich ein klares Bekenntnis für Frankfurt und ihn gewünscht hätte. Sie gab ihm einen Kuss auf die Schläfe.

Drei Minuten später parkte er direkt vor Hagen Brechts Haus, schräg gegenüber vom Harvey's. Im zweiten Stock sah er Licht brennen.

Brecht, 34 Jahre alt, 1,85 m, kurze dunkle Haare, war mittelprächtig erstaunt, als Rauscher ihm im Hausflur seinen Dienstausweis zeigte und Elke vorstellte.

„Hab‘ ich was ausgefressen?“

„Wollen wir nicht hoffen. Kennen Sie Marie-Luisa Bonner?“

„Wer? Ich weiß nicht, wen Sie meinen.“ Brecht schüttelte energisch den Kopf.

„Na dann müssen wir Ihr Gedächtnis ein wenig auffrischen.“ Rauscher zeigte ihm das Foto, auf dem er mit ihr zu sehen war.

„Ach die.“ Brecht zuckte die Achseln. „Die habe ich einmal getroffen. Vor fünf oder sechs Wochen. Die war echt scharf, deshalb hab ich sie nochmal angerufen. Aber sie wollte nicht mehr. Und dann hab ich es bleiben lassen. Was ist mit ihr?“

„Wo oder wie haben Sie sie kennengelernt?“

„Im Größenwahn. Sie hat mich nett angelächelt und wir sind ins Gespräch gekommen.“

„Frau Bonner ist ermordet worden. Wo waren Sie am Sonntag zwischen 18 und 22 Uhr?“ Brecht zuckte zusammen. Seine Augen flatterten erschrocken.

„Du lieber Himmel. Das gibt’s doch nicht. Ich dachte, das passiert nur in Krimis. Moment. Am Sonntag sagten Sie? Da war ich wandern. Den ganzen Tag. Im Odenwald. Ich bin erst gegen Mitternacht wieder hier gewesen. Dafür gibt es mindestens fünf Zeugen.“ Rauscher zückte die anderen Fotos:

„Kennen Sie jemanden davon?“ Brecht schaute sich in Ruhe ein Foto nach dem anderen an. Dann nahm er das vorletzte.

„Den kenne ich. Wie er heißt, weiß ich nicht, aber er ist öfter im Fitnessstudio im Musikantenweg. Stemmt Eisen. Ich geh‘ da auch ab und zu hin.“

Rauscher und Elke bedankten sich. Auf dem Weg zum Wagen glichen Sie ihre Meinung über Brecht ab. Sie hielten ihn für unschuldig. Die Bonner hatte ihn zwar abblitzen lassen, aber das alleine ergab kein Mordmotiv. Elke würde morgen früh sein Alibi überprüfen.

„So ergibt eins das andere“, sagte Rauscher, „Lust auf ein wenig Fitness?“ Elke lächelte.

Im Studio traten einige beim Spinning kräftig in die Pedale und schauten dabei Fernsehen. In einem Nebenraum hüpfte eine Gruppe hoch und runter mit einer Stange über der Schulter. Alle Geräte waren belegt. Es roch nach Schweiß und Parfum.

Rauscher und Elke gingen an den Empfang und zeigten einem 1,90 m Hünen das Foto.

„Des is de Harry. Harry Hold. Is‘ heut ned hier. Awwer der wohnt gleich um die Egg. Sandwech siwweenzwansisch.“

Hold war nicht zu Hause und so beschlossen Rauscher und Elke, ihn morgen ausfindig und für heute Feierabend zu machen.

Als Rauscher seine Wohnungstür im Bockenheimer Altbau aufschloss, fiel ihm Elke von hinten um den Hals. Sie umarmten und küssten sich lange. Rauscher wollte gar nicht mehr loslassen und hätte am liebsten die ganze Nacht in Elkes Armen verbracht.

„Magst du auch einen Sauergespritzten? Was macht eigentlich dein Rücken?“

„Prima. Ich war heute Mittag zur Massage. Ich sage dir, der Typ hat himmlische Hände.“

Mittwoch, 20. September, 8.11 Uhr

„Quast hier, ich hab‘ die Hämatome nochmals genau unter die Lupe genommen. Jetzt habe ich eine neue Theorie. Falls du sie hören willst, komm einfach runter.“

Keine Minute, nachdem Rauscher die Mailbox abgehört hatte, stand er vor Quast im Kriminaltechnischen Institut.

„Wundervollen guten Morgen auch“, begrüßte ihn Quast und schien bester Laune. So hatte ihn selbst Rauscher noch nicht erlebt.

„Hast du die Nacht durchgemacht?“

„Was tut man nicht alles für unseren Rechtsstaat. Du wirst vielleicht lachen, aber ich halte es durchaus für möglich bis wahrscheinlich, dass die Bonner bis kurz vor ihrem Tod gekitzelt wurde." In Rauschers Gesicht zeichnete sich eine ausgeprägte Verständnislosigkeit ab, also half Quast nach.

„Zunächst könnte der Täter sie sanft gekitzelt haben, spielerisch und leicht, so wie wir es alle kennen und schon erlebt haben. Aus einem mir nicht bekannten Grund könnte es dann aber fester und hektischer geworden sein. Mit richtig Druck, so dass sie sich vor lauter Lachen nicht mehr wehren konnte und dabei könnten diese Blutergüsse entstanden sein. Das Kitzeln muss ein Albtraum für die Bonner gewesen sein. Aber der eigentliche Todeskampf hat dann eingesetzt, als er ihr das Kissen auf den Mund gedrückt hat. Ich kann's mir nicht anders erklären. Die Blutergüsse stammen nicht von Schlägen oder Stößen, dafür sind sie zu sehr verteilt. Macht ja auch keinen Sinn, jemanden an der Bauchseite zu schlagen."

„Ehrlich gesagt, ich kann's mir noch nicht richtig vorstellen", sagte Rauscher und bedankte sich für die interessante Theorie.

Nach dem Kurzbesuch bei Quast fuhr Rauscher ins Nordend. Er wollte der verschlossenen Katja Klinger klarmachen, dass ihre Aussage enorme Wichtigkeit hatte und zur Ergreifung des Mörders einer ihrer besten Freundinnen beitragen konnte.

Elke fuhr mit Thaler zu Harry Hold. Krause war noch überhaupt nicht aufgetaucht. Thaler hatte von ihrem abendlichen Besuch bei Magnus Becker erzählt. Die Bonnergeschichte war, laut Becker, ein One-Night-Stand. Er hatte sie im Janus, in der Kneipe, in der er kellnert, kennengelernt. Für die Tatzeit hatte er ein hieb- und stichfestes Alibi. Dienst bis nachts um zwei. Das konnten ungefähr dreißig Gäste und die Belegschaft bezeugen. Auf den Fotos hatte er niemanden erkannt.

Nach zehn Minuten im Stau fuhr Rauscher einen Umweg. Manchmal ging sie ihm auf die Nerven, diese Stadt, die er ansonsten überaus mochte. Schließlich erreichte er die Hartmann-Ibach-Straße am Günthersburgpark.

Die Wolken waren einem gedämpftem Blau gewichen und die Sonne erzählte heiße Geschichten. Rauscher schaute ins Licht und grelle Punkte tanzten vor seinen Augen. Warmes Septemberlicht öffnet Herzen, dachte er und schaute sich um. Schön renovierte Altbauten überall. Zufriedenheit und Wohlstand. Er sah einen Mann mit Hund am Park vorbeilaufen. Ein anderer kam mit Brötchentüte aus einer Eckbäckerei. Gemütliche Gegend, dachte Rauscher und drückte die Klingel. Mit einem Surren öffnete sich die Tür.

Im zweiten Stock empfing ihn eine junge Frau. Nicht älter als zwanzig, kurzer Rock, bauchfreies T-Shirt. Die Frisur erinnerte an Nena. Sie ploppte ständig mit einem Kaugummi vor dem Mund und ihre Lippen waren pink.

„Hallo. Andreas Rauscher, Kripo Frankfurt. Ich möchte mit Frau Katja Klinger sprechen."

„Hi, ich bin Alex. Meine Mam hat heut morgen schon die Flatter gemacht."

„Aha", sagte Rauscher, „wo ist sie denn hingeflattert?"

„Weiß ich doch nich. Mir sagt se ja nix. Sie sind hier wegen Marie-Luisa, stimmt's? Also, ich meine natürlich wegen dem Mord."

„Genau. Ich hätte einige Fragen an Ihre Mutter."

„Ihre Kollegen haben sich doch schon an Mam die Zähne ausgebissen." Sie lachte und ploppte wieder. „Meine Mam, nee du, die hat einen an der Klatsche. Nich so wie Sie jetzt denken, nee ey, sie is eben schwerst schräg. Glotzen Sie nich so. Ich mein das nich böse, nee du, nur, wissen Sie, wenn man das jahrelang mitkriegt mit Mams Clique und so, nee du, in dem Alter, ehrlich, die haben stundenlang nur übers Vögeln geredet. Echt Mann, ich schwör', es ging nur ums Vögeln und gevögelt werden. Sonst nix. Ich hab' mich in Grund und Boden geschämt."

„Haben ihre Mutter und ihre Freundinnen irgendwelche Männernamen erwähnt?"

„Namen? Nee. Hätt ich mir auch nich behalten. Die haben sich getroffen und wollten Bespaßung. Prima. Hat ja auch geklappt bis Anfang der Woche."

„Alex, Sie haben mit ihrer Mutter nicht das beste Verhältnis?"

„Schnellmerker, Herr Kommissar. Seit mein Vater abgehaun is, dreht Mam am Rad, ey, und nervt rum. Trifft halt immer mich. Is‘ ja kein anderer da, an dem sie ihren Frust auslassen kann.“

„Wie gut kannten Sie Frau Bonner?“

„Coole Nummer, echt jetzt, Null Stressfaktor. Hat sich nich so runterziehn lassen wie die andern. War süchtig nach Leben, is wohl früher nich so dazu gekommen. Ihren Alten hab’ ich auch ma gesehn. Is zwei, drei Jahre her. So‘n Arbeitsjunkie. Immer Oberkante der Typ, also Herr Kommissar, ich mein, der zieht bestimmt was durch die Nase.“

„Können Sie mir sagen, wann Ihre Mutter zurückkommt?“

„Würd ich selbst gern wissen.“

Rauscher überlegte einen Moment, was er nun am besten tun sollte. Mit Katja Klinger wollte er auf jeden Fall sprechen, aber hier auf sie warten machte keinen Sinn. Er bedankte sich bei Alex Klinger und verabschiedete sich.

Als er auf die Straße trat, erblickte er auf der gegenüberliegenden Straßenseite einen Bekannten. Es sah aus, als hätte er ihn ebenfalls erkannt und sei dabei, abzuhauen.

Rauscher legte einen kleinen Spurt hin, wich auf der Straße einem entgegenkommenden Fahrzeug aus, stand zehn Sekunden später hinter der Person und sagte:

„Herr Kowalski, Sie sind draußen?“ Kowalski war nicht gerade erfreut, Rauscher zu treffen.

„Der Haftrichter hat den Haftbefehl ausgesetzt. Es besteht weder Flucht- noch Verdunkelungsgefahr. Außerdem konnte der dringende Tatverdacht auf Tötung nicht aufrechterhalten werden. Ich muss mich aber jeden Tag im Präsidium melden.“

„Und was machen Sie hier?“

„Nichts. Ich gehe ganz normal einem Auftrag nach. Das wird ja wohl nicht verboten sein.“ Rauscher fackelte nicht lange:

„Sie wollten nicht zufällig zu Katja Klinger“, Rauscher deutete auf das Haus, in dem er vor ein paar Minuten noch mit Alex gesprochen hatte, „die zufälligerweise eine gute Freundin von Marie-Luisa Bonner war.“

„Klinger? Ich verstehe nicht, wie …“ Rauscher bohrte nach.

„Herr Kowalski! Ich hab‘ ehrlich gesagt keine Lust auf Ihre Spielchen.“

„Ja, ja, ist ja gut“, sagte der Detektiv gekränkt.

„Kennen Sie Katja Klinger?“ Konkrete Fragen konnten in dieser Situation nicht schaden.

„Ja.“

„Woher?“

„Ich habe sie mit Frau Bonner gesehen.“

„Welche Beziehung hatten Sie zu ihr?“

„Ich? Ja, ich … ich meine, wir … hatten … wie soll ich das sagen, wir hatten was laufen. Ab und zu. Verstehen Sie?“ Was man im Vorübergehen so alles erfährt, dachte Rauscher und hakte nach:

„Warum haben Sie das nicht gleich gesagt? Hatten Sie rein zufällig auch was mit den anderen Frauen der Clique?“

„Nein, nein.“ Kowalski schüttelte vehement den Kopf.

„Kann ich Ihnen das glauben?“

„Können Sie, Herr Kommissar, können Sie.“ Rauscher ärgerte sich. Dieser Detektiv ging ihm ziemlich gegen den Strich und für ihn war er noch lange nicht raus aus der Nummer.

„Wenn Ihnen noch was einfällt, dann melden Sie sich bei mir, verstanden?“

„Ja, Herr Rauscher, sicher.“

Als Rauscher zu seinem Wagen ging, hatte er das unbestimmte Gefühl, ein staubiger Geruch läge in der Luft, der auch nicht verflog, als er längst den Wagen gestartet hatte und auf dem Weg ins Präsidium war.

Mittwoch, 20. September, 9.23 Uhr

„Kowalski hat ein Verhältnis mit Katja Klinger. Was sagt ihr dazu?“ Ungläubige Blicke im Konfi. Krause trank seinen süßen Kaffee und starrte in die Luft. Elke und Thaler saßen nebeneinander und gönnten sich ebenfalls etwas Koffein.

„Schon ein Knaller“, ergriff Elke das Wort, „vor allem weil man das Kowalski überhaupt nicht zutraut. Stell dir mal vor: Du erfährst, dass deine beste Freundin von deinem Macker erpresst wird. Meinst du, sie hat das gewusst?“

„Frag sie doch.“

„Genau das werde ich auch tun. Ich fahre mit dir hin.“

„Wir rufen aber vorher an. Ich hab‘ keine Lust, sie wieder nicht anzutreffen.“ Dann kam Rauscher ins Reden: „Überlegt mal mit: Carlo Bonner gibt am Telefon zu, dass er seine Frau beschatten lässt. Die Bonner kennt Kowalski vielleicht von früher, weiß, dass er ab und zu für ihren Mann Aufträge ausführt, zählt eins und eins zusammen und kommt darauf, dass er die Fotos gemacht hat. Daraufhin droht sie, ihn anzuzeigen. Beweismaterial hat sie ja genügend, seine eigenen Fotos mit den Daten hinten drauf und die Rechtszitate. Kowalski, der eben noch davon überzeugt war, aus der Bonner richtig Kohle rauszuholen und sich zur Ruhe zu setzen, bekommt kalte Füße. Was würde eine Anzeige wegen Erpressung für ihn bedeuten? Verurteilung und Berufsverbot. Er kriegt Panik. Immerhin steht sein weiteres Leben auf dem Spiel. Also macht er sich an Marie-Luisa Bonner ran, macht ihr schöne Augen, und wer weiß. Vielleicht war sie mit einem Schäferstündchen sogar einverstanden ...“

„Mit dem Mann, der sie erpresst hat? Bestimmt nicht!“ Elkes rabiatem Einwurf entgegnete niemand etwas.

„Ich habe aber noch etwas für euch. Quast hat die halbe Nacht Bonners Hämatome untersucht und eine Theorie aufgestellt. Er hält es für möglich, dass der Täter sie gekitzelt hat, und zwar so fest, dass sie sich nicht mehr wehren und befreien konnte.“

„Soll das heißen“, fragte Krause, „die Bonner wurde zu Tode gekitzelt?“

„Das nicht. Sie wurde erstickt. Aber der Täter könnte sie durch rabiates Kitzeln quasi kontrolliert haben.“

Skeptische Mienen, wohin Rauscher schaute. Vielleicht musste sich die Vorstellung, dass Marie-Luisa Bonner gekitzelt worden ist, erst mal setzen.

„Wie war’s denn bei euch?“, fragte Rauscher in die Runde und in den nächsten fünf Minuten berichteten Elke und Thaler von ihrem Besuch bei Harry Hold. Windiger Typ, Lebenskünstler ohne Job, lange Haare und durchtrainiert, also alles, worauf Frauen standen. Elke stellte die These auf, dass er sich von den Frauen durchfüttern ließ und dafür Liebesdienste anbot. Die Sache mit Marie-Luisa Bonner hatte er als „Ausrutscher“ bezeichnet. Er hatte schnell gemerkt, dass es für sie nur eine einmalige Geschichte und anschließend nichts mehr aus ihr rauszuholen war. Zur Tatzeit war er angeblich mit Freunden bowlen, was Thaler noch überprüfen wollte.

„Gut oder auch nicht“, sagte Rauscher. „Bleiben noch Carlo Bonner, Kowalski, die Frauen aus der Clique und Bodo Schmitz, der Spanner. Was ist eigentlich mit dem?“

„Aus den Akten ergibt sich kein Motiv“, sagte Krause. „Nehmen wir mal an, er hat nicht gespannt und war sauer wegen der Anzeige. Ist das ein Grund zum Mord? Und wenn er gespannt hat, hätte er dann sein potenzielles Lustobjekt umgebracht? Macht auch keinen Sinn. Wir können ihn ja mal vorladen, vielleicht holen wir mehr aus ihm raus, wenn er hier vor uns sitzt.“

„Kümmert ihr euch drum?“ Krause machte sich eine Notiz. Thaler nickte.

„Nach den anderen drei Männern auf den Fotos suchen wir noch“, erklärte Krause und hätte am liebsten die Zeitungen eingeschaltet.

Bei den Frauen aus Bonners Clique fehlte Elke ein schlüssiges Motiv. „Von außen betrachtet scheint die Clique zusammengeschweißt wie Pech und Schwefel.“

„Vielleicht ist innerhalb der Clique was passiert“, warf Krause ein.

„Gut“, Rauscher übernahm wieder die Regie, „dann knöpfe ich mir jetzt Katja Klinger vor. Elke, du kommst mit. Ist eine gute Zeit, die Dame zu erreichen.“

Mittwoch, 20. September, 11.54 Uhr

„Andreas Rauscher. Ich bin der leitende Ermittler im Mordfall Marie-Luisa Bonner.“ Er stellte Elke Erb vor.

„Wollen wir im Günthersburgpark spazieren gehen? Es ist so schön draußen.“

Rauscher beobachtete, wie Katja Klinger aus der Haustür trat, und stellte fest, dass sie ihn in keiner Weise an Marie-Luisa Bonner erinnerte. Sie wirkte eher unscheinbar, introvertiert. Abgeschottet nach außen, als hätte sie eine unsichtbare Mauer um sich errichtet. Nach Elkes Schilderungen hatte er ein anderes Bild von ihr. Aber jetzt wirkte sie tatsächlich wie ein „einsames Herz“, und Rauscher fragte sich, wie Kowalski es geschafft hatte, die Mauer einzureißen und an sie ranzukommen.

Sie gingen durch ein Tor, den Parkweg entlang, an den Grünflächen vorbei, die mit Bäumen umsäumt waren. Kinder tummelten sich auf dem Spielplatz. Mütter tauschten sich auf einer Bank aus.

„Frau Klinger, meine Kollegen haben erzählt, dass Sie nicht mit uns über Marie-Luisa Bonner sprechen wollen. Das geht nicht. Denn wir haben mehrere Spuren, die wir nur weiterverfolgen können, wenn wir von Ihnen Informationen bekommen.“ Frau Klinger blieb stumm.

„Frau Bonner war eine gute Freundin von Ihnen. Wie können Sie es mit Ihrem Gewissen verantworten, dass ihr Mörder da draußen frei rumläuft?“ Er legte eine Kunstpause ein. „Fassen Sie sich ein Herz, es sind nur ein paar Fragen. Es tut nicht weh und wird nicht lange dauern. Wenn Sie nicht mehr können, heben Sie einfach die Hand. Einverstanden?“ Rauscher wartete auf ein Zeichen von ihr.

„Was soll das Herumgeplänkel, Herr Rauscher?", sagte Frau Klinger plötzlich. „Stellen Sie konkrete Fragen, dann entscheide ich, ob ich Ihnen antworten kann." Wollte sie ihn reizen? Oder veräppeln?

„Das hier ist kein Spiel. Es geht nicht darum, ob Sie uns etwas sagen wollen. Sie müssen. Sie sind per Gesetz dazu verpflichtet. Meine Kollegen haben Sie darüber aufgeklärt. Wenn das hier nicht läuft, lasse ich Sie vorladen und im Präsidium verhören. So einfach ist das." Frau Klinger schnippisch:

„Tun Sie, was Sie nicht lassen können." So ging es nicht weiter. Rauscher wurde langsam sauer.

„Ich weiß nicht, was in Ihrem Kopf vorgeht, ob Sie etwas zu verbergen haben oder was Sie im Schilde führen, aber eins ist klar: Ich werde es herausfinden. Also: Was ist das für ein Gelübde? Haben Sie Ihrem Gott Enthaltsamkeit gelobt?"

Frau Klingers Miene wurde sehr ernst und Rauscher wusste sofort, dass er nachhaken musste. Sie wollte gerade aufbrausen, aber Rauscher gab die Zügel jetzt nicht mehr aus der Hand:

„Kennen Sie den Detektiv Mark Kowalski?" Rauscher sah die Farbe schlagartig aus ihrem Gesicht entweichen. „Selbstverständlich weiß ich längst, dass Sie ihn kennen", sagte Rauscher, „gut kennen sogar, immerhin haben oder hatten Sie eine intime Beziehung zu ihm. Warum wollen Sie das vor Ihren Freundinnen verheimlichen? Warum spielen Sie das unschuldige Lämmchen?" Frau Klinger wurde rot, öffnete leicht ihren Mund, doch dann biss sie die Zähne zusammen. Eben noch war sie arrogant und ignorant und plötzlich unsicher und kleinlaut. Eine derartige Wandlung kam Rauscher gelegen und er gedachte, sie zu nutzen.

„Frau Klinger..."

„Ich weiß selber, wie ich heiße", schoss es aus ihr heraus und Rauscher lächelte.

„Hat Ihnen Herr Kowalski erzählt", sagte er ganz ruhig, „dass er Marie-Luisa Bonner im Auftrag ihres Mannes beschattet hat?" Treffer, dachte

Rauscher, als er Katja Klingers blitzende Augen sah, die wie Geschosse auf ihn zielten.

„Hat er Ihnen von den Fotos erzählt, auf denen sie mit diversen Männern zu sehen war, und die er ihr geschickt hat?“

Versenkt, dachte Rauscher, Katja Klinger war kurz vorm Platzen.

„Er wollte sie damit erpressen.“

„Das“, sagte Frau Klinger und fuchtelte mit den Händen vor ihrem Gesicht herum, „ist mir sehr wohl zu Ohren gekommen.“ Jetzt kniff Frau Klinger ein Auge zu, ganz so, als wolle sie abschätzen, welche Neuigkeit der Kommissar als nächste offenbaren würde.

„Aber das interessiert mich nicht“, sagte Frau Klinger, „ist ja jetzt auch egal, sie wird nicht wieder lebendig.“

„Sie lieben ihn sehr, stimmt's?“, warf Elke Erb ein. Frau Klinger sah aus, als stünde sie vor einem dunklen Abgrund und müsse in der nächsten Sekunde hinunterspringen. Sie fixierte einen Punkt auf der Wiese und stierte ihn an. Rauscher wollte ihre Verfassung nutzen und legte nach:

„Wo und wie haben Sie Kowalski kennengelernt?“ Frau Klingers Mundwinkel zitterten. Eine Träne lief ihr über die Wange. Rauscher reichte ihr ein Tempo. Als sie sich wieder gefasst hatte, erklärte sie sich:

„Es war mir so peinlich. Marie-Luisa, Irene und Eleonore durften nichts mitbekommen. Ich hatte immer wieder betont, mit keinem Mann je wieder etwas anzufangen. Und dann läuft mir Mark über den Weg. Er hat mir den Hof gemacht.“ Jetzt lächelte sie, während sie weitere Tränen aus den Augen wischte. „So ganz altmodisch. Er hat mich angerufen, mich eingeladen, mir Blumen geschenkt und Komplimente gemacht. Einfach alles, was noch nie jemand für mich gemacht hat.“

Rauscher hätte kotzen können. Sie war auf Kowalskis Süßholzraspelei reingefallen. Er hatte sie benutzt, um an die Bonner ranzukommen, und Katja Klingers Verstand war vor lauter Liebe so vernebelt, dass sie ihm bereitwillig vertraut hatte.

Unvermittelt platzte Elke dazwischen:

„Ich hab's. Marie-Luisa, Irene, Katja und Eleonore." Sie sah Rauscher triumphierend an.

„Bingo. M wie Marie-Luisa. I wie Irene. K wie Katja und E wie Eleonore. MIKE. MIKE sind die Verabredungen mit ihren Freundinnen. Nichts anderes. Ich bin eben darauf gekommen, als Frau Klinger die Namen hintereinander ausgesprochen hat. Außerdem ist es das einzige Wort im Terminkalender, das nur in Großbuchstaben geschrieben ist."

Rauscher wusste sofort, dass Elke Recht hatte. Schade, sagte er sich, Mike war eine gute Spur gewesen.

„Bleibt die Frage", sagte er, „wer ist M?"

Mittwoch, 20. September, 15.13 Uhr

Der Konferenzraum war mit Tellern, Tassen und Besteck gedeckt. Stückchen lagen in einem Korb, Kuchenstücke auf einem Tablett.

„Gibt's was zu feiern?", fragte Rauscher, als er Frau Winter mit dem Messer in der Hand den Kuchen schneiden sah. Dann fiel es ihm siedend heiß wieder ein.

„Natürlich ... Frau Winter", Rauscher lief auf sie zu und umarmte sie, „herzlichen Glückwunsch. Wir haben ja die Woche der Geburtstage." Frau Winter bedankte sich und fragte, welches Stück Kuchen er gerne hätte. Krause wollte wissen, wer morgen Geburtstag hat und was es morgen geben würde.

„Morgen hat Ingo", klärte Elke ihn auf, „und der Chef am Sonntag, stimmt doch, oder?"

„Vor lauter Feiern kommen wir nicht mehr zum Arbeiten", befürchtete Rauscher. „Vielleicht könnt ihr zwischendurch von euren Recherchen berichten?" Er steckte sich ein Stück Frankfurter Kranz in den Mund und man sah, dass es ihm schmeckte.

Elke hatte gerade den Mund leer, stellte ihre Kaffeetasse auf den Tisch und wollte beginnen, doch Krause war schneller.

„Die Alibis der drei Männer sind sattelfest", sagte er, den Mund noch halb voll Kuchen.

Rauscher schaukelte mit dem Stuhl und schaute aus dem Fenster. „Ich frage mich die ganze Zeit, was in der Wohnung der Bonner passiert ist? Wie ist es abgelaufen?" Er unterbrach seine Worte, dachte eine Sekunde lang nach. „Nehmen wir an, das Tête à Tête war zunächst harmonisch. Warum ist die Stimmung gekippt? Ich meine, zwischen Kuscheln und Töten muss was passiert sein?"

„Ja, wenn Quasts Theorie mit dem Kitzeln stimmt", mutmaßte Elke, „dann muss was passiert sein und wenn es nur im Kopf des Mörders passiert ist."

„Vielleicht", meinte Thaler, „wurde der Mörder mit etwas konfrontiert, das er nicht erwartet hat. Eine Auseinandersetzung, Streit. Vielleicht ging es wirklich um Geld."

„Ich weiß nicht, wie es euch geht", streute Krause nachdenklich ein, „aber ich kann mir noch immer kein richtiges Bild vom Täter machen. Für mich ist der Kitzler bisher völlig unsichtbar."

Rauscher ruckte nach vorne:

„Wie hast du ihn genannt?"

„Kitzler. Ist mir gerade so eingefallen, stört's dich?"

„Nein, ganz und gar nicht. Hört sich niedlich an."

„Ein bisschen zu niedlich", kommentierte Elke.

Mittwoch, 20. September, 17.44 Uhr

Der Bildschirmschoner seines Laptops erzeugte bunte Kristalle. Ihre psychedelische Wirkung schläferte ihn ein. Er versank im Meer der Farben, kämpfte sich kurzzeitig wieder hoch bis alles dunkel wurde. Ein erstes Klopfen ignorierte er. Beim zweiten fuhr er hoch. Kurz darauf betrat Frau Winter das Büro und blieb direkt in der Tür stehen.

„Herr Rauscher, darf ich kurz stören?“ Rauscher hatte sich nach dem Kaffeeklatsch in sein Büro zurück gezogen, um über den Fall nachzudenken. Und je mehr er das tat, desto klarer wurde ihm, dass es sich um einen außergewöhnlichen handelte.

„Ja, ja, was gibt's denn?“ Geht's mir schon wie Krause, dachte Rauscher.

„Ich würde mir gerne morgen frei nehmen.“

„Natürlich. Machen Sie das. Und sehen Sie zu, dass Sie Feierabend kriegen. Sie sollten schon längst zu Hause sein.“

„Ich habe nur noch den Konfi aufgeräumt, falls Sie ihn morgen brauchen. Dann bis Freitag also.“ Frau Winter schloss die Tür und Rauscher bemühte sich, den verlorenen Gedankenfaden wiederzufinden.

Dann schwang er sich auf und hatte ein neues Ziel. Keine fünfundzwanzig Minuten später erreichte er Irene Hadrians Haus und stellte seinen Wagen in die Einfahrt.

Nachdem er sich kurz vorgestellt hatte, bot sie ihm einen Tee an. Während sie in der Küche zugange war, schaute er sich im Wohnzimmer um. Ihre Einrichtung gefiel ihm. Die Möbel waren in hellem Holz gehalten. Nicht zu modern. Die Regale quollen über vor Büchern. Gelesene Taschenbücher. So sahen sie jedenfalls aus.

Auch der Blick in den Garten war nicht zu verachten. Der Rasen war kurz geschnitten, dahinter ein Teich angelegt. In einem durch Büsche geschützten Bereich lag eine Grillecke mit Steinplatten und Feuerstelle. Sogar einen Pool gab es. Und im Hintergrund sah man das Ufer der Nidda, mit den vielen Bäumen.

Frau Hadrian hatte es sich auf der cremefarbenen Ledercouch bequem gemacht. Sie trug einen Freizeitanzug, hatte die Beine angezogen und umfasste die Knie mit ihren Armen.

„Warum Marie-Luisa?“

Diese Frage hatte sich Irene Hadrian immer wieder gestellt. „Warum ausgerechnet sie?“

„Genau das wollen wir herausfinden", sagte Rauscher und entdeckte ein Fotoalbum auf dem Wohnzimmertisch. "Wie ich sehe, beschäftigen Sie sich."

Irene Hadrian lächelte. „Ja, ich habe mir vorgenommen, ein kleines Erinnerungsalbum mit uns Vieren zusammenzustellen."

„Schöne Idee." Rauscher lächelte ebenfalls. „Dann schauen Sie doch mal hier. Vielleicht kennen Sie einen der Männer?" Er legte die drei Fotos mit den unidentifizierten Männern und Frau Bonner auf den Tisch. Schnell hatte sie einen davon ausgedeutet.

„Den hier, den kenne ich. Er hat uns, also mich und meinen Mann, damals in finanziellen Dingen beraten. Stefan, Stefan Trimmer heißt er. Ich habe irgendwo noch seine Karte." Rauscher staunte:

„Und wie sind Sie an ihn geraten?"

„Er arbeitet bei Finance Invest, einer der Firmen von Carlo Bonner. Es ging um die Finanzierung des Hauses und einige Aktienanlagen. Naja, mein Mann und Carlo kennen sich. Immer wenn mein Mann etwas mit den Finanzen zu regeln hatte, wandte er sich an ihn." Frau Hadrian ging ins Nebenzimmer, kam mit der Visitenkarte von Stefan Trimmer zurück und gab sie Rauscher.

„Wussten Sie, dass Frau Bonner Herrn Trimmer trifft?"

„Nein, davon hat sie nie was erzählt."

„Noch eine Frage: Kennen Sie jemanden, dessen Vorname mit M anfängt und den Frau Bonner regelmäßig getroffen hat?"

„Mit M?" Sie dachte nach, „M? Hmmmmm? Nein, da fällt mir keiner ein."

Danach kreiste das Gespräch um Frau Bonner, ihren Charakter, ihre Persönlichkeit, ihr Leben, aber Rauscher erfuhr nichts Neues. Lieb und sanftmütig sei sie gewesen, klug und besonnen, immer ein Ohr für andere, der Mittelpunkt der Clique. Rauscher konnte es schon nicht mehr hören. Er wollte raus aus diesen Schönwetterbildern.

Derweil beobachtete er Frau Hadrian. Sie wirkte gefasst und verzweifelt zugleich. Manchmal veränderte sie ihre Sitzposition. Ihre Hände lagen ruhig im Schoss. Nur von Zeit zu Zeit führte sie eine Hand an die Schläfe.

Rauscher fragte nach außergewöhnlichen Vorkommnissen mit Frau Bonner oder Dingen, die für sie untypisch waren.

„An eine Situation erinnere ich mich noch", sagte sie schließlich. „Als ein Schreiben vom Anwalt ihres Mannes kam, war sie richtig wütend. Sie schmiss sogar einen Teller an die Wand. Da war Hass in ihren Augen. So hatte ich sie noch nie erlebt." Frau Hadrian lächelte jetzt richtig nett.

„Ein neuer Aspekt", sagte Rauscher, „hatte sie noch andere Probleme?"

„Da fällt mir nur ihr Rücken ein. Sie hatte eine Schwachstelle an der Wirbelsäule. Bandscheibenvorfall. Jedenfalls war sie zeitweise in Behandlung." Rauscher nickte.

„Wissen Sie wo?"

„Eine Physiotherapie-Praxis in Sachsenhausen. Wie sie heißt, weiß ich nicht, aber das dürfte leicht rauszufinden sein. Marie-Luisa hat in der Hinsicht allerhand ausprobiert. Wir haben sogar einen Reiki-Kurs zusammen gemacht."

„Was ist das?"

„Haben Sie schon mal etwas von ‚Wohlbefinden durch die Heilkraft der Hände' gehört? Ein tolles Buch, kann ich Ihnen nur empfehlen. Reiki ist eine Art Philosophie, universelle Lebensenergie, die durch die Hände übertragen wird. Das ist auch die wörtliche Übersetzung von Rei-Ki. Es basiert auf der Gabe, Krankheiten oder Leiden zu heilen und seelische Blockaden zu lösen." Rauscher schaute sie ungläubig an.

„Kreisende Bewegungen mit geschickten Händen auf nackter Haut können wahre Wunder bewirken."

Sollte ich Elke mal empfehlen, dachte Rauscher.

„Steht schon in der Bibel", sprach Frau Hadrian weiter, „auch in anderen Religionen spielt die heilende Kraft der Hände eine Rolle. Sogar Jesus hat mit Handauflegen geheilt."

„War Frau Bonner auch beim Arzt wegen ihrem Rücken?"

„Der konnte ihr doch nicht helfen. Rückenschmerzen sind oft psychisch bedingt und können durch massive Ängste ausgelöst werden. Es sind die Lasten, die man trägt, im übertragenen Sinn."

„Sind Sie medizinisch vorgebildet?"

„Nein, nein, aber ich habe mich viel mit Reiki und Tantra beschäftigt. Die Schmerzen sind nur das Symptom, die Ursache liegt meist ganz woanders. Tiefer könnte man sagen. In der Seele. Das Tantra spricht von Störungen eines Chakras, die behoben werden müssen. Und beim Reiki geht es darum, durch die einströmende Energie dem Menschen die Bürde, die zu schwer geworden ist, von den Schultern zu nehmen. Marie-Luisa sprach mal davon, dass ihr jemand geholfen hat mit dem Rücken. Naja, wenn ich es mir recht überlege, hat sie ganz schön geschwärmt von ihm."

„Hat Sie einen Namen genannt?"

„Ich habe damals gedacht, es handelt sich um einen ihrer Lover, deshalb habe ich gar nicht so genau hingehört. Aber nein, ich glaube, sie hat keinen Namen genannt, sonst würde ich mich erinnern."

„Frau Hadrian", er zog seine Karte und gab sie ihr, „jeder kleinste Hinweis kann uns zum Mörder führen. Denken Sie bitte daran." Sie nickte und legte die Karte auf den Tisch.

Im Wagen begann wieder das Grübeln. Die Bonner hatte also Rückenprobleme. Dem mussten sie nachgehen. Und sonst? Frau Bonner hatte eine Affäre mit einem Angestellten ihres Mannes. Was hatte das nun wieder zu bedeuten? Rauscher zückte sein Handy, rief im Büro an und erwischte Thaler.

„Ich hatte mir gerade überlegt, Feierabend zu machen", sagte er.

„Verschieben. Überprüf bitte einen Stefan Trimmer. Das ist Bonners vierter Lover, und ruf mich zurück."

Er legte auf und dachte weiter nach. Das Kitzeln machte den Fall fast schon mysteriös. Ein Kitzler. War es der erste Mord einer Reihe? Hoffentlich nicht, dachte Rauscher, ein Serientäter hätte ihm gerade noch gefehlt. Und da hatte er eine Idee.

Zehn

So kam es, dass ich an einem Montag, Anfang März, mein Praktikum in der Physiotherapie-Praxis ‚Waldschmidt' antrat.

Die Praxis lag in Sachsenhausen, unweit des Mains. Es war ein ruhiges Wohnviertel. Ein paar kleine Geschäfte, eine Eckkneipe direkt gegenüber. Nebenan ein Park mit Kinderspielplatz, umringt von hohen Laubbäumen.

Willkommen im Reich der Berührungen begrüßten mich die Räumlichkeiten, als ich über die Schwelle trat, um einen neuen Lebensabschnitt zu beginnen.

Frau Waldschmidt, meine Chefin, empfing mich mit einem Ausdruck gespannter Erwartung. Den Kopf mit den hochgesteckten Haaren nach oben gerichtet, führte sie mich durch die Praxis, zeigte mir die einzelnen Räume und Abteilungen, wies mir einen Platz für meine persönlichen Sachen im Schrank zu, der im Aufenthaltsraum stand, und erklärte mir den Tagesablauf.

Ich hatte das Gefühl, dass sie mich sehr gewissenhaft, fast kritisch beäugte. Jedenfalls über das normale Maß hinaus. Unsere erste Begegnung hatte sie nicht vergessen, das war offensichtlich. Sie ahnte zwar, dass sie mit mir einen besonderen Fang gemacht hatte, wusste aber nicht einzuschätzen, worin meine eigentliche Qualität lag.

Die Physiotherapie-Praxis besuchten hauptsächlich ältere Patienten mit Rückenproblemen. Vielen machte die Wirbelsäule zu schaffen, einige hatten akute Bandscheibenprobleme oder waren postoperative Rekonvaleszenten. Seltener betrieben wir präventive Rückenschule.

Es herrschte eine entspannte, kollegiale, fast familiäre Atmosphäre. Ein Grund dafür, dass es sehr viele Stammkunden gab. Die meisten Patienten kamen schon seit Jahren. Sie kannten sich untereinander und erzählten Geschichten aus ihrem Leben. Mir kam es manchmal vor wie beim Friseur.

In den ersten Tagen nahm sich die Chefin höchstpersönlich meiner an. Ich durfte ihr zuschauen, wenn sie einen Kunden betreute. Sie erklärte

Handgriffe, zeigte Dehnübungen, beschrieb Muskelpartien und Gelenktraining. Meine Hände juckten, weil ich zu gerne selbst angepackt hätte, aber obwohl ich im Laufe der ersten Wochen vehement forderte, selbst massieren zu dürfen, vertröstete mich Frau Waldschmidt auf den Beginn meiner Ausbildung. Sie verwies immer wieder darauf, welch verantwortungsvoller Job mir bevorstünde und dass er nur mit der nötigen Ernsthaftigkeit und Professionalität praktiziert werden konnte. Und Erfahrung, betonte sie, Erfahrung sei das Entscheidende. Sie kostete ihre Position aus. Es gefiel ihr, mich klein zu halten.

Da ich selbst also noch keine Patienten betreuen durfte, übernahm ich andere Aufgaben. Ich vergab Termine, ordnete Krankenakten, vervollständigte Patientendaten. Meine Zeit in der Agentur machte sich bezahlt. Frau Waldschmidt stellte schnell fest, wie gut ich organisiert war, fasste mehr Vertrauen und fortan machte ich alles, was gerade anstand.

Frau Waldschmidt hatte die Praxis seit über zehn Jahren. Damals war sie alleine, inzwischen längst etabliert, arbeiteten ein Physiotherapeut und eine Physiotherapeutin für sie, eine weitere Stelle war vakant und sollte kurzfristig besetzt werden. Weiterhin gab es zwei Auszubildende, die gerade Blockunterricht in der Berufsschule hatten, und die ich fast nie zu Gesicht bekam und einen Praktikanten. Mich. Jeden Vormittag erledigte Frau Degen, unsere Buchhalterin, in einem Nebenraum die Abrechnungen.

Unsere Chefin legte sehr viel Wert auf innovative Therapien und achtete darauf, stets auf dem neuesten Stand zu sein. Sie nutzte den Fitness- und Wellnessboom und positionierte die Praxis zur führenden im Bereich Prävention, Diagnostik, Therapie und Rehabilitation. Rückenprobleme, Gelenkschmerzen und Schmerzen allgemein nahmen in der Gesellschaft stetig zu und sie profitierte davon. Sie arbeitete eng mit einer Arztpraxis für physikalische und rehabilitative Medizin zusammen und bot eine umfassende Leistungs- und Funktionsanalyse des gesamten Bewegungsapparates an.

Wenn sich Frau Waldschmidt mit Ärzten oder Patienten unterhielt, hörte ich Begriffe, die ich nie zuvor gehört hatte und die ich gleich wieder vergaß: Topodiagnostik, Reaktionsprognostik, Anamnese, motorische Lernprozesse, Medikomechanik.

Ich wollte mich lieber ganz auf die Fähigkeiten meiner Hände verlassen. Folglich konzentrierte ich mich in der Praxis, soweit dies möglich war, auf jene Bereiche, die mir vor Augen führten, wie man einen Körper massiert, abtastet und pflegt.

Manfred Haffner, unseren Physiotherapeuten mit dem kahlrasierten Schädel, nannte ich bald Manni. Er war ein netter Kerl, eine Plaudertasche, und hatte mehr als ein Auge auf Susanne, die Physiotherapeutin, geworfen.

Mannis immerzu gute Laune sprengte alles. Selbst den aussichtslosesten Rückenverkrümmungen rang er etwas Positives ab und ermutigte die Patienten, weiter an sich zu arbeiten.

Er erklärte mir akribisch Griffe und Handhaltungen, die es mir später erleichtern sollten, meinen Job zu tun. Seine Hände waren groß, entsprechend plump ging er ans Werk. Ich hätte instinktiv vieles anders gemacht, behielt aber meine Meinung für mich.

Was Manni mit seinen Händen nicht bewerkstelligen konnte, glich er mit seinem Mundwerk aus, so dass seine Patienten immer sehr zufrieden mit ihm waren. Handwerklich lernte ich zwar nicht viel von ihm, aber er war freundlich, zuvorkommend und ein intimer Kenner der Frankfurter Fußballszene. Seine Leidenschaft für die Eintracht übertraf sogar die für Susanne Vaske, mit der er ein Verhältnis hatte.

Ich langweilte mich. Der Ausbildungsbeginn am 1. September war noch so unendlich weit weg und die Zeit schien mir schier unüberbrückbar. Wenn, ja, wenn sich nicht zwei Begebenheiten ereignet hätten, die einerseits Abwechslung brachten und andererseits neue Gefühle in mir geweckt hätten ...

Mittwoch, 20. September, 19.08 Uhr

Das Institut für Angewandte Psychologie hatte bereits seit zwei Stunden geschlossen, doch Rauscher wusste, dass Professor Kraft abends immer länger im Büro war.

Kraft hatte Rauscher vor gut zwei Jahren bei der Suche eines Mörders unterstützt. Dank seiner Hilfe konnten sie damals den Täter innerhalb von drei Tagen dingfest machen. Vorher hatten sie sich vier Monate lang vergeblich bemüht. Seitdem schätzte Rauscher den Psycho-Prof.

Das Institut lag im südlichen Westend in einer Sackgasse. Rauscher fand keinen Parkplatz, deshalb stellte er seinen Wagen in den Hof des Instituts. Um diese Uhrzeit, sagte er sich, will bestimmt keiner mehr rein oder raus.

Die Institutstür war offen und die Deckenbeleuchtung brannte, als Rauscher die alte Villa betrat, und ließ den langen Flur in hellem Licht erscheinen. Im oberen Stockwerk befanden sich die Büros der Professoren und Bediensteten.

Rauscher ging an zwei Büsten vorbei – Sigmund Freud und C.G. Jung – die geschwungene Treppe hinauf. Erhabenheit lag wie eine Patina auf den Säulen aus Marmor, dem glatten Steinboden, der Steintreppe und den kalten Wänden.

Rauscher kannte den Weg zu Edgar Krafts Büro. Kraft war einer jener unermüdlichen Forscher, die nur für ihre Wissenschaft lebten und selten das Tageslicht sahen. Vor drei Jahren war seine Frau gestorben, seitdem kam er gar nicht mehr vom Schreibtisch weg.

Krafts Bürotür stand offen, Rauscher klopfte an den Rahmen.

„Ja bitte", sagte Kraft. Der Mann, der gerade ein Buch ins Regal stellte, war nur 1,65 m groß und dünn. Er hatte ein Fuchsgesicht, spitze Nase, spitzer Mund, kleine, flüchtige Augen, rötliches Haar, das begann grau zu werden. Eine runde Brille zierte die Nasenspitze.

Rauscher ging auf den Professor zu und streckte ihm die Hand entgegen. Den Händedruck begleitete ein herzliches Lächeln.

„Freut mich sehr, Sie zu sehen. Was verschafft mir die Ehre?“, sagte Kraft und wies Rauscher einen Platz an seinem Schreibtisch zu. Er selbst setzte sich auf die Tischkante.

„Wir haben einen Fall, bei dem ich einfach nicht durchblicke“, sagte Rauscher.

„Schießen Sie los. Darf ich Ihnen auch ein Gläschen Whiskey anbieten?“ Professor Kraft holte aus einer Vitrine eine Flasche und zwei Gläser heraus.

„Nur einen kleinen, danke.“

In der nächsten Viertelstunde rollte Rauscher den Mordfall Bonner auf und bemühte sich, kein Detail außer Acht zu lassen. Kraft hörte konzentriert zu und machte sich Notizen. Obwohl Rauscher weit ausgeholt hatte, um dem Professor die notwendigen Hintergrundinformationen zu geben, interessierte ihn vor allem: „Welche Bewandtnis könnte das Kitzeln haben?“ Während Rauscher sein Glas nicht einmal angerührt hatte, schenkte sich der Professor einen ordentlichen Schluck Whiskey nach.

„Vielleicht braucht er einen gewissen Kitzel“, sagte er lapidar und spitzte seinen ohnehin spitzen Mund noch mehr. „Ehrlich gesagt, Herr Rauscher, über die Psychologie des Kitzelns habe ich mir noch nicht allzu viele Gedanken gemacht. Alles, was ich dazu beitragen kann, sind vage Vermutungen.“ Rauscher nickte:

„Nur zu. Wenn es uns gelingt, eine Vorstellung vom Täter zu bekommen, wäre das schon was.“

„Nun, Kitzeln hat viele Facetten“, Professor Kraft stellte sein Glas ab. „Sozialpsychologisch betrachtet ist Kitzeln eine Interaktion zwischen zwei Menschen. Einer kitzelt, der andere wird gekitzelt. Kitzeln ist ambivalent, es schafft Nähe und Distanz. Diese Parallelität ist das Interessante: Eine heitere Situation kann schnell kippen und zur Qual werden. Kitzeln kann ein witziges Spiel sein, aber auch Kampf. Und Kitzeln hat eine Grenze. Wird die überschritten, kann aus Spaß Ernst werden. Vielleicht haben wir es hier mit einem solchen Fall zu tun?“

„Ich wusste doch", sagte Rauscher, „ein Besuch bei Ihnen lohnt sich immer. Aber ich wollte Sie nicht unterbrechen."

„Im Mittelalter wurde Kitzeln als Folter eingesetzt. Man hat die Füße von Gefangenen mit Salz bestreut, es von Ziegen ablecken lassen und sie damit solange gequält, bis sie bereit waren auszusagen. Dauerhaftes Kitzeln ist eine echte Qual, das hält niemand aus."

„Und ich dachte immer", sagte Rauscher, „Lachen sei gesund?"

„Da haben Sie auch recht, jedenfalls sagt das der Volksmund. Sie sprechen damit in meinen Augen einen sehr wichtigen Aspekt an, den das Kitzeln hervorbringt: nämlich das Lachen. In diesem Zusammenhang fällt mir gerade ein Nietzsche-Zitat ein: ‚Nicht durch Zorn, sondern durch Lachen tötet man.' Auf den ersten Blick erscheint das widersprüchlich und unpassend, aber es könnte doch sein, dass der Täter aus irgendeinem Grund ausgelacht wurde und dann den Spieß umgedreht hat. Auslachen kann eine schlimme Waffe sein, respektlos und demütigend. Es verhöhnt den anderen und kann ihn in seiner Ehre kränken. Das Kitzeln könnte auch ein Schrei der Verzweiflung und Hilflosigkeit gewesen sein."

Rauscher spürte, dass die Fährten, die der Professor legte, richtig waren, versuchte sich ein Bild des Täters zu machen und verglich es mit den bisherigen Verdächtigen. Leider passte es nicht.

Obwohl er kein Whiskey-Trinker war, nahm Rauscher noch einen Schluck und es schüttelte ihn. Einen Moment saß er mit gesenktem Kopf da und strich sich durch die Haare. Volle Konzentration, dachte er, denn der Professor führte seine Gedanken fort.

„Vielleicht braucht ihr Täter eine Art Spannung, einen Kitzel. Vielleicht törnt es ihn an, wenn er die Wehrlosigkeit des anderen spürt. Kitzeln kann auch Ausdruck von Macht sein, es macht den anderen wehrlos. Lachen hingegen ist der Feind der Macht. Denken Sie bitte an Umberto Ecos „Name der Rose". Es geschahen mehrere Morde und eine ganze Klosterbibliothek wurde zerstört, weil der Bibliothekar das einzige überhaupt existierende

Exemplar von Aristoteles Komödientheorie, in der es um das Lachen ging, schützen wollte. Er wollte quasi das Lachen unter Kontrolle halten." Rauscher erinnerte sich dunkel, aber es fiel ihm schwer, einen Zusammenhang zum aktuellen Fall herzustellen. Professor Kraft registrierte die etwas konsternierte Miene Rauschers, dessen Handy in diesem Augenblick klingelte. Rauscher las Thalers Büronummer auf dem Display und ging ran.

„Stefan Trimmer ist 37 und wohnt in Bornheim, Berger Straße 234. Und jetzt kommt's: Seit sieben Jahren arbeitet er bei Finance Invest, also für Carlo Bonner. Wie findest du das?"

„Interessant." Rauscher grinste. „Irgendwelche Auffälligkeiten?"

„Nein, es liegt absolut nichts gegen ihn vor, polizeilich unauffällig."

„Gut, ich bin hier noch beschäftigt. Kannst du ihm einen Besuch abstatten? Uns interessiert, woher er die Bonner kennt, ob er sie öfter getroffen hat, sein Alibi und so weiter."

Thaler schnaufte:

„Aber dann ist Schluss für heute. Morgen ist auch noch ein Tag." Rauscher bedankte sich bei ihm, beendete das Gespräch und wandte sich wieder Professor Kraft zu, der übergangslos fortfuhr. „Angesichts der Umstände und Umgebung, in der der Mord geschah, dürfen wir den sexuellen und erotischen Aspekt des Kitzelns nicht unterschätzen. Zugespitzt könnte man sogar von einer Form von Geschlechtsverkehr sprechen, ohne dass der Verkehr als solcher ausgeübt wurde. Das Kitzeln selbst wäre in diesem Fall der sexuelle Akt. Da allerdings kein Sperma gefunden wurde, ging es dem Täter offensichtlich nicht um Geschlechtsverkehr oder gar eine Vergewaltigung, wie beispielsweise bei einem sexuellen Triebtäter mit gestörter Triebstruktur. Eher scheint mir, ist das Kitzeln mehr als Spiel oder, was ebenso denkbar wäre, als Ritual zu verstehen."

„Sie meinen", hakte Rauscher nach, „der Kitzler hat seine Tat geplant und wusste, dass er die Frau töten würde?"

Professor Kraft wiegte seinen Kopf hin und her.

„Jemanden kitzeln, im Wissen, dass er dadurch sterben wird, dazu gehört eine große Portion Abgebrühtheit. Ebenso gut möglich, dass der Mord nicht geplant war, sondern sich gewissermaßen ergeben hat. In diesem Fall wäre dem Täter ein Umstand in die Quere gekommen, den er vorher nicht bedacht hatte. Offensichtlich scheint mir jedoch, dass der Täter durch das Kitzeln Stärke und Macht über sein Opfer gewinnen wollte. Vielleicht um ein eigenes Defizit zu überspielen. Und wie es aussieht, hat er sein Opfer wohl bis zur Erschöpfung gequält, was ein hohes Maß an Aggression bedeutet. Sollte er dabei auch noch Genuss empfunden haben, handelt es sich sogar um eine Form von Sadismus." Professor Kraft trank jetzt sein Glas leer, verzichtete jedoch darauf, es wieder zu füllen. Stattdessen nahm er eine Flasche Mineralwasser und schenkte das Glas voll.

„Bliebe die Frage", fuhr er fort, „was zeichnet den Täter aus, dass die Frau, also das Opfer, ihn überhaupt an sich herangelassen hat? Vielleicht verfügt er über enorme sensitive Fähigkeiten? Ein Liebhaber mit sehr geschickten Fingern vielleicht? Aber das müssen Sie herausfinden."

„Glauben Sie, er könnte einen weiteren Mord auf die gleiche Weise begehen?" Professor Kraft atmete tief ein.

„Das weiß ich nicht. Vielleicht hat er Spaß daran gefunden, sein Opfer in der Hand zu haben, sogar im wortwörtlichen Sinne."

Rauscher nickte.

„Ich danke Ihnen sehr, dass ich Ihre wertvolle Zeit stehlen durfte." Professor Kraft erhob sich.

„Immer wieder gerne, mein Lieber". Der Professor lächelte und seine schlauen Augen leuchteten. Rauscher stand ebenfalls auf und reichte Professor Kraft die Hand.

Beim Hinausgehen hatte Rauscher gemischte Gefühle. Einerseits setzte sich langsam ein Mosaik des Täters zusammen. Er hatte während des Gesprächs sogar den Eindruck, als sähe er den Mann quasi vor sich. Andererseits wurde seine Hoffnung, der Fall würde durch Professor Krafts

Hilfe ein schnelles Ende finden, enttäuscht. Eher noch erhielten seine Befürchtungen neue Nahrung, der Täter könnte ein zweites Mal zuschlagen.

Endlich Feierabend, dachte Rauscher im Auto auf dem Nachhauseweg. Sein Kopf rauchte, und er versuchte, die vielen Informationen aufs Neue zu sortieren.

Elf

Nach etwa sechs Wochen kam ich morgens in die Praxis und erfuhr von der Buchhalterin, Frau Degen, dass die Chefin sich krank gemeldet hatte. Außer mir war heute niemand da. Manni war im Urlaub und Susanne hatte ihren Hausbesuchstag. Ich zog meinen weißen Kittel an, kontrollierte die Termine und stellte fest, dass nichts anlag. Beruhigt widmete ich mich persönlichen Dingen. Ich hatte begonnen, Fachbücher über Physiotherapie zu studieren. Außerdem las ich gerne die Praxiszeitschriften, um mich auf dem Laufenden zu halten, und machte eine sehr interessante Entdeckung. Im Wartebereich lag ein Buch über ‚Reiki'. Menschen, die mit ihren Händen heilten. Ich hatte Frau Waldschmidt des Öfteren darauf angesprochen, ob sie mir diese Kunst beibringen könne, aber sie wiegelte ab mit dem Verweis auf meinen Ausbildungsbeginn. Ich solle mich noch gedulden.

Um die Mittagszeit ging die Buchhalterin. Ich war alleine, las im Reiki-Buch, studierte die Handgriffe, die Abbildungen und sehnte mich danach, endlich selbst meine Hände einsetzen zu können. Geduld ist eine weise Tugend, sagte ich mir. Meine Zeit und die Zeit meiner Hände würde kommen. Eines Tages würde ich zeigen können, was ich zu leisten imstande war.

Kaum hatte ich diesen Gedanken gedacht, klingelte es. Vor der Tür standen zwei Rettungssanitäter mit einer Trage, auf der eine grauhaarige Frau mit schmerzverzerrtem Gesicht lag. Sie konnte sich nicht rühren.

„Bandscheibenvorfall", sagte einer der Rettungssanis, „wir wollten sie in die Klinik bringen, aber sie hat sich mit Händen und Füßen gesträubt und behauptet, hier bestens behandelt zu werden.“ Ich kannte die Frau, sie war eine von Manfreds Patientinnen.

Als sie mich sah, entspannte sie sich etwas und ich bat die beiden Rettungssanis, die Frau in den Nebenraum zu schieben.

„Wir haben ihr eine schmerzstillende Spritze gegeben“, sagte der andere Rettungssani. „Sollen wir warten?“

„Nicht nötig“, sagte ich selbstbewusst, „ich rufe nachher ein Taxi.“ Während die Rettungssanis die Frau vorsichtig auf eine Liege legten, stöhnte sie leise. Beim Hinausgehen wünschten mir die Sanis viel Erfolg.

Ein bisschen mulmig war mir schon, aber ich sah meine Stunde gekommen und war sicher, den Vorfall beheben zu können. Als ich an die Liege trat, fiel mir der Name der Patientin wieder ein: Frau Hallgruber.

In den folgenden Minuten nannte ich mehrfach mit sanfter Stimme ihren Namen, um eine vertrauliche Atmosphäre herzustellen. Da sie auf der Seite lag, war es mühsam, ihren Oberkörper freizumachen. Aber es gelang mir. Vorsichtig legte ich meine Fingerspitzen auf ihren Rücken und begann zu tasten. Sie zuckte ein wenig und ein kleiner Schmerzseufzer kam über ihre Lippen. Ich bemühte mich, noch zarter zu sein.

Zentimeter für Zentimeter schob ich meine Finger vorwärts, glitt die Wirbelsäule hinunter. Frau Hallgruber zitterte ein wenig. Ich spürte Angst in ihr. Es war die Angst davor, noch mehr Schmerzen ertragen zu müssen. Aber meine Stimme beruhigte sie. Es war kein Bandscheibenvorfall, sondern zwei Wirbel hatten sich verschoben. Das Fühlen und Gleiten auf der Haut ging mir leicht von der Hand. Ich gewann Sicherheit und spürte eine Verkrampfung, die sich über den gesamten Rücken gelegt hatte. Ich ahnte, sobald ich diese Verkrampfung gelöst hatte, würden die Schmerzen augenblicklich nachlassen. Nach und nach veränderten sich ihre Schmerzbekundungen. Ich hörte so etwas wie einen wohligen Unterton in ihren Seufzern. Das spornte mich an und ich übte auf die beiden Wirbel gezielt Druck aus, um sie in ihre ursprüngliche Position zurückzubringen. Was mir auch gelang, allerdings begleitet von einem lauten Fluchen. Frau Hallgruber schrie sich die Seele aus dem Leib. Doch kurz danach: Stille. Die Verkrampfung war gelöst. Frau Hallgruber räkelte sich. Zwar traute sie der Situation noch nicht, aber sie entspannte sich zunehmend.

Eine Minute später setzte ich Frau Hallgruber auf, als sei das die normalste Sache der Welt. Sie schaute mich ungläubig an und sagte "Danke". Ich wollte ihr beim Ankleiden behilflich sein, doch sie bestand darauf, alleine zurechtzukommen. Also bestellte ich ein Taxi.

Untergehakt brachte ich sie zur Tür. Sie klopfte mir auf die Schulter, lächelte und sagte:

„Junger Mann, Sie verfügen über vortreffliche Hände."

Ich ging zurück in die Praxis und hatte ein Gefühl wie nie zuvor: Zufriedenheit, Genugtuung und so etwas wie Stolz. Schade, dass das niemand mitgekriegt hat, dachte ich. Wäre allerdings jemand hier gewesen, das wusste ich natürlich, hätte ich nie die Gelegenheit bekommen, Frau Hallgruber zu helfen.

Erst eine Woche später, als ein riesiger Blumenstrauß mit Karte in der Praxis abgegeben wurde, die für ‚den jungen Mann' war und hundert Euro enthielt, erzählte ich meiner Chefin von dem Vorfall. Sie gab mir das Geld und gratulierte mir zu meiner Bewährung.

Mehr wurde über den Fall nicht gesprochen. Ich ging wieder meiner Arbeit nach und die Tage schleppten sich dahin.

Mittwoch, 20.September, 20.05 Uhr

In Bockenheim angekommen schaute Rauscher in den Himmel. Über dem Taunus brannte er lichterloh. Der Horizont war eine einzige rotglühende Fläche. Sah aus wie im Märchen oder ein Foto in der GEO. Es war warm, aber der Wind kühlte die Luft angenehm.

Als er die Wohnungstür öffnete, freute er sich schon auf Elke. Aber irgendetwas war anders. Ein unbekannter Duft lag in der Luft.

„Hallo, bist du da?", rief er, legte die Schlüssel aufs Regal und zog die Schuhe aus. Er warf einen Blick ins Wohnzimmer und bekam einen kleinen Schreck.

Elke saß am Boden vor einem Glaskasten und spielte mit einer Schildkröte. Sie blickte hoch, begrüßte ihn mit freudestrahlenden Augen und spielte weiter. Er musste lachen, ging in die Küche, goss sich ein Glas Süßen ein und trank es aus. Im September wird in Frankfurt der frische Apfelmost gekeltert, den er so liebte.

Was war mit Elke und was sollte die Schildkröte, dachte er und rief durch die Wohnung, ob sie auch einen Süßen wolle. Weil er keine Antwort bekam, nahm er zwei Gläser, die Flasche Süßen und ging damit ins Wohnzimmer.

„Das ist Patty", stellte Elke die Schildkröte vor. „Ein Geschenk für dich."

„Für mich? Wie komme ich zu der Ehre?"

„Du hast mir doch von dem Gecko in Bali erzählt, kannst du dich erinnern?"

„Ja, sicher, du meinst Göttin Shiva."

„Genau. Naja, und da ich dir keinen Gecko schenken kann, hab' ich halt gedacht ..."

„... 'ne Schildkröte tut's auch." Wieder musste er lachen.

„Du könntest dich ruhig ein bisschen freuen", sagte Elke und wirkte ein wenig eingeschnappt.

„Ich freu mich riesig", sagte er und streichelte die Schildkröte.

„Mensch Patty, du kleine Riesenschildkröte, wie geht's? Heute schon richtig verwöhnt worden?" Elke boxte Rauscher in die Seite.

„Wenn ich das gewusst hätte", sagte sie, „hätte ich dir einen Kaktus geschenkt oder'n olles ... ach was weiß ich." Er umarmte sie, doch sie konnte sich kaum von dem Tier trennen. Ein langer Kuss brachte sie dann aber doch auf andere Gedanken. Sie lagen nebeneinander auf dem Wohnzimmerteppich und streichelten sich.

„Wo warst du eigentlich so lange?", fragte Elke plötzlich.

„Bei Professor Kraft. Das erzähle ich dir alles morgen. Okay?“

„Mmmmhmm. Keine Lust mehr, was?“

„Und dein Rücken? Warst du zur Massage?“ Elke rollte sich halb auf ihn und schaute ihn mit großen Augen an.

„Phänomenal, sage ich dir. Der Typ ist ein Wunder. Mein Rücken ist so was von entspannt.“ Sie schüttelte sich genüsslich. „Morgen früh gehe ich wieder hin und ich glaube, demnächst buche ich eine Ganzkörpermassage.“ Erst jetzt merkte Rauscher, dass er ganz vergessen hatte, den Süßen einzuschenken. Er stand auf, füllte die Gläser und gab Elke eines.

„Prost“, sagte er, „Muss ich mir etwa Sorgen machen?“

„Wegen dem Typ? Nee, ist nicht mein Fall, aber seine Hände sind ein Traum.“ Beide setzten sich auf die Couch und kuschelten sich aneinander. Zwischendurch küssten sie sich. Plötzlich zog Elke ihren Mund zurück und schaute ihn mit einem leicht bösen Blick an.

„Was ist denn los?“ fragte er.

„Hast du eigentlich Lena angerufen?“

„Vergessen.“

„Täusch ich mich oder drückst du dich?“

„Morgen, ich schwöre.“ Elke kniff ihn in die Wange.

„Ihr Männer habt einfach kein Gespür, wie man mit Frauen umgeht.“

Später auf der Couch lag Rauscher in Elkes Armen wie ein Baby und schlief ein. So wohl hatte er sich lange nicht gefühlt, so friedlich, rein und frei. Selbst an den Mordfall hatte er nicht denken müssen. Elke war ebenfalls eingeschlafen. Gegen Mitternacht erwachten sie und gingen ins Bett. Sie küssten sich innig und kuschelten. Elke lächelte ihn an.

„Wo hast du eigentlich dieses sexy Lächeln gelernt?“ fragte er und Elke rückte ganz dicht an ihn heran.

„Ich will deine Haut spüren.“

Noch in dieser Nacht teilte sie ihm mit, dass sie wieder zurück nach Hamburg geht.

Zwölf

Die zweite Begebenheit geschah einen Monat später.

Ich war gerade in die Praxis gekommen und ging in den Aufenthaltsraum, um mich umzuziehen. Wie jeden Morgen.

Plötzlich stand sie vor mir. Eisige Augen schauten mich an. Sie zeigte keine Regung, aber sie sagte:

„Hallo."

„Wer bist du", fragte ich und sie sagte:

„Marie. Ich arbeite ab heute hier."

Beim Umkleiden schaute ich sie immer wieder an.

Sie war vielleicht 20 und hatte ein kantiges Gesicht. Ihre blassen Lippen und ihre blasse Zunge fielen mir sofort auf. Ihre tiefdunklen Haare glänzten wie sonst nur bei Zigeunern. Sie waren lang und glatt und fielen leicht in die Stirn, so dass Marie sie unentwegt zur Seite strich.

Ich beobachtete, wie ihre schwarzen Pantheraugen mich musterten. Sie lagen in Höhlen, huschten flink hin und her und schauten mich nie richtig an. Ein Mädchen wie ein Sommerregen, warm und befremdlich.

„Was ist mit dir? Warum starrst du mich so an?" Ich wusste keine Antwort.

Als wir uns die Hände gaben, unvorsichtig und geblendet wie ich war, drückte ich fest und lange zu. Ich erinnere mich genau an diese Berührung. Der erste Händedruck war für mich wie eine kleine Liebkosung. Für sie nicht.

Marie zitterte, senkte die Augen und öffnete ihren Mund. Dann weiteten sich ihre Pupillen und sie schaute mich entgeistert an. Als sie bemerkte, dass wir uns immer noch die Hände reichten, ließ sie auf der Stelle los und betrachtete ihre Hand, als wolle sie prüfen, ob sie schmutzig sei. Da dies nicht der Fall war, zierte kurz darauf ein Lächeln ihre Lippen.

Marie sagte nichts. Ich konnte aber erkennen, dass sie erschrocken war. Was sie gespürt hatte, lag außerhalb ihrer Erfahrung. Es sah fast wie Furcht aus, was sich in ihren Gesichtszügen widerspiegelte.

Wir sahen uns in die Augen und einen Moment standen wir uns ganz nah gegenüber. Ihr Atem roch nach Chlor. Ich hatte so etwas noch nie gerochen.

Fortan bezeichnete ich sie im Geist als meine schwarze Blume.

Als ich am nächsten Morgen aufwachte, sah ich Maries Bild vor mir und mir war klar, dass unsere Begegnung etwas Besonderes war.

In den folgenden Tagen tat ich so, als schaue ich woanders hin, wenn ich sie sah, aber aus den Augenwinkeln beobachtete ich sie genau.

Ich war immer mit dabei, wenn sie mit einem Patienten eine Sitzung hatte. Sie war ausgebildete Krankengymnastin und spezialisiert auf Rückenschule.

Ich beobachtete sie, wie sie den Patienten den ‚Vierfüßlerstand' zeigte, wie sie den rechten Arm nach vorne und das linke Bein nach hinten streckte. Oder wie sie Stemmübungen vorführte und deren Sinn erklärte. Bei allen Übungen waren ihre Bewegungen voller Anmut und Grazie. Ihr burschikoses Wesen verwandelte sich. Sie kam mir manchmal vor wie eine Balletttänzerin. Auch wenn die Patienten die Übungen nicht sofort nachmachen konnten, blieb sie ruhig und einfühlsam, zeigte geduldig jede Drehung und Bewegung noch einmal. Wenn sich jemand nach der Sitzung bei ihr bedankte, schenkte sie ihm ein aufrichtiges Lächeln. Ich spürte ihr Herz, mit dem sie bei der Sache war.

Mir imponierte ihr Geschmack, was die kleinen Dinge des Lebens betraf. Sie trug meistens bunte Spangen im Haar oder coole Sonnenbrillen. Sie lackierte sich die Fingernägel in fünf verschiedenen Farben. Wenn sie Schmuck trug, dann niemals Plastikkitsch, sondern Steine.

Immer häufiger schaute ich ihr, statt Manfred, zu. Sie brachte mir neue Griff- und Haltetechniken bei und lehrte mich Geduld. Eines vermied ich allerdings: sie zu berühren. Ich achtete darauf, meine Hände immer in einem gewissen Abstand zu halten, so konnte ich einigermaßen ruhig bleiben.

Sie merkte, dass ich sie beobachtete und freute sich darüber. Jedoch spürte ich, dass irgendetwas nicht stimmte. Ich vermutete, unser Händedruck im Aufenthaltsraum ging ihr nicht mehr aus dem Kopf. Sie beobachtete, wie ich mich verhielt, wo ich meine Hände hinlegte und was ich mit ihnen machte. Sie hatte Verdacht geschöpft.

Ich spürte ihre Neugier. Sie näherte sich, ohne mir zu nahe zu kommen. Einmal fasste sie mich, wie zufällig, am Oberarm an. Ich schreckte zurück, dabei hätte ich gerne meine Hand auf ihre gelegt und sie gestreichelt. Aber ich ließ es bleiben. Meine Bedenken waren zu groß.

An ihrem vierten Tag fragte sie mich, ob ich mit ihr in der Mittagspause, die um 12.30 Uhr begann, in den Park ginge. Ich stimmte natürlich zu. Wir holten Brötchen und Salat, saßen auf einer Bank, aßen und redeten.

Ab der zweiten Woche verbrachten wir jeden Tag die Pausen im Park.

Es war Frühling. In der Welt und in meinem Herzen. Das heitere Frühlingsgrün ließ alle zärtlich und neu atmen. Ein Hauch heller schien die Welt und das Leben ein Gran leichter.

Der Westwind kämmte unsere Haare und türmte sie auf wie eine Welle. Lustig sah das aus, und wir lachten. Die Kronen der Bäume über uns rauschten, wenn nur der feinste Windhauch hineinfuhr. Pollen flogen durch die Luft und in unsere Nasen. Marie musste manchmal niesen und ihre Augen tränten.

Nach der Pause ging der Trott weiter und ich hasste die Tage bis zu meinem Ausbildungsbeginn. Aber die Langeweile war verflogen. Die Arbeit spielte nur noch eine Nebenrolle. Inzwischen warf ich täglich ab zwölf Uhr jede Minute einen Blick auf die Uhr, weil ich die Pause nicht erwarten konnte. Es gab in meinem Leben keine schönere Vorstellung, als mit Marie unter den Bäumen im Schatten zu sitzen und zu reden. Ich bewegte mich zwar in einer weitgehend unbekannten Welt, der Welt der Konversation, aber ich bemühte mich, mir nichts anmerken zu lassen.

Marie fragte mich Löcher in den Bauch. Sie wollte wissen, warum ich das Praktikum absolviere, wo ich wohne und woher ich komme. Ihre Fragen setzten mir zu. Ich wusste nicht, wie viel Wahrheit gut und wie viel schlecht war.

Aber eines wusste ich: Ein fremdes Gefühl hatte mich übermannt. Erst dachte ich, dass ich Bauchschmerzen hätte, weil es so drückte und kribbelte. Es dauerte eine Weile, bis ich dahinter kam, dass es ein schönes Gefühl war. Und es dauerte noch länger, bis ich zulassen konnte, so zu fühlen, wie ich fühlte. Und es ging weiter. Das Gefühl ergriff auch meine Gedanken. Tag und Nacht war Marie in meinem Kopf. Ich war hochgradig verliebt.

Donnerstag, 21. September, 7.43 Uhr

Zuerst war im Westen das Aufleuchten der Blitze zu sehen. Dann krachte es. Woher der Donner kam, war nicht auszumachen. Das Gewitter war noch trocken.

Elke gab Rauscher einen Kuss und verließ gegen Viertel vor acht die Wohnung. Sie war in Eile, denn sie hatte vorm Spiegel getrödelt. Der Termin im Massagestudio war um acht, aber sie wusste genau, dass in der Straße in Sachsenhausen weit und breit kein Parkplatz zu kriegen war.

Rauscher saß mit der dritten Tasse Kaffee im Schneidersitz vor Pattys Glaskasten und wäre am liebsten sitzen geblieben. Er beobachtete die kaum wahrnehmbaren Bewegungen der jungen Schildkröte und fragte sich, woher Elke wusste, dass sie ein Weibchen ist.

„Schon wieder eine, die mich verlassen will", sagte er vorwurfsvoll. „Was sagst du dazu, Patty?" Er trank den Rest des lauwarmen Kaffees aus, der bitter schmeckte.

„Kannst du mir sagen, warum das immer mir passiert? Ich will doch nur eine ganz normale, funktionierende Beziehung." Er schaute aus dem Fenster. Draußen goss es jetzt, aber am Horizont wurde es schon wieder heller. Elkes Worte hallten noch nach in seinem Kopf: *Ich gehe zurück nach Hamburg.* Er betrachtete Patty, die gerade ein Salatblatt verzehrte und die Augen rollte.

In der Anfangszeit der Beziehung hatte er beim Joggen mit Torben über Elke gesprochen. Über die Situation, die Zukunft und wie er damit umgehen sollte. Natürlich hatte er auch Krauses Meinung eingeholt. Schließlich kannte er Elke am besten. In der ersten Zeit, unmittelbar nach ihrem Dienstantritt, war Krause sogar selbst in sie verschossen gewesen. Doch weder Torben noch Krause hatten ihm einen wegweisenden Rat geben können.

„Lass es dir schmecken, meine Liebe." Ich muss aufstehen, dachte Rauscher, bevor ich in Selbstmitleid versinke. Patty aß weiter.

Unter der Dusche legte sich Rauscher einen Plan zurecht.

Im Treppenhaus traf er Herrn Hund, den Mieter im ersten Stock, der in seiner Tür stand. Er hatte ihn länger nicht gesehen und sich schon Sorgen gemacht. Rauscher grüßte ihn, aber Herr Hund reagierte nicht. Wie immer, dachte Rauscher.

Die Fahrt ins Präsidium dauerte länger als geplant. Er dachte an seine Eltern, die im Hinterland von Marbella ein Häuschen gekauft hatten, um dort ihren Ruhestand zu verbringen. Gestern hatte seine Mutter angerufen und gefragt, ob er und Elke an Weihnachten zu ihnen kämen. Selbstverständlich, hatte er geantwortet. Die Stimme seiner Mutter klang froh und ausgeglichen. Es schien ihnen gut zu gehen.

Im Flur des Präsidiums traf er Jan Krause, der gerade mächtig gähnte.

„So geht das doch nicht mehr weiter mit dir." Krause zuckte mit den Achseln. „Komm mit." Rauscher schnappte ihn am Arm und weihte ihn auf dem Weg zu Ingo Thalers Büro in die Geschehnisse des gestrigen Abends und die neuen Erkenntnisse um Stefan Trimmer ein. Dann betraten sie gemeinsam Thalers Büro:

„Und?" Rauscher konnte es kaum erwarten, Ingo Thalers Bericht zu hören. Doch der dachte gar nicht daran, sich aus der Ruhe bringen zu lassen.

„Immer schön tranquillo, tranquillo, gell! Wir sind hier ja nicht beim Sechstagerennen. Noch dazu an meinem Geburtstag."

„Stimmt ja, sorry." Rauscher und Krause gratulierten ihm. Danach fing Thaler an:

„Dem Trimmer war mein Besuch ziemlich unangenehm. Seine Frau war zu Hause und nachdem ich ihm erzählt hatte, worum es ging, sind wir auf die Straße gegangen und einmal um den Block gelaufen. Er besteht darauf, die Bonner nur ein einziges Mal getroffen zu haben. Sie hätte ihm in einer Bar schöne Augen gemacht und da sei es um ihn geschehen gewesen. Der Fehltritt hat ihm sofort leid getan. Angeblich hätte sie nicht gewusst, dass er für ihren Mann arbeitet. Alibi hat er allerdings keins. Er sagt, dass er ferngesehen hat. Seine Frau ist aber erst um 22 Uhr nach Hause gekommen." Krause wachte auf:

„Merkwürdig, dass er ausgerechnet mit der Frau seines Chefs vögelt. Haltet ihr es für denkbar, dass der Bonner nicht nur den Detektiv, sondern auch Trimmer gezielt auf seine Frau angesetzt hat? Ich meine sowas wie einen bewusst herbeigeführten Ehebruch für ein nettes Entgelt, um seine Frau in der Hand zu haben?"

„Zumindest hat er mich schon wieder angelogen, denn er hat behauptet, niemanden von den Männern auf den Fotos zu kennen. Ich fahr gleich hin. Überprüft derweil Trimmers Konten auf eine hohe Einmalzahlung. Ach, und was mir gerade einfällt: Auf dem Schwarzweiß-Foto hat er helle Haare. Welche Haarfarbe hat er denn in natura?"

„Er ist blond", sagte Thaler.

Donnerstag, 21. September, 8.38 Uhr

„Da haben Sie aber Glück, dass Sie mich noch antreffen, Herr Rauscher", sagte Carlo Bonner, „ich fliege um 11 Uhr nach Dubai."

Bonner trug einen edlen schwarzen Armani-Anzug, ein weißes Hemd und eine dunkelrote Seidenkrawatte. Rauscher betrachtete das großzügige Büro mit Aussicht auf den Park und die teuren Möbel. Wahrscheinlich Mahagoni, dachte er und hatte das Gefühl, hier mal ordentlich auf den Tisch hauen zu müssen und klar Schiff zu machen.

„Um es klar zu sagen, Herr Bonner", nahm er die Sache in Angriff, „ich bin sauer, stinksauer sogar. Sie haben mich wieder belogen."

Carlo Bonner wusste nicht, worum es ging.

„Klären Sie mich auf. Ich kann Ihnen nicht folgen." Rauscher zeigte ihm das Foto mit Stefan Trimmer.

„Diesen Mann kennen Sie sehr wohl." Carlo Bonner nahm das Foto und fixierte es, dann sah er Rauscher an.

„Wie kommen Sie darauf?"

„Er arbeitet seit sieben Jahren für Sie bei Finance Invest."

„Tja, Herr Rauscher. Für mich arbeiten mehr als 200 Leute weltweit. Glauben Sie wirklich, da kann ich mir jedes Gesicht merken?" Er gab Rauscher das Foto zurück.

„Das glaube ich allerdings. Stefan Trimmer arbeitet für Sie nicht irgendwo, sondern hier in Frankfurt. Zwar in Eschborn, aber ich glaube, dass man sich da durchaus mal über den Weg läuft."

„Da täuschen Sie sich aber. Ich habe in der Regel nur mit den Geschäftsführern meiner Firmen zu tun."

„Außerdem haben Sie Trimmer Ihrem Freund Hadrian vermittelt, um dessen Finanzanlagen er sich kümmert."

„Das kann schon sein. Ich vermittle ständig meine Mitarbeiter. Wir haben einen Pool mit unseren besten Beratern und wenn mich ein guter Freund um einen Gefallen bittet, dann sage ich nicht nein. Aber persönlich kenne ich den nicht."

„Kann es nicht vielmehr sein, dass Sie uns noch mehr verheimlichen? Vielleicht haben Sie nicht nur einen Detektiv engagiert, um Ihre Frau zu observieren, sondern auch einen Liebhaber, um sie zu verführen."

„Das ist doch aberwitzig, was Sie sich da zusammen spinnen!" Bonner schlug mit der Faust auf den Tisch. Er hatte die Kontrolle verloren.

„Geben Sie mir nochmal das Bild her, verdammt!" Bonner schüttelte den Kopf und Rauscher nahm den Faden wieder auf:

„Trimmer ist blond. Wir haben ein blondes Haar im Bett ihrer Frau gefunden, die DNA-Analyse wird gerade vorgenommen. Wenn er es war, haben wir ihn bald."

„Herzlichen Glückwunsch, aber was um alles in der Welt habe ich damit zu tun?" Bonner drückte einen Knopf der Telefonanlage und bat die Sekretärin herein.

„Die Personalakte von Stefan Trimmer. Beeilung bitte!"

In den nächsten drei, vier Minuten überlegte Rauscher, wie weit Bonner wohl gegangen wäre, um in seinem Sinne in die Lebensführung seiner Frau einzugreifen, während Bonner aus dem Fenster schaute und den Eindruck eines Kindes machte, dem Unrecht zugefügt wurde.

„Das wird sich alles aufklären", sagte er zwischendurch und warf immer wieder einen Blick zur Tür. Als die Sekretärin endlich die Personalakte brachte, blätterte er sie sofort durch. Grinsend nahm er zwei Blätter heraus, Bewerbungsschreiben und Lebenslauf, und überreichte sie Rauscher.

„Trimmer hat sich ganz schön verändert seit seiner Bewerbung. Und ich denke, das war das erste und letzte Mal, dass ich ihn bewusst wahrgenommen habe." Tatsächlich sah Trimmer auf dem Bewerbungsfoto ganz anders aus, als auf Kowalskis Beschattungsfoto. Rauscher rebellierte innerlich. Wieso hatte er sich dermaßen aufs Glatteis begeben, dass er jetzt kurz vorm Einbrechen war? Bonner war ein harter Hund, ihm war schwer beizukommen, aber er musste eine Methode finden, der Bonner nichts entgegenzusetzen hatte.

Rauscher las Trimmers Lebenslauf und plötzlich merkte er auf:

„Na sieh mal einer an! Stefan Trimmer ist bei Ihnen als Finanzberater angestellt, aber nach dem Abi hat er eine Ausbildung gemacht und zwar als Physiotherapeut." Rauscher legte die Blätter auf Bonners Schreibtisch, dessen Miene verriet, dass er Rauscher nicht folgen konnte.

„Wir sehen uns wieder, Herr Bonner, und ich warne Sie. Noch eine Lüge und ich werde unangenehm. Kooperieren Sie mit uns. Sonst lernen Sie mich kennen." Bonner grinste Rauscher selbstsicher an.

„Ich würde mich an Ihrer Stelle nicht so weit aus dem Fenster lehnen, Herr Rauscher. Sonst werde ich Ihren Vorgesetzten kontaktieren. Und das könnte sehr unangenehm für Sie werden. Guten Tag."

Dreizehn

Mehr und mehr spürte ich einen großen Zwiespalt in mir. So sehr ich in Maries Nähe glücklich war und sie alle meine Gedanken einnahm, so unwohl war mir die Vorstellung, sie zu berühren. Liebend gern hätte ich ihre Hand genommen und gedrückt, hätte sie gerne bedingungslos betastet und abgöttisch gestreichelt, doch ich befürchtete, sie zu verschrecken und unsere zarten Bande zu gefährden.

Mit guten Gesprächen verging unsere Zeit rasch und wir intensivierten sie in den folgenden Wochen. Aber als wir wieder einmal im Park saßen, fragte sie mich unversehens:

„Verrätst du mir dein Geheimnis?"

Ich dachte, mein Herz würde augenblicklich stehen bleiben.

Gerne hätte ich ihr die Wahrheit gesagt, sie lag mir schon auf der Zunge, aber mein Mund war wie verschlossen.

Schweigend, neben ihr auf der Bank sitzend, lagen meine Hände im Schoß. Marie lehnte sich zu mir herüber und senkte den Kopf, als wolle sie meine Hände betrachten.

„Sie riechen gut, deine Hände, wie frische Minze."

In meinem Kopf rauschte es wie in einem Mückenschwarm.

„Du bist so komisch. Was ist mit dir passiert?"

Ich war diesen Fragen nicht gewachsen. Sie zerfraßen mich. Marie beschwerte sich, es sei schwierig, mir etwas zu entlocken. Aber war ich soweit, ihr von meiner Begabung zu erzählen? Wie sollte ich mich ihr offenbaren? Ich zermarterte mein Gehirn. Wie würde sie reagieren? Was konnte passieren? Ich wollte Marie nicht verlieren. Ich verabscheute mich und meine Angst. Meine Vergangenheit erstickte mich fast. Lange würde ich mein Geheimnis nicht mehr verbergen können. Marie würde mir keine Ruhe lassen.

Wenn ich alleine in meiner Wohnung war und diese Gedanken kamen, setzte ich mich im Schneidersitz auf den Boden und stellte einen großen Spiegel an die Wand. Neben mir der Ausstellungskatalog des Städel. Ich formte meine Hände, den Bildern gleich, und betrachtete sie dabei im Spiegel.

Wenn die Sehnsucht zu groß wurde, heftete ich Maries Bild, das sie mir geschenkt hatte, an den Spiegel. Sie lächelte mich an. Ich streichelte ihr Gesicht und konnte sie nach Lust und Laune berühren.

Plötzlich hatte ich eine Idee. Ich kaufte mir von meinem letzten Geld eine Digitalkamera.

Wie sich bald zeigte, hatte sich die Investition gelohnt. Ich machte Bilder von meinen Händen. Ich fotografierte sie quer und hochkant, von vorne und hinten. Zur Faust geballt und offen. Gebend und nehmend. Alles, was mir einfiel, probierte ich aus. Meine Hände waren ein sprudelnder Quell der Inspiration.

Im Laufe der Zeit verfeinerte ich meine Fotografien, indem ich andere Perspektiven nutzte und Filter einbaute. An die hundert Handbilder schoss ich. Manche davon ließ ich vergrößern und legte eine Sammlung an.

Donnerstag, 21. September, 9.49 Uhr

Die Zeit wollte einfach nicht vergehen. Auf die Ergebnisse aus dem Labor zu warten, gehörte ganz und gar nicht zu Rauschers Lieblingsdisziplinen.

Noch bevor er zu Bonner gefahren war, hatte er einen richterlichen Beschluss für einen DNA-Test erwirkt. Thaler hatte Stefan Trimmer auf dem Weg zur Arbeit abgefangen, ins Präsidium gebracht, eine Speichelprobe und Fingerabdrücke genommen und sie ins Labor geschickt. Quast hatte alles stehen und liegen lassen und versprochen, schnellstens die Ergebnisse zu liefern.

Rauscher verschanzte sich in seinem Büro, aber die Hände in den Schoß zu legen war nicht sein Ding. Zumal: Was, wenn sich herausstellt, dass Stefan Trimmer nichts mit dem Mord zu tun hatte?

Auf der Suche nach weiteren Indizien war jetzt Kärrnerarbeit angesagt. Rauscher nahm sich den Obduktionsbericht und den Bericht der Spurensicherung vor. Er las jeden Satz, jedes Wort und betrachtete alle Tatortfotos gründlich.

Immer wieder schwirrten ihm Satzfetzen aus dem Gespräch mit Professor Kraft durch den Kopf: ‚sensitive Fähigkeiten', ‚eine Art Ritual' oder ‚Kitzeln kann zur Qual werden'.

Wäre nicht die tote Frau Bonner auf fast jedem Foto zu sehen gewesen, hätten es richtig heimelige Bilder sein können. Ein bisschen kitschig, aber schön.

Beim zweiten Durchschauen der Bilder nahm er sich vor, besonders auf Dinge zu achten, die man normalerweise nicht in den Räumen vermuten würde. Es fiel ihm nichts auf. Alles stimmte in Marie-Luisa Bonners Wohnung. Alles passte. Dann fiel ihm doch etwas auf. Auf der Schlafzimmer-Kommode lag ein zusammengefaltetes, weißes Handtuch, direkt neben den Gläsern. Er erinnerte sich, dass er es am Tatort als extrem weiß empfunden hatte. Nicht die Tatsache, dass ein weißes Handtuch im Schlafzimmer lag, störte ihn. Das kam bestimmt häufiger vor, aber es passte nicht in Marie-Luisa Bonners Arrangement. Sie hatte alles sehr liebevoll hergerichtet. Mit Sinn fürs Auge und viel Gefühl. Das Zimmer strahlte Wärme und Behaglichkeit aus. Aber dann lag da dieses Handtuch. Was hatte es dort verloren? Diese Frage musste er beantworten.

Binnen einer Sekunde war er glockenhellwach, stürmte aus dem Büro, lief in den Konferenzraum und wollte sich die Kisten der Spurensicherung vornehmen. Doch die Ecke, in der die Kisten gestanden hatten, war leer.

Er lief zu Thalers Büro. Ohne Anzuklopfen platzte er herein.

„Wo sind die Kisten?" Thaler, die Ruhe in Person, schaute von seinem Bildschirm auf.

„Warum verbreitest du hier morgens um diese Uhrzeit so eine Hektik?"

„Tut mir leid, aber ich habe es eilig. Also, wo sind sie?"

„Die Spurensicherung hat sie abgeholt und in die Asservatenkammer gebracht."

Zwei Minuten später betrat Rauscher das Aufbewahrungslager. Es war angenehm kühl. Er trug dem diensthabenden Beamten an der Ausgabe sein Anliegen vor.

Der Beamte rückte seine Polizeimütze gerade und drückte Rauscher ein Formular in die Hand.

„Des hier müsse Se ausfülle, Härr Rauschä, isch hol' derweil schon ema des Handdüchelsche."

Rauscher nahm das Handtuch entgegen, das in eine Plastikhülle eingeschweißt war und bedankte sich bei dem Beamten.

„Nix zu dangge, Härr Rauschä."

Auf dem Flur vor seinem Büro unterhielt sich Elke mit Frau Winter.

In Hörweite vernahm er die Worte ‚Danke für den Tipp' aus Elkes Mund und Frau Winter lächelte etwas verlegen. In diesem Moment kam Ingo Thaler aus seinem Büro und gesellte sich zu den beiden.

„Das Massagestudio", sagte Frau Winter, „kenne ich schon ewig. Immer wenn ich völlig verspannt bin, gehe ich hin. Was in schöner Regelmäßigkeit zweimal im Jahr vorkommt. Die Masseure haben echt was drauf da." Jetzt hatte auch Rauscher die Gruppe erreicht.

„Entschuldigung, dass ich mich einmische" sagte er zu Elke und Ingo, „aber gibt es in den Unterlagen der Bonner einen Hinweis, in welchem Massagestudio sie war? Sie hatte nämlich ebenfalls Rückenprobleme."

„Ja, in ihrer Adressdatei auf dem Computer gibt es einen Eintrag", sagte Ingo, „Physiotherapie-Praxis Waldschmidt."

„Genau", fiel ihm Frau Winter ins Wort, „da gehen wir auch hin." Elke nickte.

„Dann mailt mir die Nummer, ich rufe dort an. In fünfzehn Minuten treffen wir uns bei mir im Büro. Sagt ihr Jan Bescheid?"

Kaum war Rauscher in seinem Büro und hatte die Tür geschlossen, öffnete sie sich wieder. Markowsky kam forsch herein und setzte sich an den Schreibtisch. Rauscher schaute ihn an. Die Augenbrauen des Chefs zuckten, als sei er nervös.

„So“, sagte Markowsky, „wird es nicht Zeit für Fortschritte?“ Welch eine Frage! Klar, hätte Rauscher am liebsten gesagt, aber zaubern kann hier keiner.

„Mir fehlen wesentliche Details, Rauscher“, fuhr Markowsky fort, „gibt es neue Erkenntnisse?“

Rauscher war genervt, versuchte aber ruhig zu bleiben. Druck von oben hatte ihm gerade noch gefehlt. Normalerweise hielt er mit seiner Meinung nicht hinterm Berg und rasselte gerne mal mit einem Vorgesetzten aneinander, aber jetzt, hier und heute hatte er andere Sorgen. Plötzlich fiel ihm etwas an Markowsky auf.

„Warum starren sie mich um Himmels willen so an?“, wollte Markowsky wissen.

„Es ist nur ...“ Rauscher räusperte sich: „Sie ... Sie haben einen dicken roten Kussmund auf ihrer rechten Backe.“ Markowsky schaute Rauscher einen Moment lang irritiert an, ganz so, als überlege er krampfhaft, was er entgegnen solle und fand erst nach ein paar Sekunden die Sprache wieder:

„Oh,... ach ja ... ich habe Frau Oberschläger ... meine Sekretärin hat heute Geburtstag ... und ich habe ihr ... einen Blumenstrauß geschenkt ... und dafür hat sie sich bedankt. Aber was soll das jetzt?“

Nachdem Markowsky den Lippenstift mit einem Tempo entfernt hatte, schilderte ihm Rauscher die Lage. Markowsky blinzelte und hielt sich an die Fakten: alleinstehende Frau mittleren Alters, das Kitzeln, das Öl, kaum verwertbare Spuren. Markowsky schüttelte nachdenklich den Kopf.

„Warum sind Sie eigentlich so sicher, dass es keine Frau war?“

„Hätte die Bonner eine Frau in diesem Outfit empfangen?“

„Wie gut kennen Sie ihre sexuellen Neigungen? Vielleicht war sie lesbisch? Wissen Sie, was sich zwischen den Damen in diesem Club abgespielt hat? Ich nicht.“

„Es gibt nicht den geringsten Hinweis, dass da was Sexuelles gelaufen ist. Auch nicht in den Tagebuchaufzeichnungen. Da werden nur Männerbekanntschaften erwähnt.“

„Denken Sie weiter, Rauscher“, sagte Markowsky als er aufstand. „Denken Sie anders. Sie müssen sich von diesem eingefahrenen Denken lösen.“ Rauscher blickte seinem Chef nach, als er zur Tür hinausging. Das war gar nicht Markowskys Art. Er konnte sich keinen Reim darauf machen und wählte die Nummer des Massagestudios.

Donnerstag, 21. September, 10.55 Uhr

Thaler, Krause und Elke traten ein, nahmen am Schreibtisch Platz und schauten ihren Teamchef erwartungsvoll an.

Rauscher brachte sie auf den neusten Stand, berichtete von seinem Gespräch mit Professor Kraft und den Indizien, die gegen, beziehungsweise dafür sprachen, dass Trimmer der Täter war.

„Hat Quast gesagt, wie lange er noch braucht?“

In jeder Zelle Rauschers war Unruhe zu spüren. Ob sie Marie-Luisa Bonners Mörder heute noch überführen konnten, lag derzeit alleine in Quasts Händen. Thaler nahm Rauschers Anspannung wahr: „Gegen Mittag“, sagte er. „Die Analysezeit beträgt etwa drei Stunden, vorher muss die DNA aber noch vervielfältigt werden, damit man wirklich mit ihr arbeiten kann. Und das dauert eben seine Zeit.“

„Gut“, sagte Rauscher. „Ich habe mir die Bilder vom Tatort noch mal vorgenommen. Hier. Schaut euch das mal genau an.“ Die Fotos wanderten von Hand zu Hand. Doch außer Schulterzucken erntete Rauscher nur verwunderte Blicke.

„Sieht genauso aus wie wir es vorgefunden haben“, meinte Thaler lakonisch.

„Aber dort auf der Kommode liegt ein Handtuch zwischen den Gläsern. Und zwar dieses hier. Die Bonner hätte es niemals dort liegen lassen, wenn Besuch kommt. Sie hätte es vorher in den Schrank geräumt." Thaler zuckte die Achseln.

„Ein Handtuch im Schlafzimmer ist doch nix Besonderes."

Einen Moment herrschte Stille, dann meldete sich Krause zu Wort.

„Andreas hat Recht. Im Schlafzimmer war alles perfekt arrangiert. Die Bonner hat auf jedes Detail geachtet. Das Handtuch stört. Ergo gibt es nur eine Erklärung: Der Täter hat es mitgebracht und dort abgelegt." Elke konnte Krauses Überlegung nachvollziehen.

„Nur: Warum sollte Stefan Trimmer ein weißes Handtuch zur Liebesnacht mit der Bonner mitbringen? Oder generell gefragt: Warum bringt ein Mörder ein Handtuch mit zu seinem Opfer?"

„Genau das müssen wir rausfinden", sagte Rauscher und: „Ich habe gerade mit Frau Waldschmidt telefoniert. Sie hat bestätigt, dass Frau Bonner ihre Patientin war. Sie kam regelmäßig wegen ihres Rückens. War wohl etwas komplizierter."

Elke schnippte mit den Fingern.

„Hast du auch gefragt, ob sie an ihrem Todestag einen Termin hatte?"

„Hatte sie. Hat sie aber abgesagt. Grund hat sie keinen genannt. Professor Kraft meinte, es könnte sich bei dem Täter um einen Menschen handeln, der über besondere sensitive Fähigkeiten verfügt, folglich könnte es also auch ein Masseur sein. Denkt an das Massageöl, mit dem die Bonner eingeschmiert war."

„Das passt zu Stefan Trimmer", schaltete sich Elke ein, „immerhin war er mal Physiotherapeut. Vielleicht hat die Bonner ihm beim ersten Treffen von ihren Rückenproblemen erzählt und da traf es sich perfekt, dass Trimmer sich in dem Metier auskannte."

„Hast du rausgefunden, warum er damit aufgehört hat", sprach Krause Thaler an.

„Hautausschlag", sagte Thaler, „Allergie an den Händen. Vom Massageöl. Hat nicht nur ihn gejuckt, sondern auch die Kunden geekelt. In dem Job konnte er damit nicht mehr weiter arbeiten." Elke redete einfach dazwischen:

„Vielleicht hat sich die Bonner an dem Sonntagabend einen Privattermin von ihm geben lassen?"

„Möglich ist das, ne!" Krause wirkte zerfahren.

Vierzehn

Nach zwei Monaten nahm mich Marie zum ersten Mal mit in ihr kleines Appartement. Es lag im obersten Stockwerk eines alten Hauses und war modern eingerichtet. Durch die hohen Fenster fiel helles Licht herein. Es war unaufgeräumt. In den Regalen standen tausend bunte Bücher mit dunklen, illustrierten Gestalten. Marie hatte die Wände orange und hellgrün gestrichen. Sie waren dick. Kein Lärm drang herein. Es war wie eine kleine Insel tausend Kilometer vom Land entfernt.

Es regnete. Wir standen am Fenster und beobachteten die vorbeiziehenden Wolken und die Tropfen, die an der Scheibe herunterliefen. Manche schneller als andere.

Marie kochte am liebsten asiatisch. Reis mit Gemüse in Kokosmilch und grünem Curry. Mitunter mischte sie Hühnchen darunter oder Garnelen. Sie mochte die farbenfrohen Gerichte mit rotem Paprika, Karotten, grünen Bohnen, gelbem Mais, hellen Sprossen oder Bambusstücken, braunen Mu Err Pilzen und Koriander. Wild gemischt und bunt musste es sein.

Als Kind hatte sie vier Jahre in einem Mädchenheim verbracht. Seitdem war ihr Hausarbeit verhasst. Putzen, Bügeln, Abwaschen, Sticken, Stricken, Häkeln, Betten machen. Nur Kochen machte ihr Spaß.

Marie war mitteilsam und erzählte frei heraus von früher.

„Ich hatte als Kind keine schöne Zeit. Meine Eltern sind früh bei einem Autounfall ums Leben gekommen. Nach dem Heim habe ich auf dem Bauernhof meiner Tante gelebt. In einem Dorf, weitab von der nächsten

Stadt.“ Sie stand neben mir und wischte sich Tränen aus den Augen. Eine Melancholie ergriff sie, die auch mich erfasste. Ihre bleiche Haut kam mir noch bleicher vor. Ihre dünnen blassen Lippen bebten bei jedem Wort. Sie trug ein hellgrünes Stretch-T-Shirt wie eine zweite Haut. Die Möglichkeit einer Berührung kam mir in den Sinn. Ein Hauch von Erotik umgab uns.

„Mit zehn“, fuhr Marie fort, „hat man mir gesagt, ich sei sehr schön. Ich trug im Sommer gern bunte Kleider und eine Blume im Haar. Aber die Dorfjungs nannten mich Zigeunermädchen, obwohl sie nicht wussten, woher ich kam und wer ich bin.“ Maries Wunde kam mir bekannt vor. Vielleicht wollte sie mich aus der Reserve locken, damit ich ihr auch meine Lebensgeschichte beichte. Sie strahlte etwas Wunderschönes aus und der Zauber ihrer Anwesenheit beflügelte mich. Ich wurde lockerer, bewegte mich ungezwungener, redete freier. Ich durchlebte eine Metamorphose.

„Ich bin so aufgewühlt“, sagte ich, „wie ich es noch nie war. Ich sehe Farben und Formen, die sich vermischen. Es gibt gar keine Trennung mehr.“

Und dann war es soweit: Ich erzählte ihr von der Macht meiner Hände und der Möglichkeit, sie zu nutzen. Von den Mädchen und Frauen, die ich berührt hatte, von den Illusionen, die ich mir gemacht hatte, was meine Hände alles bewerkstelligen könnten, von meinen Begierden und Sehnsüchten. Ich erwähnte dieses Raunen, das ich immer noch manchmal hörte, und sie sagte, es sei das Lachen meines Vaters, das ich nicht vergessen könne.

Ein Stich im Herzen bestätigte mir, dass es richtig war zu reden.

Gebannt hörte Marie mir zu und ihre Augen schienen mir zu sagen, ja, ich mag dich. Mit einem Mal brach die Sonne durch die Wolken.

„Komm“, sagte Marie, „lass uns zum Regenbogen gehen.“

Donnerstag, 21. September, 12.59 Uhr

Nach einer vorgezogenen Mittagspause traf sich Rauschers Team wieder in seinem Büro. Kaum hatten alle Platz genommen, ging die Tür auf und Quast steckte seine Nase herein:

„Hat jemand Interesse an den Ergebnissen?“

„Witzbold“, rief Rauscher, „raus mit der Sprache!“

„Fingerabdrücke von Stefan Trimmer konnten in der Wohnung keine nachgewiesen werden.“ Das Team wirkte nervös. Es brodelte. Quast legte eine Kunstpause ein und schürte die Spannung zusätzlich. „DNA-Test negativ. Keine Übereinstimmung mit dem blonden Haar, das wir im Bett gefunden haben. Zweifel ausgeschlossen. Die Suche geht weiter.“ Er schloss die Tür hinter sich und in Rauschers Büro breitete sich eine triste Stimmung aus, die sich wie zäher dickflüssiger Brei auf die Gemüter der Beteiligten legte.

„Knapp daneben ist auch vorbei“, fiel Krause dazu ein.

„Das heißt noch lange nicht“, hängte Rauscher an, „dass Trimmer nicht der Täter ist. Immerhin steht fest, dass er ihr Liebhaber war und Physiotherapeut gelernt hat. Seine Fingerabdrücke kann er auch beseitigt haben.“

„Für einen Haftbefehl zu mager“, winkte Krause ab, „damit brauchen wir dem Staatsanwalt gar nicht erst zu kommen, ne!“

In der nächsten Minute sammelten sich alle und versuchten neue Konzentration aufzubauen. Zurück zum Anfang. Sie brauchten einen neuen Ansatz. Eine verwertbare Spur.

„Okay, immerhin haben wir einen Anhaltspunkt“, begann Rauscher mit frischem Elan, „das Handtuch. Und das könnte die Verbindung zum Massagestudio sein. Wer fährt hin?“ Ingo Thaler und Jan Krause hoben die Hände.

„Schaut euch um“, sagte Rauscher, „ich gehe noch mal zu Quast. Wär doch gelacht, wenn er aus dem Handtuch nicht mehr rausholen könnte.

„Okay, und bevor alle wegrennen“, rief Thaler, „heute Abend gebe ich einen aus auf meinen Geburtstag. Es gibt Rindswürste, Handkäs’ und Ebbelwoi. Also wer sich den Magen verrenken will, um sechs im Konfi.“

Donnerstag, 21. September, 13.20 Uhr

„Am besten wir fahren über die Friedensbrücke", sagte Thaler zu Krause, „ich kenne mich da aus." Die beiden verließen eiligen Schrittes das Präsidium.

In Sachsenhausen kamen sie gut voran, machten auf der Stresemannallee einen U-Turn und bogen ab in die Kennedyallee. Auf der zweispurigen Straße war kaum Verkehr.

„Die nächste links, Richtung Main", sagte Thaler. Krause ordnete sich ein und fuhr langsamer. Die Häuser zogen an ihnen vorbei, und schon sahen sie das Schild: ‚Physiotherapie-Praxis Waldschmidt'. Direkt davor parkte Krause im eingeschränkten Halteverbot und ging vor. Drinnen saß eine Frau hinterm Tresen.

„Wir haben noch Mittagspause", sagte sie, „wenn Sie einen Termin möchten, kann ich Ihnen gerne für heute Nachmittag einen geben."

„Krause, Mordkommission Frankfurt", sagte der Kommissar, „das ist mein Kollege Thaler." Beide zogen ihre Dienstausweise. Die Frau stand auf:

„Ja, ein Kollege von Ihnen hat schon angerufen. Ich bin Frau Waldschmidt. Seelsorgerin, Psychologin, Putzfrau und Quasseltante und ganz nebenbei leite ich auch noch diese Praxis. Womit kann ich Ihnen behilflich sein?"

„Es geht um Frau Bonner", begann Krause, „sie war bei Ihnen in Behandlung?"

„Ja, es war ein großer Schock für mich, als ich neulich ihr Bild in der Zeitung gesehen habe. Schrecklich", sagte Frau Waldschmidt. „Sie kam vor einem Jahr zu uns, um sich massieren zu lassen. In letzter Zeit hatte sie wieder mehr Rückenprobleme."

„Wann war der letzte offizielle Termin, den Frau Bonner wahrgenommen hat?"

„Was meinen Sie mit offiziell?" Frau Waldschmidt schlug einen Kalender auf. „Sie hatte, ja, hier steht's, am 17. September einen Termin bei uns."

„Ist das normal, dass Sie sonntags Termine vergeben."

„Manchmal schon, ausnahmsweise."

„Könnte es sein, dass Frau Bonner auch außerhalb der offiziell vereinbarten Termine noch private Termine hatte? Zum Beispiel bei sich zu Hause."

„Das kann ich mir nicht vorstellen." Frau Waldschmidt schüttelte den Kopf.

„Haben Sie Frau Bonner selbst massiert?"

„Nein." Sie stand auf und ging zu dem weißen Aktenschrank, auf dessen Schubladen Fotos klebten. Eines löste sie ab und gab es Krause.

„ Herr Haffner, der mit dem weißen Handtuch über der Schulter, hat sie massiert. Er hat heute frei. Frau Bonner war immer sehr zufrieden mit ihm, das hat sie mir mehrfach bestätigt." Krause zeigte Thaler das Foto und fragte Frau Waldschmidt:

„Wie heißt er mit Vornamen?"

„Manfred", antwortete sie.

„M wie Manfred. Unser Mann." Krause schaute Thaler an und dann ging alles ganz schnell.

Während sich Thaler von Frau Waldschmidt Haffners genaue Adresse geben ließ – Straßennamen und Hausnummer musste er ihr quasi aus der Nase ziehen – rief Krause im Präsidium an.

„Wir haben ihn", rief er ins Telefon.

„Wen haben Sie?", wollte Frau Waldschmidt wissen, aber Krause gab ihr keine Antwort, er war viel zu sehr damit beschäftigt Rauscher zu erklären, dass Marie-Luisa Bonners Masseur auf dem Foto ein weißes Handtuch über der Schulter trug.

„Genau so eins wie auf ihrer Kommode. Ich fahre sofort zu Konetzke", sagte er. „Wir brauchen einen Durchsuchungsbeschluss und einen Haftbefehl. Die Fakten liegen auf dem Tisch."

Krauses Vorpreschen passte Rauscher nicht. Andererseits: So wach und munter hatte er ihn lange nicht erlebt. Er schien sich bombensicher zu sein.

„Okay“, sagte Rauscher, „versuch es. Aber eins muss klar sein: kein Zugriff, bevor Markowsky eingeweiht ist. Ich übernehme den Chef und informiere dich dann. Klaro?“

„Klaro!“, sagte Krause und legte auf. Er tippte Thaler auf die Schulter und verabschiedete sich von Frau Waldschmidt, der man ansah, dass sie die sich überstürzenden Ereignisse erst noch verarbeiten musste.

Krause raste mit Blaulicht über die zweispurige Kennedyallee, die jetzt stärker befahren war. Er schlängelte sich durch langsame Autos, hupte und fuhr immer wieder dicht auf die Stoßstange des Vorderautos auf. Thaler krallte sich am Sitz fest, hielt den Atem an und die Augen geschlossen.

Vor dem Gerichtsgebäude hielt er mit quietschenden Reifen, mitten auf der Straße, ließ das Blaulicht an und stürzte aus dem Wagen.

Ohne Anzuklopfen stürmte er in Konetzkes Büro, der gerade dabei war, sich genüsslich über ein Stück Kuchen und einen duftenden Kaffee herzumachen.

Konetzke standen alle Haare zu Berge, als hätte er gerade einen Mittagsschlaf hinter sich, was aber nur an der natürlichen Veranlagung seiner leicht gewellten Haarpracht lag.

Krause stellte sich demonstrativ vor ihn und kam ohne Begrüßung zur Sache. Der Fall Bonner sei geklärt, Manfred Haffner, ihr Physiotherapeut, als Täter identifiziert. Er habe auf dem Foto, das Frau Waldschmidt ihnen in der Praxis übergeben habe, genau so ein Handtuch über der Schulter, wie sie es in Frau Bonners Schlafzimmer gefunden haben. Außerdem entspreche Haffner voll und ganz Frau Bonners Beuteschema, wenn man ihre Vorlieben auf erotischem Gebiet berücksichtige. Jetzt bräuchten sie schnellstens einen Durchsuchungsbeschluss und einen Haftbefehl.

Konetzke spülte den trockenen Kuchen mit einem kräftigen Schluck Kaffee hinunter und platzte dann los:

„Wir sind doch hier nicht im Wilden Westen!“

Staatsanwalt Konetzke konnte ein harter Widersacher sein, wenn es darum ging, das Gesetz, Ordnung und Disziplin zu beachten.

Zunächst fragte er nach dem Motiv, dann nach konkreten Indizien, die mehr als reine Vermutungen waren. Lediglich ein weißes Handtuch erschien ihm als Indiz zu dünn für einen Haftbefehl.

Einen kurzen Moment war Krause verzweifelt, glaubte, sein Pulver verschossen zu haben und sah seine Felle davonschwimmen. Aber dann hatte er eine Idee: Gerade weil so wenige Indizien vorlägen, sei jetzt Eile geboten, damit der Verdächtige keine Beweismittel vernichten könne, argumentierte er. Außerdem: Je schneller der Zugriff erfolge, desto sicherer könnten weitere Taten verhindert werden.

Konetzke – noch besänftigt von Kaffee und Kuchen – zeigte sich nach kurzem Überdenken schließlich bereit, eine richterliche Anordnung für eine Wohnungsdurchsuchung zu besorgen. Für einen Haftbefehl sah er keine rechtliche Grundlage gegeben.

Als Krause auf die Straße trat, rief er gleich Rauscher an:

„Für einen Durchsuchungsbeschluss hat es gereicht, mehr konnte ich ihm nicht aus den Rippen leiern", sagte Krause, „also von mir aus kann's losgehen. Das SEK ist verständigt."

„Was?", schrie Rauscher, „aus welchem Grund?"

„Fluchtgefahr."

„Das SEK geht auf deine Kappe, Jan." Rauscher schaute Markowsky an, der nickte, und sprach weiter:

„Okay, der Chef hat gerade sein Einverständnis gegeben. Wir treffen uns vor Ort." Rauscher legte auf. Markowsky sah zufrieden aus und hob den Daumen.

Gerade als Rauscher sein Handy einstecken wollte, klingelte es wieder. Torbens Nummer. Scheiße, dachte er, heute ist Donnerstag. Der wöchentliche Lauftreff stand an. Er ging ran.

„Hi Torben, ich kann heute nicht. Wir stehen kurz vor einem Einsatz."

„Bin ich gewohnt", sagte Torben mit einem schalkhaften Unterton, „vielleicht klappt's ja am Wochenende."

„Ich melde mich", sagte Rauscher und drückte ihn weg.

Fünfzehn

Es gibt eine Wahrheit, die immer und überall gültig ist.

Im Norden wie im Süden. Im Osten und im Westen. Sie gilt in allen Ländern der Welt und bei allen Völkern der Erde. Diese Wahrheit galt zu allen Zeiten, gilt in der Gegenwart und wird auch in Zukunft gelten.

Man kann sie weder wegsperren, noch aufhalten. Man kann sie vielleicht übersehen, kurzfristig, doch sie taucht wieder auf, weil sie stärker ist als alles andere.

Ich spreche von der Wahrheit der Liebe.

Jeden Morgen stand ich am Fenster der Praxis und wartete auf Marie. Der Sommer lachte. Frankfurt war noch schöner. Die Straßen bevölkert und der Main floss ruhig vor sich hin. In den Wolkenkratzern spiegelte sich der Himmel und die Menschen lächelten, obwohl sie zur Arbeit hetzten.

Wenn Marie auch nur eine Minute zu spät kam, wurde ich nervös. Doch wenn ich sie sah, spürte ich eine Ausgeglichenheit, die mir bis dahin fremd war. Der Sommer verlieh ihr Leichtigkeit. Sie ging nicht, sie schwebte. Meist trug sie eine weiße Hose und ein schwarzes T-Shirt. Je näher sie der Praxis kam, desto glücklicher wurde ich. Und für den Bruchteil einer Sekunde sah ich die Zukunft vor mir. Ich würde mit Marie zusammenwohnen, mit ihr aufwachen und schlafen gehen, mit ihr kochen und essen.

Von draußen winkte mir Marie zu. Und als sie in die Praxis kam, begrüßte sie mich. Der Arbeitstag neben ihr konnte beginnen.

Frau Waldschmidt beobachtete unser Zusammensein mit Misstrauen. Sie war stets korrekt zu ihren Mitarbeitern, nahm auf deren Bedürfnisse Rücksicht. Aber genauso, wie sie das Techtelmechtel von Manfred und Susanne in den Praxisräumen unterbunden hatte, trennte sie auch mich von Marie. Fortan musste ich ihr assistieren, sie zu Terminen außer Haus begleiten und die Mittagspause durcharbeiten.

Marie und ich verlagerten unsere Treffen auf abends. Nach Feierabend gingen wir zu ihr, holten uns Pizza oder kochten Nudeln und aßen gemeinsam.

Die Mittagssonne heizte die Praxis auf. Es war schwül und wir schwitzten bei der Arbeit. Auch unsere Dialoge wurden hitziger, spitzer und tiefgründiger.

„Was spürst du genau, wenn du jemanden berührst?", insistierte Marie und fragte immer wieder nach. Sie wollte jedes Erlebnis, jede Szene geschildert bekommen, wollte nachvollziehen, wie es mir mit meinen Händen ergangen war.

„Ich spüre die Welt da drinnen", sagte ich und zeigte auf ihren Körper. „Ich lese die Menschen, die ich berühre."

„An was in deiner Kindheit erinnerst du dich am meisten?"

„An den starken Wunsch, genauso zu sein, wie alle anderen."

„Hast du deine Eltern gehasst?"

„Ich habe sie geliebt."

„Und ab wann wolltest du entdecken, was mit deinen Händen ist?"

„Nachdem ich Babysitten war bei Sabin."

Wenn wir miteinander sprachen, war es, als umarmten wir uns. Ich berichtete bereitwillig von meiner Kindheit und meinen Eltern. Spuckte weder Gift noch Galle und hielt mich mit Anklagen zurück. Ich stellte fest, beschrieb, erzählte und versuchte neutral zu bleiben, was Marie sehr verwunderte.

In dieser Zeit, in der wir viel über früher sprachen, dachte ich zwangsläufig öfter zurück.

Ich erinnerte mich wieder, dass Vater mich bei allem, was ich tat, auslachte, bis mir nichts mehr gelang. Dass ich mich vor der Welt und dem Gelächter verkrochen hatte. Und Mutter immer dabeistand und ebenfalls lachte. Dieses Lachen verfolgte mich. Ich wachte nachts auf, hielt mir die Ohren zu, doch es saß in meinem Kopf, schlummerte vor sich hin, bis es wieder ausbrach. Es ging mir durch Mark und Bein, und ich konnte nichts dagegen tun.

Ich zog mich immer mehr zurück, verbrachte ganze Tage in meinem Zimmer und tat nichts außer hinauszuschauen. Wenn sich die Tür öffnete, kam eine Frau herein, die mich an meine Mutter erinnerte. Aber sie war es nicht. Und der Mann an ihrer Seite? Er sah aus wie mein Vater, meckerte wie mein Vater und roch wie mein Vater. Aber er war ein Fremder. Sie waren und blieben Fremde für mich, ihr Kind.

Aber ich stellte auch fest, dass mein Reservoir an Verachtung zur Neige ging. Ich wurde schlapp. Nicht mal mehr böse konnte ich meinen Eltern sein. Das meiste, was mit ihnen zusammenhing, hatte ich sorgfältig in einem Paket verpackt, sicher verschnürt und im Keller meines Herzens abgestellt. Den Rest hatte ich wahllos zusammengeknüllt und in den Schrank geschmissen. Immer wenn ich dessen Tür öffnete, sprang es mich an. Ich müsste aufräumen darin. Ich müsste Schluss machen damit. Ich müsste, müsste, müsste. Ich rannte von einem Muss zum nächsten. Immer nur müssen.

Marie plusterte sich auf, als ich ihr von meinen Gedanken erzählte. Ein Wesenszug von ihr kam immer deutlicher zum Tragen: ihre Zwiespältigkeit. Sie war nicht ein Wesen, sondern mindestens zwei. Einerseits war sie verständnisvoll, wenn ich ihr meine Geschichte erzählte, andererseits ungläubig. Sie verharmloste meine Situation und tat so, als erzähle ich Märchen. Dann erinnerte ich sie an unsere erste Begegnung, als ich ihr die Hand gab, und ein Schatten legte sich auf ihr Gesicht. Sie fauchte mich an:

„Du überschätzt deine Wirkung auf Frauen."

Sie suchte meine Nähe, zeigte Interesse an mir und meinem Leben, aber ich erinnere mich auch an ihre kühle Distanz, an ihre illusionslosen Augen, in denen ein tiefer Schmerz steckte. Oft wirkten sie ein bisschen deprimiert.

Marie barg ein doppeltes Wesen. Sie war sanftmütig und kratzbürstig zugleich. Marie, der Frechdachs, der mir ein Brötchen aus dem Mund klaute und es selber aß. Marie, das Lämmchen, das die Kunden in Watte packte. Marie, die Respektlose, die mich als Tölpel bezeichnete, wenn mir auf der Arbeit etwas nicht auf Anhieb gelang. Mir war es egal, wie sie war, Hauptsache wir konnten Zeit miteinander verbringen.

An einem Samstagabend, ich war gerade zur Tür hereingekommen und wollte Marie begrüßen, stellte sie sich vor mich, mit ernstem Gesicht, zog ihr Top über den Kopf, warf es in die Ecke, knöpfte ihren Rock auf, ließ ihn heruntergleiten und streifte ihren Slip ab. Ihre Nacktheit verschlug mir die Sprache. Wie sie entblößt vor mir stand, sah ich ein unschuldiges Kind vor mir. Ihre alabasterfarbene Haut war stumpf und matt. Sie hatte kleine Brüste und schmale Hüften. Dazu das tiefschwarze Haar. Sie war nicht weiblich, sondern schroff und roh. Ihre Arme waren dünn, ihr Körper fast ohne Rundungen. Dennoch besaß sie eine fast magische Ausstrahlung.

„Berühre mich!"

Es war ein Befehl.

Ihre Lippen zitterten. Lange stand ich still da und sah sie an. Dann schüttelte ich langsam den Kopf.

„Ich würde gerne, aber ... ich kann nicht."

„Warum?"

„Ich habe Angst, dich zu verlieren."

„Es ist nicht die Angst, mich zu verlieren. Du hast es nur nie gelernt. Zieh dich aus! Ich will Liebe mit dir machen. Es ist wie ein Spiel. Du darfst mich nicht anfassen. Jede Berührung ist verboten."

Marie zog mich langsam aus und warf meine Klamotten weg. Wir versteckten die Hände hinter dem Rücken und standen uns gegenüber. Ihre Augen waren ein Sumpf, in den ich langsam hineinglitt und schließlich versank.

Marie zögerte, sie wusste nicht, was sie als erstes tun sollte. Aber sie hielt sich an unsere Übereinkunft: den Pakt der Nichtberührung.

Den ersten Kuss spürte ich bis ins Mark. Er explodierte in mir. Maries Küsse schmeckten nach Fishermans. Ein Geschmack, den ich nie vergessen werde. Sie legte Musik auf. Norah Jones, und wir tanzten, unbeholfen und steif wie ich war. Marie gab Bewegungen vor. Trotz meiner Steifheit hatte ich nach kurzer Zeit das Gefühl, im Rhythmus zu schweben und ließ mich in den Strudel fallen.

Dann lagen wir auf dem Boden beisammen, und ich weiß bis heute nicht wie, aber wir haben uns vereinigt. Ohne Hände war alles umständlich. Doch es ging. Ich bemerkte zum ersten Mal im Leben, dass ich einen Schwanz besaß. Eine Erektion kannte ich bis dato nicht, jedenfalls nicht bewusst. Marie war so geschickt, als sie sich auf mich setzte. Ohne meinen Schwanz mit den Händen zu berühren, führte sie ihn ein. Ich glaube, ich habe geschwitzt und mir war abwechselnd heiß und kalt. Wir rieben und küssten uns, übten Druck mit den Muskeln aus und stießen mit den Lenden gegeneinander. Als ich zum Höhepunkt kam, dachte ich, ich platze. Es war wie eine Erlösung. Und so ward mir meine Unschuld genommen.

Danach liebten wir uns stundenlang immer wieder. Ein imaginäres Band der Liebe hielt uns. Obwohl wir uns nicht berührten, waren wir ein Körper. Eine symbiotische Einheit.

Mit Marie vergaß ich zum ersten Mal seit Jahren, dass ich Hände hatte. Ihre Nähe fühlte sich an wie ein Weltwunder, und die Sterne am Himmel blinkten heller denn je im Mondlicht.

Donnerstag, 21. September, 16.31 Uhr

Das Haus in Eschersheim, in dem die Wohnung des Verdächtigen lag, war das letzte in einer Sackgasse. Davor gab es ein Rondell zum Wenden. Die Nachmittagsonne tauchte alles in ein warmes Licht und tanzte auf den umliegenden Dächern.

Das SEK bereitete den Einsatz vor und Polizisten sperrten die Straße ab. Ein Anwohner wollte zu seinem Haus, aber die Polizisten hielten ihn zurück und er fing an zu diskutieren. Die Beamten, die das Gelände ums Zielobjekt sondiert hatten, erstatteten Bericht.

Als Rauscher und Elke kamen, warteten Thaler und Krause schon auf sie und traten zusammen, um sich zu beraten.

„Übernimm du das Kommando“, forderte Rauscher Krause auf.

Jetzt erst hatte Elke begriffen, dass es um Manfred Haffner ging, ihren Masseur.

„Manfred Haffner ist nicht unser Mann. Niemals!“, sagte sie.

Alle schauten sie erstaunt an.

„Wieso nicht?“, fragte Rauscher.

„Weil ich ihn kenne. Aus der Praxis Waldschmidt. Er ist mein Masseur.“

„Aber gerade deshalb ist er ja unser Mann“, erklärte Thaler, der Elkes Einwand nicht verstand. „Er ist Masseur. Benutzt seine Hände. Alles passt. Das weiße Handtuch im Schlafzimmer, das Massageöl auf Bonners Körper. Er muss es sein.“ Elkes Mimik machte klar, dass ihr diese Erklärungen nicht genügten. Aber außer ihrem Gefühl, Haffner könne nicht der Täter sein, weil sie ihn kennt, hatte sie nichts anzubieten, was ihn entlastet hätte. Und jetzt war es sowieso zu spät. Der Einsatz lief und der schwierigste Teil lag noch vor ihnen.

„Ich bin mal gespannt, was dabei rauskommt“, sagte Elke und ging zurück zum Wagen.

Rauscher sah ihr erstaunt nach und sein Handy meldete eine SMS. Lena. Die hatte er völlig vergessen.

Treffen müssen wir verschieben. Du hörst von mir.

Zum Glück, dachte er, und schaltete das Handy aus.

Das SEK wartete auf den Einsatz. Krause gab das Zeichen, ging mit Thaler zur Haustür und klingelte.

30 Sekunden später ging die Tür auf. Manfred Haffner stand vor ihnen und kratzte sich am kahlen Schädel. Krause stellte sich und Thaler vor und zeigte ihm den Durchsuchungsbeschluss. Haffner schaute sie perplex an, sein Blick verriet, dass er mit Polizeibesuch nicht gerechnet hatte. Sprachlos trat er zur Seite.

Krause und Thaler inspizierten die Wohnung.

Langer Flur.

Rechts die Küche.

Links das Bad.

Zweite Tür links das Schlafzimmer.

Geradeaus das Wohnzimmer.

Haffner war allein zu Hause.

Als er etwas sagen wollte, stürmte das SEK mit fünf Mann in die Wohnung und drei Mann sicherten den Ausgang.

Dann kamen Andres von der Spurensicherung und sein Assistent. Sie begannen im Wohnzimmer und nahmen Fingerabdrücke. Krause war noch im Bad. Dort lagen einige weiße Handtücher, die dem ähnelten, das sie in Frau Bonners Schlafzimmer gefunden hatten. Und zwischen den vielen Kosmetikartikeln – Parfums, Deos, Lotions, Bodymilk, Rasierschaum – stand eine Flasche Fluidum Massage-Öl.

Donnerstag, 21. September, 19.02 Uhr

Die Sonne schien noch, aber milder als die Tage zuvor. In der Abenddämmerung spiegelte sich die untergehende Sonne rötlich in Frankfurts Bürotürmen. Der Herbst war nicht mehr weit. Trotz wolkenfreien Himmels stand kein Stern am Firmament. Eine angenehme Brise zog vom Taunus herüber und trieb die Stadtluft durch die Straßen. Der Mond war noch nicht aufgegangen, schon hatte die Nacht sich aufgemacht, die Stadt zu überfallen und die Straßen einzunehmen.

„Ich soll Frau Bonners Mörder sein? Ihr seid doch bekloppt."

Rauscher schloss das Fenster. Nach kurzer Abstimmung mit Krause übernahm er die Vernehmung.

Haffner saß mittlerweile seit knapp zwei Stunden im Vernehmungszimmer, Beine übereinandergelegt, Arme vor der Brust verschränkt, mit den Finger ausdauernd auf den Unterarm klopfend. Außer diesen beiden Sätzen hatte er nichts gesagt. Krause und Thaler hatten sich die Zähne ausgebissen. Haffner hatte auch nicht von seinem Recht Gebrauch gemacht, einen Anwalt zu sprechen, obwohl er kein Alibi für die Tatzeit hatte.

Krause hatte Markowsky aus Haffners Haus angerufen und der Chef hatte angesichts der Indizienlage sofort einer Verhaftung zugestimmt, woraufhin Thaler seine Geburtstagsfeier kurzfristig auf nächste Woche verschoben hatte.

Jetzt saß Rauscher alleine mit Haffner am Tisch. Der Masseur war Ende zwanzig. Nicht groß, aber stämmig. Er hatte eine Turnerfigur mit ausgeprägtem Bizeps.

„Meine Freundin, Elke Erb, ist auch bei Ihnen in Behandlung", eröffnete Rauscher das Verhör. „Der Rücken. Sie schwärmt von Ihren Händen." Haffner schaute hoch und hob eine Augenbraue. „Sie glaubt nicht, dass Sie was mit dem Mord zu tun haben."

„Scheinbar gibt's hier auch vernünftige Leute."

„Zeigen Sie sich kooperationsbereit und wir bringen die Sache hier hinter uns. Okay? Also: Frau Bonner hatte am Sonntagmorgen einen Termin bei Ihnen." Haffner spähte zu Rauscher hinüber und nickte.

„Ja, aber den hat sie abgesagt."

„Warum?"

„Keine Ahnung. Hat sie nicht gesagt."

„Kam das oft vor?"

„Oft nicht, aber manchmal."

„Haben Sie Frau Bonner jemals in ihrer Wohnung massiert?" Haffner schüttelte den Kopf:

„Nein. Sie kam immer in die Praxis. Sie war doch nicht behindert." Rauscher beobachtete den Masseur und hatte das Gefühl, dass er die Wahrheit sagte.

„Ist Ihnen an Frau Bonner irgendetwas aufgefallen bei den letzten Terminen?"

„Nein, sie war wie immer. Freundlich und nett. Ich hab' keinen Schimmer, was da passiert sein könnte."

„Hatte Frau Bonner bestimmte Vorlieben?" Haffner überlegte kurz und schüttelte erneut den Kopf.

„Sie mochte es, wenn ich sie ordentlich durchknetete. Also, ich meine, sie war nicht zimperlich." Rauscher nickte und holte tief Luft.

„Ihre Fingerabdrücke werden mit denen in Frau Bonners Wohnung verglichen. Bei einer Übereinstimmung sieht es verdammt schlecht für Sie aus, Herr Haffner. Sie haben kein Alibi." Er schaute in eine gleichgültige Miene. Haffner schüttelte den Kopf.

Donnerstag, 21. September, 21.34 Uhr

Rauscher warf einen Blick auf die Uhr, als er sich mit Krause vor dem Vernehmungszimmer besprach.

„Ein Geständnis kriegen wir aus dem heute nicht mehr raus. Wir müssen das Ergebnis aus dem Labor abwarten." Krause wirkte ein wenig ratlos. Er wusste nicht, ob er alleine mit einer anderen Vernehmungsstrategie weitermachen sollte. Immerhin war es sein Verdienst, Haffner geschnappt zu haben und er war motiviert, ein Geständnis aus ihm herauszuholen. Das wäre eine runde Sache und würde seinen Marktwert im Präsidium enorm steigern.

„Ich starte noch einen Versuch", sagte Krause und öffnete die Tür zum Vernehmungszimmer.

„Viel Erfolg", sagte Rauscher, „ich düse los." Die Tür fiel zu.

Rauscher ging in sein Büro, schaltete den Laptop und das Licht aus und verließ das Präsidium über die Hintertreppe, weil er im Innenhof geparkt hatte.

Im Wagen knurrte sein Magen. Er überlegte, ob er Pizza holen oder gleich heimfahren sollte. Er freute sich schon auf das gemeinsame Essen mit Elke. Apropos Elke. Mit ihrer Reaktion bezüglich Haffner kam er nicht klar. Wieso war sie so sicher, dass Haffner nicht der Täter war?

Ich gehe zurück nach Hamburg. Elkes Worte saßen tief in ihm. Am liebsten hätte er sie auf Knien angefleht, bei ihm zu bleiben. Er spürte, dass er wie ausgehungert war nach einer normalen Beziehung mit einer normalen Frau, die er liebte.

Himmel noch mal, dachte er, warum musste er sich schon wieder Gedanken darüber machen. Bis vor kurzem schien alles so schön geregelt. Er fühlte sich verloren, nahm sein Handy und tippte eine SMS an Lena:

Entschuldigung für meine Ignoranz. Wenn du noch Lust hast, dich mit mir zu treffen, schlage ich Sonntag vor, im Cafe Plazz um 15 Uhr. Gruß Andreas.

Die Gedanken schossen ihm wie Billardkugeln durch den Kopf.

Elke geht zurück nach Hamburg.

Lena hasst mich.

Der Masseur mit dem weißen Handtuch.

Ist er der Täter?

Mein Leben steht vor einem Wendepunkt.

Rauscher schob seine Gedanken beiseite. Freie Sicht aufs Wesentliche. Reduktion, dachte er. Sich frei machen von dem ganzen Ballast, der das Leben beschwert.

Donnerstag, 21. September, 22.44 Uhr

Elkes Atem roch nach Apfelwein.

Lecker, dachte Rauscher.

Sie gab ihm einen Kuss und streichelte ihm übers Kinn.

„Du wirkst angespannt“, sagte sie. Er nickte:

„Ja, ich brauche einen Sauergespritzten und ein Stück Pizza. Hier.“ Er gab Elke die Pizzaschachtel und sie schaute rein:

„Milan von Cimino. Ich liebe gegrillte Paprika.“

Sie küssten sich und dann er nahm einen Schluck des edlen goldgelben Apfelweins von Schuch aus Praunheim aus ihrem Glas und trank es gleich leer.

„Mach mir auch noch einen", bat Elke.

„Du weißt doch, dass du Apfelwein nicht verträgst", provozierte er sie und sie zwickte ihn in die Seite.

„Apfelwein wäre der einzige Grund für mich, in Frankfurt zu bleiben", parierte sie lachend. Sofort war er wieder auf dem Boden der Tatsachen gelandet und seine Gedanken fuhren wieder Achterbahn mit ihm.

Er stand auf und ging in die Küche, um eine neue Flasche Apfelwein zu holen. Auf dem Rückweg legte er Patty ein Salatblatt in den Napf im Glaskasten und Elke rief:

„Denkst du an meinen Äppler?"

„An nichts anderes." Rauscher setzte sich neben sie.

„Warum glaubst du nicht, dass Haffner der Täter ist?"

„Weil er ein Wunder ist ", sagte sie und drückte Rauscher einen Kuss auf den Mund, „genau wie du."

„Sehr witzig", sagte er, „und warum willst du dann zurück nach Hamburg?"

„Ich habe noch so viel vor. Ach, ich kann mich einfach nicht entscheiden, so schnell jedenfalls nicht."

„Ihr Frauen habt euch ganz schön verändert."

„Ach was, ihr Männer seid zu bequem im Kopf. Außerdem ist noch nicht aller Tage Abend." Hatte er richtig gehört? Leuchtete da ein Silberstreif am Horizont? Rauschers Kämpferherz erwachte. Jetzt würde er dran bleiben. Er packte Elke und küsste sie.

„Atemberaubend", sagte sie, „ich strecke die Waffen." Sie lachte laut und Rauscher schmiegte sich an sie.

„Ich könnte jetzt", sagte sie, „und du?"

„Mmmmmhhhh."

Und so kam es auch.

Freitag, 22. September, 1.03 Uhr

„Wenn ich eins und eins zusammen zähle", sagte Elke, „steht das M in Frau Bonners Terminkalender für Massage und nicht für Manfred, richtig?"

„Kann sein." Rauscher kuschelte sich an sie.

„Ich glaube, wir kommen nur weiter, wenn wir wissen, was da genau passiert ist im Schlafzimmer", flüsterte er Elke ins Ohr.

„Okay. Ich versuch's mal", sagte Elke. „Er legt sein Handtuch auf die Kommode, verteilt Öl auf ihrem Körper und massiert sie. Auch die delikaten Stellen, die leicht erregbaren Punkte. Die Massage gefällt ihr, sie ist erregt. Er packt sie dort an, wo sie es besonders mag. Beider Blut kocht. Er sieht den winzigen Slip immer feuchter werden. Und dann muss etwas passiert sein, was alles zerstört hat. Aber was? Ein Klingeln an der Tür?"

„Nein", sagte Rauscher. „Es muss etwas gewesen sein, was nur die beiden betraf. Eine Meinungsverschiedenheit vielleicht. Er wollte mehr, sie nicht. Oder sie wollte unbedingt und er konnte nicht. Vielleicht war er impotent. Aber warum um alles in der Welt hat er sie gekitzelt? Ist er pervers und steht drauf? Erregt ihn das?"

Ohne Antwort auf diese Frage schliefen sie nach zwei Uhr ineinander gekuschelt ein.

Rauscher schreckte aus dem Schlaf hoch, als das Telefon klingelte. Er hatte gerade von Schildkröten am Strand unter Palmen geträumt und brauchte einen Moment, um sich zu orientieren. Das Display seines Weckers zeigte 4.54 Uhr. Ein Anruf um diese Uhrzeit, dachte er, und konnte sich den Rest denken.

In der Wohnung war es ungemütlich kühl. Nackt schlich er zum Telefon und hob beim etwa zehnten Klingeln ab. Er räusperte sich, weil seine Stimme noch nicht da war.

„Hier ist Jan", sagte Krause. Rauscher setzte sich auf einen Stuhl und fragte, wieso er um diese Uhrzeit anrief, als er einen Namen hörte, der ihm sämtliche Illusionen nahm, gleich wieder ins Bett zu kommen.

„Kowalski", sagte Krause.

Sechzehn

Ich frage mich, wer uns eigentlich auf das Leben vorbereitet? Wer uns aufklärt, wie die Welt ist? Unsere Eltern sicher nicht. Sie entwerfen ein Scheinbild, um uns vermeintlich vor der Welt zu schützen und stoßen uns doch irgendwann in sie hinein.

Warum haben sie mir das angetan?

Sie waren nie für mich da. Ich habe versucht, mich ihnen zu entziehen, aber ich kann und will sie nicht von ihrer Verantwortung freisprechen. Stattdessen versuche ich, meine Gefühle ihnen gegenüber im dunklen Ozean meines Herzens zu versenken. Aber ich bin nicht sicher, ob es mir gelingen wird.

Es kommt die Zeit im Leben, da steht jeder alleine da und muss sich bewähren.

Eines Tages stand ich ihr gegenüber. Sie hieß Marie-Luisa Bonner. Ich begrüßte sie freundlich und fragte, wie ich es immer tat, wie ich ihr dienen könne. An ihrem Äußeren erkannte ich, dass es sich um eine Dame aus der besseren Gesellschaft handelte. Ihre Augen suchten meinen Blick.

„Hallo", sagte sie und hob die zu einem Strich gezupften Augenbrauen. „Ich habe Sie hier noch nie gesehen."

„Ich bin Praktikant und noch nicht so lange hier", erklärte ich mich ihr.

Sie lächelte und bat mich um einen Termin. Da ich nicht wusste, von wem Frau Bonner in der Regel massiert wurde, verwies ich sie an Frau Waldschmidt. Als sie an mir vorüberging, drehte sie sich noch einmal um, lächelte mich direkt an und zwinkerte mir zu.

Die nächste halbe Stunde saßen meine Chefin und Frau Bonner in der Sitzecke. Aus den Augenwinkeln beobachtete ich ihr Gespräch und bekam mit, dass sie einen neuen Behandlungsplan erstellten mit Rückenschule, Krankengymnastik und Massagen.

Frau Bonner wirkte, als sei sie gerade aus einem Schönheitssalon gekommen: frisch geschminkt und gezupft, leicht gebräunter Teint, die blonden Haare hochgesteckt. Sie hatte etwas Vampartiges, was ich nur aus Zeitschriften kannte.

Frau Waldschmidt ließ mich einen Tee machen, den ich Frau Bonner brachte. Sie schaute mich eindringlich an, als ich die Tasse vor ihr auf den Tisch stellte. Sie hatte die Beine übereinander geschlagen und präsentierte viel Haut.

Nach dem Gespräch verabschiedete sich Frau Bonner von mir und schenkte mir einen Blick, der die Grenzen des Normalen überschritt.

Frau Waldschmidt sagte später, dass Frau Bonner jetzt regelmäßig käme. Sonst sagte sie nichts.

Mit dem ominösen 1. September hatte meine Ausbildung begonnen. Aber bis auf die zwei Tage pro Woche, an denen ich jetzt die Berufsschule besuchte, hatte sich überhaupt nichts geändert. Ich durfte immer noch keine Patienten massieren. Frau Waldschmidt vertröstete mich wieder. Eins nach dem anderen, sagte sie. Ich übte mich, wenn auch widerwillig, in Geduld. Was blieb mir auch anderes übrig.

Allerdings hatte sich etwas in meinem Inneren verändert. Jahrelang hatte mich nur der Gedanke beherrscht, die Fähigkeiten meiner Hände zu erkunden. Dieser Hunger war gestillt. Sehnsucht hatte ich nur noch nach Marie.

Marie hatte Mauern in mir durchbrochen und sich einen Zugang zu mir verschafft. Diesen Zugang wollte ich auch zu ihr. Und der führte über ihre Haut. Nur sie wollte ich berühren.

Als wir uns schon besser kannten, lernte ich Maries Faible für Fantasy-Romane kennen. Später merkte ich, dass es eine ausgewachsene Obsession war.

Immer wenn ich bei Marie war, hockte ich auf dem weichen Mohairteppich. Sie kochte Tee, setzte sich zu mir und erzählte Fantasygeschichten. Stundenlang. Sie lebte mit ihren Helden und Heldinnen. Sie berichtete von Anderland, Felsenwächtern und Bruderschaften, Hobbits und Krähen,

Drachenreitern, Magiern und Zwergen, Gnomen und Elfen, Menschen und Halbmenschen mit unaussprechlichen Namen, die ich mir nie merken konnte. Sie ging darin auf und wurde nicht müde, Geschichten zu erzählen von immer weiter entfernten Gegenden. Ich mochte es, ihr zu lauschen und mich in ihre Fantasiewelt zu versenken.

Einmal, als Marie nicht zu Hause war, ich hatte mir ihren Wohnungsschlüssel geborgt, den ich danach auch behielt, hängte ich einige meiner Handbilder auf und leuchtete sie so aus, dass sie schön anzusehen waren. Ich war ultragespannt, was sie wohl sagen würde.

Als Marie heimkam, war sie zunächst überrascht. Aber nachdem sie die Bilder eine Zeit lang betrachtet hatte, sagte sie: „Sinnlich" und „ästhetisch". Wow, dachte ich. Ich hatte das Gefühl, dass sie ihr wirklich gefielen.

Später hatte Marie jedes Mal, wenn ich zu ihr kam, etwas verändert.

Manchmal hing ein Bild an einer anderen Stelle. Dann standen Blumen an einem Fenster, wo vorher nie welche gestanden haben. Oder Möbel waren da, die ich nicht kannte.

Ich gab mich immer stärker der Vorstellung hin, mit Marie eine gemeinsame Zukunft erleben zu können. Jeden Tag würde ich sie ein bisschen mehr lieben. Jeden Tag mich mehr in ihrem Wesen verlieren. Ich erzählte ihr davon.

„Lass die Sternschnuppen fliegen", sagte sie daraufhin, „du bist hier auf der Erde."

Mitte September nahm sich Marie ein paar Tage Urlaub und reiste zu ihrer Tante. Es waren ihre ersten freien Tage, seit sie in der Praxis angefangen hatte. Leider konnte ich nicht mitkommen, weil ich außerhalb der Berufsschulferien nicht freinehmen durfte. Marie versprach, mich jeden Tag anzurufen. Und sie hielt sich daran.

Wir quatschten über ihre Tage, die sie auf dem Bio-Bauernhof ihrer Tante vertrödelte. Sie spielte mit den vielen Katzen, lag in der Septembersonne und schaute zu, wenn die Schweine und Kühe gefüttert wurden.

Sie half bei der Zuckerrübenernte, die Mitte September begonnen hatte, genoss die Abendsonne, die Ruhe, den spätsommerlichen Wald und die sie umgebende Natur.

Ich erzählte ihr, was in der Praxis passierte, obwohl sie das gar nicht wissen wollte.

Manfred hatte die Behandlung von Frau Bonner begonnen.

Er fand sie phänomenal und hatte Hoffnung, bei ihr zum Stich zu kommen, wie er sich ausdrückte. Er zeigte sich von seiner besten Seite, war charmant und zuvorkommend, ließ sich mehr Zeit als nötig und schob seine Finger schon mal in Regionen, die sich normalerweise nicht ziemten. Aber was er auch tat, er kam nicht zum Zug. Sie schien nicht auf ihn anzuspringen. Frau Bonner, die Verlockung in Person, hielt Manfred kurz.

Mit mir hingegen schäkerte Frau Bonner gerne. Ich empfand es als angenehm, bis zu dem Zeitpunkt, als sie mir eine kleine Privataudienz bei sich zu Hause anbot. So mit Massage und allem drum und dran, sagte sie, Entlohnung selbstverständlich inklusive.

Ich war elektrisiert.

Meine Hände bekamen zum ersten Mal ein wirklich verlockendes Angebot, wofür ich auch noch bezahlt werden sollte.

Die Aussicht meine Hände auszuprobieren – auf Frau Bonners gebräunter Wellness-Haut – verzauberte meine Sinne und raubte mir den Verstand. Ich sagte zu ohne nachzudenken.

Freitag, 22. September, 5.03 Uhr

Frankfurt kam nur selten zur Ruhe. Die Stadt war normalerweise wie ein Zirkus, bunt und flippig. Irgendjemand hatte immer seinen Auftritt. Aber gerade jetzt war das nicht der Fall.

Es war dunkel und still, als Rauscher nach Ginnheim fuhr. Ein Taxi huschte vorbei. Ein LKW stand am Straßenrand und wurde beladen. Über die Franz-Rücker-Allee und die Ginnheimer Landstraße brauchte er nur vier Minuten bis zum Haus von Mark Kowalski.

Am Telefon hatte Krause den Vorfall geschildert. Kowalski hatte den Notruf verständigt. Als der Rettungsdienst kam, war die Haustür verschlossen. Sie riefen den Kriminaldauerdienst an, zehn Minuten später waren die Kollegen da und öffneten die Tür. Kowalski lag inzwischen bewusstlos auf dem Küchenboden. Das Handy hielt er noch in der rechten Hand. Der Notrufzentrale hatte Kowalski erzählt, dass er blute wie ein Schwein. Stichwunde im Brustbereich. Von seiner Freundin. Scheinbar wollte er zunächst ohne ärztliche Hilfe über die Runden kommen, hatte sich selbst notdürftig einen Verband angelegt, aber schnell gemerkt, dass der Blutverlust zu groß war. Kurz vor der Bewusstlosigkeit hatte es gerade noch zu einem Anruf gereicht.

Rauscher parkte direkt vor Kowalskis Haus. Drinnen empfing ihn Krause und hielt sich die Hand vor den Mund. Diese Geste kannte Rauscher mittlerweile, doch diesmal war sie angesichts der Uhrzeit mehr als berechtigt.

Während Rauscher sich umschaute und die Spurensicherung den Tatort sondierte und Aufnahmen machte, sagte Krause:

„Kowalski hat Glück gehabt, die Rettungssanis haben ihn gleich abtransportiert. Er bekommt frisches Blut und wie's aussieht, kommt er durch."

„Okay", sagte Rauscher. „Kowalski ist vorerst nicht vernehmungsfähig, dann sollten wir Katja Klinger einen Besuch abstatten."

Freitag, 22. September, 5.43 Uhr

Kaum hatte Rauscher die Klingel gedrückt, hörte er schon eine Stimme von oben:

„Kommen Sie! Schnell!" Rauscher und Krause rasten die Treppen zum zweiten Stock hoch, wo Alex im Schlafanzug neben ihrer Mutter kniete.

„Ich hab‘ sie gerade gefunden."

Frau Klinger lag blutüberströmt in der Ecke des Flures. Rauscher zückte sofort sein Handy und rief den Notarzt. Krause versuchte Alex Klinger zu beruhigen und kümmerte sich gleichzeitig um ihre Mutter, die zusammengekrümmt und reglos dalag. Rauscher drückte das Gespräch weg und beugte sich zu Frau Klinger hinunter:

„Hören Sie mich? Hallo. Frau Klinger." Er nahm ihren linken Arm und fühlte ihren Puls.

„Kaum spürbar. Sie hat ne Menge Blut verloren. Hoffentlich rücken die bald an." Die Pulsader am rechten Arm war durchtrennt, zum Glück quer und nicht längs. Außerdem hatte Frau Klinger ein Messer unter sich begraben, an das er nicht herankam. Endlich hörten sie von weitem das Martinshorn.

Zwei Rettungssanis und ein Arzt versorgten Frau Klinger notfallmäßig. Nach fünf Minuten nickte der Arzt.

„Mit ein bisschen Glück schafft sie es." Alex Klinger drückte ihr Gesicht an Krauses Brust, der ihr über die Haare streichelte. In diesem Moment nahm Rauscher seine tiefen Augenringe wahr.

Siebzehn

„Hallo" flüsterte Frau Bonner, als ich ihre Wohnung betrat. Sie empfing mich in einer Art Freizeitkluft, wie sie Frauen trugen, die Golf spielten.

Ihren Arm legte sie sofort um meine Schulter, gab mir einen Kuss auf die Wange und blickte mir tief in die Augen. Ihre Blicke zogen mich an, und ihre Nähe betörte mich. Überhaupt wirkte sie einnehmend und zupackend, war sehr präsent und strahlte Wärme aus.

„Warum ich", fragte ich leise und vorsichtig, „warum nicht Manfred?"

„Seine Metzgerhände", antwortete sie, „brrrrrr! Rau und unsensibel."

Warmes Sonnenlicht fiel schräg durch die hohen Altbaufenster, auf denen einige Schlieren zu erkennen waren. Eine freundliche, angenehme

Atmosphäre erfüllte die Wohnung, aber ich hatte nicht die Möglichkeit, mich umzuschauen, denn sie führte mich direkt ins Schlafzimmer. Es war komplett in roten und rosa Tönen gehalten. Ich machte große Augen. Ein französisches Bett, zwei auf zwei Meter, ein weißer Kuschelteppich, ein eleganter, hoher Spiegel mit Goldumrahmung.

Diese Frau, die sich gerade ihrer Freizeithose entledigte, war mir fremd. Bis auf die paar Male in der Praxis hatte ich sie noch nie gesehen. Und dort auch nur für kurze Zeit. Ich wusste so gut wie nichts von ihr. Natürlich dachte ich mir meinen Teil, konnte anhand ihrer Erscheinung und der Wohnungseinrichtung abschätzen, dass sie vermögend war; dass sie mitten im Leben stand; vielleicht auch, dass sie einsam war. Sie hätte Maries Mutter sein können.

Ich verspürte eine seltsame Diskrepanz. Einerseits fühlte ich in mir diese gierige Sehnsucht, Fleisch zu berühren, unbekannte Haut zu spüren und das Wesen, das sie trägt. Aber ich hatte auch eine Gänsehaut angesichts der fremden Situation und spürte sogar ein wenig Abscheu, was mich irritierte. Ein Gefühl, das ich nie zuvor gespürt hatte, schon gar nicht, wenn ich kurz davor stand, Haut zu berühren. Hinzu kam eine Ungewissheit, die mir nicht behagte, denn ich wusste nicht, was mich erwartete.

Berühre sie.

Der Gedanke schlug blitzartig in meinem Kopf ein, eine Stimme, die die Richtung vorgab.

Berühre sie.

Wieder die Stimme. Ich versuchte, mich davon freizumachen und die Stimme loszuwerden.

„Wollen wir?“ hörte ich Frau Bonner sagen.

Sie zog ihr Sportshirt, den BH und die Söckchen aus, bis sie nur noch im String vor mir stand. Sie hatte große Brüste und tadellos gebräunte Haut. Sie sah aus wie Eva im Paradies mit langen Haaren. Durch die Arbeit in der Praxis hatte ich mich an den Anblick nackter Menschen gewöhnt, deshalb starrte ich sie nicht an. Frau Bonner legte sich auf den Bauch und machte es sich bequem, die Hände legte sie neben den Oberkörper. Ich wärmte das Massageöl mit meinen Händen an und verteilte es dann auf ihrem Körper.

Sie jauchzte, als sie meine Hand auf ihrem Po und meinen Blick in ihrem Nacken spürte. Er wanderte über ihren gepflegten und frisch geduschten Körper. Sie war eine Pracht von einer Frau, üppig und weiblich, anziehende Kurven, erotische Augen, geile Blicke, blonde Haare. Blonder ging's nicht. Viele Männer an meiner Stelle wären froh gewesen, diese süße Kost vernaschen zu können. Mich jedoch interessierte das nicht. Im Gegenteil. Frau Bonner war und blieb Haut für mich. Außerdem hatte ich eine Ahnung davon, was unter ihrer Haut vorging.

Meine Hände waren Antennen. Ich hatte Angst, auf schreckliche Wahrheiten zu stoßen, die sich mir bei einer Berührung offenbaren würden. So war es mir schon einmal gegangen, und so geschah es auch jetzt.

Beim gleichmäßigen Streichen der Haut erfühlten sie Frau Bonners Seelenzustand. Sie trug ein Begehren in sich, das ich noch nie gefühlt hatte. Sehnsuchtsbakterien. Überall. Der Virus Einsamkeit hatte sie befallen. Sie litt an überbordender Leidenschaft, die sich wie eine Seuche ausbreitete und Gefahr lief, eine Epidemie zu werden und andere zu befallen.

Ja, eindeutig. Sie war krank.

Je mehr mir ihr Zustand bewusst wurde, desto mehr knetete ich sie mit Unbehagen, verschmierte das Öl auf ihrer fettigen Haut, bis es überall glänzte. Sie spürte meine ruppige Behandlung und schaute mich unwirsch an. Ein Blick, der alles sagte: Ich bin die Herrin, du mein Sklave. Behandle mich gut, sonst lasse ich dich meinen Unmut spüren.

„Ausziehen", befahl sie, ganz selbstverständlich, als sei es das Normalste der Welt. Ich wagte nicht, nein zu sagen und gehorchte.

Nur in Shorts setzte ich mich wieder neben sie und erntete bewundernde

Blicke. Mit mikroskopischen Fühlern krabbelten meine Hände flink über ihre Haut, sezierten jeden Millimeter mit feinen schnellen Bewegungen, ertasteten jeden Winkel, jede Faser, jede Pore und jeden Pickel.

Spüren Sie mich Frau Bonner?

Eine Symphonie in Öl lag vor mir. Ich hatte Ihren Befehl im Ohr und wollte mein Bestes geben, um ihre Gier zu befriedigen.

Spüren Sie mich?

Ich massierte sie nicht mehr, ich streichelte sie. Überall. Ich beschwörte ihre Haut. Ja, ich zauberte ein Kribbeln darauf. Sie begann, erst ganz leise und dann lauter werdend, zu stöhnen. Ihr Körper wurde mehr und mehr mein Sklave. Gefangen unter meinen Händen gehorchte er mir und war mir ausgeliefert.

Sind Sie schon geil, Frau Bonner?

Nach ein paar Minuten stöhnten wir gemeinsam und bewegten uns in einem Rhythmus. Ich meine Hände, sie ihren Unterleib. Sie ergab sich meinen Händen und grunzte. Ja, kein Zweifel. Sie spürte Lust. Sie schwitzte ihre Geilheit aus, war entrückt und schwelgte im Genuss der Berührung. Ihre Atmung ging schneller. Ich wanderte mit meinen Fingern in pikantere Zonen, erwischte problemlos ihre empfindlichsten Stellen, was sie mit einem lustvollen Seufzer quittierte. Sie wollte es, ja, tief und gleichmäßig, mein Zeigefinger glitt über den speziellen Punkt, der feucht und glitschig war. Ich umkreiste ihre Klitoris und spürte ein ganzes Leben Sehnsucht. Sie wollte, dass ich sie dort berühre, dass ich sie dort besonders verwöhne.

Sie explodierte.

Fühlen Sie die Lust, Frau Bonner?

Es war nicht der Anblick ihrer Spalte, die immer feuchter wurde, es war nicht der Anblick ihrer entrückten Augen, wenn sie mir ihren Kopf zuwandte, auch waren es nicht ihre Hände, die sich ins Bettlaken krallten vor Extase, sondern es war ihr Duft, der sich verändert hatte. Sie roch wie ein Tier, wie eine gefährliche Raubkatze, die läufig war. Ich hätte mich fast übergeben. Mit einem Mal war meine Sehnsucht weg.

Sie sind eine Sau, Frau Bonner.

Ich fühlte ihr Loch. Dort strömte das Tier heraus.

Sie sind geil, Frau Bonner.

Geilheit ist ein lausiges Gefühl. Es verdient nichts als Verachtung. Ich konnte diese Gedanken, diesen Geruch, dieses welke Fleisch vor mir nicht länger ertragen. Ich zog meine Hand aus ihrer Spalte. Abstand, ja, ich brauchte Abstand und sprang aus dem Bett. Ich suchte meine Klamotten und Schuhe zusammen. Sie räkelte sich noch auf dem Bett, setzte sich dann aufrecht auf die Bettkante und beobachtete mein hektisches Treiben. So schnell wie bei Frau Bonner, hatte ich mich noch nie angezogen. Ihre Augen verrieten ein mittelschweres Entsetzen. Sie suchte nach einer Erklärung.

Ohne mich umzusehen rannte ich aus dem Schlafzimmer und schließlich aus der Wohnung. Ja, ich bin regelrecht getürmt, weil ich Schiss bekommen hatte. Schon auf der Straße fragte ich mich, wovor eigentlich?

Es war Samstagnachmittag, und ich ging zurück in meine Wohnung. Marie war noch bei ihrer Tante. Ausgerechnet. Mit ihr hätte ich jetzt gerne von Angesicht zu Angesicht geredet. Ich war so unsicher. Mein Magen brummte und knurrte, obwohl ich keinen Hunger hatte. Ich war enttäuscht und erbost über meine Feigheit. Was hatte mich bloß geritten, einfach wegzulaufen?

Um mich abzulenken ging ich an den Main und beobachtete die Schiffe, die als Messehotels dienten. Ein Lastschiff fuhr in der Mitte der Fahrrinne. Es hieß Amsterdam und weckte in mir einen komischen Wunsch: ein fremdes Land sehen, eine andere Stadt kennenlernen zu wollen. Aber es war mehr: Es waren wieder diese Fluchtgedanken, die mich bereits in der Kindheit ständig verfolgt hatten.

Ich überquerte den Fluss auf dem Hohlbeinsteg und stand plötzlich vorm Städel. Der Gedanke an die Hände-Ausstellung kehrte zurück. Ich war gefangen von ihm und dachte auch wieder an Frau Bonner. Vor ihr und der Situation in der Wohnung war ich ebenfalls geflohen. Diese Vorstellung verursachte mir Kopfzerbrechen. Was war bloß mit mir los? Ich fühlte mich zerrissen. Sollte ich Frau Bonner anrufen und um Entschuldigung bitten? Nach langem Ringen kehrte ich dem Städel den Rücken. Auf dem Weg nach Hause wusste ich, dass eine Entscheidung fällig war.

Freitag, 22. September, 7.23 Uhr

Als Rauscher seinen Wagen vor dem Haupteingang des Markus-Krankenhauses parkte, wunderte er sich. Das Gebäude war zwischenzeitlich völlig renoviert worden. Vor nicht allzu langer Zeit hatte er Torben, einen guten Freund, hierhin begleitet.

Rauscher wollte unbedingt mit Kowalski sprechen. Informationen aus erster Hand waren jetzt wichtiger denn je.

Er betrat das Zimmer der Intensivstation. Kowalskis Bett war das einzige im Raum. Ein kleines Lämpchen auf dem Beistelltisch brannte. Fünf Minuten hatte Oberarzt Pinola ihm gewährt.

Er trat ans Bett. Kowalski bewegte kaum wahrnehmbar den Kopf und blinzelte ihn an.

„Ich darf nicht lange bleiben", sagte Rauscher, „machen wir es kurz." Kowalskis Nicken signalisierte, dass er verstanden hatte. Er sprach sehr leise:

„Als ich einmal die Bonner ... observiert habe, war Katja bei ihr", er schluckte. „ Ich hab‘ mich dann an sie rangemacht ... um mehr über die Bonner zu erfahren ... ich ... ich ... wusste, dass bei der Bonner viel Geld zu holen war ... kann ich was dafür, dass sie sich gleich in mich verliebt?"

„Und als Frau Klinger gehört hat, dass Sie sie benutzt haben, um besser an Frau Bonner ranzukommen, ist sie durchgedreht?" Kowalski nickte.

„Sie glaubt, ..." fuhr der Detektiv fort, „dass ich ... was mit dem Mord zu tun habe." Er sackte zusammen, die Anstrengung war ihm deutlich anzumerken. Kowalskis Augen suchten das Gesicht des Kommissars. Irgendwie hat er's nicht anders verdient, dachte Rauscher, so wie er mit Katja Klingers Gefühlen gespielt hat.

„Und? Haben Sie was mit dem Mord zu tun?" fragte er den Detektiv. Kowalski schüttelte den Kopf.

„Wissen Sie, wer es war?" Nach Rauschers Frage schaute Kowalski ihn erschrocken an, öffnete den Mund, aber sein Atem setzte aus und ein monotones Piepsen erklang.

Oberarzt Pinola und eine Krankenschwester kamen hereingerannt und Rauscher musste gehen.

Freitag, 22. September, 8.30 Uhr

Noch keine neun und schon die Schnauze voll, dachte Rauscher, als er nach Hause fuhr. Kannte Kowalski den Täter? Wollte er ihm was sagen? Rauscher wusste es nicht, er wusste nur, dass er noch unter die Dusche wollte, bevor er ins Büro fuhr.

Im Badezimmer stand Elke im Slip und rubbelte sich die Haare trocken. Rauscher küsste ihr im Vorübergehen Hals und Nacken und begab sich dann in die Dusche. Gerade als er das Wasser angedreht hatte, zog Elke die Duschkabine auf und ihr fragender Blick verriet ihm, dass sie wissen wollte, wo er so früh war. Aber ihm stand der Sinn nach anderem:

„Hast du Lust?" Er zwinkerte und Elke grinste.

„Mach Platz." Keine zehn Sekunden später seifte sie Rauschers Rücken ein, während er ihr Gesicht streichelte und ihre steifen Brustwarzen an seiner Haut spürte. Nasse Küsse. Intensiver, dachte er, haben wir uns noch nie geküsst.

Das Telefon im Flur klingelte, doch sie hörten es nicht. Nach dem zehnten Klingeln verstummte es und es war nur noch das Plätschern des Wassers und ab und zu ein leises Stöhnen in der Wohnung zu hören.

Fünfzehn Minuten später trockneten sie sich gegenseitig ab und cremten sich mit Body-Lotion ein. Keiner sprach. Keiner wollte die harmonische Stimmung zerstören.

Im Wagen auf dem Weg ins Präsidium erzählte er ihr in aller Ausführlichkeit, was heute zu nachtschlafender Zeit vorgefallen war. Elke seufzte und schüttelte den Kopf.

Freitag, 22. September, 9.17 Uhr

Sein erster Weg im Präsidium führte Rauscher zu Quast ins Kriminaltechnische Institut. Schon als er eintrat, schüttelte Quast den Kopf:

„Fehlanzeige. Keiner der Fingerabdrücke in Bonners Wohnung stammt von Haffner. Tut mir leid, Andreas, aber wir haben nix." Rauscher war nicht mal verwundert. Sein Gefühl hatte ihm gesagt, dass Elke richtig liegen würde.

„Das Handtuch ist Massenware. Die werden wahrscheinlich in jeder zweiten Massagepraxis verwendet. Weder Härchen, noch Dreck sind drauf. Auch keine Fingerabdrücke. Aber, und jetzt kommt's: Kannst du dich erinnern, dass wir bei Frau Bonner im Bett weiße Minikrümel gefunden haben? Waschmittelrückstände. Wir haben eine Stofffaser des Handtuchs einer Mikroanalyse unterzogen und haben sie mit den Krümeln verglichen. Es ist mit einem anderen Waschmittel gewaschen worden. Deutet also darauf hin, dass es nicht Frau Bonner gehört hat." Rauscher bedankte sich. Quasts Informationen stützte ihre These, dass jemand das Handtuch mitgebracht haben muss.

Wenig später betrat Rauscher ohne anzuklopfen Krauses Büro, weil er sich nach Frau Klingers Zustand erkundigen wollte. Krause saß in seinem Schreibtischstuhl, hatte die Füße hochgelegt und schlief. Auf seinem Bauch lagen einige Papiere. Bei Rauschers Eintritt war Krause hochgeschreckt.

„Heute versteh ich es ja", sagte Rauscher ärgerlich, „aber kannst du dich nicht trotzdem zusammenreißen?" Weil Krause nichts erwiderte, sondern ein zerknirschtes Gesicht machte und bemüht war, zu sich zu kommen, beruhigte sich Rauscher wieder und setzte sich auf einen Stuhl am Fenster. Er schaute hinaus auf die Allee, sah den vorbeifahrenden Autos zu und wartete eine Minute. Dann fragte er ihn:

„Was Neues von Frau Klinger?"

„Selbstmordversuch und Nervenzusammenbruch", sagte Krause, noch immer im Tran. Wenigstens setzte er sich jetzt aufrecht hin: „Scheinbar hat sie zu Hause erst realisiert, was sie getan hat." Rauscher nickte und berichtete Krause von Quasts Ergebnissen. Krause war sichtlich enttäuscht, dass sie Haffner nichts nachweisen konnten.

„Das sollte dich jetzt nicht kümmern. Wir müssen weitermachen. Wir brauchen mehr Informationen über Kowalski. Ich werde den Verdacht nicht los, dass der Kerl noch mehr auf dem Kerbholz hat. Auch Trimmer müssen wir uns noch mal vornehmen." Krause nickte, aber seiner Miene sah Rauscher an, dass er nicht gerade erfreut über den Auftrag war.

Rauscher stand auf. Er hatte keine Lust, jetzt eine Diskussion über Krauses Schlafeinlagen zu führen. Wortlos schloss er die Tür und ging in sein Büro.

Zum wiederholten Male nahm er sich die Akte Bonner vor, aber seine Gedanken schweiften ständig ab. Ständig kreisten Namen und Begriffe vor seinem inneren Auge: Kowalski, Klinger, Bonner, Trimmer, Schmitz, Masseur, Handtuch. Er fühlte sich schlapp und merkte jetzt auch, dass er zu früh aufgestanden war und nichts im Magen hatte.

Als er sein Handy auf den Schreibtisch legte, sah er, dass es eine SMS anzeigte. Von Lena, gestern Abend um 22.30 Uhr:

Ein Gespräch wäre schön. Also Sonntag, 15 Uhr im Cafe Plazz.

Er dachte an letzte Nacht. Hatte seine Beziehung mit Elke doch noch eine Chance? Er wünschte es sich so sehr. Mit Lena wollte er trotzdem reden und bestätigte das Treffen.

Er hatte das Gefühl, aufräumen zu müssen.

Aber zuerst besorgte er sich in der Kantine einen starken Kaffee. Mit dem ersten Schluck begann wieder die Denkmaschine. Die Sache mit Kowalski hatte ihn von seinem Weg abgebracht. Es war wie ein Rückschritt. Sie waren längst weiter gewesen. Musste er sich noch mal der Frauenclique widmen? Hatten Frau Moosbach und Frau Hadrian auch noch Leichen im Keller? Und was war eigentlich mit Carlo Bonner? Hatte er Trimmer auf seine Frau angesetzt? Je länger Rauscher nachdachte, desto mehr schien ihm der Fall zu entgleiten. Er ärgerte sich darüber. Was war passiert? Warum alles umwerfen und umdenken? War das wirklich nötig? Seine Intuition sagte ihm, dass die Massagespur nicht verkehrt war. Die Frage war nur: Kannte Frau Bonner ihren Mörder schon länger oder war es eine Art Zufallsbekanntschaft, wie die Männer auf den Fotos? Traf sie ihn regelmäßig oder war es ein einmaliges Ereignis? Obwohl Frau Moosbach direkt neben Frau Bonner wohnte, hatte sie scheinbar nichts davon mitbekommen. War das realistisch? Er wollte noch mal mit ihr reden und machte sich eine Notiz. Gleich darunter notierte er ‚Carlo Bonner' und versah den Namen mit einem dicken Fragezeichen. Es sollte ihn an eine tiefergehende Analyse erinnern.

Den letzten Schluck kalten Kaffee goss er in die Spüle und verließ sein Büro, um sich neuen zu holen. Auf dem Gang kam ihm Elke entgegen. Als er sie umarmen und ihr einen Kuss geben wollte, zog sie ihren Kopf weg und machte ein säuerliches Gesicht. Er schaute sie fragend an und fand keine Erklärung für ihr Verhalten.

„Tut mir leid", sagte sie, „ich stehe in letzter Zeit etwas neben mir."

„Davon habe ich aber heute Nacht nichts gemerkt."

„Ich glaube, ich habe eine echte Krise."

„Könntest du dir bitte überlegen, was du willst?" Elke nickte. Er ließ sie stehen, holte sich frischen Kaffee in der Kantine und ging wieder in sein Büro. Er wollte und konnte sich jetzt nicht durch seine Beziehungsprobleme ablenken lassen. Er brauchte seinen Grips und seine Konzentration für den Fall. Hatte er etwas übersehen? Zweifel überfielen ihn. Ehe er eine Morgendepression entwickeln konnte, klingelte sein Telefon. Er ging ran.

„Hallo Herr Rauscher, Professor Kraft am Apparat."

„Das ist mal eine nette Überraschung. Wie geht es Ihnen?"

„Gut soweit. Allerdings möchte ich mich bei Ihnen beschweren. Sie haben mich mit dem Kitzler-Fall ganz kirre gemacht. Seit Sie hier waren, denke ich ständig daran. Gibt es Fortschritte?"

„Leider nicht. Heute Nacht gab es einen Zwischenfall. Der Detektiv, der Frau Bonner beschattet hat, wurde schwer verletzt. Und zwar von einer guten Freundin des Opfers. In dem Zusammenhang gibt es noch ein paar Ungereimtheiten, aber die beiden sind noch nicht vernehmungsfähig."

„Für mich sind das Nebenkriegsschauplätze", sagte der Professor. „Das Umfeld des Opfers ist undurchsichtiger als es schien", fuhr Rauscher fort, „wir haben ein Handtuch in Frau Bonners Schlafzimmer gefunden, das mit hoher Wahrscheinlichkeit der Täter dort hinterlassen hat. Es könnte sein, dass er Frau Bonner massiert hat. Sie hatte Rückenprobleme."

„Die gleiche Idee hatte ich auch", sprach Kraft dazwischen, „vielleicht haben wir tatsächlich viel zu viel psychologisiert bislang und es ist alles viel banaler." Er hielt einen Moment inne und fuhr dann fort. „Wissen Sie, gestern Abend hatte ich das wunderbare Vergnügen, eine Massage im Kur Royal in Bad Homburg genießen zu dürfen. Und wie ich, ganz benebelt von den Düften, auf dieser Liege lag, die Hände des Masseurs spürte und das Massageöl roch, das er auf meinem Rücken verteilte, sind mir noch mal die Umstände der Tat durch den Kopf gegangen und die decken sich mit Ihren neuen Erkenntnissen. Das mitgebrachte Handtuch und das Massage-Öl, klar, die Handwerkszeuge eines Masseurs."

„Ja und?", stöhnte Rauscher.

„Bei diesen ganzen Überlegungen", fuhr Professor Kraft fort, „ist mir aufgefallen, dass wir bislang immer das Kissen als die Tatwaffe bezeichnet haben. Ist das nicht vielleicht zu kurz gedacht? Oder im Umkehrschluss:

vielleicht einen Schritt zu weit.“ Diese Schlussfolgerung konnte Rauscher nicht nachvollziehen und schaltete sich ein:

„Der Tatortbefund und die Beweismittel sind eindeutig. Er hat dem Opfer mit dem Kissen die Luft abgedrückt, ergo ist das Kissen die Tatwaffe.“

„Daran zweifle ich gar nicht, lieber Kommissar“, schaltete sich Professor Kraft wieder ein, „aber lassen Sie es mich so formulieren, die eigentliche Waffe sind seine Hände.“ Plötzlich Stille. Rauscher überlegte angestrengt. Dass die Hände eine Rolle spielten, war nicht unbedingt eine neue Information.

„Was meinen Sie damit?“, fragte er nach einem Moment des Zögerns.

„Dass wir bisher die Bedeutung der Hände unterschätzt haben“, sagte der Professor, „betrachten wir zum Beispiel tausend Morde: Wie oft kommt es vor, dass das Opfer mit Massageöl eingerieben worden ist? Wie oft, dass der Täter ein Handtuch am Tatort zurück lässt?“

„So gut wie nie, würde ich sagen.“

„Sehen Sie, das Öl und das Handtuch haben eine Bedeutung. Sie sind seine Visitenkarte. Ich würde sagen, er ist ein Mann, der seine Hände vortrefflich zu gebrauchen versteht, sonst hätte ihn Frau Bonner wohl nicht eingeladen und an sich herangelassen. Und wenn wir jetzt noch Frau Bonners Vorlieben was Männer betrifft bedenken, dann würde ich die Suche auf einen jüngeren Mann konzentrieren, jedenfalls jünger als Frau Bonner, der wahrscheinlich Masseur ist und geschickte Hände hat.“

Nach dem Telefonat fühlte sich Rauscher in seinen Überlegungen bestätigt. Ein Versuch war es allemal wert, sagte sich Rauscher, und wählte Kommissar Thalers Nummer.

„Kannst du herausfinden“, sagte er ganz ohne Begrüßung, „wie viele Masseure es in Frankfurt und Umgebung gibt, die jünger sind als Frau Bonner und wer noch in der Praxis Waldschmidt arbeitet?“

Achtzehn

Es war dumm von mir, einfach wegzulaufen. Ich saß zu Hause und schämte mich. Besonders vor Frau Bonner, aber auch vor mir selbst. Was war ich doch für ein Weichei. Welch wunderbare Chance hatte ich vergeben, meinen Händen freien Lauf zu lassen und die Berührung zu genießen. Genau das, was ich mir immer gewünscht hatte. Das war sie gewesen, die Gelegenheit, die Wirkung meiner Hände zu entfalten und neue Gefühle zu erkunden.

Die Vorstellung fesselte mich ungemein, aber ich traute mich nicht, Frau Bonner anzurufen und mich bei ihr zu entschuldigen. Was konnte ich tun? Ich verbrachte den gesamten Abend mit nichts anderem, als mir den Kopf zu zermartern. Würde sie mir verzeihen? Würde sie mich erneut empfangen und mir eine zweite Chance geben? Würde, würde, würde. Es war so wie immer in meinem Leben. Ich lebte im Konjunktiv: wäre, hätte, würde, könnte. Das war mein Schicksal. Nichts anderes als der ewige und unendliche Ausdruck eines scheinbar unerfüllbaren Wunsches nach Berührung. Aber wieso eigentlich unerfüllbar? Die Erfüllung war so nah gewesen. Ich hätte sie nur ergreifen müssen, im wortwörtlichen Sinne. Ganz einfach wäre es gewesen. Im Ringen mit mir und meinen Gedanken erkannte ich, dass es alleine an mir lag. Ich musste handeln. Ich musste das Heft wieder in die Hand nehmen.

In der Gewissheit, das Richtige zu tun, nahm ich den Telefonhörer und wählte Frau Bonners Nummer. Eine neue Leichtigkeit hatte mich erfasst. Und wie einfach war es, mich am Telefon tausendmal zu entschuldigen. Sie klang ein bisschen verärgert und war skeptisch, doch nach einiger Zeit stimmte sie meinem Vorschlag zu, einen erneuten Versuch zu wagen. Sie freue sich, hauchte sie durchs Telefon. Die Verabredung stand für morgen Nachmittag.

Als mich Frau Bonner das zweite Mal an ihrer Tür empfing, diesmal in einem Hauch von Nichts, das wie ein Seidenumhang schien, bekam ich zunächst einen Schreck. Andererseits war ich mir sehr bewusst, worauf ich mich eingelassen hatte.

„Du hast es dir also überlegt“, sagte sie an der Tür. Ich nickte zögerlich und erkannte ein erwartungsvolles Lächeln in ihren Augen.

„Komm Kleiner, komm!“ Sie bat mich, einzutreten. Frau Bonner packte mich am Hosengürtel. Diesmal ging sie die Sache forsch an. Ihre Augen funkelten. War ich der Sache hier wirklich gewachsen?

Ich hatte ein Handtuch aus der Praxis dabei, an dem ich mich festhalten konnte. Eigentlich war mir klar gewesen, dass ich es nicht brauchen würde, aber ich wollte etwas in der Hand haben, um meine Unsicherheit besser in den Griff zu bekommen.

Frau Bonner hatte Parfum aufgetragen, und ihr Duft betörte mich. Unser Weg führte ins Schlafzimmer. Sie ging vor mir her. Mein Blick wurde angezogen von ihren beiden Arschbacken, die zur Hälfte unterm Mäntelchen hervorlugten. Sie wippten. Der rote String in der Mitte war kaum zu sehen.

Wir hatten bislang kaum gesprochen, aber was gab es auch zu sagen? Das Schweigen trug uns auf Händen, und das rosa Liebesnest war liebevoll bereitet. Selbst die Kondome, die auf dem Nachttisch lagen, waren rosa und das Massageöl daneben trug einen Schriftzug in derselben Farbe auf der transparenten Plastikflasche. Es war dieses Unausgesprochene, das es knistern ließ.

Sie hatte sämtliche Vorkehrungen getroffen, um eine entspannte Atmosphäre zu schaffen. Sektgläser standen bereit. Etwas Auflockerung schien angebracht. Alles sprach eine eindeutig zweideutige Sprache: erst Massage, und danach kommen wir zum Wesentlichen.

Während Frau Bonner die Champagnerflasche öffnete und die Gläser füllte, legte ich das Handtuch auf der Kommode ab. Sie nahm ihr Glas und trank einen großen Schluck. Ich bekam wieder etwas Fracksausen und trank nichts. Frau Bonner gönnte sich ein weiteres Gläschen und wollte mit mir anstoßen. Mut brauchte sie sich nicht anzutrinken. Ich schon eher. Aber ich schüttelte ablehnend den Kopf.

Eine eigentümliche Kommunikation entstand zwischen uns. Mittlerweile kannte ich ihre Blicke, sie meine Schüchternheit. Frau Bonner sorgte für Nähe, kam auf mich zu, unsere Oberkörper rieben sich. Ich roch ihren frischen Champagner-Atem, wenn sie lächelte. Wir ließen uns Zeit. Ich streifte ihren Seidenumhang ab und entblößte ihre Brüste. Ihre Nippel waren erigiert, als ich sanft darüberstrich. Mit gezielten Griffen öffnete sie meinen Gürtel, zog meine Hose herunter und mir das T-Shirt über den Kopf. Sie fasste um meine Taille, zog mich dicht an sich heran und leckte über meine Brust. Ich begriff, dass ich aus dieser Nummer nicht wieder herauskommen würde und versuchte, mich locker zu geben.

Sie zog mich aufs Bett.

„Und“, sagte sie, „bereit?“ Ich bejahte. Diesmal weckte ich gleich zu Beginn ihre Begierde nach mehr. Inzwischen wusste ich, wo ich sie berühren musste, um sie schweben zu lassen. Ich nahm Öl und massierte die entscheidenden Stellen. Sie stöhnte unter meinen Berührungen. Es dauerte nicht lange, bis sie jauchzte und schluchzte.

„Fick mich“, forderte sie, „los, fick mich jetzt, ich halte es nicht mehr aus.“ Sie war eine ältere Frau, doch eine impulsive Kraft durchströmte sie. Ich spürte diese Kraft, dieses Verlangen nach mehr.

Komm, Kleiner, komm!

Mir ging es zu schnell. Ich wollte sie ein bisschen hinhalten, ein bisschen quälen und zog meine Finger aus ihrem Loch. Streichelte nur noch ihren Rücken und ließ sie ein wenig zappeln. Süße Qualen brachte ich ihr bei. Ihr Feuer legte sich etwas. Langsame, ruhige Bewegungen ließen es abflauen und nahmen ihm die Stärke.

Sind sie heiß, Frau Bonner?

Sie wusste, dass ich ein Spiel mit ihr spielte. Aber sie konnte sich nicht dagegen wehren. Zu sehr pochte ihr Herz. Zu sehr war sie gefangen in der Geilheit. Sie schwitzte wieder. Es roch nach Sekret und Angst. Der Geruch erfüllte den ganzen Raum. Und sie war nass. Mir kam es fast so vor, als hätte sie in die Hose gemacht. Es war entwürdigend, sie auslaufen zu sehen. Ihre gierigen Augen. Ihr Mund schrie nach Erfüllung. Sie wirkte wie auf die Folter gespannt, konnte nicht an sich halten. Doch ich wartete ab, wollte das Spiel auf die Spitze treiben, bevor ich es mit gezielten Griffen wieder entflammte. Diesmal ging ich besonders zart vor. Ließ meine Fingerkuppen tanzen, was seine Wirkung nicht verfehlte, denn augenblicklich fing sie wieder Feuer und verlangte nach Erlösung.

„Nimm mich jetzt", flehte sie. Sie zog mir die Shorts herunter und fuhr mit der Hand zwischen meine Beine. Es war ein gequältes Lächeln, als sie sagte:

„Du hast keinen Steifen!"

Sie kühlen ab, Frau Bonner.

Erst schaute sie verwirrt und verärgert, dann lachte sie, stellte mich und meine Männlichkeit bloß. In mir flammte eine Erinnerung auf. Das Lachen kam mir bekannt vor.

„Das ist ja jämmerlich", hörte ich sie sagen. Plötzlich war sie für mich nur noch ein Mund, aus dem Lachen kam und der mich verhöhnte. Sie schmatzte auch, und das Schmatzen tat weh in meinen Ohren.

„Jämmerlich."

Ich nahm nichts anderes mehr wahr, als dieses unerträgliche Lachen einer hysterischen Frau. Ich wünschte, sie wäre still.

„Was zum Teufel ist mit dir los?"

Ich wollte diesen Mund stopfen. Ich wollte sie wegbeamen, weg von diesem kranken Planeten. Sie erlösen von ihren Qualen. Wie weit, fragte ich mich, wie weit kann eine menschliche Seele gehen?

„Hahahahaha."

Sie wirkte verletzt und enttäuscht und lachte weiter. Immer weiter. Ihr Lachen war ordinär und lüstern. Mein Herz pochte, und mein ganzes Unglück brach über mich herein.

„Hahahahaha."

Ihr erbärmliches und entwürdigendes Lachen wollte nicht enden, aber ich fühlte eine starke Macht in mir. Warum sollte diese Frau länger leiden, warum? Ich war in der Lage, ihr Leiden zu beenden. Warum sollte sie mich länger auslachen, warum?

Ich nutzte die Werkzeuge meines Körpers und begann, sie zu kitzeln.

Jämmerlich. Wie jämmerlich.

Das Auslachen erstarb. An seine Stelle trat eine andere Art Lachen, verwirrt klang es, doch dann ebbte es ganz ab, und das Wimmern begann.

Sie lachen gar nicht mehr, Frau Bonner?

Anfangs wehrte sie sich noch, doch später kam nur noch Jammern und Klagen. Bis auch dieses erstarb. Sie wandte sich, aber sie hatte keine Kondition. Sie versuchte sich verzweifelt zu befreien und schwitzte immer mehr. Wie unter Zwang kitzelte ich weiter. Ich war nur noch angewidert und packte kräftiger zu, aber das war gar nicht notwendig, denn ihre Kraft verließ sie recht schnell. Ich sah den Horror in ihrem Blick und probierte einen Hauch ihrer Angst, einen Tropfen Schweiß, und er schmeckte nach salziger Bitternis.

Was hatte mich wieder hierher gelockt?

Als sie einsah, dass jede Gegenwehr zwecklos war, gab sie auf. Jetzt kamen nur noch Tränen. Ich kitzelte trotzdem weiter, bis kurz vor der Bewusstlosigkeit.

Warum war ich so scharf darauf, diese schweißtriefende, stinkende, vor Geilheit zitternde Haut zu berühren?

Es wurmte mich, dass sie mich verführt hatte. Ich war böse auf mich und meine niederen Triebe und ekelte mich vor ihnen. Ich schwor ihnen ab. Zukünftig wollte ich meine Gier bändigen.

Warum konnte ich nicht widerstehen?

Frau Bonner war die personifizierte Versuchung und hatte etwas Verführerisches, das mich in ihren Bann gezogen hatte. Jetzt, unter meinen Händen, war sie zum puren Objekt geworden.

Warum?

Ich spürte den Teufel in ihr. Sie hatte es vermocht, meine Begierden zu wecken. Ich hasste mich dafür, so labil und wankelmütig zu sein. Hätte ich nicht standhaft bleiben und ablehnen können? Sie führte mir ultimativ mein ganzes Elend vor Augen. Das Unglück meines Lebens.

Warum war ich so einfach um den Finger zu wickeln?

Das Objekt wandte sich vor Schmerz und suhlte sich in Tränen und Schweiß. Ich suchte einen Ausweg. In diesem Moment war es gar nicht so schwer, das Kissen zu nehmen und es ihr auf den Mund zu drücken, der verzweifelte Laute hervorbrachte und nicht still sein wollte. Und es dauerte noch drei oder vier Minuten, diesmal mit viel Energie.

Mit einem Röcheln verabschiedete sich Frau Bonner. Zuletzt zuckte sie noch einmal.

Sie lag ausgestreckt auf dem Bett. Ein totes, nach Geilheit und Angst stinkendes Tier. Ich saß neben ihr. Ihre leeren Augen starrten mich an. Ich rätselte, wie es so weit hatte kommen können. Es war meine erste Begegnung mit dem Tod.

Sie erkalten, Frau Bonner.

Lange noch hörte ich ihr Röcheln, obwohl es schrecklich still war. Wie lange hatte es sich hingezogen? Eine Viertelstunde etwa hatte mein Leben verändert.

Mein Kopf war leer und pochte. Meine Seele war müde. Ich konnte nicht denken, saß einfach da und betrachtete das Ergebnis meines vernichtenden Handelns. Mir graute vor der nächsten Stunde, Minute, Sekunde. Mir graute vor dem Nachhauseweg. Vor einem Morgen, das nie mehr unbefleckt sein konnte. Am liebsten hätte ich mich hier in der Wohnung vergraben und wäre nie wieder hinausgegangen. Panik kannte ich nicht. Es war wie ein Gewittersturm, der langsam aufzieht, sich dann plötzlich manifestiert und sich grauenhaft entlädt. Ich verlor die Kontrolle über meine Gedanken. Sie bombardierten meinen Kopf.

Was sollte ich zuerst denken, was tun? Wie sollte ich mir jemals wieder in die Augen schauen können?

Komm, Kleiner, komm!

Du hast keinen Steifen!

Verflucht!

Ich zitterte und fror. Kalter Schweiß trat auf die Stirn. Kalter Krieg herrschte dahinter. Hinaus, sagte ich mir, irgendwie musste ich hinaus kommen.

Wann hatte ich mich zum letzten Mal irgendwo heimlich aus dem Staub gemacht? Mir fiel nichts ein. Nur wirres Zeug. Es war so unwirklich, neben einer Leiche zu sitzen. Es musste etwas geschehen.

In einem Anfall von Panik erhob ich mich. Reflexartig steckte ich die beiden Kondome ein, die auf dem Nachttisch lagen. Mir wäre es peinlich gewesen, sie liegen zu lassen. Ansonsten fasste ich nichts an. Schon als ich hereingekommen war, hatte ich nichts angefasst.

Ich schaute durch den Spion. Das Treppenhaus war leer. Ich horchte und öffnete die Tür einen Spalt. Stille. Plötzlich ein Geräusch. Eine zufliegende Tür in einem der oberen Stockwerke. Ich zog die Wohnungstür schnell zu und vernahm kurz darauf Schritte. Ich linste durch den Spion. Eine Frau. Klick klack auf der Treppe. Hohe Absätze, die sich entfernten. Ich atmete tief ein, dann öffnete ich mit einem Ruck die Tür und ging hinaus. Kaum draußen, fiel mir die Türklinke ein, ich hatte sie berührt. Mir wurde abwechselnd heiß und kalt. Im letzten Moment griff ich die zufallende Tür. Glück gehabt. Sie war noch nicht zu. Ich riss mein T-Shirt aus der Hose und putzte alles ab. So sorgfältig es ging in der Eile. Ich drehte mich um und horchte wieder. Alles war ruhig. Die Tür fiel ins Schloss, nachdem ich ihr einen Schnick verpasst hatte. Schnell das T-Shirt in die Hose stecken, aufrecht die Treppe hinuntergehen und zur Haustür hinaus.

So tun, als sei nichts geschehen. Sich unsichtbar machen. Unauffällig sein. Aussehen wie jeder. Darin war ich Spezialist.

Draußen schlich sich gerade die Sonne davon. Ich tauchte ein in den vergehenden Sonntag. Passanten liefen auf dem Gehweg, einige Autos fuhren an mir vorbei und die Jungs im Hinterhof spielten Fußball.

Freitag, 22. September, 11.12 Uhr

„Herr Rauscher, die Entwicklungen im Fall Bonner tragen nicht gerade zu meiner Beruhigung bei.“ Markowsky stand vor Rauschers Schreibtisch. „Krauses Vorpreschen hat uns alle überrumpelt. Das darf nicht mehr passieren. Wie sieht es mit konkreten Ergebnissen aus?“ Immer wenn der Chef Druck machte, ging es eigentlich um etwas ganz anderes. Das hatte Rauscher im Laufe der Jahre gelernt. Vielleicht hatte Staatsanwalt Konetzke ihm wegen Krauses Auftritt in seinem Büro die Hölle heiß gemacht.

„Sobald wir was Neues haben, sind Sie der Erste, der informiert wird.“ Markowsky schien sich vorerst zufrieden zu geben.

„Noch was: Warum lässt sich Frau Erb so lange Zeit mit ihrer Entscheidung?“ Das war es also. Rauscher konnte auf sein Lieblingsthema im Moment wirklich verzichten.

„Da werden Sie sie selbst fragen müssen. Ich kann nämlich nicht in Frau Erbs Kopf hineinschauen.“ Markowsky ging. Rauscher überlegte, ob er Elke aufsuchen sollte. Doch er verwarf den Gedanken. Wenn sie noch Zeit für ihre Entscheidung brauchte, dann musste sie sie sich nehmen.

In diesem Moment wurde seine Tür aufgerissen und Krause steckte den Kopf herein.

„Gut, dass du da bist. Wir haben einen mysteriösen Anruf erhalten. Komm am besten gleich mit.“

Neunzehn

In meinem Kopf war immer jemand. Er belauschte mich. Und wusste alles, was ich auch weiß. Er wies mich auf Dinge hin, die so nicht stimmen konnten, und war zu meinem zweiten Ich geworden. Er war ich. Ich blickte meinem zweiten Ich ins Auge, denn ich konnte diese Schuld nicht länger tragen. Ihr Gewicht zwang mich in die Knie.

Ich saß in meiner Wohnung auf dem Bett, an der Stirnseite, und hörte die Kakerlaken schaben. Aber es gab keine. Was schabte da?

Komm, Kleiner, komm!

Die Schuld türmte sich auf, wie ein gewaltiger 4000er in einem Bergmassiv.

Ich schloss die Augen. Ein Dickicht wilder Schlingpflanzen umgab mich. Sie versperrten den Weg, wucherten weiter. Der Boden war Sumpf. Ich traute mich nicht, einen Fuß darauf zu setzen, traute mich nicht, hindurchzuwaten. Weiße Schatten flogen mir entgegen, wie Geister in einem undurchdringlichen Nichts.

Ich sah die weißen Schatten auf mich zukommen. Sie spuckten mich an. Ihre Spucke war Blut und besudelte mich. Ich habe gesündigt, sagte ich zu ihnen, meine Hände gehorchen mir nicht. Sie sind wie Kinder. Ich muss sie erziehen und bestrafen.

Komm, Kleiner, komm!

Ich hielt mir die Ohren zu, fest, zu fest. Es tat weh. Ich hielt es nicht mehr aus.

Alleine.

Ich drehte meine Hände und betrachtete sie. Ja, sie haben getötet.

Ja, sie haben mich zum Unmenschen gemacht.

Ich begann zu lachen.

Ja, ich lachte mich aus.

Ich empfand mich nur noch als lächerlich.

Ich lachte weiter.

Meine Hände waren kein Segen, sondern ein Fluch. Ein besonders schwerwiegender Makel. Keine Gabe, auf die man stolz sein konnte.

Nein.

Komm, Kleiner, komm!

Die Stimme in meinem Kopf hämmerte pausenlos. Wurde schneller und lauter. Ich war wie gelähmt. Ein schwerer Klotz lag auf meinen Schultern. Eine Starre breitete sich in mir aus.

Lass uns zum Regenbogen gehen.

Ich sah Marie im Nebel tanzen. Und lachen. Gerade wollte ich ihr entgegengehen und mit ihr tanzen, da bemerkte ich ihre blutunterlaufenen Augen. Ihre Haare flogen und brannten feuerrot. Aus ihrem Mund quoll ein Strahl Blut. Sie streckte ihre Hände nach mir aus, aber ich rannte weg, flüchtete mich in eine Ecke, kauerte am Boden, die Arme über dem Kopf.

Frau Bonner tauchte auf, kniete sich neben mich und versuchte, mich zu umarmen. Geh weg, schrie ich, geh weg, aber sie hörte nicht. Ihre toten Augen quälten mich. Der Glanz ihrer Haut ließ mich kotzen. Ich würgte Schleim heraus. Natürlich war ich ihr nicht gewachsen.

Sehenden Auges war ich in mein Verderben getappt. Naiv und tölpelhaft hatte ich mich verhalten. Warum war ich überhaupt zu ihr gefahren? Meine Leidenschaft und mein Verlangen hatten mich hingezogen.

Die Schuld steckte wie spitze Nadeln in meinen Venen, die mein Blut aussaugten, bis ich ausgetrocknet war. Die Schuld würde für immer auf meiner Seele lasten.

Meine Hände, die zarten Hände des Todes, wasche ich nicht in Unschuld.

Nein.

Niemals.

Die Nacht verbrachte ich kauernd auf dem Boden und sah Schatten im Nebel. Ein Bombardement der Erinnerung begann. Vater prostete mir zu. Er kippte sich das letzte Viertel einer Flasche Wodka in den Hals und warf sie an die Wand. Sie zersplitterte und erfüllte den Raum mit Schnapsgeruch. Die Nachbarn schlugen gegen die Wand, wollten ihre Ruhe. Mutter schrie und bezichtigte Vater als Säufer. So lange, bis er die Hand erhob. Nach dem ersten Schlag fielen sie sich wieder um den Hals. Mich beachteten sie gar nicht. Am nächsten Tag das gleiche Spiel.

Und dann kam alles auf einmal. Bilderfluten. Ein Schweißausbruch jagte den nächsten. Ich fieberte. Ich halluzinierte. Ich sah die Monster von früher neben mir auf der Schulbank sitzen und mich mit Popeln bewerfen. Ich sah die größeren Schüler, die mich in den Schwitzkasten nahmen, mich veräppelten und auslachten. Sie steckten mir Erde und Regenwürmer in den Mund und verlangten, dass ich sie schlucke. Zu Hause stopfte ich meinen Teddybären und Puppen Bleistifte in Mund und Arsch und beschmierte sie mit Matsch. Einigen zerfetzte ich mit dem Messer das Gesicht. Als meine Mutter das sah, rief sie Vater, und es setzte Schläge. Mutter räumte meine Spielsachen weg. Das Einzige, was blieb, war mein Computer. Ich fraß mich mit Pacman durch ein Labyrinth. Ich schoss mich im Weltall durch die angreifende Flotte der Space Invaders. Ich war Donkey Kong und kämpfte mich Ebene für Ebene nach oben. Ich bestand Adventures im Dschungel und auf fernen Planeten. Ich war erfüllt von bunten Flimmerwelten, baute meine Aggressionen ab und lebte immer mehr in meinen Fantasien. Meine Eltern waren besänftigt.

Ich hasste meine Hände. Hätte sie am liebsten eingetauscht gegen andere. Mein Ziel, besondere Leistungen mit meinen Händen zu vollbringen, ich pfiff darauf. Ein neues Ziel rückte an seine Stelle: Am liebsten wäre ich unsichtbar gewesen. Zum Teil war ich das schon. Wer hatte schon Notiz von mir genommen?

Bei aller Drangsal bemerkte ich am Horizont einen Fluchtpunkt. Meine Retterin Marie erschien im Nebel. Bruchstücke von ihr, Fragmente aus einem anderen Leben. Ich sah ihren Kopf, den sie schüttelte. Ich sah ihren Zeigefinger, den sie erhob. Dududu böser Junge, sagte sie. Ich sah ihre Hände, die winkten. Eine vage Hoffnung. Bald würde sie da sein. Montag früh würde sie zurückkehren von ihrer Tante.

Die Stunden krochen dahin. Wie würde Marie reagieren?

Das erste Licht des beginnenden Tages holte mich aus meinem Albtraum. Ich sehnte mich nach Helligkeit, danach Marie zu sehen.

Ich stand auf, duschte lange und versuchte, meine Tat abzuwaschen. Plötzlich fiel mir ein, dass ich eigentlich arbeiten musste. Sogleich war mir klar, dass ich in diesem Zustand unmöglich in die Praxis gehen konnte. Ein Anruf genügte, um mich krank zu melden. Frau Waldschmidt war noch nicht da und Frau Degen in der Buchhaltung wünschte mir gute Besserung.

Ich fühlte mich einigermaßen in der Lage, Marie gegenüberzutreten. Das war ein Trugschluss. Ich sehnte mich zwar danach, sie zu sehen, war aber keineswegs darauf vorbereitet.

Ich war schon in ihrer Wohnung, als sie hereinkam und mir spontan um den Hals fiel. Um ein Haar hätte ich sie mit meinen Armen umschlungen und meine Hände, mit denen ich gemordet hatte, auf ihre Hüften gelegt.

Um ein Haar.

Marie merkte gleich, dass etwas passiert war.

Natürlich.

Sie sah es in meinen Augen.

„Was ist mit dir?“

Ich versuchte, locker zu sein. Es misslang. Ich versuchte, normal zu sein. Vergebens.

Sie erzählte voller Euphorie von ihren Erlebnissen auf dem Bauernhof, berichtete von den Pferden, auf denen sie geritten war, vom Rauschen eines Bachs und dem Wind in den Bäumen. Doch ich hörte ihr nicht zu. Mit jedem ihrer Worte wurde mir schlechter, bis ich mich schließlich übergab. „Bist du krank?“, fragte sie. „Was ist los?“

Ich antwortete nicht. Das Fenster war offen und der Autolärm von draußen übertönte unser Gespräch. Marie schloss es.

Ich war nervös. Etwas Fremdes lag in meinem Blick. Marie registrierte es. Warum schaffte ich es nicht, die Vorkommnisse zu verdrängen und an das Leben davor anzuknüpfen?

Sie ließ nicht ab, mich zu fragen, doch ich wich aus, weil ich nicht wusste, was antworten, was zugeben, was nicht, wie weiter.

„Lass mich“, sagte ich zu ihr. Mehr fiel mir nicht ein. Nach anfänglicher Beklemmung beruhigte sich mein innerer Aufruhr etwas, doch ihr Verdacht, dass während ihrer Abwesenheit etwas passiert war, blieb. Sie wollte wissen, warum ich nicht imstande war, ihr eine vernünftige Antwort zu geben. Sie wollte wissen, ob ich noch etwas für sie empfände und warum ich sie so hängen ließ. Sie vermutete, eine andere Frau stecke dahinter. Ich blieb ihr die Antwort schuldig.

In dieser Nacht lagen wir nebeneinander, ohne uns zu berühren und ohne miteinander zu reden. Nur dieselbe Luft atmeten wir.

Am nächsten Morgen, dem Dienstag, musste Marie wieder arbeiten, und wir gingen gemeinsam in die Praxis. Mir graute davor.

Frau Waldschmidt begrüßte uns freundlich, erkundigte sich kurz nach meinem Befinden und verwickelte Marie in ein Gespräch über ihren Urlaub. Ich ließ die beiden allein und verzog mich, soweit es ging, auch den Rest des Vormittags. Bis Manfred auf mich zukam und mir auf die Schulter klopfte. Er lachte über einen Witz, den er selbst erzählt hatte. Ich konnte nicht mitlachen.

„Schlecht drauf?“ War sein Kommentar. „Junge Leut’ halt“, redete er weiter, mehr mit sich selbst.

Marie beäugte mein Tun mit Argwohn. Sie fand keine Erklärung für mein Verhalten, wurde noch misstrauischer und ihr Verdacht, dass mit mir etwas nicht stimmte und dass etwas geschehen sei, verstärkte sich.

Alle hatten viel zu tun, so dass keiner Zeit fand, sich um mich zu kümmern. Was mir nur recht war. Doch dann kam das Unvermeidliche.

Etwa um drei Uhr nachmittags kam Frau Waldschmidt aus dem Aufenthaltsraum nach vorne gerannt. In den Händen hielt sie die aufgeschlagene Rundschau. Sie atmete heftig, japste förmlich nach Luft.

„Ihr werdet es nicht glauben“, rief sie, „ihr werdet es nicht glauben.“ Augenblicklich überfielen mich die schlimmsten Befürchtungen.

Die Chefin setzte sich auf einen Stuhl, zur Salzsäule erstarrt, und ihr Gesicht war gezeichnet von blankem Entsetzen. Manfred und Susanne standen zusammen. Ich und Marie wandten uns der Chefin zu. Wir alle warteten gebannt, was sie verkünden würde. Und dann kam jener unheilverkündende Satz über ihre flatternden Lippen, der mir durch Mark und Bein fuhr:

„Frau Bonner ist ermordet worden." Der Satz nahm mir den Atem. Hier in aller Öffentlichkeit schonungslos damit konfrontiert zu werden. Mit meiner ureigenen, von mir produzierten Wirklichkeit, raubte mir alle Kräfte und den Verstand. Es war kaum auszuhalten, ohne ohnmächtig zu werden. Ich schnappte nach Luft und spielte erschrocken. So gut es ging.

Klar.

Ich durfte mir nichts anmerken lassen.

Nach einem frischen Glas Wasser hatte sich Frau Waldschmidt mit Mühe und Not beruhigt, und die erste Welle der Beklommenheit war verebbt. Alle gingen tief berührt wieder an ihre Arbeit, aber Marie hielt mich am Arm zurück. Sie sah mich mit wütenden Augen an. Das Schwarze darin wurde zu glühender Kohle. Ein leichtes Zucken in ihrem Gesicht sagte mir, dass sie etwas ahnte, dass ihre Gedanken eine Spur verfolgten, die noch ins Nichts führte. Noch stemmte sich alles in ihr gegen diesen Gedanken, ich könne etwas mit dem Mord zu tun haben. Sie konnte nicht zulassen, so zu denken und suchte verzweifelt nach einer Erklärung. Was war vorgefallen? Hatte ich etwas mit der Sache zu tun? Wieso ich? Warum konnte so etwas geschehen?

Sie fragte noch einmal, was mit mir los sei. Aber ich schwieg. Mein Schweigen brachte Marie auf die Palme.

„Hör zu", schrie sie mir ins Gesicht, „entweder du sprichst mit mir, oder ich werde fuchsteufelswild. Kapiert?" Ich legte den Zeigefinger vor den Mund und bat sie, still zu sein. Nicht hier in der Praxis.

Sie fing an zu weinen. Die Verzweiflung schnürte ihr die Kehle zu. Sie verstummte.

Ich befreite meinen Arm aus ihrer Umklammerung, ging in den Aufenthaltsraum und schloss die Tür hinter mir.

Ich war allein und wusste, dass wir nie wieder unbefangen miteinander reden würden.

Freitag, 22. September, 11.23 Uhr

Rauscher wunderte sich über den plötzlich so agilen Krause. War er auf dem Weg, der Alte zu werden?

Im Konferenzraum saßen Thaler, Elke und Edgar Schneider, ein Kollege aus der Telefonzentrale. Krause und Rauscher setzten sich dazu.

„Vor gut dreißig Minuten", begann Krause, „hat Edgar einen Anruf erhalten. Von einer jungen Frau, die kaum zu verstehen war. Seid ihr bereit?" Krause schaute in die Gesichter der Kollegen.

Zwanzig

Tränen spülen Trauer weg.

So oder so ähnlich hatte es Marie Lorenz vor kurzem gelesen. Doch sie spürte nichts davon.

Seit Stunden weinte sie schon, aber die Trauer blieb.

Wieso er, fragte sie sich.

Vor einer Woche war ihre dreimonatige Probezeit abgelaufen, und sie war zu ihrer Tante gefahren, um ein bisschen Urlaub zu machen. Seit sie die Stelle in der Physiotherapiepraxis angetreten hatte, war kein freier Tag möglich gewesen. Während der Probezeit hatte sie nicht so gerne freinehmen wollen, weil sie Bedenken hatte, Frau Waldschmidt könne das negativ bewerten und ihren Einsatz bemängeln.

So war sie letzten Sonntagnachmittag losgefahren und hatte sich schweren Herzens von ihrem neuen Freund verabschiedet. Die Zeit bei ihrer Tante war wunderschön gewesen. Sie hatte sich erholt und war voller Freude nach Frankfurt zurückgekommen.

Doch was war seitdem passiert?

Die letzten 24 Stunden waren quälend. Wenn sie eines nicht vertragen konnte, war es Schweigen. Und dann sein Verhalten. Das war nicht normal. Er war wie ausgewechselt nach ihrer Rückkehr. Sie erkannte ihn nicht wieder. Aber am schlimmsten war jener Moment gewesen, als Frau Waldschmidt den Mord an dieser Patientin verkündet hatte. Sie kannte Marie-Luisa Bonner zwar nicht, aber sie hatte von ihr gehört. Manfred hatte hin und wieder einen schlüpfrigen Spruch losgelassen.

Nur: Was hatte ihr Freund damit zu tun, fragte sie sich. Besonders seine Reaktion auf den Zeitungsartikel machte sie misstrauisch: Andeutungen, vage und verstohlene Blicke, hartnäckiges Schweigen. Was hatte er damit zu schaffen? Sie musste es herausfinden. Sie musste sein Herz erreichen. Aber er trug einen Panzer, hart wie gebürsteter Stahl, der undurchdringbar war. Verflogen war die Offenheit und Zugänglichkeit, die vorher da war. Je mehr Gedanken sie sich machte, desto konfuser wurde sie.

Marie wischte wieder Tränenströme ab, doch ihre Augen schienen ein sprudelnder Quell, der nicht versiegen konnte. Was konnte sie tun? Was musste sie tun? Wie konnte sie ihm helfen? Sie brauchte mehr Informationen zu dem Mord an Frau Bonner. Woher konnte sie die bekommen? Von der Polizei?

Ja, sicher.

Sie musste dort anrufen. Aber was sollte sie sagen? Was fragen? Sie brauchte eine Strategie, um am Telefon nicht selbst zur Befragten zu werden und sich so den Weg zur Wahrheit selbst zu vereiteln.

Sie fühlte sich matt und schwach. Der Anruf würde eine echte Herausforderung werden. Sie hatte Angst davor, Angst vor skeptischen Fragen der Polizei, Angst zu versagen. Angst einfach vor allem. Wieder liefen ihr Tränen die Wange hinunter. Es war unglaublich, wie viel Wasser in ihr war, obwohl sie sich etwa so ausgetrocknet vorkam wie eine Wüste.

Sie führte einen inneren Monolog:

Ich rufe an.

Nein, ich packe es nicht.

Doch ich muss es tun.

Oder doch lieber nicht?

Es gibt aber keinen anderen Weg.

Bekomme ich überhaupt etwas über die Lippen?

Auf jeden Fall.

Ja, anrufen, los!

Tränen schossen wieder aus ihren Augen, wenn sie an ihn dachte. Aber was sein musste, musste sein. Sie nahm das Telefon und fühlte sich wie in einem Kokon, aus dem sie schlüpfen würde, verwandelt in ein neues Wesen, das jede Herausforderung tapfer annehmen und bestehen würde.

Eins, zwei, drei.

Sie wählte und schluchzte und weinte.

Zehn Minuten später hatte sie es fast hinter sich.

„Bitte keine Polizei."

Sie weinte immer noch.

Was hatte der Polizist eigentlich gesagt?

Kurz bevor sie auflegen wollte, hörte sie plötzlich ein Geräusch hinter sich, das sie erschreckte.

Was war das? Eine dunkle Ahnung durchfuhr sie, und augenblicklich wurde ihr schlecht. Sie drehte sich um und als sie ihn sah, zuckte sie zusammen.

„Nein!" schrie sie. „Nein!"

Freitag, 22. September, 11.40 Uhr

Krause startete die Aufzeichnung des Telefongesprächs.

„Kripo Frankfurt, Schneider ist mein Name, was kann ich für Sie tun?"

Ein langes Schluchzen war zu hören, begleitet von Nasehochziehen und Weinen.

„Was kann ich für Sie tun? Bitte sagen Sie mir Ihren Namen."

Ununterbrochen erklang das Heulen, das nur ab und zu aussetzte, weil sich die Person am anderen Ende der Leitung die Nase schnäuzte.

„Bitte beruhigen Sie sich. Ich heiße Edgar Schneider. Seien Sie bitte ganz ruhig. Wir werden uns um Sie und Ihre Probleme kümmern. Können Sie bitte Angaben zu Ihrer Person und Ihrem Aufenthaltsort machen. Dann können wir Ihnen am besten behilflich sein."

Wieder Schluchzen. Und ein Stöhnen. Diesmal von Herrn Schneider, der ungeduldig wurde.

„Wir möchten Ihnen wirklich gerne helfen, aber dazu müssen Sie uns die Gelegenheit geben. Bitte beruhigen Sie sich erst mal. Und dann erzählen Sie mir, was Ihnen auf dem Herzen liegt."

Wahrscheinlich hatte er tagtäglich viele solcher Anrufe, dachte Rauscher. Es klang wie der letzte verzweifelte Versuch Schneiders, der Frau etwas zu entlocken.

Das Weinen wurde leiser. Stille. Plötzlich hörte man eine sehr junge Frauenstimme.

„In ... in ... in der Luisenstraße ist doch am ... am ... Sonntag ... ei... eine Frau ermordet worden? Ich ... ha ... be es in der Zei... Zeitung ... ge ... gelesen."

Die Worte waren wegen der Rotznase kaum zu verstehen.

Die Frau fuhr fort: „Wie ... wie ist denn ... das ... passiert? Ich ... ich meine ... wie ist sie genau ... umge..."

Abrupt endete die Stimme. Ein Weinkrampf setzte ein, der der Frau jede Fassung raubte.

Rauscher hatte das Gefühl, sie würde jeden Moment den Hörer fallenlassen und zusammenbrechen.

Jetzt schaltete sich wieder Schneider ein: „Bitte beruhigen Sie sich. Wir helfen Ihnen, wenn sie uns sagen, wer Sie sind und wo Sie sind ..." Die Frau fiel ihm ins Wort:

„Aber ich ... ich will doch nur ... nur ... es könnte sein, dass ich ... ihn kenne ... ich meine ... den Mörder ...“

In diesem Moment, als das Weinen gerade wieder anfing, flog die Tür auf und Fabian Terzer, ein Kollege aus der Technik, kam herein, Thaler stoppte die Aufnahmen.

„Wir haben sie“, rief Terzer. „Die Adresse ist ...“ Er hielt einen Zettel in der Hand und las ab: „Werftstraße 68, Gutleutviertel, in der Nähe vom Main. Die Telefonnummer gehört einer Marie Lorenz. Sie ist dort gemeldet seit eineinhalb Jahren.“

„Danke“, sagte Rauscher und dann zum Team: „Jetzt heißt es vor allem Ruhe bewahren. Wir hören uns das aufgezeichnete Telefonat zu Ende an. Vielleicht gibt es noch weitere Erkenntnisse. Dann fahren wir in die Werftstraße und vernehmen Frau Lorenz. Einverstanden?“ Rauscher sah rundherum Zustimmung und gab Krause ein Zeichen, die Aufnahme wieder zu starten. „ ... ich meine ... den Mörder.“ *Sie weinte.*

Schneider fragte nach:

„Können Sie mir seinen Namen nennen?“ Er wartete, aber es folgte nur Stille, deshalb sprach er weiter: „Wir schicken Ihnen jemanden vorbei, der sich um Sie kümmern wird. Ein Arzt wird zu Ihnen kommen. Sie brauchen keine Angst zu haben. Sie müssen mir nur Ihre Adresse durchgeben.“ Die Frau wirkte jetzt hektisch und nervös:

„Bitte“, sagte sie, „es soll niemand vorbeikommen. Bitte keine Polizei.“ Plötzlich entstand eine längere Pause und dann folgten kurze Schreie:

„Nein! Nein!“ *Ein Knall und ein Klacken. Jemand hatte aufgelegt.*

„Mehr war aus ihr nicht rauszuholen“, sagte Edgar Schneider.

„Gut gemacht“, lobte ihn Rauscher und zu den anderen sagte er: „Wir müssen jetzt verdammt schnell sein.“ Rauschers Team verließ das Präsidium kurze Zeit später.

Freitag, 22. September, 13.01 Uhr

Das Gutleutviertel lag direkt neben dem Bahnhofsviertel und wirkte auf den ersten Blick ziemlich heruntergekommen. Jedes zweite Haus beherbergte im Erdgeschoss einen Döner-Imbiss, einen Asia-Imbiss, einen türkischen Obst- und Gemüseladen, eine Drückerstube oder eine Sozialstation. Blickte man durch die Häuserschluchten, ragten ringsherum die spiegelnden Flächen der Bankentürme empor. Menschen verschiedener Nationalitäten liefen auf der Straße herum. Frankfurt multikulturell, dachte Rauscher, wenn nicht hier oder im angrenzenden Gallusviertel, wo sonst? Neulich hatte er einen Jungen mit einem T-Shirt gesehen, auf dem stand „Frankfurt multikriminell". Er hatte ihn erst darauf ansprechen wollen, ob er das besonders witzig fand, hatte es dann aber sein lassen.

Rauscher und sein Team parkten auf der Gutleutstraße. Die heruntergekommenen Altbauten hatten einen gewissen Charme. Die Fassaden, von denen viele verschnörkelt und verziert waren, trugen Patina. Rauscher, Krause, Thaler und Elke bogen in die nächste Querstraße ein, darauf bedacht, so unauffällig wie möglich zu erscheinen. Sie standen jetzt direkt vor der Werftstraße 68. Die Klingelschilder sprachen eine eindeutige Sprache. Hier herrschte Fluktuation. Die meisten waren mehrfach überklebt oder übermalt. Nur eines war noch im Originalzustand. In schwarzen Lettern gedruckt. Die Namen deuteten an, dass hier die halbe Welt wohnte. Marie Lorenz wohnte im vierten Stock.

Krause lehnte sich gegen die Eingangstür. Sie war offen, das Schloss defekt. Ein paar Sekunden später standen sie im dunklen Hausflur. Das Licht funktionierte nicht und ihre Augen brauchten einige Zeit, um sich an die Dunkelheit zu gewöhnen. Leise gingen sie die Treppe hoch. Das Treppenhaus hätte etwas Farbe vertragen können, an einigen Stellen bröckelte der Putz, trotzdem bekam man eine Ahnung, wie schön es mal war: Stuck an der Decke, das geschwungene Treppengeländer, die hohen Fenster mit edlen Holzrahmen, bei denen der Kitt aus den Ritzen fiel.

Es war still und bis zum dritten Stock war ihnen noch niemand begegnet. Als sie die letzte Wendung der Treppe hinter sich gelassen hatten, sahen sie, dass Marie Lorenz Wohnungstür sperrangelweit offen stand.

Sofort gingen sie in Habachtstellung und pressten sich gegen die Flurwände. Alle zogen ihre Pistolen und Rauscher bedeutete Elke, dass sie zurückbleiben solle. Krause und Thaler gingen als erste in die Wohnung. Krause schlich vor, steckte den Kopf in den Flur und wartete. Stille. Nichts rührte sich. Der Flur war eng und nicht sehr lang. Zwei Schränke standen rechts und links und nahmen ihm die Sicht. Geradeaus gab es eine weitere Tür, die offen stand. Krause tastete sich vor. An beiden Seiten des Flurs gingen Türen ab. Er schaute rechts und links in die Zimmer, leer, er ging vorsichtig weiter. Thaler dicht hinter ihm.

Mit einem schnellen Sprung war Krause in dem Zimmer, das unmittelbar vor ihm lag, die Pistole im Anschlag. Kein Mensch war in dem Zimmer, dafür lagen überall Sachen herum. Thaler rief Rauscher und Elke, die nur auf ein Zeichen gewartet hatten.

„Scheiße", rutschte es Rauscher heraus, „Marie Lorenz ist weg. Und allem Anschein nach ist sie nicht ganz freiwillig gegangen." Krause hatte schon sein Handy in der Hand und orderte die Spurensicherung.

„Kampfspuren", sagte Elke. Sie zeigte auf Porzellan- und Glasscherben, wild verstreute Bücher. Ein Telefon lag in einem Blumenkübel, der mitten im Zimmer stand, umringt von allerhand Krimskrams.

Jetzt ging Rauscher auf Inspektionstour. Die Wohnung war klein. Außer dem verwüsteten Wohnzimmer gab es noch ein Schlafzimmer, das aufgeräumt erschien, die Küche, das Bad und einen Minibalkon. Spuren eines Kampfes fanden sich lediglich im Wohnzimmer. Der Rest der Wohnung wirkte normal und war bunt eingerichtet. Im Schlafzimmer waren die Wände in vier verschiedenen Farben gestrichen: gelb, orange, dunkelrot und hellblau. In jedem Zimmer lag ein anderer Teppich. Die beige Einbauküche war mit roten, grünen und blauen Griffen versehen.

Die Schranktüren geschlossen. Auf dem Kühlschrank war ein großes blaues Smiley. Sah aus wie aufgesprüht. Der Mülleimer war pink, die zwei Holzstühle ebenfalls. Der kleine Küchentisch trug eine Holzplatte in der gleichen Farbe. Rauscher musste schmunzeln, als er das alles begutachtet hatte. Die Eingangstür wies keinerlei Einbruchspuren auf. Schubladen, Kommoden oder Schränke waren nicht durchwühlt worden. Ein Portemonnaie lag sichtbar auf der Ablage im Flur.

Im Wohnzimmer hatten Thaler und Krause eine Schuhschachtel entdeckt, die etliche Dokumente enthielt. Krause wühlte in Kontoauszügen, Versicherungsverträgen und Rechnungen. Er fand einen Pass und betrachtete das Bild von Marie Lorenz. Sie war blass und ihre schwarzen Haare glänzten. Sie wirkte dünn und kantig. Die Wangenknochen traten hervor und die Lippen waren blutleer. Alle schauten jetzt in dieses junge und doch befremdliche Antlitz und prägten es sich ein.

Thaler hielt ein paar Blätter in der Hand:

„Ich habe hier einen Arbeitsvertrag gefunden von der Physiotherapie-Praxis Waldschmidt. Marie Lorenz arbeitet dort als Physiotherapeutin. Wenn ich mich nicht irre“, sagte er, „laufen die Fäden jetzt langsam zusammen.“

Einundzwanzig

Marie.

Warum?

Marie, warum?

Hölle im Herzen. Kann es ein teuflischeres Gefühl geben? Kann es einen Schmerz geben, der quälender ist?

Fetzen im Hirn. Wie sie fliegen vom Licht ins Dunkel. Gleißende Sterne, die in der Unendlichkeit verschwinden und nie mehr den Weg zurück finden.

Ich lächelte. Doch plötzlich konnte ich nicht mehr lächeln, weil ein Schrei mein Herz blockierte.

Warum nur, Marie?

Eine Verzweiflung hatte sich festgesetzt, die größer war als alles, was ich kannte, und die unüberwindlich schien. Aufgestaute Wut brach hervor.

Warum Marie?

Ich schäumte und kochte.

Warum hast du mich verraten, Marie?

Es sollte ein Überraschungsbesuch werden, aber es wurde ein Albtraum. Meine Mundwinkel zitterten. Mein Herz war ein Trümmerfeld. Wenn ich Marie sah, explodierten weitere Minen.

Warum nur, warum war ich in ihre Wohnung gekommen?

Marie saß in meiner Wohnung in der Mitte des Zimmers auf einem Stuhl. Ihre Hände waren hinter der Stuhllehne mit Klebeband verbunden, die ihr, sobald sie sich befreien wollte, ins Fleisch schnitten. Ebenso waren ihre Füße an die Stuhlbeine gefesselt.

Warum, Marie?

Als ich sie in ihrer Wohnung hatte stehen sehen, mit dem Telefonhörer in der Hand und das Wort „Polizei" hörte, war es, als würde die Welt unter mir wegbrechen. Ein riesiger Schlund hatte sich aufgetan. Die einzige Person, die mir je etwas bedeutete, hatte mich verraten. Marie hatte mich den Hunden zum Fraß vorgeworfen. Völlig außer mir war ich auf sie zugestürzt, hatte einen Plastikeimer aus dem Weg getreten, ihr den Mund zugedrückt und das Gespräch weggeklickt. Durch den Schwung waren wir beide gegen ein Regal gefallen, das erst wackelte und dann mit einem lauten Krachen umfiel. Wir wälzten uns am Boden, begruben Bücher unter uns und eine Vase zerschepperte. Marie japste und fuchtelte mit den Händen. Als wir uns wieder berappelt hatten, wollte sie immer noch nicht stillhalten und griff nach allem, was ihr in die Finger kam. Sie riss ein Bild von der Wand, dann schmiss sie einen Blumentopf vom Fensterbrett. Ich zog sie zurück und dabei warf sie eine Stehlampe um. Mir wurde es zuviel, und ich drückte fester zu, bis sie keine Luft mehr bekam. Marie, dieses zarte Wesen, lag kurze Zeit später in meinen Armen und war ohnmächtig geworden.

In diesem Augenblick drängte sich mit Gewalt eine verstörende Erkenntnis in mein Bewusstsein. Ich hatte begriffen, dass es mir nicht vergönnt war, einer anderen Person wirklich nahe zu sein, weil immer ein gewisses Maß an Unheimlichkeit an meinen Händen haften würde. Diese Erkenntnis schockierte mich und inspirierte mich zugleich. Sie spornte mich an. Ich wollte Marie für mich haben.

Für mich alleine.

Und für immer.

Aber hier mussten wir schnell weg.

Die Polizei würde bald auftauchen.

Sie hatte ganz leicht in meinen Armen gelegen, als ich sie zu ihrem Auto bugsiert und auf den Beifahrersitz gesetzt hatte. Unser Weg führte zu mir, in mein Territorium. Während der Fahrt hatte ich immer wieder voller Verzweiflung zur Seite geblickt. Ihr Kopf hing schief.

Warum Marie?

Es war etwas mühsam gewesen, ihren reglosen Körper die vielen Treppen hochzuschleppen, aber auch das schaffte ich.

Jetzt kam sie langsam zu sich. Ich stopfte ihr eine Socke in den Mund. Auf dem Stuhl sitzend regte sie sich, ihre Augen zitterten. Sie schnappte nach Luft. Ihre nassen Augen leuchteten wie schwarze Diamanten. Ich schrie ihr ins Gesicht:

„Glaubst du nicht, dass ich mich schon genug schäme?“

Sie schaute mich an mit verletztem Blick.

„Glaubst du nicht, dass ich schon genug Schuld auf mich geladen habe?“

Warum, Marie?

Ich ging um sie herum. Da ich ihren Blick nicht länger ertragen konnte, verband ich ihr die Augen mit einem Handtuch. Sie wimmerte und drehte den Kopf, spitzte die Ohren und versuchte, meinen Schritten zu folgen. Ich war bemüht, kein Geräusch zu verursachen.

Maries Anruf hatte ein kleines tektonisches Erdbeben in mir ausgelöst. Mein Ziel war begraben, mein Streben erloschen. Es gab eine Grenze, und die war überschritten. Meine Ängste fuhren Achterbahn. Zeit existierte nicht mehr. Mein Weg war vorgezeichnet. Die Ratten der Vergangenheit fiepten mir zu. Sie zerfraßen mein Gehirn. Mein Gehirn war ein tiefes Gewölbe, in dem ich mich verlief. Es hatte dicke Mauern, die ich nicht einreißen konnte, hohe Treppen, die ich nicht besteigen konnte, schwebende Brücken, die ich nicht zu überwinden wagte. Und es herrschte ewige Nacht. Alles war brüchig, verstaubt und voller Spinnweben. Überall knirschte es. Das Gewölbe war einsturzgefährdet, doch was ich aus ihm barg, war für mich ein unermesslich kostbarer Schatz. Alles hätte so schön werden können mit Marie.

Alles.

Ich sah rasende Filme, die sich in meinem Gehirn abspulten. Es war ein Mosaik von Marie. Ich sah sie in der Praxis. Sie kniete neben einem Patienten und knetete ihn. Ihre Lippen bewegten sich. Sie knetete und knetete. Dann half sie ihm, das eine Bein zu heben, dann das andere. Ich sah uns in der Mittagspause im Park sitzen, dem Wind und den Bäumen lauschen. Ich sah uns Liebe machen, die Hände auf dem Rücken.

Lass uns zum Regenbogen gehen.

Ich verjagte die Gespenster der Vergangenheit. Zum ersten Mal hasste ich meine Erinnerungen, und ein neues Gefühl machte sich breit. Hier saß ich mit ihr, in meiner Wohnung. Ich hatte die Vorhänge zugezogen. Niemand wusste, dass wir hier waren. Niemand würde uns stören. Nicht mal die Vögel. Wir hatten viel Zeit füreinander. Viel, viel Zeit.

Eine wunderbare Vorstellung.

Ich war erschöpft, aber meine Hände peitschten mich vorwärts.

Marie weinte. Unter der durchweichten Augenbinde liefen ununterbrochen Tränen. Sie zitterte am ganzen Körper. Eine Gänsehaut überzog ihre Arme.

Vergiss deine Wünsche, du verkommene Kreatur.

Ich riss Maries Bluse auf. Die Knöpfe fielen ab. Dann schnitt ich das Top, das sie auf ihrer Haut trug, an der Seite auf, riss es von ihr und warf es in eine Ecke. Mit nacktem Oberkörper saß sie da. Marie schluchzte. Durch den Socken im Mund klang es jämmerlich. Sie verkrampfte. Angst und Schrecken zeichneten ihr Gesicht. Entwürdigend, fand ich.

Halte dich im Zaum.

Ein lange im Verborgenen gebliebener Geist erwachte in mir. Vorsichtig, jedoch ohne sie zu berühren, fuhr ich mit den Händen über ihre Haut. Ich achtete auf einen kleinen Abstand von der Oberfläche, doch schon merkte ich ihren Atem schneller werden.

Hallo schönes Mädchen, wer bist du? Etwa Sabin, meine kleine Cousine, oder die schöne Fremde aus dem Wartesaal im Bahnhof? Nein, wer dann? Doch nicht etwa Frau Feilbach, die Referendarin oder Sin, die thailändische Prostituierte? Auch nicht. Na dann, vielleicht Katrin Schmidt, die Werbefrau oder doch Frau Bonner, die sich meinen Händen ergab? Du meinst, du vereinigst alle, bist die Essenz aller Berührungen meines bescheidenen, beschissenen Lebens. Wie recht du hast, wie recht.

Meine Hände waren mein Gedächtnis. Sie vergaßen nichts. Sie waren meine Instrumente, mit denen ich spielte. Ich konnte mit ihnen einen Rhythmus vorgeben. Die Melodie des Todes kannten sie bereits. Sie konnten töten, das haben sie bewiesen. Sie waren die tödliche Berührung.

Ich glitt mit meinen Händen über sie. Marie zuckte und wandte sich, aber sie konnte den Qualen nicht entfliehen.

Warum nur, Marie, warum hast du mich verraten?

Mein Trieb, sie zu berühren, flaute etwas ab. Ich wehrte mich noch gegen diese streunenden Gedanken, die unweigerlich auf ein Ziel zuzusteuern glaubten. Ich sah die entblößte Marie auf dem Stuhl sitzen und als Bild im Bilde erschien mir die nackte Frau Bonner. Ja, sie war es. Sie lag vor mir auf dem Bett und wollte mich empfangen, und ein tierisches Lachen kam aus ihrem Munde. Ich hörte sie lachen und sagen: „Du versuchst es noch einmal. Hahahahaha. Noch einmal." Ich hielt mir die Hände auf die Ohren und verkroch mich in eine Ecke. Aber Frau Bonner wollte nicht gehen. Nein. Sie blieb. Und ich zitterte. Ich musste sie verscheuchen. Ja. Verjagen.

Ich sprang auf und holte die Sockenkugel aus Maries Mund.

„Sag was, Marie, sag was!"

Marie wusste nicht, wie ihr geschah und schwieg. Wimmerte nur. Kraftlos wirkte sie auf ihrem Stuhl, wie sie den Kopf senkte und ihren Atem in leichten Stößen ausspuckte. Ich roch Urin. Er floss aus ihr heraus und verteilte sich im Raum.

Ein Mix aus Trotz, Ekel und Gutmütigkeit gewann die Oberhand. Mein ödes Herz jammerte, und Mitleid pflockte sich hinein. Hilflos wie Marie war, zerbrechlich und weich, setzte mir ihr Bild mehr und mehr zu. Ich war verwirrt. Ich hatte mich verrannt im Irrgarten des Schmerzes. Wo war der Ausgang?

Freitag, 22. September, 13.51 Uhr

Rauscher wandte sich an Krause und Thaler. „Gebt eine Fahndung nach Marie Lorenz raus." Die beiden gingen hinunter zum Polizeiwagen.

Dann schaute er Elke an.

„Dein Eindruck?", fragte er.

„Marie Lorenz Zustand am Telefon, das Chaos hier", sagte Elke, „ich glaube, sie weiß etwas, was wir nicht wissen sollen. Vielleicht hat jemand ihr Gespräch belauscht und wollte nicht, dass sie mit der Polizei telefoniert. Wenn ich mich hier umschaue, könnte es sogar sein, dass er verdammt sauer war, dass sie mit der Polizei telefoniert hat. Ohne Grund ist sie nicht entführt worden."

„Du glaubst, dass es Frau Bonners Mörder war?"

„Ja. Und ich glaube sogar, dass sie ihn sehr gut kennt." Während Rauscher ihr zugehört hatte, hatte er in der Wohnung herumgeschaut und Fotos entdeckt, die an der Wand hingen. Männerhände. Immer dieselben Hände.

Er nahm ein Bild von der Wand und betrachtete es. Die Hand war eher feingliedrig, wie die Hand eines Jungen. Die Finger schmal, die Nägel kurz geschnitten. Rauscher überlegte: Waren das die Hände des Mörders? Vielleicht konnte jemand die Hände identifizieren? Vielleicht Frau Waldschmidt?

Freitag, 22. September, 14.32 Uhr

Marie Lorenz war in Gefahr. In Lebensgefahr. Die Fahndung lief.

Rauscher parkte direkt vor der Praxis Waldschmidt und rannte los.

Frau Waldschmidt erschrak, als er die Tür aufriss.

„Ich hätte einige Fragen an Sie", überfiel Rauscher sie und zeigte ihr seinen Ausweis. Frau Waldschmidt wollte etwas erwidern, kam aber nicht dazu. „Zu wem hatte Marie Lorenz Kontakt, hier in der Praxis?"

„Wie meinen Sie das?"

„Wie war zum Beispiel ihr Verhältnis zu Manfred Haffner?"

„Kollegial", sagte sie spontan, „Marie ist noch nicht lange bei uns. Wenn Sie auf eine Affäre anspielen oder so, das wäre mir aufgefallen."

„Wer arbeitet eigentlich noch hier? Außer Ihnen, Frau Lorenz und Herrn Haffner."

„Frau Degen. Sie macht halbtags die Buchhaltung. Dann Susanne Vaske, unsere Physiotherapeutin. Und bis vor sechs Wochen noch unsere zwei Auszubildenden, Tina Schmitter und Ingrid Handlos, aber die haben ihre Prüfung gemacht und sind jetzt weg."

„Demnach waren sie zu siebt und sind jetzt nur noch zu fünft", sagte Rauscher. „Und nur ein Mann darunter? Richtig?" Frau Waldschmidt überlegte und zählte für sich nach.

„Ach Gott", sagte sie, „Lars, unseren Praktikanten, hätte ich fast vergessen. Lars Hansen. Er ist so unscheinbar. Eigentlich ist er gar kein Praktikant mehr. Ich sag‘s halt immer noch. Anfang September hat er mit seiner Ausbildung angefangen. Ich kann mich einfach nicht daran gewöhnen.“ War er das? Rauscher insistierte.

„Dieser Hansen, was wissen Sie über ihn? Was ist das für ein Typ?“

„Er ist 24, ein Eigenbrötler. Aber ein sehr lieber Junge. Fleißig und wissbegierig. Er will immer mehr machen, als er schon kann.“

„Wie schätzen Sie das Verhältnis von Marie Lorenz und Lars Hansen ein? Waren sie ein Paar?“

„Das weiß ich nicht“, wehrte Frau Waldschmidt Rauschers Frage ab. „Die privaten Angelegenheiten meiner Mitarbeiter gehen mich nichts an.“ Rauscher zeigte ihr das Foto aus Maries Wohnung.

„Kennen Sie diese Hand?“ Frau Waldschmidt schaute sich das Foto an und zuckte mit den Achseln.

„Dieser Hansen, ist Ihnen an ihm irgendetwas aufgefallen? War er manchmal komisch? Hatte er vielleicht eine bestimmte Begabung?“ Die Praxischefin schaute Rauscher an, als hätte er gerade eine Erinnerung in ihr geweckt.

„Also, ja, ja, da war was“, sagte sie. „Ich habe ihm nicht gerne die Hand gegeben. Ich weiß nicht, wie ich es beschreiben soll. Es war ... so ... intensiv. Schon als er sich hier vorgestellt hat, habe ich es gespürt.“ Rauscher wurde hellhörig und deutete auf das Foto. „Könnte das die rechte Hand von Lars Hansen sein?“

„Ich weiß nicht. Könnte sein, aber auch nicht. Wenn er jetzt da wäre, wüssten wir’s sofort. Aber ausgerechnet heute“, sagte sie, „ist er nicht erschienen.“

„Kommt das oft vor?“, hakte Rauscher nach.

„Nein, eigentlich so gut wie nie.“

„Okay“, sagte Rauscher, „ich brauche seine Adresse.“ Frau Waldschmidt ging zum Aktenschrank, nahm einen Ordner heraus, auf dem ‚Personal‘ stand und schrieb Rauscher die Adresse auf.

Einen Händedruck und ein Dankeschön später lief Rauscher zu seinem Wagen.

Zweiundzwanzig

Marie.

Warum?

Marie, warum?

Marie gab jetzt keinen Mucks mehr von sich. Sie zitterte, weil sie fror und sie hatte eine Gänsehaut. Ich weiß nicht, wie lange schon, aber ich saß noch in der Ecke am Boden und fantasierte. Ein scharfer Ankläger war in meinem Kopf. Er stand auf einer Kanzel und sprach mit erhobenem Zeigefinger zu mir herunter:

Du hast deinem niederträchtigen Verlangen nachgegeben, anstatt dich um Marie zu kümmern.

Du hast eine Frau getötet, weil du deine Gier nicht unter Kontrolle halten konntest.

Du hattest Marie für dich gewonnen, aber du hast alles verspielt.

Deine Hände sind verdammt!

Du bist ein Kontinent.

Deine Hände sind das Delta.

Durch sie fließt alles, was in dir ist und ergießt sich über die Welt.

Ich musste aufstoßen und spuckte Galle. Es war, als käme alles heraus, was ich je in mich hineingefressen hatte.

Ich betrachtete zum wiederholten Male meine Hände. Sie waren der Schlüssel zur Erlösung oder zum Untergang. Ich schaute zu Marie, wie sie da gefesselt auf dem Stuhl saß, mit ihrem nackten Oberkörper. Ihre Haut ließ ein Kribbeln in meinem Magen aufkommen. Ich musste mich dagegen wehren. Gegen die Berührung. Gegen die Versuchung. Warum nur, fragte ich mich, spürte ich immer noch dieses Verlangen in mir, nach allem, was geschehen war. Langsam wurde mir bewusst, dass es nie aufhören würde. Dass ich für immer ein Besessener sein würde. Besessen von dem Wunsch zu berühren.

Deine Hände sind das Delta.

Ich erhob mich und umkreiste Marie. Wieder und wieder. Meine Marie, die ich verloren hatte. Ich hasste mich selbst.

Durch sie fließt alles.

Als Marie das Geräusch meiner Schritte vernahm, hob sie leicht den Kopf und seufzte. Es war mehr ein Keuchen und Stöhnen. Es schwoll an und ebbte wieder ab. Sie hatte scheinbar keine Tränen mehr, denn ihre Wangen waren trocken. Ich sah sie an und liebte sie mehr denn je. Ich musste etwas tun, um unsere Liebe zu retten.

Und ergießt sich über die Welt.

Ich blieb stehen und es war, als sei eine Klarheit über mich gekommen. Alles schien plötzlich von Anfang an so klar gewesen zu sein. Ich ging ins Bad und holte eine Rasierklinge.

Im Handumdrehen stand ich wieder vor Marie und riss ihr die Augenbinde herunter. Sie musste sich erst daran gewöhnen, blinzelte ein bisschen und sah mich scharf an. Erst auf den dritten oder vierten Blick registrierte sie die Klinge in meiner Hand.

Sie schrie. „Nein."

Entsetzen zeichnete eine Fratze in ihr hübsches Antlitz.

Wieder schrie sie: „Nein."

Wie in Trance stand ich vor ihr und hob die Klinge. Ich ritzte in meine Hand und ein Tropfen Blut quoll hervor. Wunderschön sah er aus. Frisch und so lebendig. Ich spürte nichts und ritzte tiefer. Ein gleißender Schmerz durchzuckte mich. Meine Hand war blutüberströmt. Ich leckte es ab, doch es war zu viel. Ich fuhr mir mit der Hand durchs Gesicht. Ein zweiter und dritter Schnitt ging noch leichter von der Hand.

Marie sah mit Grauen zu mir hoch. Eine Heidenangst spiegelte sich in ihren Augen. Sie schüttelte den Kopf, war aber nicht fähig zu sprechen.

Wieder schossen ihr Tränen in die Augen.

Vorwärtsgetrieben durch das Verlangen, meine Hände zu verstümmeln, ritzte ich weiter, tiefer. Ich nahm mir die andere Hand vor, schnitt mit der bereits verletzen Hand Furchen in die Haut. Das Blut floss aus den Wunden. Jeder Schnitt brannte wie Feuer. Ich biss die Zähne zusammen.

Ich war wie im Rausch.

Teuflische Gesichter erschienen mir. Falsche Seelen spazierten an mir vorbei: Vater reichte mir eine Schnapsflasche. Mutter kam mit Schere und Bindfaden. Frau Schmidt riss sich die Bluse vom Leib und hielt mir die Brust hin. Frau Feilbach schminkte sich die Lippen rot und spitzte sie. Frau Bonner öffnete mir ihren Schlitz, der nass und schlabberig war. Sie schütteten Eimer mit roter Farbe über mich. Ich war die Beute, sie die Jäger. Ich tauchte meine Hände in die zähflüssige Masse. Alles war rot. Alles war Blut. Rot. Nur rot. An meinen Händen klebte Blut. Ich wich zurück. Entkam ihnen.

Als sie merkten, dass ich weg war, wurden sie aufeinander aufmerksam. Sie beschnüffelten sich, berührten sich, fielen auf die Knie und übereinander her. Sekundenbruchteile später streiften sie sich die Kleider ab und Sabber rann aus ihren Mäulern. Arme, Beine, Hälse verwickelten sich. Sie schleckten sich ab, sie schmatzten und bissen sich. Sie fielen übereinander her, jeder fasste jeden an.

Auch ich fiel zu Boden und zog mich an Marie wieder hoch. Ich strich ihr übers Gesicht, umfasste ihren Oberkörper und ihre Haare. Ich fing an zu weinen. Hemmungslos. Und konnte mich irgendwann nicht mehr halten. Ich fiel. Die Wand fing mich auf, an der ich entlang glitt. Ich flatterte durchs Zimmer. Es war wie ein Tanz in der Schwerelosigkeit. Bis ich nicht mehr konnte und nichts mehr sah.

Stille.

Dunkelheit.

Zusammenkauern.

Verschwinden.

Auflösen.

Sterben.

Freitag, 22. September, 15.22 Uhr

Lars Hansen wohnte in der Frankenallee 323, eine Parallelstraße zur Mainzer Landstraße, im Gallus, einem typischen Frankfurter Mischviertel mit drei- bis vierstöckigen Mietshäusern und vielen Gewerbebetrieben. Rauscher gab Gas. Jede Sekunde zählte jetzt. Konnte Marie Lorenz helfen, sie retten.

Als Rauscher vor dem Haus stand, ging die Tür auf und eine ältere Dame kam heraus. Rauscher schlüpfte hinein. Es war schummrig.

Rechts im Treppenhaus hingen Briefkästen. Der erste trug das Schild ‚Horst Pflüger, Hausmeister.' Weiter hinten der letzte, im Dunkeln und kaum entzifferbar, unmittelbar vor dem Abgang dreier Stufen, die zum Keller führten, sah er das Schild ‚Hansen'. Er blickte hoch, am Treppengeländer vorbei, und fragte sich, was ihn dort oben erwarten würde. Vorsicht war geboten. Das spürte er und zog seine Dienstwaffe.

Im ersten Stock öffnete ein älterer Mann mit Bierkieze seine Tür und warf einen Karton in die Altpapierkiste. Als er Rauscher mit der Waffe sah, erschreckte er sich.

„Herrgottnochemol, was soll en des?" Rauscher zeigte ihm seinen Dienstausweis.

„Rauscher, Kripo Frankfurt, Herr Pflüger nehm ich an? Wo wohnt Lars Hansen?"

„Unnerm Dach", Herr Pflüger zeigte nach oben, „hat er was ausgefresse, de Bursch?"

„Kennen Sie Herrn Hansen näher?"

„Geh fort, isch hab den nur zwaa, drei ma gesehn."

„Wissen Sie, wie seine Wohnung geschnitten ist?"

„Wenn Se nei komme, stehn Se midde im Wohnzimmer. Hinne raus is die Küch und linker Hand es Klo."

Rauscher bedankte sich und setzte seinen Weg fort. Als er mitbekam, dass der Hausmeister seine Schlappen anzog, um ihm zu folgen, fuhr er ihn an:

„Sie bleiben, bis ich Sie rufe. Klar?" Die unmissverständliche Ansprache hatte gesessen. Der Hausmeister nickte und sah aus, als hätte er ein bisschen Schiss.

Rauscher nahm Stufe für Stufe. Im obersten Stockwerk angekommen sah er, dass es dort nur eine Wohnung gab. In der Decke befand sich eine Luke, die zum Dach führte. Er überlegte nicht lange, sondern drückte die Klingel. Ein kurzes lautes Schellen. Nichts rührte sich. Er horchte.

Da.

Ein leises Stöhnen.

Ein kaum wahrnehmbares Schluchzen.

Eine winselnde Stimme.

Ja.

Deutlich.

Rauscher nahm Anlauf und rannte mit vollem Schwung gegen die alte Holztür, die sofort aufflog und Rauscher hinterher.

Er musste den Überraschungsmoment nutzen.

Die Waffe nach vorne gerichtet versuchte er sich zu orientieren.

Es war dunkel. Nur aus dem Treppenhaus drang ein wenig Licht herein. Rauscher war in einem großen Raum. Es roch süßlich. Und war vollkommen still. In der Mitte des Zimmers ragte etwas empor. Er konnte nicht erkennen, was es war. Nichts bewegte sich. Vor dem Fenster hing ein schwarzer Vorhang, den er jetzt aufzog.

Gott im Himmel, durchfuhr es ihn.

Alles voller Blut!

Als er sich weiter umblickte, hätte er schreien mögen, dass der Taunus wackelt.

Dreiundzwanzig

Am Ende meines traurigen, von einigen Farbtupfern abgesehen, grauen Lebens sitze ich hier, in dieser trostlosen Zelle.

‚Halte durch' flüstern mir die Stimmen der Nacht zu. ‚Schreib weiter' hallt es von den Wänden.

Ich sitze im Lichtkegel des Strahlers, lausche ihnen und befolge ihren Rat.

Die letzten Zeilen.

Was gäbe es noch zu sagen?

Ich weiß zu schätzen, dass Sie mich im Geiste begleitet haben. Dafür danke ich Ihnen.

Insgeheim hoffe ich, dass ich Ihnen ein wenig von der Poesie der Berührung näher bringen konnte. Wahrscheinlicher ist es jedoch – und das kann ich Ihnen beileibe nicht verübeln – dass Sie mich, aufgrund meiner Tat, verurteilen. Die Welt verurteilt mich sowieso. Sie hasst mich, ohne mich wirklich zu kennen, und die Frage der Schuld ist auch noch nicht geklärt. Ich bezweifle sehr, dass sie je geklärt werden wird.

Sie werden vielleicht lachen, aber ich sehe mich als Opfer. Als Opfer meiner Hände Begabung.

Hier im Gefängnis gab ich mich zurückhaltend. Den Umgang mit anderen Gefangenen vermied ich, wo es nur ging. Sei ruhig, sagte ich mir immer wieder, halte dich zurück, sei unsichtbar. Ich glaube nicht, dass jemand Notiz von mir genommen hat. Ich war so unwichtig und blass, so nichtsbedeutend und wertlos, dass mich alle übersehen haben. Wie immer in meinem Leben.

Bis auf Marie.

Nur sie hatte mich richtig wahrgenommen. Als Mensch wahrgenommen. Doch auch das nützte mir nichts.

Die ersten Tage im Gefängnis trug ich einen dicken Verband um die Hände. Mein Fleisch heilte gut und die Wundsalbe wirkte, so dass ich den Verband nach vier Tagen abnehmen und durch Pflaster und Mullbinden ersetzen konnte.

Eine nicht unangenehme Schwere erfüllte mich. Süß und friedlich fühlte sich mein Inneres an. Sogar eine gewisse Heiterkeit machte sich breit. Besonders wenn ich meine verletzten Hände sah.

Wie schön sie immer noch sind! Nur schade, dass Sie sie nicht sehen können. Dass Sie sie nicht spüren können. Dass Sie nicht erleben können, welche Wunder sie hätten vollbringen können. Niemand wird es je erfahren.

Seien Sie froh, dass Sie mich hier nicht sehen können, wie ich mich Zeile für Zeile dem Ende nähere.

Am Tage, wenn ich schlafe, nachts schreibe ich ja, sind meine Träume wie ein Teppich. Gewoben aus vielen Geschichten. Ich möchte Ihnen Frau Bonner vorstellen. Sie besucht mich in meinen Träumen.

Komm Kleiner, komm!

Ich hätte sie gerne verscheucht, aber es geht nicht. Sie sitzt auf einem Stuhl neben dem Bett und schaut mich an.

Befreie dich von dieser Schuld!

Ihre Augen quellen hervor. Ihre Hände werden zu Greifarmen. Sie hat acht davon, wie eine Riesenkrake. Ich klebe bald an den Noppen und komme nicht mehr los. Ich zappele und strampele, aber ich hänge fest.

Befreie dich von dieser Schuld!

Manchmal sehe ich die Tote aufgebahrt zwischen Blumenbouquets, dann liegt ihr totes Fleisch im Sarg und wird eingelassen in die finstere Erde. Niemand außer mir weiß, was in ihrem Inneren vorgegangen ist. Nur meine Hände haben es gespürt.

Ritz, ritz, ritz.

Immer wieder tauchen in den Träumen meine blutigen Hände auf. Auch Vater sehe ich. Er hat mir die Wunden an den Händen beigebracht. Aus meinen aufgeschlitzten Händen schoss ein glühender Lavastrom blubbernden Blutes. Ich würgte Vater mit beiden Händen. Frau Bonner stand daneben und lachte mich aus, dann stopfte ich ihr blutige Schwämme in den Mund.

Ich versuchte, die Wunden an meinen Händen mit Watte zu stopfen. Mit weißer weicher Watte. Als das nicht gelang, wischte ich das Blut an Manfreds kahlem Schädel ab. Aber es war einfach zuviel, und die Quelle wollte nicht versiegen. Am Ende sammelte ich das viele Blut in einer großen Schüssel und trank sie leer. Das wiederholte ich mehrmals. Ich fühlte mich perfekt und stark. Mir konnte nichts passieren. Ich konnte nicht verbluten, denn ich würde immer wieder mein eigenes Blut trinken können.

Wenn ich erwachte nach diesen Träumen, hatte ich einen verklebten Mund und überprüfte, ob noch Blut aus den Wunden floss. Manchmal entdeckte ich einen Blutfleck auf dem Kissen, von dem ich nicht wusste, woher er gekommen war.

Mich überkam eine gütige Erschöpfung, der ich mich vollends hingab. Ich kostete sie aus und verschlief die hellen Stunden, während ich hellwach war, wenn es dunkel wurde.

Was mich am meisten betrübte, war die Tatsache, dass Marie nicht in meinen Träumen erschien. Scheinbar hatte ich sie endgültig verloren.

Mein Herz zitterte, wenn ich an sie denken musste. Mein Leben war der verzweifelte Versuch, einen Platz in der Welt zu finden. Einen wirklichen Ort, wo ich hingehörte. An der Seite eines Menschen. Vielleicht neben Marie. Es sollte mir nicht vergönnt sein.

Diesen Bericht widme ich meinen Eltern. Sie, die mich am wenigsten kannten, mögen ihn besonders genau lesen.

Freitag, 22. September, 16.14 Uhr

Die Wohnung war ein Schlachtfeld. Blut, wohin man sah. An den Wänden. Auf dem Teppich.

Ein Mensch saß gefesselt auf einem Stuhl in der Mitte des Zimmers und war von oben bis unten voller Blut.

Rauscher erkannte Marie Lorenz, deren Foto er im Pass gesehen hatte. Er fühlte sofort ihren Puls. Und er spürte ihn.

In der hinteren rechten Ecke kauerte eine weitere Gestalt. Den Kopf auf die Knie gelegt, mit den Armen umschlossen. Blut wohin man sah.

Rauscher näherte sich mit erhobener Pistole und schnickte den Oberkörper mit dem Zeigefinger an. Die Person rührte sich nicht. Ohnmächtig, dachte Rauscher, großer Blutverlust.

Als Rauscher sich umdrehte, erschrak er. Er schaute direkt in sein Spiegelbild in einem mannshohen Spiegel und quer über der Spiegelfläche stand: ‚Komm, Kleiner, komm!' Mit Blut geschrieben.

Rauscher verständigte den Notarzt. Dann löste er langsam und vorsichtig Maries Fesseln.

„Des derf doch net wohr sei", hörte er den Hausmeister brüllen, der plötzlich in der Tür stand, „so e Sauerei awwer aach." Rauscher hätte ihn am liebsten rausgeschmissen, stattdessen schrie er ihn an:

„Nicht reinkommen! Keine Spuren verwischen. Gehen Sie runter und warten Sie vorm Haus! Gleich kommt der Krankenwagen. Sagen Sie dem Notarzt, wo er hin muss." Pflüger nickte und verschwand.

„Können Sie gehen?" fragte Rauscher Marie. Sie nickte. Er führte sie zum Bett. Über einer Stuhllehne hing ein Jäckchen, das er ihr über die Schultern legte.

Als Marie auf dem Bett lag, informierte er die Kollegen im Präsidium.

Der Rettungsdienst rückte sieben Minuten später an. Es waren zwei Zivis und eine Ärztin mit offenen blonden Haaren. Während Ärztin und Rettungssanis sich um Marie Lorenz und Lars Hansen kümmerten, setzte sich Rauscher draußen auf die oberste Stufe der Treppe und schaute durch ein kleines Flurfenster hinaus. Sein Blick zwängte sich durch einige Ästchen auf eine Häuserreihe der gegenüberliegenden Straßenseite. Die Sonne fiel auf ein Fenster und blendete ihn. Was ihm zu schaffen machte, war die Leere, die er sah und fühlte und die minutenlang anhielt.

Er hörte von drinnen, wie einer der Rettungssanis einen weiteren Notarztwagen anforderte. Die Ärztin, die einen sehr unterkühlten Eindruck machte, stellte sich vor Rauscher, bevor sie ging.

„Nicht so schlimm wie es aussieht“, sagte sie, „er hat eine Menge Blut verloren, wird aber durchkommen.“

Rauscher beobachtete, wie die beiden abtransportiert wurden.

Elke, Krause und Thaler trafen ein, gefolgt von zwei Beamten der Spurensicherung. Elke stürzte sofort auf ihn zu und umarmte ihn.

„Was ist denn eigentlich los?“ wollten alle drei wissen, nachdem sie einen Blick in die Wohnung geworfen hatten.

„Lasst uns ins Präsidium fahren“, sagte Rauscher, „dort erzähle ich euch alles.“

Freitag, 22. September, 17.57 Uhr

Eine knappe halbe Stunde hatte Rauscher gebraucht, um den Kollegen, Markowsky und Staatsanwalt Konetzke seinen Einsatz zu schildern.

Krause, einerseits froh, dass alles vorbei war, andererseits schwer enttäuscht, dass er mit Haffner voll danebengelegen hatte, betonte auffällig oft, dass es ihm wahnsinnig leid tue. Da sei etwas mit ihm durchgegangen. Er habe sich blenden lassen von dem kahlen Schädel und dem Massagehandtuch. Er habe alle überrumpelt, besonders den Staatsanwalt. Krause jammerte weiter, bis es Markowsky nicht mehr hören konnte, ihm auf die Schulter schlug, und sagte:

„Kein Furz kann etwas für den Arsch, aus dem er kommt“. Und dabei lachte er herzlich. Alle anderen blickten sich ratlos an. Wie hatte er das bloß gemeint?

Dann diskutierten sie das weitere Vorgehen. Noch war nämlich unklar, ob Hansen tatsächlich der Täter war. Doch die Wahrscheinlichkeit, dass er es war, war offensichtlich so groß, dass Markowsky und Staatsanwalt Konetzke Manfred Haffners Freilassung veranlassten. Nach Lage der Dinge war seine Täterschaft mehr als unwahrscheinlich.

Nachdem Markowsky und Konetzke gegangen waren, vereinbarte das Team, erst die Vernehmung von Marie Lorenz und Lars Hansen abzuwarten, um weitere Schlüsse zu ziehen.

Rauscher und Elke verließen Hand in Hand das Präsidium.

Zu Hause bereitete Elke in der Küche Spaghetti mit Garnelen und Tomatensalat zu, während sich Rauscher im Bad kaltes Wasser über Kopf und Gesicht laufen ließ. Er genoss das angenehme, erfrischende Gefühl und kam sich vor wie am Quell reinen Lebens. Dann deckte er den Tisch im Wohnzimmer, worum ihn Elke gebeten hatte.

Noch bevor das Essen auf dem Tisch stand, mixte er zwei Sauergespritzte, doch Elke wollte keinen, sie war heute mehr für Apfelschorle.

Später rief Rauscher Thaler auf dem Handy an, der im Krankenhaus die Stellung hielt und der ihm mitteilte, dass Marie Lorenz wohlauf sei. Erstaunlicherweise sei sie unverletzt. Sie habe keine einzige Wunde. Das gesamte Blut auf ihren Haaren, Gesicht und Oberkörper stamme von Lars Hansen. Dem es eher bescheiden gehe. Hoher Blutverlust. Er schien vollkommen abwesend zu sein. Aber der Arzt meine, dass er robust genug sei und durchkommen würde. Eine psychische Störung, sagte Thaler, sei, laut Arzt, nicht ausgeschlossen, bedürfe allerdings noch einer eingehenden Diagnose.

Rauscher dankte Thaler und brachte Elke auf den neuesten Stand.

„Vielleicht können wir morgen schon mit Marie Lorenz reden", sagte sie, „bin echt gespannt, was sie zu sagen hat und was hinter dem Ganzen steckt."

„Wir werden es erfahren", sagte er.

Um sich abzulenken, entschieden sie sich für einen Kinobesuch. Orfeo's Erben, ein Programmkino, lag quasi ums Eck. Sie sahen Ken Loachs „Just a kiss", ein Film, der die Schwierigkeiten zweier Liebenden behandelte, die unterschiedlichen Religionen angehörten. Sie war schottische Katholikin und er hinduistischer Pakistani. Bei ihrem Kampf für die Liebe stellten sie sich gegen den Rest der Welt.

Rauscher kam bestens gelaunt aus dem Kino. Erstens erinnerte ihn die Situation der beiden Hauptfiguren an seine mit Elke. Sie kam aus Hamburg und er aus Frankfurt. Dadurch gehörten auch sie unterschiedlichen

Kulturkreisen an. Und zweitens hatte er für zweieinhalb Stunden den Fall vergessen, was auch nicht zu unterschätzen war. Rauscher und Elke küssten sich.

Zwei Stunden später blitzte und donnerte es über den Dächern Bockenheims. Das Gewitter holte Rauscher mehrmals aus dem Schlaf. Elke lag neben ihm und verschlief es.

Freitag, 17. November, 9.45 Uhr

„Wir nannten ihn Kitzler. Wissen Sie, Herr Rauscher, in der Strafvollzugsanstalt haben alle Insassen Spitznamen. Pimperjohnny zum Beispiel, Heiniheroin oder Kallefick. Und er hieß eben Kitzler. Uns ist mal zu Ohren gekommen, dass er 'ne Frau halb zu Tode gekitzelt hat, bevor er sie endgültig, na ja, Sie wissen schon. Von ihm wissen wir nix. Gar nix. War verschwiegen wie ein Grab. Lag den ganzen Tag auf dem Bett in der Zelle und gab keinen Laut von sich. Den Gefängnisfraß hat er ohne Murren geschluckt. Die Spazierstunde im Hof hat er kaum wahrgenommen. Und er hat sich von den anderen Insassen fern gehalten. Den interessierte einfach nix. Gar nix. Er wirkte wie betäubt oder im Koma. Selbst wenn einer von uns Wärtern in seine Zelle kam, kriegte der nix mit. Völlig abwesend, der Typ. Irgendwie unheimlich. Und unzugänglich. Wenn man ihn ansprach, dachte man, man redet mit 'ner Wand. Außerdem war er immer kalkweiß im Gesicht. Manchmal dacht' ich, der sieht aus wie 'ne Leiche, wenn er so dalag. Wer weiß schon, was dem widerfahren ist und was ihn getrieben hat? Wer weiß das schon? Für uns sind alle gleich hier drin. Und wir behandeln auch alle gleich. Egal ob Vergewaltiger oder Mörder oder Einbrecher. Die Vergewaltiger schämen sich. Sie sprechen nicht mit uns und würden ihre Taten nie zugeben, wissen Sie. Wenn Besuchergruppen da sind, Schulklassen zum Beispiel, geben sie's auch nie zu. Ist lustig, was die sich alles einfallen lassen: Ich sitze wegen 'nem Wirtschaftsdelikt oder so. Was da alles kommt. Irre. Nur um sich nicht zu outen. Denen ist das Hölle unangenehm. Kann ich aber verstehn. Wär's mir auch. Wer kann denn nach so was jemand anderem noch in die Augen gucken? Fast niemand schafft das. Manche tun so als ob und mimen den Macker. Aber ich kenn sie. Wenn die alleine sind, könnten die sich in den Arsch beißen. Manche sind auch wirklich krank. Staatlich anerkannte Triebtäter, wie wir immer sagen. Denen ist eh nicht mehr zu helfen.

Als der Kitzler zum ersten Mal Besuch hatte, kam eine Frau Lorenz. Marie Lorenz. So ein kleines unscheinbares Persönchen, aber ich glaub, die hatte was, wissen Sie, das gewisse Etwas halt. Richtig zurückgezuckt ist er, als er in den Besuchsraum kam und sie sah. Ich dachte schon, dass er wieder zurück in die Zelle will. Ist aber dann doch geblieben. Das erlebt man hier oft. Mit manchen Verwandten oder Bekannten von draußen wollen die hier nicht konfrontiert werden. Ist ja auch klar, wissen Sie. Da stecken Erinnerungen dahinter und oft nicht die tollsten. Kein Wunder also. Na jedenfalls hat unser Kitzler sich dann doch hingesetzt, aber angeschaut hat er sie nicht. Also nicht in die Augen. Das hat er nicht fertig gebracht. Ganz steif und verbogen hat er dagesessen. Und Tränen hat er unterdrückt, ja, er wollte um alles in der Welt nicht weinen vor ihr. Ich weiß ja nicht, was da los war, aber irgendwie hat er mir leid getan.

Und sie auch. Das Persönchen meine ich. Ihre Augen haben geglänzt, nur weiß ich nicht, ob aus Trauer oder vor Freude. Ihre Blicke suchten nach was, aber sie haben nix gefunden. Er hat sich einfach nicht getraut, sie anzuschauen. Alles umsonst. Wenigstens hat sie dann was gesagt. Wie's ihm geht. Ob er was braucht. Das ganze Zeug halt, wenn man nicht weiß, was man sagen soll.

Von ihm hab' ich keinen Mucks gehört. Er hat gekämpft. Innerlich meine ich. Ich glaube, er hätte sie am liebsten angesprungen. Irgendwas hat ihn aber zurückgehalten. Ich war besonders wachsam. Ist ja unsere Pflicht in so Situationen. Könnte ja was passieren. Aber da passen wir auf. Hat sich verdammt beherrscht der Knabe, bis zum Schluss."

Herr Thielmann, Wärter der Strafvollzugsanstalt Frankfurt, verstummte und überreichte Rauscher eine Plastiktüte.

„Ich dachte, das interessiert sie vielleicht.“ Rauscher bedankte sich und schaute hinein. Einen Packen Papier sah er und holte ihn heraus. Auf der obersten Seite standen die Worte: ‚Mein Leben‘.

„Genau so haben wir's heute Morgen in seiner Zelle gefunden“, sagte der Wärter, „und da hab' ich gedacht, wär' doch nicht schlecht, wenn's der Einsatzleiter bekäme.“

„Sie haben richtig gedacht, Herr Thielmann, genau richtig. Vielen Dank. Aber eine Frage habe ich noch“, sagte Rauscher, „wie war das heute Morgen, als Sie in die Zelle kamen?“

„Schauderhaft“, sagte Thielmann, „ich kann mich da einfach nicht dran gewöhnen. Ich meine: Du schließt auf, guckst hinein und siehst zuerst die Füße. Dann ist meistens schon alles zu spät, wissen Sie. So war's heute auch. Obwohl ich das schon öfters gesehen habe, ist es immer wieder schauderhaft. Ich habe jetzt noch Gänsehaut. Die Stillen, sage ich immer, die haben es faustdick hinter den Ohren. Diejenigen, die rumposaunen, was sie alles anstellen wollen, die machen gar nix. Nix machen die. Aber die Ruhigen, die hängen sich auf oder so. Wir haben ihn dann abgeschnitten und runtergeholt. Der Anstaltsarzt hat nur noch seinen Tod feststellen können. Muss in den ganz frühen Morgenstunden geschehen sein. Irgendwie hat er wohl die Nerven verloren.“

Thielmann stand auf, Rauscher brachte ihn zur Tür und drückte ihm zum Abschied die Hand.

Er nahm den Packen Papier. Die Aufzeichnungen des Kitzlers, dachte er, die muss ich unbedingt lesen. Dann rief er Krause an und bat ihn zu sich.

„Was ist da bloß schiefgelaufen“, fragte Rauscher. Krause setzte sich:

„Keine Ahnung. Ehrlich gesagt, kann ich uns keinen Vorwurf machen. Wir haben alles versucht, aber so was Stures habe ich noch nie erlebt.“ Rauscher zeigte ihm Lars Hansens Bericht. Krause blätterte die vielen, vielen Seiten durch.

„Den lese ich heute noch“, sagte Rauscher und dachte zurück an die vergangenen Wochen. Lars Hansens DNA-Probe und der Abgleich mit dem kleinen blonden Haar hatten ihn überführt. Wochenlang hatten sie versucht, ihm ein Motiv zu entlocken, aber er sagte nichts, hielt einfach den Mund. Es schien, als sei er tatsächlich stumm, als säße ihnen ein leerer Mensch gegenüber, eine körperliche Hülle. Ohne Geist und Sprache. Sämtliche Künste der Vernehmung hatten sie angewandt. Nichts hatte geholfen. Hansen starrte immer nur in die Luft. Ein ganz sturer Brocken.

Umso gespannter war Rauscher jetzt auf das geschriebene Wort.

Freitag, 17. November, 10.12 Uhr

Rauscher nahm den Stoß Blätter. Er hatte Ruhe und freute sich darauf, sie zu lesen, aber irgendwie war ihm auch mulmig zumute.

Die Aufzeichnungen waren in einer schnörkellosen Handschrift verfasst, jedes Blatt exakt gleich beschrieben. Es gab weder Verbesserungen noch Radierungen, weder Durchstreichungen noch Auslassungen. Die Buchstaben glichen einander, ohne die geringste Abweichung. Auch der Zeilenabstand wurde über das gesamte Blatt exakt eingehalten. Links und rechts gab es einen Rand von etwa drei Zentimetern. In Schönschrift hatte Lars Hansen bestimmt eine Eins, dachte Rauscher, und fing an.

Gleich die ersten Zeilen packten ihn und er hörte eine Stimme beim Lesen.

An meinen Händen klebt Blut. Sie schmerzen. Am liebsten würde ich sie abschneiden, um weiteres Unheil zu verhindern. Doch ich brauche sie noch. Sie müssen die Vorkommnisse aufschreiben, damit die Wahrheit ans Licht kommt. Ungeschehen mache ich dadurch nichts, aber vielleicht vermögen diese Zeilen meine Hände und mein Gewissen reinzuwaschen.

Ich sitze hier in diesem kleinen Raum, in dem nur ein Bett, ein Stuhl, ein Tisch und ein schmaler Schrank stehen. Wenn ich durch das winzige

Fenster schaue, kommt mir die Erinnerung vor wie ein ferner Streifen am Horizont, unerreichbar weit weg. Aber die dicken weißen Wände schreien mich an: Schuldig!

Nur ich bin in der Lage, die Wahrheit niederzuschreiben. Denn ich bin der Einzige, der alles von Anfang an miterlebt hat. Mit jeder Zeile berge und befreie ich sie, erwecke mein Gedächtnis neu zum Leben. Das erfordert Disziplin. Ich darf mich nicht ablenken lassen. Deshalb fange ich an. Dort, wo alles begann, vor etwa dreizehn Jahren, im Haus meines Onkels. Verdammt sei es!

Eine SMS von Lena störte ihn. Sie hatten es bislang nicht geschafft, sich zu treffen. Und jetzt: *Samstag klappt schon wieder nicht. Sorry. Müssen noch mal verschieben.*

Rauscher war nicht böse drum. Im Gegenteil. Er wollte sich momentan sowieso nicht mit ihr befassen. Er überblätterte ein paar Seiten in dem Bericht und blieb wieder hängen.

Ein winziger Moment genügte und meine Hand berührte ihre, ganz zart. Sofort erhellte sich ihr Blick und ein kleines Lächeln sprang von Wange zu Wange. Sie sah auf meine Hand, dann in meine Augen. Sie musste etwas seltsam Schönes gespürt haben, denn freundlich sagte sie:

„Das tut mir aber leid.“ Es war Magie.

„Macht doch nichts“, erwiderte ich, krächzend und holpernd. Erst jetzt zog sie ihre Hand leicht zurück, doch dabei streifte ich sie an der Oberfläche, ja fast müsste man sagen, ich streichelte und liebkoste sie, kostete ihre grazile, schmale Handoberfläche, durch die man die Knochen spürte, und folgte ihren unentrinnbaren Augen, die auf mir lagen und ein Rätsel enthielten. Was war geschehen, schienen sie unentwegt zu fragen. Was würde weiter geschehen? Diese nonverbale, sympathiegetragene Kommunikation trat an die Stelle ihrer Abweisung, dennoch traute sie dem Frieden der Situation nicht. Zu plötzlich war der Umschwung gekommen, zu plötzlich lag eine völlig andere Stimmung im Raum.

Leider wurde unsere Zweisamkeit durch die mechanische Stimme des Bahnhof-Lautsprechers gestört: „Achtung bei Einfahrt des Zuges auf Gleis 9."

Mittags um drei, Rauscher blätterte gerade das letzte Kapitel auf, kam Elke zur Tür herein.

„Hast du unseren Termin vergessen?", fuhr sie ihn an. Rauscher hob den Blick. Verdrängt, dachte er. Elke schloss die Tür, dann setzte sie sich ihm direkt gegenüber. Sie kniff die Augen zusammen und schaute ihn streng an. Sie hatte um einen offiziellen Termin mit ihrem Teamchef gebeten.

Wahrscheinlich um ihm die Rückkehr nach Hamburg offiziell zu verkünden, dachte Rauscher. Danach war ihm gerade gar nicht zumute.

„Was hast du da?"

„Den Lebensbericht von Lars Hansen. Wurde in seiner Zelle gefunden. Aber deshalb bist du nicht hier, oder?" Rauscher schluckte.

„Herr Rauscher", fing Elke an, „ich habe Sie um ein Gespräch gebeten, weil ... ja, weil ich Ihnen mitteilen muss, dass Sie sich eine neue Hospitantin suchen müssen." Endlich war es raus. Rauscher war auch irgendwie erleichtert. Diese ewige Ungewissheit, dieses Hin und Her mochte er nicht.

„Hab ich mir schon gedacht."

„Was hast du gedacht?"

„Na, dass du nach Hamburg zurückgehst."

Sein Gesicht war unbeweglich und sie konnte sich ein Lächeln nicht verkneifen.

„Hamburg ist schön", sagte sie, „aber Frankfurt ist zu dritt noch schöner." Rauscher stutzte. Wovon redete sie? Die Antwort war ein herzerweichendes Lachen:

„Du wirst Vater." Bei Rauscher sprangen tausend Glühbirnen gleichzeitig an. Hatte sie das V-Wort gesagt? Eben noch Abschiedsworte im Mund, wusste er nun ums Verplatzen nicht, was er sagen sollte.

„Das ist auch der Grund", fuhr Elke fort, „warum ich Markowsky so lange zappeln gelassen habe. Jetzt habe ich Gewissheit." Rauscher erinnerte sich, dass sie ihm gesagt hatte, dass sie heute früh zum Arzt gehen würde. Statt zu fragen, wieso, hatte er ihr hundert Küsse verpasst.

Er sprang auf, hüpfte um den Schreibtisch und nahm Elke in den Arm. Sie würden ein Kind bekommen. Am liebsten hätte er es laut herausgeschrien, so glücklich war er.

„Das ist ... ich bin ... sprachlos", stammelte er, „ich meine ... das ist ... Wahnsinn... also wahnsinnig schön meine ich." Er lachte laut und fragte ganz spontan:

„Willst du mich heiraten?"

Samstag, 18. November, 16.12 Uhr

Der November belohnte Frankfurt mit einigen schönen Tagen. Die letzten Strahlen der Sonne, die bereits hinterm Taunus am Sinken war, zogen sich über die weiten Flächen des Niddatalparks.

Rauscher, im Joggingoutfit, lief einen Parkweg entlang, und freute sich auf einen ausgedehnten Lauf mit seinem Freund Torben. Auf dem Weg zum Treffpunkt auf dem Parkplatz rekapitulierte Rauscher die Entwicklungen der letzten Wochen. Kowalski war aus dem Krankenhaus entlassen worden. Bislang konnte ihm kein Erpressungsversuch nachgewiesen werden. Um Katja Klingers Zustand stand es schlechter. Sie würde noch eine Weile in der Klinik bleiben müssen. Zudem hatten Neurologen eine leichte Psychose diagnostiziert. Carlo Bonner war fein raus. Er sparte die Abfindung für seine Frau, ohne gegen ein Gesetz verstoßen zu haben. Irene Hadrian und Eleonore Moosbach hielten den Club im Gedenken an Marie-Luisa Bonner am Leben. Bodo Schmitz beobachtete entweder die Sterne oder suchte sich ein neues Opfer in der Luisenstraße. Manfred Haffner hatte gut lachen. Die Kunst seiner Massagen hatte sich mittlerweile überall herumgesprochen – Elke war daran nicht ganz unschuldig – und gerade bei den Patientinnen erfreute er sich größerer Beliebtheit denn je.

Jan Krause hatte sich eine Woche frei genommen und war danach zum ersten Mal seit Wochen ausgeschlafen zum Dienst erschienen. Thaler vergrub sich in die Arbeit am Prof-Projekt. Gerüchten zufolge hieß es, dass ihn seine Freundin Tanja auf Diät gesetzt hatte. Elkes Bauch war ein wenig dicker geworden, bildete Rauscher sich jedenfalls ein. Darauf angesprochen meinte Elke, wenn er sich wagen würde, das noch einmal zu äußern, würde sie sofort die Koffer packen und nach Hamburg verschwinden. Markowsky war völlig aus dem Häuschen, als er erfuhr, dass die Mordkommission Nachwuchs erwartete. Die Freude hielt jedoch nicht lange vor, als er realisierte, dass Elke Erb bald in Mutterschutz gehen würde.

Rauscher sprang in die Luft und reckte die Arme. An seiner Seite lief Torben, dem er während der letzten zehn Kilometer den Fall Bonner geschildert hatte. Und natürlich auch, dass er Vater würde.

Rauscher legte einen Sprint ein, schrie sich die Seele aus dem Leib und blieb erst wieder stehen, als er vollkommen außer Puste war.

Torben nannte ihn jetzt nur noch ‚Daddy'.

Ende

Manchmal klopfte ein alter Mann mit langer Mähne und weißem Bart an die Pforte meiner Erinnerung: „Hallo", sagte er, „kann ich hier zumachen?" Seine sanfte Stimme hallte lange nach in mir. Kann ich hier zumachen, fragte ich mich.

Kann ich hier zumachen?

Ich kämpfte gegen das unbändige und ausschlagende Ross, das ich ritt.

Kann ich hier zumachen?

Warum eigentlich nicht?

Ich hatte mir ein Ziel gesetzt und es fast erreicht.

Mein Leben liegt ausgebreitet auf etlichen Zetteln vor mir. Möge sich die Nachwelt damit befassen. Ich fühle mich gereinigt von all dem Ballast, der meine Seele drückte, und kann nun ein bisschen beruhigter meinen letzten Schritt in Angriff nehmen. Was bleibt mir auch anderes übrig? Spießrutenlaufen durch die Institutionen der Justiz, die mich sowieso nicht verstehen? Nicht verstehen können?

Nein.

Kommt nicht in Frage.

Doch eines muss ich noch loswerden.

Ich denke an Marie. Sie war bei mir gewesen. Und es war unerträglich. Ihr gegenüber zu sitzen und sie nicht berühren zu können, war das Schlimmste, was ich je erleben musste. Meine Hände haben gepocht: ka-pum, ka-pum, ka-pum. Ich habe jeden Schlag gespürt.

Es hatte sich nicht ganz vermeiden lassen, ihr in die Augen zu schauen und ich habe mich in Grund und Boden geschämt.

Tags darauf schmerzten meine Hände und waren gefühllos. Öfters schliefen sie ein. Je mehr und öfter ich darüber nachdachte, desto kribbeliger wurde ich. Das miese Gefühl wollte nicht mehr verschwinden. Maries Besuch hatte mir ganz klar gemacht, dass meine Hände mein Verhängnis waren. Obwohl ich versucht hatte, sie zu zerstören, war ihr innerer Drang geblieben.

Was zum Teufel war los mit mir?

Mutter?

Vater?

Ich bin die Hand, die euch vergibt. Ich bin die Zeit, die euch verrinnt. Ich lasse los, denn ich war nicht imstande, mein Leben festzuhalten. Ich war nie imstande, meinen Weg zu finden. Ich habe als Mensch versagt. Das weiß ich nun. Und mein weiterer Weg ist vorgezeichnet. Ich verdiene nicht, weiter leben zu dürfen.

Wenigstens das habe ich erkannt.

In den letzten Tagen fand ich die Ruhe, diesen letzten Schritt zu tun. Gedanklich habe ich ihn tausendmal durchgespielt. Auf einen Stuhl steigen, die Schnur um den Hals legen und dann zackig den Stuhl wegtreten.

ISBN 978-3-98135710-3